文学评论与写作
实用教程

苏喜庆 主编

王凤玲 白明利 胡辉 高春民 段怡然 副主编

清华大学出版社
北京

内 容 简 介

"文学评论与写作"是面向"新文科"相关专业的一门理论基础与写作技能课程。本书以普及文学评论与写作基础知识为基础，重点选择20世纪以来文学评论发展过程中有影响的一些评论方法，如社会历史学评论方法、叙事学评论方法、生态批评方法等作为阐释对象，在理论陈述、案例分析的基础上，深入结合经典文献研读与仿写、问题思考与辨析等方面的内容，力求生动地再现文学评论写作的方法和技巧，从而对学习者灵活运用评论方法和提升实践应用能力起到有效的引导作用。

本书既可作为汉语言文学、汉语国际教育、学科教学（语文）、戏剧影视文学等专业的专业课教材，也可作为"文学鉴赏与批评"等公共选修课的教材。

本书封面贴有清华大学出版社防伪标签，无标签者不得销售。
版权所有，侵权必究。举报：010-62782989，beiqinquan@tup.tsinghua.edu.cn。

图书在版编目（CIP）数据

文学评论与写作实用教程 / 苏喜庆主编 .— 北京：清华大学出版社，2023.4（2024.11 重印）
ISBN 978-7-302-63269-6

Ⅰ.①文⋯　Ⅱ.①苏⋯　Ⅲ.①文学评论－写作－高等学校－教材　Ⅳ.①I06

中国国家版本馆 CIP 数据核字（2023）第 058840 号

责任编辑：聂军来
封面设计：刘　键
责任校对：袁　芳
责任印制：刘　菲

出版发行：清华大学出版社
网　　址：https://www.tup.com.cn，https://www.wqxuetang.com
地　　址：北京清华大学学研大厦A座　　邮　编：100084
社 总 机：010-83470000　　邮　购：010-62786544
投稿与读者服务：010-62776969，c-service@tup.tsinghua.edu.cn
质量反馈：010-62772015，zhiliang@tup.tsinghua.edu.cn
印 装 者：三河市人民印务有限公司
经　　销：全国新华书店
开　　本：185mm×260mm　　印　张：13　　字　数：292千字
版　　次：2023年4月第1版　　印　次：2024年11月第3次印刷
定　　价：45.00元

产品编号：092899-01

序　言

历史时针已经指向了21世纪的第三个十年，文学评论也经历了学理化、精英化到大众化、再到媒介化的多重发展。在回眸与展望中，我们似乎可以更加确信一种学术研究走下圣殿，走出庙堂，迎接21世纪多维度实践的发展轨迹，也更加切身体验到它所具有的人文参考价值和社会现实意义。

一

文学评论与写作包含着两层意思，一层是指文学批评的具体实践形式，其侧重于将文学评论方法具体应用后呈现的文本形态；另一层是指文学评论写作，也就是文学评论具体进行写作的技巧、步骤和规律。

就知识体系而言，文学评论是从文学理论中析出，并从"形而上"走向"形而下"的落地状态，成为发掘文学现象背后内涵与实质的一种审美意识形态。

一个时代有一个时代的文学，正如刘勰所说："文变染乎世情，兴废系乎时序，原始以要终，虽百世可知也。"（《文心雕龙·时序》）一种文风的变化，一种文学气象的形成，既是对时代的回应，也是一个文学场析出的一种精神征候。这种对文学的感性世界的发现，就是文学评论意识的表现。文学评论虽是对文学的感性世界的理性认知，但并不代表它是文学的附庸，而恰恰以文学评论引领时代创作的现象比比皆是，春秋时期诸子百家思想对文风、笔法的发微，唐宋古文运动"文以载道"的创作声势，新文化运动中对小说之神圣使命的挖掘，以及西方启蒙运动、文艺复兴以及后现代思潮中的现实主义、浪漫主义、唯美主义、达达主义等风格文学名著涌现，都与文学评论的激发甚至引领密切相关。即便从历史哲学的宏观视野回到人类生活的美学体验，文本价值的发现、推广乃至传播、消费和影视、动漫改编等再生产，也与文学评论界的积极发声有着密切的关系。尤其在进入21世纪的这20年里，在网络文学、精英文学、影视文学、移动文学、人工智能文学等的百花齐放中，我们总能看到评论在其中所起到的甄选和传播效应。评论不仅可以"活"在当下，也可以超越时代成为人类审美意识进步的标识。

从课程教学方面来看，文学评论与写作作为一门通识性课程，除了对课程本身内容和使用价值具有一个清晰、全面的认知之外，还应该关注由"教师—教材—学生"所建构起来的双向度的教育共同体关系。教师是知识传授过程的主导，学生是接收的主体，而教材是传递知识的资源数据库。就文学评论与写作的理论体系而言，教材是一种方法论的集合，也是开展有效学术写作训练的触发器。因此，学生参与课程学习的动力源于他们的积极探索意识，能够进入课程所设定的文学评论"问题域"中，展开充分的审美探索、鉴别、赏析和评价，在"旧识"与"新知"的经验碰撞中，形成科学的评判文艺现象的情感、态度、价值观和批评鉴赏能力，构建起针对文学作品、文学现象或文学思潮等随机应变、游刃有余的理性剖析能力和评论技巧。精通于方法论，而又不囿于文学批评方法，是文学评论富有灵活性、充满独创性的魅力所在。每一种批评范式建构起来的评论方法，恰如解读文本的催化剂，能够协助我们尽快厘清思路、介入文本深层，而关键批评术语正如"药引子"，激发出我们对文本深层次结构的逐级认知，并拓宽对文学内外世界的认识疆域，在纵深的文学评论语境中确立起自己的个性化认知。

可以说，我们的"文学评论与写作"既力求对前人"栽树"成果有效吸纳，又期许达成对后人"乘凉"的高效点拨和有序导引。

二

当代大学生生活在一个"文学+"的时代里。每天面对的是电影、电视剧、短视频，还有各种网上在线文学文本及微信公众号所推送的诗歌、散文、小说、报告文学等，以及各类由文学内核生产出的数码文本。同时也会时不时接触以文学故事文本为内核的各类参与式"网游"，可以说文学已经成了一种无处不在的"文学氛围"，栖居在当代大学生的视野里，而他们的选择无形中也受到了文学评论的导引，尤其是以文学评论为载体的意见领袖的发声，引领着一个时期的文学风尚、欣赏品位、消费潮流，以及文学生产的方式和文学传播与接受的视野。

从某种程度上来说，当代大学生都是"文学+"的接受者、消费者和时尚评论者。正是基于此，文学评论也就具有了新文科的综合交叉性的特性，而且从更深广的视野上来说，文学评论比传统的文学阅读与鉴赏有了更为高阶性的要求，无论在方法论上、价值理念引导上，还是理性思考的纵深度上，都有着更为精深的追求和目标。所以本书也就不再局限于中文系专业的学生作为自我修养和文学理论实践的读本，而是对广大高校学生的日常文化生活和文学阅读以及戏剧、影视、短视频文学鉴赏等的美育修养，都具有很好的塑造与引领作用。所以《文学评论与写作实用教程》这本书也就具有了更为重要的历史使命和教育价值。

2019年4月29日，教育部等部门召开的"六卓越一拔尖"计划2.0启动大会上提出，要按照《加快推进教育现代化实施方案（2018—2022年）》要求，发展新文科，推动全国高校掀起一场"质量革命"。同年，《教育部关于深化本科教育教学改革全面提高人才培养质量的意见》（教高〔2019〕6号）中明确指出："探索智能教育新形态，推动课堂教学革命。"传统的知识单向度建构和传授已经很难满足现代大学文学教育的实际需要，尤其是在文学作品阅读、鉴赏和批评的这个有机链条中，教师与学生共建、共享、共同切磋，成为一种新时代课堂学术氛围营造的新变革，这为本书编写和教学实践提供了方向和理论指导，这也预示着面向未来的文学评论和写作课程将会是一个全面敞开的状态。

三

文学评论者之于作家和文学作品的价值，正如大家都熟知金子的珍贵，却容易忽略那些披"沙"（作品集合）拣"金"（经典作品）的"淘金人"（文学评论学者）默默无闻的劳动。因此，优秀作品如金子，"物性相通"，而批评家或学者的责任就是要从物性之中进行"抛光"，显现出作品金子般的价值。

关于文学评论理论的存在属性，我们可以从大家最为熟知的知识体系坐标中看到端倪。从现有的知识体系来看，文学理论被分割成了两种理论阈限。一种是"文学的理论"，也就是对文学原理的推究、归纳和整理。如文学概论课程，我们可以用艾布拉姆斯"四要素说"来总括文学的理论内涵和外延，即文学所涉及的是作家、读者、作品和世界的关系场域，文学理论要围绕文学的本体认知、文学的生产（创造）、传播和消费以及批评来展开。文学理论被视为是对文学整体性的把握和指导。另一种是"文学理论的理论"，也就是关于文学评论的理论建构，无论是从文学评论史的梳理中找到的中国古典文论范畴举隅，还是根据对西方文艺理论发展史的梳理建构而出的文学评论方法与实践模式，皆属于对文学理论的整体性理论认知。然而，我们还可以进一步追问，在局部与整体二元认知前两种范式外，是否还存在第三种文学理论？即存在文学理论生成的第三空间，关注于文学理论位置与运行、生成与建构、内爆与扩散的敞开性理论。或许，我们可以尝试沿着这样的思路构想一个敞开式的理论形态——"局部与整体"阐释之外的另一种形态：文学评论的空间形态——文学评论共同体。这是一个注重文学评论本身生存时空认知与考量的相关建树的集合形态。它偏重对文学评论自身危机的省察、对文学评论生态圈的护卫和建构，同时重组时代的全新认知，接续文学理论阐释的现代性转换。

回溯中国文学评论的发展，是沿着孔子"兴观群怨"的功用论和"思无邪"的情志论构建的共同体传统。在不同的历史阶段，这两种批评意志有"和合"，也有"分离"，但终究都是在华夏文化共同体的涵育下，探寻追求文学"知情意行"的最高境界，使文学在理论光环的照耀下获得新生。眉批、评点、诗话都是在意义阐发中寻求共鸣，希望得到时代的应和，所以中国文论共同体往往以流派的形式活跃于文坛。而在西方，传统文学评论在是非曲直中打转，探究的是文学艺术共通的形而上层面。19世纪以来，首先，从"俄国学派"到托马切夫斯基的著作《文学理论》（1925年）对文学系统化的版本分析，再到随后什克洛夫斯基、维诺格拉多夫、提尼亚诺夫，以及结构主义的雅各布森、托多罗夫对文学形式和艺术技巧的探寻，奠定了人文主义与科学主义相结合的文学评论根基。其次，则是基于英美新批评和比较文学研究成果，由韦勒克和沃伦1949年写成的《文学理论》，将想象性经验引入文学理论思想。此外，20世纪初，一批文学评论文本注重普遍性、逻辑性的文学思想特质探求，都将文学理论从形式引向内容，并拓展向经验世界的探索。对此，克里斯蒂娃概括为"19世纪末和20世纪初的文学经验，呈现为一种对世界之中的主体进行思考的独一路径，它质疑意识的界限和语言的界限"[①]。文学评论时常作为一种特异的文学经验和文学思考来标注自身的独立性。它是借助文学的触角进行深度理性探索的一个钻头，不仅生成意义，也在消解并建构新的意义。

如果说中国文学理论努力将文学评论引入"世界"证明存在感，产生社会超越性效应的话，西方文论则努力寻求文学理论的他性可能。所以，在西方文论发展中，文学理论"左冲右突"，与社会学、历史学、神话学、心理学甚至形式主义、解构主义、后殖民主义、女权主义运动潮流相结合，成为可以悬置文学而自足的艺术哲学或美学，成为西方文艺思潮中的先锋。

21世纪初，澳大利亚文学评论家尼尔·路西指出："近些年来，文学史、文学评论和文学理论的不同学科一直在争论的都是关于——在它们内部以及在它们之间——文学事实上是否就是一种透明信息。"[②]这里的透明指的是文学信息交流传递和交流手段是否被清晰地指认出来。但是，我们看到文学的意义是被时代语境、不同读者、不同媒介赋能，绝对透明的文学信息是不存在的，文学总是在评论的信息透视中发现其折射的意义。事实上，文学文本中大量不可呈现之物、不在场之情志与阅读之后的残余之物不断充实着文本的内涵和外延。德国哲学家伽达默尔认为言语之后的呈现是在其产生了后果后的外现。德里达认为言说本身"内在"与"外在"是同一体，那些言语中"不可确定性"意义和结构从来都不可能达到充分的自我呈现。因而，文学评论的意义就在于捕捉这种内在与外在同一性的内容。当然，形而上学的文学评论与文学阅读的文本经验是包含着大量"时移世易"的不确定性的含义。因此，文学评论的不断吸纳便成就了它自身的开放性。

文学评论是黏合着文学接受语境的时代文本。按照接受美学家伊瑟尔的观点，文本的解读存在"显在—隐在"结构。因此，阅读不可忽视其"前景—背景"结构和"主题—视野"结构，每个时代的思想体系既是文本阐释的可能性规约，也是可能激发某种"反叛"甚至"否定"的缘起。所有的现实评判都是在新和旧的语境中构造出来的文本意义——"经验的重构"也意味着"意义的诞生"——在独特的文本透视点中抛除成见，加工改造生产出新的文本。这也正是希利斯·米勒所赞成的认识。在阅读行为中读者和文本很难达成契约，倒是容易在与时代的交互阐释中形成新的认同。[③]

在文学评论的未来视野中，我们可以尽可能地放开想象，文学评论将回归现实语

[①] 茱莉娅·克里斯蒂娃.文学思想之思[M].//米歇尔·福柯，等.文字即垃圾：危机之后的文学[C].林云柯，等译.重庆：重庆大学出版社，2016：366.

[②] 阎嘉.文学理论精粹读本[M].北京：中国人民大学出版社，2006：252.

[③] 沃·伊瑟尔.阅读行为[M].金惠敏，等译.长沙：湖南文艺出版社，1991：3-17.

境——源于文学而又回归于文学，文学理论的功能在于让文学语言发挥其效能，集聚共同体的力量，参与文学共同体的建构。而文学评论也将在理论指导方面向清新雅正的风格回归，力求获得更多参与者的认同，并召唤起更多文学爱好者的加入，巩固和扩大文学共同体的社会应有效能。

洪治纲指出，文学评论绝非率性而为，而是要有宏阔的整体性的观念，"之所以看到当下的文学评论越来越碎片化、片面化甚至无序性，难以形成某种具有共识性的审美聚焦，主要在于很多文学评论都缺少必要的整体性观念作为内在的支撑，只是批评家个人才情的自由表达和话语演绎。"① 他所说的审美聚焦和整体性观念就是一种批评家的共同体意识。

现实文学理论的困境和文学评论的疲软现状已经不是某个国家或地区的偶然现象，而是全球化视野中的共性问题，文学评论的"独语"现象严重，甚至出现了理论与批评界的"失色""失力""失衡""失语"的弊病②，这又与"文学边缘化""文学死了吗"的终结论声音交相呼应，带来了文学的内向反观。其实，放眼文学评论界，文学评论共同体仍然是如火如荼的发展态势，只是消费主义、网络化形态已然冲击了传统的文学理论知识立场，让其在旧有的、恪守的理论规约下，如同卡夫卡的《城堡》中的K一样，不得其门而入。其症结在于部分僵化的理论和具体实践的脱节、文学评论固化的话语体系与创作现实的不适应。因此，盲目的"理论自觉"只可能导致曲高和寡，我们更需要回归到现实，向文学的创作现场全面敞开。敞开的文学批评视野能够构筑起更为稳固的、持久的批评立场，我们看到域外的很多批评学者都立足于文学、文学史、社会发展史、心理分析和媒介传播史等广阔的视域，立体综合地透视一部作品的价值，如马里奥·巴尔加斯·略萨的《给青年小说家的信》、米兰·昆德拉的《小说的艺术》、弗拉基米尔·纳博科夫的《文学讲稿》等，都用文学评论广阔的视野打通文本内外宇宙之间的联络。文学的信息化嬗变、文学受众群体多元化需求、实验性文本创作的开掘、传统内容与形式的新变、文学评论新样态（如即时评论、碎片化弹幕评论、跟帖评论）等，都需要在开放的、创新的理论视域下得到有力的回应，而这正是新时代理论与批评共同体的自我觉解和历史己任。

编写组
2022 年 12 月

---

① 洪治纲. 论文学批评的整体观［J］. 当代作家评论，2020（2）：41-46.
② 吕玉铭. 当代文学理论与批评的困境与出路［J］. 文学理论与批评，2015（3）：118-121.

前　言

文学评论与写作与我们的日常生活和工作有密切联系，在社会文化生活中发挥着重要作用。

本书涉及的主题课程在不同高校名称不同，如文学评论与写作、文学批评案例与鉴赏或文学批评方法与实践等，大多设置为汉语言文学专业的专业核心课或者高校文科学生的公共选修课。目前，普通高校使用或参考的常见教材也比较丰富多样。

作为一线任课教师，为了发挥课堂上"以学生为中心"的作用，科学地选用合适的教科书，我们曾面向学生和同行做过专项调查研究和教育规划课题，发现目前市场上的教材和课程教学在以下几个方面需要进一步提升。

（1）现有教材理论涉及知识点多、知识面广，内容大多较为抽象，概念解析缺乏对"历史的""美学的"和"文学的"系统性观照，理论与写作案例存在脱节现象，学生接受起来较为困难。

（2）课程知识体系安排与教学实践脱节，章节内容安排与课时分配不匹配。教师在实际教学中只能选择部分重点章节讲解，造成评论概念之间的内在联系割裂，方法论解说不够全面、系统。

（3）课程目标定位不够精准。现有教材面向对象究竟是本科生、研究生还是专业研究人员，定位不准，造成知识讲解难度不一，针对性不强。

（4）课程内容创新性和开放度有待提高。教材中涉及的案例相对陈旧，无法适应新时代、新文科教育的发展需要。

（5）大学生在具体的文学评论写作学习和实践中存在的不足之处有：方法缺失，面对陌生的文学作品缺乏方法论引领，盲目地进行赏析而不是评论；述而不议，仅对作品内容进行复述，而不对作品进行富有专业深度的剖析；以偏概全，在对作品进行评论写作时断章取义，"只见树木不见森林"，缺乏对作品所涉及的文学史、文化思潮、流派、风格等的宏观把握，造成对作品的误读；过于追求全面，学生针对某部作品的描述长于"散点透视"，没有突出作品的主题，也无法揭示作者所要表达的真实内涵。

因此，为了有效解决这些问题，我们在编写教材时做了较充分的准备工作，通过系统性的评论方法梳理、案例剖析、语段仿写、延伸阅读和问题探究等方面的训练引导，达到对教学中存在问题的有效应对和破解。

此外，我们也发现，在新文科的背景下，教材琳琅满目，理论探讨得多，这是文学理论学者的长项和优势，但是聚焦具体文学评论写作应用和方法的落实，则显得力度不足。而在具体的教学实践中，写作课上成了文学理论简介课或者名著选读课，降低了文学评论的趣味和应用价值。

为此，本书在编写中进行了明确的定位，即作为汉语言文学专业的基础课和"新文科"背景下其他文科专业的选修课教材，设定理论知识体系建构、写作能力培养和人文情怀感悟的三维目标。主要介绍文学评论写作的技巧、方法、术语、关键词和案例思路。注重文明互鉴，重点选择 20 世纪以来世界文学思潮发展过程中影响较大的一些评论方法，尤其是在我国应用比较广泛的批评理论作为写作的方法论指导，在理论陈述、案例分析的基础上，结合经典阅读与仿写、课后延伸阅读、思考题探究等方面的内容设计，力求比较生动地再现文学评论的写作方法和应用技巧，从而提高学生运用评论方法的写作能力，适应未来社会发展需求。

概括起来讲，本书具体编写思路如下。

（1）关注文学评论新态势。关注当代文学批评理论前沿，适应高校新文科学生的素质和能力的培养要求，注重文学评论的现实应用方向，建立完整的文学评论知识体系和应用实践体系。同时，教材通过提供课件、微课和精讲视频、课后延伸阅读书目、写作训练模块等方式，打造教材资源库和写作实践平台、线上线下媒介融合型教材。

（2）贯彻新文科教育观念。教材融入新文科人才培养理念，通过调研和大数据分析，掌握文学评论与写作的课程"学情"，有的放矢地开展内容设计。在写作方法论介绍中力求深入浅出，符合当代大学生接受心理；注重新文科背景下学生的跨界思维培养，通过经典文学批评案例分析、关键词探寻和经典评论语段仿写等有针对性的评论类型写作模式训练，努力培养学生跨文化的全球视野，提高学生跨学科进行文艺批评的人文素养，提升跨技术的"全媒体"参与能力，增强跨组织的创新精神以及跨思维的创作素质。

（3）注重理论知识互鉴。融通中西方文学批评方法，构建文学评论的规范话语方式。教材从中西方文学批评史的角度，以经典文学评论方法为写作方法论，以优秀评论为写作案例，注重写作理论的知识化与技巧引导，同时探索新的研究视角，分析中西方文学现象和文艺作品，彰显世界多元文学评论从文化转型和文艺批评实践方面与中国文学评论形成的折叠与对话关系构筑文学评论的科学话语表述方式。

（4）融入现代教育理念。传统的文学评论与写作教材偏重理论性，抑制了学生的学习兴趣。因此，本书通过经典评论和论文习作案例吸引学生的注意力，引导学生提升自学能力；借鉴建构主义教育理念，融入案例教学法、点拨启发法、协作探究法，便于教师灵活采用教学方法讲授知识。吸收成果导向教育（outcome based education，OBE）教育理念，注重评论成果产出。教材编写突出写作技能引导，通过案例解析写作步骤、规范和布局技巧，让学生把握写作规律，并通过评论文章习作解析写作误区和存在的问题，引导学生通过摹写和实操，锻炼文学评论写作能力。引导学生关注新的文学评论现象，如影视评论、网络社区评论、社群评论、新媒体文艺评论等，让学生理解不同类型评论的特点和写作技巧。

（5）融入课程思政内容。习近平总书记指出，"推进文化自信自强，铸就社会主义文化新辉煌。"新时代文学评论是弘扬中华文化的重要载体。本书在编写过程中注重课程思政元素的融入，潜移默化地增强学生道德修养，增强文化自信，例如，在社会历史学评论、生态批评、文化研究等章节中，有机融入与文学评论密切相关的思政案例和思政元素，便于培养学生的人文素养、家国情怀和审美意识，帮助青年大学生扣好人生的第一粒扣子，彰显立德树人、为国育才的人文价值。

综合上述学情分析和编写理念，我们将全书内容分为上、中、下三篇：上篇为文学评论写作基础知识，包含三章，介绍文学评论的范畴、写作规范和技巧等内容；中篇为文学评论方法与写作案例剖析，共分八章，分别阐释了文学评论常用的批评方法，并且借助案例剖析来引导学生掌握写作运用的技巧；下篇为文学评论应用类型与写作方法，重点分析了研究生入学考试文学评论写作题的应对策略，以及新时代新媒体文艺评论的发展趋势。

"文学评论与写作"是我从教以来一直承担和研究的课程与课题。2020年7月，我申报并获批立项了"河南省'十四五'普通高等教育规划教材"建设项目，同年，该课程也获得了"河南省本科教育线上教学优秀课程"和"河南省本科高校'战疫'类课程思政样板课程"。在这些课程改革建设成果的促动下，我着手组织承担有该门课程的优秀任教老师组成了编撰班子。他们分别是来自云南滇西科技师范学院的胡辉教授、洛阳师范学院的高春民教授、西北大学的段怡然博士，以及来自河南科技学院一线从事文学理论教学工作的资深教师王凤玲教授和白明利老师。他们勤勤恳恳地扎根三尺讲坛，在文学理论类课程一线长年从事教学研究，积累了许多优秀的教学案例和丰富的课堂授课经验。尤为可贵的是，在课程改革方面，我们达成了许多共识，大家团结合作，努力把创新的教学方法、课程改革的思路和长期教学经验积累和创新见解凝结成了优秀课程案例，全面融入进该门教材撰写过程中。全书编写由我负责总编写大纲，由编写组成员进行分工撰写，此外，河南科技学院杜平老师承担了部分文稿的校对工作。

本书的编撰分工如下：序言、前言、第一章、第二章、第三章、第六章由苏喜庆编写；第四章、第十一章由胡辉编写；第五章、第九章由白明利编写；第七章、第八章由王凤玲编写；第十章、第十二章由高春民编写；第十三章由苏喜庆和段怡然编写。全书的书稿完成后，由苏喜庆负责统稿和定稿。

本书的编写受到河南省"十四五"普通高等教育规划教材建设项目（教高〔2020〕469号）、河南省首批本科高校课程思政样板课程建设项目（"战疫"类）《文学评论与写作》以及河南省青年骨干教师培养计划项目"融媒体视域下的新文科课堂教学创新模式研究"（项目编号：2020GGJS169）；河南省高校智慧教学专项"基于融媒体的新文科智慧课堂教学模式研究"课题的支持与资助。

由于编者水平有限，书中一定存在不少缺漏甚至错误之处，请广大读者、专家批评、指正。我们也将努力在今后该书内容的修订和改进之中不断完善。

苏喜庆

2022年12月

目 录

上篇 文学评论写作基础知识

第一章 文学评论界说 ……………………………………………… 3
第一节 文学评论范畴界定 ……………………………………… 3
第二节 文学评论写作类型 ……………………………………… 8

第二章 文学评论写作基础 ………………………………………… 12
第一节 把握文本世界 …………………………………………… 12
第二节 文学评论者的素质和修养 ……………………………… 13

第三章 文学评论写作技巧 ………………………………………… 16
第一节 文学评论写作的规范与原则 …………………………… 16
第二节 准确把握学术动态和理论前沿 ………………………… 19

中篇 文学评论方法与写作案例剖析

第四章 社会历史学评论方法 ……………………………………… 27
第一节 社会历史学评论方法发展概说 ………………………… 27
第二节 社会历史学评论关键词 ………………………………… 32
第三节 社会历史学评论方法案例解析 ………………………… 37

第五章 精神分析学评论方法 ……43
第一节 精神分析学评论方法概述 …… 43
第二节 精神分析学评论方法关键词 …… 51
第三节 精神分析学评论案例剖析 …… 54

第六章 神话原型评论方法 ……59
第一节 神话原型评论方法概述 …… 59
第二节 神话原型评论关键词 …… 67
第三节 神话原型评论案例剖析 …… 74

第七章 女权主义文学评论方法 ……83
第一节 女权主义文学评论方法概述 …… 83
第二节 女权主义评论关键词 …… 88
第三节 女权主义文学评论方法案例分析 …… 91

第八章 从形式主义到解构主义的文学评论方法 ……98
第一节 俄国形式主义批评方法 …… 98
第二节 结构主义符号学文学评论方法 …… 102
第三节 解构主义文学评论方法 …… 106
第四节 批评案例解析 …… 110

第九章 叙事学评论方法 ……116
第一节 叙事学理论概述 …… 116
第二节 叙事学理论关键词 …… 125
第三节 叙事学方法案例解析 …… 129

第十章 生态批评方法 ……135
第一节 生态批评理论概说 …… 135
第二节 生态批评理论关键词 …… 139
第三节 生态批评实践案例分析 …… 145

第十一章 文化批评研究法 ……152
第一节 文化批评发展史概说 …… 152
第二节 文化批评关键词 …… 156
第三节 文化批评案例解析 …… 162

下篇　文学评论应用类型与写作方法

第十二章　研究生入学考试评论写作指南 …………………… **171**

第一节　文学评论写作题的特性………………………………… **172**
第二节　文学评论写作题的类型………………………………… **173**
第三节　文学评论写作题的应对策略…………………………… **174**
第四节　文学评论写作题的复习步骤…………………………… **176**
第五节　文学评论考场实践操作策略…………………………… **178**

第十三章　融媒体文学评论与写作 ……………………………… **181**

第一节　融媒体文学新业态……………………………………… **181**
第二节　媒介新势力评论………………………………………… **186**
第三节　网络文学社区评论……………………………………… **189**

[四] 文字material的应用练习与练习法

第十二章 研究生入学考试作文引导指南 171
  第一节 文学研究先体题的条件 172
  第二节 文学研究的写作体例类型 173
  第三节 文学研究写作题目的确立与准备 174
  第四节 文学研究写作题例浅及引发题 176
  第五节 文学研究写作后段次解辨析、题分 178

第十三章 题解体文字的编写与写作 181
  第一节 编辑体文字的组成 181
  第二节 题解构思之写作 186
  第三节 日本文学的作品段 189

上篇
文学评论写作基础知识

第一章
文学评论界说

第一节 文学评论范畴界定

一、文学评论的概念

文学评论是一种理论型的评论形态，也是一种文本写作的形态，所以我们将文学评论与写作作为一种整体的知识建构。所谓文学评论，是对文学作品、文艺现象、文学问题、文学思潮等做出的一种理性判断与思考。传统的写作学对文学评论的创作流程进行了一定的概括：基于文学阅读鉴赏进行的一种分析研究和评价的理论性写作。不难发现，文学评论是以文本阅读为源头，以文艺批评理论为理论根基，以评论的价值应用为实践目的，所以文艺评论和写作本来就是一体建构的一种文艺批评现象，而我们所关注的也是从文学评论与写作的技巧方面展开探究，它包括了选题的确定、文学作品的研读、整体的构思、语言的组织、文章的修改和完善等，各个环节都应该循序渐进。

文学评论的界说

文学评论以文学批评理论为总指导方向，它的中心任务是对作品以及与作品相关的文艺现象进行概括、归纳、总结、分析、鉴赏、判断、评价等。因此文学评论是一种学术活动，也是一个艺术思维抽象加工的过程。随着时代的发展，各种学术期刊、网络媒体、影视平台等都成为新时代文学评论的新型载体，这使文学评论成了当前的一种显性文体，具有广泛的应用路径和优秀文化传承、应用、建构价值。例如，发表在《人民日报》理论版上的文学批评文章、发表在期刊上的文本解读、发表在电视网络媒体上的诗词鉴赏、经典作品朗读与评析等，都是文学评论的多重面影。

文学是一种以语言作为载体的创造，它是依托艺术形象表达、艺术情感传递文化思想的一门语言艺术，是一种审美的意识形态，文学作品涵容着思想情感、价值情操、故事逻辑和艺术品位，是一种具有很高审美价值的精神产品。文学评论却是对文学进行理智性的思考，是对文学作品、文学问题、文学现象、文学价值、文学理念进行的综合性思考，具体来说，我们可以从以下四个方面加以认识。

（1）从文学评论写作的角度来看，文学评论的重心在于对文学的认识和评价问题，要从具象逻辑到抽象逻辑，从阅读欣赏上升到理性认识和理论升华，这就需要我们能够恰当地运用理论方法和技巧，准确、客观地阐发对一部文学作品或者一个文学现象的认识。例如，我们在"三红一创"[①]的红色经典中能够读出老一辈奋斗者、革命者的精神情怀，而这种精神如何以文学的形式塑造典型，又如何传承先进文化与精神，则需要我们从理论的角度进行思考和阐发。

（2）从写作的思维逻辑角度来看，文学评论既不同于文学创作的感性写作，也不同于实用型的应用文写作，它是一种以文学作为核心研究对象，对文学进行评价、鉴赏、分析的思维逻辑过程的呈现。所以文学评论需要调动我们的感性想象能力、理性分析能力、语言表达能力和审美创造能力。如大家熟知的电影《哪吒之魔童降世》，大部分观众会从电影赏析的角度来欣赏，而我们作为评论者则可以深入到中国的神话谱系中去探究，并且从神话思维和文化伦理的角度找到研究思路。

（3）从艺术审美的功用论角度来看，文学评论在于揭示文学生产、消费、接受、传播等各个环节上的艺术价值。例如，对于文学文本分析，主要便是通过文学理论的介入，我们的理性思维渗透到文学作品本体以及作家的创作世界中，透视文本内外部的关系，尤其是作品内部的"运作机制"和"逻辑构架"关系，进而寻求艺术魅力的生成、衍生规律，以此来促进文学创作、文学改编乃至文学衍生品开发，使文学事业繁荣发展。

（4）从文学评论的社会功用来看，文学评论与写作架起了文学创作者、文学传播者与接收者之间相互联系的桥梁，通过文学评论可以更好地把握文学作品的内涵，帮助文学创作者清晰认知自己的创作风格、艺术特色和创作水平，从而激励文学创作者提高写作技能，升华艺术品位，适应时代文学艺术潮流。通过文学评论的引导，也可以打通文学生产、传播、接受、消费的各个环节，对文学作品进行宣传、推广和多元媒体再生产，从而实现文学作品的社会价值和文化功效。

二、文学评论与写作的作用

一是通过写作文学评论，可以帮助自身更好地认识和把握文学文本或文学现象。既入乎其内，又出乎其外。从感性认识上升为理性的全面领会和把握，从而使自己对文学具有更加深切的认知、体验与感悟。例如，我们学习的古代文学史、现当代文学或外国文学等科目，学习完毕后教师所布置的学期结课论文，便是让我们通过阅读相关的文学书目和理论文章，加深对该阶段文学史的深切感知，从而深化自己的知识、能力和文学

[①] "三红一创"：对当代文学"17年时期"——文学时期长篇小说代表作的简称。"三红"是指吴强的《红日》；罗广斌、杨益言的《红岩》；梁斌的《红旗谱》。"一创"是指柳青的《创业史》。

修养。

二是可以帮助和引导读者更好地理解和领悟文学。通常阅读文学作品是通过通晓文意，达成文学阅读感受和体验，是个人的阅读行为，不具有分享性。而文学评论则是针对自己的阅读体验或感受，在调动理论修养和学术立场后形成的一种理性认知。当它被书写下来，形成书面作品进行出版发布时，便具有了分享、共享的特点。文学评论者通过分享自己的阅读体验、感受，可以引导同时代的读者更好地阅读理解该文学作品或文学现象。书面形式的文学评论可以借助文字的传播效能，成为引领读者风尚、引导读者阅读、实现文学文本价值的有力向导。

三是通过写作文学评论所形成的新观点、新立场、新方法、新材料等，可以充实文学理论研究，推动文学创作和文艺批评的发展，促进一个时期文学创作风格、文学流派、文艺潮流的形成与繁荣。例如，唐代的"新乐府运动"便是由当时的文学评论活动推动而形成的。新乐府运动由白居易首倡，并与元稹①、张籍②、李绅③等人积极发表诗歌创作评论，倡导复兴古代采诗传统，主张"文章合为时而著，歌诗合为事而作"，宣称诗歌要为君、为臣、为民、为物、为事而作，不为文而作，注重诗歌的现实社会功用，要有利于"补察时政""泄导人情"，用自创的乐府新题咏写现实。白居易④的《新乐府》五十首，元稹的《田家词》《织妇词》，张籍的《野老歌》《筑城词》，王建⑤的《水夫谣》《田家行》等优秀的新乐府作品擅长"美刺比兴""因事立题"，使当时的现实主义文风为之大振。

三、文学评论的发生机制

文学评论是伴随着文学的产生而发生的。人类对外在事物天然存在一种评判的意识，德国哲学家康德⑥称其为是一种审美判断力，它是"通过不带任何利害的愉悦或不悦而对一个对象或一个表象方式作评判的能力"，它在鉴赏对象身上能够看出"无目的的合目的性"。⑦而文学评论便是源于人类的一种评判之心，或者称为审美判断力批判。从学理意义上来说，文学评论属于一种学术理论话语形态。因此，文学评论与文学相伴而生，又相互促动，共同促进了文学场域的繁荣与发展。子曰："《诗》三百，一言以蔽之，曰：'思无邪。'"《论语·为政》便是对文学中纯正天性的弘扬，代表了对无邪纯正的诗歌创作体裁、风格样式的肯定。从理论话语的书面形态形成过程来看，文学评论经历了"心—性—情—行—言"五个阶段的认知过程。第一个阶段是"心"，即阅读心得，这是文学评论的本源。第二个阶段则是"性"，即由心及性所形成的个体性格历练、情

---

① 元稹（779—831），字微之，别字威明，河南府东都洛阳人，唐朝著名诗人、文学家，诗作号为"元和体"。
② 张籍（约766—约830），字文昌，和州乌江（今安徽和县乌江镇）人，唐代诗人，世称"张水部""张司业"。
③ 李绅（772—846），字公垂，唐朝宰相、诗人。他与元稹、白居易交游甚密，他们共倡新乐府诗体。
④ 白居易（772—846），字乐天，号香山居士，又号醉吟先生。他是唐代著名现实主义诗人，有"诗魔"和"诗王"之称。
⑤ 王建（768—835），字仲初，颍川（今河南许昌）人，唐朝诗人。
⑥ 康德（1724—1804），全名伊曼努尔·康德，出生于德国柯尼斯堡，毕业于德国科尼斯堡大学，德国古典哲学创始人，哲学家、作家，是西方最具影响力的思想家之一。
⑦ 康德.判断力批评[M].邓晓芒，译.北京：人民出版社，2015.

操、体验、感悟，通于人性，达于天理。明代李贽[①]在《与友人书》中说："凡我国书籍无不读，请先辈与订音释，请明于'四书'性理者解其大义，又请明于'六经'疏义者通其解说……"他说的性理便是这个阶段。第三个阶段是"情"，也就是情感的激荡与作品之中产生的"同声相应，同气相求"《易经·乾·文言》的情感呼应关系；第四个阶段则是"行"，对前面三个阶段梳理后，形成个人行为的指导和情操修养的历练。第五个阶段是"言"，就是形成文字的阶段，也就是把对文学的整体认知和辩证思考化作书面语言，形成有逻辑、有层次、有条理的论述个人感悟、文学主张、评判立场的学理性文章。

四、中国文学评论的演进与发展

中国文学评论的发展是与文学的发生发展相伴而生的，并且在中国的文论史上形成了中国独具特色的文学评论样式——中国古典文论批评范式。文学评论常伴随着文学的演变而推移，并且形成了独具中国特色的文学评论学术思想。郭绍虞[②]先生在总括社会上的对文论偏见时指出："有人说，中国的文学批评并无特殊可以论述之处，一些诗话以及词话、曲话之著，大都是些零星不成系统的材料，不是记闻见近于史料，便是讲论作法偏于修辞；否则讲得虚无缥缈，玄之又玄，令人不可捉摸。不错！中国的文学批评确有这些现象。"[③]他指出，这其实正说明了中国文学评论的特色之处。中国文学评论常常以"散点透视"的方式，读者可以与文学作品、文学创作、文艺现象直接产生对话。如刘勰的《文心雕龙》是偏重政治教化功用的儒家文学评论经典，而专门的文学评论则肇始于钟嵘的《诗品》，另外像《六一诗话》《随园诗话》《毛宗岗评点三国演义》《脂砚斋评点〈红楼梦〉》等，皆是以直觉审美的形式、亲切可感的形象、生动洗练的笔触、深入浅出的剖析和阐述对作品的评点或话题评论，形成了文学作品和评论两种书面形态的相映成趣，其灵感思辨性更为凝练，当然也存在缺乏实证逻辑、理论体系匮乏的一些弱点。相较于西方的哲学化、系统化、理论化而言，东方的文学评论带有明显的现世价值，这又与中国的诗教传统紧密相关，形成了独具中国特色的文学批评话语样式。

郭绍虞先生将中国的古典文学评论演进分为了三个时期："文学观念演进期，文学观念复古期，文学批评完成期。自周、秦以迄南北朝，为文学观念演进期。自隋、唐以迄北宋，为文学观念复古期。南宋、金、元以后直至现代，庶几成为文学批评之完成期。简言之，则文学观念之演进与复古二时期，恰恰成为文学批评分途发展的现象。前一时期的批评风气偏于文，而后一时期则偏于质。前一时期重在形式，而后一时期则重在内容。所以这正是文学批评之分途发展期。至于以后，进为文学批评之完成期，则一方面完成一种极端偏向的理论，一方面又能善于调剂融合种种不同的理论而汇于一以集

---

① 李贽（1527—1602），字宏甫，号卓吾，别号温陵居士、百泉居士等，福建泉州人，明代官员、思想家、文学家，泰州学派的一代宗师。
② 郭绍虞（1893—1984），名希汾，字绍虞，是我国著名的教育家、古典文学家、语言学家、书法家。
③ 郭绍虞. 中国文学批评史·上编［M］. 天津：百花文艺出版社，1993：3.

其大成。由质言，较以前为精确、为完备；由量言，亦较以前为丰富、为普遍。"①

进入近代以后，西学东渐，中国文学评论开始流行借鉴西方，也同时加强了理论的科学性、系统性的探讨。王国维的《人间词话》《红楼梦评论》等论著"兼通世界之学术"之"独学"，接受资产阶级改良主义思想的影响，把西方哲学、美学思想与中国古典哲学、美学相融合，研究哲学与美学，形成了独特的文学评论思想体系。梁启超也注重对西方理论的借鉴和吸收，提出了小说与群治关系的论断，"今日欲改良群治，必自小说界革命始；欲新民，必自新小说始"(《论小说与群治之关系》)。梁启超②在《饮冰室合集》《夏威夷游记》中继续推广"诗界革命"，批判了以往那种在诗中运用新名词以表新意的做法，他用文学活动来改良社会，开时代风气之先。

1919年之后，马克思主义文艺评论理论在中国大地上迅速成长发展起来。鲁迅、茅盾、郭沫若、瞿秋白等作家、评论家积极吸收和借鉴马克思主义理论。开展文艺批评实践。20世纪四十年代，以毛泽东同志为代表的中国共产党人在革命根据地延安，一方面进行革命斗争，另一方面对革命的文艺进行建设和指导。尤其是《在延安文艺座谈会上的讲话》成为指导了中华人民共和国成立前后文学发展的一个重要的文艺评论纲领。中华人民共和国成立初期，中国的文艺评论由学习西欧转向借鉴俄罗斯文艺批评，别林斯基③、车尔尼雪夫斯基④、杜勃罗留波夫⑤等革命评论家的理论，在中华人民共和国文学发展的最初二三十年里产生了积极的影响。

20世纪80年代以来，文学评论空前繁荣，与文学创作形成了紧密的协同互补关系。西方的现代派文学理论也在此时被引介进来。传统的文学批评方法，尤其是西方学术话语下形成的文学批评方法，如社会学批评方法、心理学批评方法、神话原型批评方法、意识形态批评方法、英美新批评、后殖民主义批评等文学评论方法被系统化地译介，应用到当时的文学评论中。

进入21世纪后，随着本土创作经验和理论的积累，加上对西方思潮涌入的客观辩证认知，文学评论出现了新的转型和裂变，涌现出了很多新鲜的特质。关注社会、生命、自然、文化等与文学的多元关系，日益成为热门的话题，生态批评、文化研究、人类学批评、新媒介批评等受到学界的重视，这些新质既具有世界视野，也独具本土魅力。有学者指出："21世纪文学批评的理想状态，应该是以审美为中心，以文学创作者和社会上大多数文学接受者为对象，融合感悟与理性、社会历史的考察与审美估量的圆形批评。"⑥这也说明新时代的文学批评仍然带有20世纪以及中国传统批评的烙印，同时也有了更为宏阔的理论视野，在全球化、媒体化、数据化、网络化、人工智能化等的综合视野之中，呈现更为圆融汇通的批评强劲态势。

---

① 郭绍虞.中国文学批评史·上编[M].天津：百花文艺出版社，1993：3-4.
② 梁启超（1873—1929），字卓如，一字任甫，号任公，又号饮冰室主人、饮冰子等，出生于广东新会茶坑村。中国近代思想家、政治家、教育家、史学家、文学家。
③ 维萨里昂·格里戈里耶维奇·别林斯基（1811—1848）：俄国革命民主主义者、哲学家、文学评论家。
④ 车尔尼雪夫斯基（1828—1889），俄国革命家、哲学家、作家和批评家。
⑤ 尼古拉·亚历山大罗维奇·杜勃罗留波夫（1836—1861），19世纪俄国著名的革命民主主义者和文艺批评家。
⑥ 文广会.20世纪文学批评的发展与新世纪文学批评的未来[J].中国青年社会科学，2009（5）：128-132.

第二节　文学评论写作类型

文学评论是基于文学研究的一种常见的写作文体，也是一种应用型的文艺现象。由于划分的依据不同，文学评论也被划分成了不同的评论门类。

文学评论类型——
主体对象划分

一、按照被评论的主体对象划分

按照被评论的主体对象划分，我们可以将文学评论划分为：作品论、作家论、读者接受论、文学史论、文学流派论、文学创作论、文学批评论等。而且随着新媒体介入文学的作用越来越大，还出现了文学传播媒体评论。当然，对于初学者而言常见的评论主要是作品论、作家论和读者接受论。

作品论，就是以文学作品为主要评论对象，围绕着一部或几部系列文学作品作为研究的对象，并对作品的内容、形式展开探讨。针对作品由表及里、由浅入深，透过表象看到作品所折射出的思想性、艺术性，进而发现作品中的社会价值、文化价值或文化内涵、消费价值，是一种披沙拣金式的文学评论样式。作品成为评论内涵的载体，也是评判的内核，这要求我们要对作品的本身价值进行一个客观的评判，选择那些优秀的、内涵丰富、有情感、有温度的文学作品作为研究对象。注重开掘作品内在的肌理，从而发现文学作品形式背后的深层次命题。例如，我们对盲人题材的小说作品《推拿》[①]的评论，便可以针对作品中王大夫、小马、沙复明、都红等人的人物命运展开探究，进而分析潜藏在"推拿店"这个小社会中的人生大舞台，探索作品所彰显出的对边缘者的悲悯情怀，从中揭示出人性、情欲和命运角逐中的人生光明选择的深刻内涵。

作家论，就是把文学作品的创作者作为主要研究对象，探讨作家的创作风格，他（她）的创作历程、创作倾向以及创作新变，进而研究一个作家的创作理路、创作价值和社会贡献。当代作家陈彦[②]说："自己笔下的所有的人物，都多少可以视作自己的影子，有自己的思考甚至情感的投射。我的写作应该说也是这样。即便作品塑造的人物的职业、秉性和自己相去甚远，但肯定表达着自己对人性、生活甚至更大的现实问题的思考。"[③]这就是一个作家的时代责任的体现，他创作的《装台》《西京故事》《主角》等作品，正是以敏锐的作家感知书写普通人身上的人性光亮。可以说作家论是对作家在其所从事的文学创作中所起到的主体作用进行深入的探究，发现其与作品以及创作流派、创作潮流之间的内在关联，从而在作家主导创作的现象中发现一个作家在文坛中的地位和价值，而且一个优秀的作家不仅具有当下的文学价值，而且也具有超越时代的思想价值

---

① 小说《推拿》，作者：毕飞宇。该小说获得第八届矛盾文学奖，2014年，该小说被改编成同名电影上映，影片获得有第64届柏林国际电影节最佳艺术贡献银熊奖、第51届台湾电影金马奖最佳影片奖。

② 陈彦（1963—　），陕西镇安人，一级编剧，中国作家协会副主席、书记处书记。创作有《迟开的玫瑰》《大树西迁》《西京故事》等多部戏剧作品，曾凭借小说作品《主角》获得第十届茅盾文学奖。

③ 陈彦.写作者要有良知去点亮普通人身上人性的光亮［N］.文学报，2021-08-14.

和文化意义。

读者接受论，则是基于接受美学的发展而形成的一种评论范式。文学的接受者也就是读者，他的接受心境、接受视野、接受心理、接受期待以及接受之后所引起的一系列读者反应成为读者接受论研究和考察的主要对象。伊瑟尔指出："阅读每一部文学作品，核心的问题是作品的结构与其接受者之间的相互作用。由于读者经历了文本所提供的各种透视角度，把不同的观点和模式相互联结起来，所以他就使作品开始运动，从而也使自己开始运动。"①读者接受理论又被称为读者反映批评。一部文学作品的价值量大小主要还是由读者接受之后的反应和评判为标准的。一部作品的接受史也是读者的接受史，所以从这个角度来讲，读者接受理论是对文学评论背后的读者这个群体的一种深入的探究。它是从读者的阅读作品之后的期待满足、反思意识、接受心理和后续的接受话语研讨之中来窥探文学的影响，从而折射出文学的价值的一类评论。

二、以文学评论的存在形态划分

文学评论的存在形态可分为两大类：一类是文学评论的行为状态；另一类是文学评论的写作形态。

文学评论的行为状态主要包含文学评论的演讲、讲座、媒体发布会、媒体人解说等行为方式。

文学评论类型—
形态划分

文学评论的写作形态就更为多样了，如论文体、短评体、机动体、书信体、评点体、序跋帖、诗歌体、弹幕体、随笔体、互动评论体等具体样式。

（1）论文体，最为常见，指的是带有研究性的学术论文样式，一般篇幅较长，内容比较系统，论述比较充分，大多旁征博引，文献资料扎实，逻辑性强，并且注重理论与实践的结合、评论方法与具体对象的有机融合，表现出学术性、理论性、论辩性和逻辑性的特点，如钱理群②先生的《周作人的传统文化观》③就是从严谨的学术角度剖析了周作人对儒家学说的基本态度以及随着社会的变化和他主观选择的不同而发生的若干变化。作者认为，这是与持否定的或肯定的态度有所不同的另一种对于中国传统文化的观照模式。

（2）短评体，是一种篇幅短小、内容选材灵活多样的评论样式。往往采用"小切口深分析"，具有时效性强的特点，内容相对集中，评论视角比较新颖，挖掘材料的方式灵活多样，往往能够抓住一个小的切口，对研究对象进行深入透彻的说理，这种样式经常见于期刊报纸和媒体上的短篇评论中。

（3）机动体，是一种带有应试性、应激性、心得体会式的文学评论短论，如我们通常所说的读后感或者阅读鉴赏题等皆属于此类。这种样式往往只用于特别具体的作品，如一首诗歌、一篇散文、一篇杂文或者一种文学现象，有针对性地发表自己的体验感受和独特的理论见解。这种样式不需要枝蔓丛生，只需要点到为止，言简意赅。

---

① 沃·伊瑟尔.阅读行为［M］.金慧敏，等译.长沙：湖南文艺出版社，1991：25-26.
② 钱理群（1939—　），北京大学中文系资深教授，博士生导师，并任清华大学中文系兼职教授，中国现代文学研究会副会长，中国鲁迅学会理事。主要从事中国现代文学研究，鲁迅、周作人研究与现代知识分子精神史研究。
③ 钱理群.周作人的传统文化观［J］.浙江社会科学，1999（1）：6.

（4）弹幕体，是一种新兴的网络文学评论样式，主要采用弹幕的方式①流动性地发布在网络媒体或移动客户端上，或者以嵌入的方式生存于文本或视频的边角之中，具有即时性、互动性、娱乐化的特点。因其比较短小精悍，还可以与读者或观众开展适时的交流互动，带有极强的参与性，能够增强心灵共鸣，增强接受者的归属感和认同感。

（5）随笔体，一种行文自由、短小活泼的评论样式，常常以随笔的方式，不拘一格，如文艺漫谈或文艺杂谈等。这种评论文体不囿于严格的理论形式，它不是对某一文学理论问题进行抽象分析研究，而是对某一理论问题或者文学现象进行有选择地描绘、阐述，它可以引譬连类，也可以生发想象，使人们领悟到文学的精妙之处。由于随笔体评论选题灵活、行文自如，往往采用散文的笔调，具有灵动的气质和清新活泼的文艺评论趣味。

三、按照文学评论的性质划分

按照性质不同，文学评论可分为赏析型、阐释型、评判型和争鸣型等不同类型。

文学评论类型—性质划分

（1）赏析型评论，就是以文学文本作为鉴赏的核心，在对文学作品进行充分细读之后，分析文本中的写作妙处、情感领悟、文采意蕴。这种评论内容既有文本的欣赏和赞誉，也兼有对作品中的悠长之处和审美趣味的分析和导读，是一种阅读体验的分享，如《"香菱学诗"中的诗歌赏析与创作》②，这篇文章重点赏析了《红楼梦》第48回的内容，指出了曹雪芹实则是借香菱向黛玉讨教如何作诗的描写，写出了自己对于诗歌赏析与创作的理论，并从诗歌结构到诗歌的立意，再到诗歌的格调，表达了独到的文学创作论见解。

（2）阐释型评论，则是由文学作品、作家或文学现象出发，同时勾连社会历史、道德、伦理、心理、生态、科学等各方面的知识，展开的一种开放式的理性阐释。评论者往往对文学进行具体而充分的分析和解释，甚至引经据典，以大量实证的文献资料或者相关的知识背景作为佐证，由此及彼、由表及里地归纳现象、阐发理论、概述规律、总结技巧，并分析优缺点，以期从整体上更为精准地把握文学、阐发文学、理解文学。

（3）评判型评论，侧重于对文学的评价和判断，是对作品价值的一种客观评析。评判型评论往往要求评论者以一定的理论视角和文化视野公正地、客观地、全面地对作品进行定性分析、定量分析，并做出审美判断。由于评判型评论是带有评判性立场的评论，这就要求该类评论要有正确的价值导向、科学的评判方法和合情合理、有理有据的准确论断。

（4）争鸣型评论，则是对一种评论观点和文学判断提出不同的意见，带有驳论性、争鸣性，重在发表与他人相左或者相异的新颖认识和见解，着力反驳某种错误的或者值得商榷的观点，从而树立正确的立论观点。该类评论要求评论者要抓住问题的症结，有针对性地开展批评和发表见解。驳斥有缺陷的观点，辩驳中要有理有据，评析要客观中

---

① 弹幕，是在网络视频播放屏幕上出现的即时性评论文字，因其像网络战争游戏中出现的密集的子弹，故被网友称为"弹幕"。

② 周天春."香菱学诗"中的诗歌赏析与创作［J］.四川文理学院学报，2020（3）：116-120.

肯，要做到阐发理论有依据，引证事实真实可靠，从而得出令人信服的结论。如《〈三国演义〉妙在假能乱真而不失其真——兼与叶朗等同志商榷》[①]一文中指出：胡适[②]认为《三国演义》据守的历史太严，而想象力太少，创造力太薄弱"所以只成一部通俗历史，而没有文学的价值"。叶朗[③]同志在他写的《中国小说美学》（北京大学出版社，1982年版）一书中认为"胡适批评《三国演义》想象力、创造力薄弱是有道理的"。最近还有的同志撰文认为《三国演义》的艺术成就是次要的，作者在艺术方面并没有什么创造。这些论点是值得商榷的。评论作者举例道：关羽过五关斩六将虽属虚构，但在历史上，他不为曹操用富贵收买所动，毅然归故主；赵子龙单骑救主虽属虚构，但在历史上，他在战乱中确是保护了刘备妻子的安全，与曹操在汉中之战中因他作战勇敢，刘备赞他"一身都是胆"；孔明的神机妙算无不中的，神谋大多虽属虚构，但在历史上，他确是个智者，他为刘备制定三分天下的战略决策——"隆中对"，显示他超人的智慧；曹操的许多奸诈行为虽有不少是夸大或虚构，但在历史上，他的行为确是十分奸诈、狠毒的。由于作者虚构其人之事，没有违背其人的性格特征，故使人觉得仍像历史其人。又如赤壁之战，其中描绘的战争场面如此广阔、人物如此众多，故事情节和细节描写又几乎属于虚构，但能沿着历史主要线索去写，战争的开始、进程、结果大体符合历史的真实，读了觉得合情合理，并没有违背历史发展之感。《三国演义》如此实中有虚的写法，就是它的假能乱真而不失其真的奥妙所在，这就比较有力地反驳了有关学者的偏颇之处。

---

① 剑锋.《三国演义》妙在假能乱真而不失其真——兼与叶朗等同志商榷[J].海南大学学报（人文社会科学学版），1985（1）：39-43.
② 胡适（1891—1962），男，曾用名嗣穈，字希疆，学名洪骍，后改名适，字适之。思想家、文学家、哲学家。
③ 叶朗（1938— ），北京大学哲学系教授，博士生导师，知名美学家。

第二章
文学评论写作基础

文学评论写作建立起来的主客体关系是比较明确的，一方面文学评论者（主体）要对文学（客体）具有充分的把握，能够深入文本世界中获得感知、体验和理性思考；另一方面文学评论者要有一定的理论素养和文学修养。这两个方面是文学评论能够搭建起主客体互动交流关系的基础和前提。

第一节　把握文本世界

文学文本是进行文学评论的缘起和对象，精准把握文本世界也便成为最重要的写作根基。陆机①《文赋》中曰："余每观才士之所作，窃有以得其用心。夫放言遣词，良多变矣，妍蚩好恶，可得而言。每自属文，尤见其情。恒患意不称物，文不逮意。盖非知之难，能之难也。"②这表明要读懂文本世界，需要用心体悟，用情感悟，用理思悟，才能读懂创作者的运笔和情思，真正把握变化万千的文本世界。

把握文本世界

无论是通过整本书初读或者精读，还是进行选择性阅读，都可以帮助我们了解故事，通晓大意，获得情感的融通，这样我们只是进入了文本阅读的表层结构和事实表象，这是通晓文意阶段。而我们所说的鉴赏，则是进行文学批评的过渡阶段，也是文学评论的第二个阶段，是对文学的一种感受、感悟和体验。而文学评论是第三个阶段，就是要进入文本深层结构，介入文本与作家、世界、读者以及媒体传播途径等方面的关系

---

① 陆机（261—303），字士衡，吴郡吴县（今江苏省苏州市）人。西晋著名文学家、书法家。
② 陆机.张少康集释.文赋集释［M］.北京：人民文学出版社，2002:1.

中，展开学理性研究和探讨，对文本的优劣、好坏、审美价值进行科学的评判。

文学的文本世界是一个广阔的虚构空间，它具有内指性，指向了文学内在自足的宇宙空间。当文学批评者介入文本时，就会产生文本与读者、读者与作家、文本与世界的对话关系。例如，我们在阅读加缪①的《鼠疫》时，读完故事，禁不住会掩卷沉思，尤其是当我们在经历过"非典"（2003年）或者"新冠疫情"（2020年）后，或许对文本会有更深的体验。小说《鼠疫》向我们讲述了阿尔及利亚的奥兰小镇突发的一场鼠疫。从表层上来看，小镇突然被封锁成为孤岛，有的人自暴自弃，有的人趁机牟利，有的人孤独无助，有的人绝望颓废，主角里厄医师却能用"知其不可而为之"的大无畏精神在荒诞中奋起反抗，挺身而出矢志救人。文本可以看作是给这个被封锁的小城做的一场回忆录。鼠疫像幽灵一样到来，又像幽灵一般突然消退，一种虚无与荒诞感充斥着整部作品。可是当我们联系到个人的体验，以及对文本语言结构和深层内蕴的感悟之后，我们发现作家不仅是为了告诉我们一个鼠疫带来的灾难故事，还是在探究在荒诞的灾难面前人类生存的价值和意义。故事是对生命意识探讨、伦理情感的一种深刻的存在性反思。正因为疫情灾难所带来的存在之思，才使这一部作品在创作问世80多年后，仍然让读者能够感受到强烈的文本世界中人类命运共同体的意识，能够感受到在疫情之下人类的普遍的人道主义精神，经过了疫情洗礼后的对人性的拷问，以及对社会存在中那种偶然的甚至带有荒诞性、宿命感的灾难事件的一种深沉反思。有了这样一种认识后，我们就进入了文本世界的深层内蕴中，就具有了某种文学批评的意识，也就构思出了文学评论的基本思路。

只有树立文学评论的文本意识，才能够开展对文学的批评实践活动。文学评论是文艺学的一个重要的分支，也是文艺生产与传播、接受的一个重要的环节，它评论的主要依据也是"文本世界"。我们主要通过精心研读文本，并与文学鉴赏、文学消费等文学接受实践活动展开对话，借以打开文学阐释的广阔空间。文学评论不仅将文学接受的立体化场景和整个的理解过程进行现象学还原，还可以促进文学话语与各种文艺理论阐释之间的对话与互动，进而深度反观文学理论、文学批评的内部机理，激活文学阐释的话语空间，为文艺学、文学理论和文学批评提供新的学术应用，形成文学研究的学术增长点。

第二节 文学评论者的素质和修养

文学评论是一种学术思考，也是围绕着内部规律、阅读经验分享和文学理论的建构进行的资料收集、调查统计、理论验证开展的实践写作活动。文学评论不仅需要有客观的、科学的理论方法，还需要以想象和情感作为支点。文学评论者既要有文学的思维，又要有学术思考的理性和逻辑判断。因此，文学评论的综合属性要求评论者要有更加综合的素

文学评论者的素质和修养

---

① 阿尔贝·加缪（1913—1960），法国知名的作家、哲学家和存在主义文学，同时也是"荒诞哲学"的代表人物。

质和修养。

一、敏锐的感受力和丰富的想象力

文学是带有一种虚构的审美意义的文学创作，文学内部孕育着作者的创造力和丰富的想象力。一个评论者要真正读懂文学作品，也需要达到一种作者期待的状态，能够敏锐地察觉作品里潜藏的艺术符码，剥开层层表象，看到作者寻求的真谛，并且从艺术技巧之中看到作家创作的艺术独特性。文学评论者要与文学的想象和精神往来，正所谓"精骛八极，心游万仞"（陆机《文赋》），"是以陶钧文思，贵在虚静，疏瀹五藏，澡雪精神""寂然凝虑，思接千载；悄焉动容，视通万里。吟咏之间，吐纳珠玉之声；眉睫之前，卷舒风云之色"（刘勰《文心雕龙·神思》）①，文学评论写作也如同文学创作一样，要跟随着文本的世界，展开丰富的联想和想象，敏锐地洞察到文学里的深层内蕴，感受到作者欲言又止、引而不发的深层内蕴。可以说，文学评论者是一个怀着好奇心揭开文学深度秘密的探险者。

文学评论者要有问题意识，打开想象的空间，大胆地提出问题，小心地进行求证。爱因斯坦曾说过，"提出一个问题往往比解决一个问题更重要，因为解决问题也许是一个数学上或实验上的技术而已，而提出新的问题，新的可能性，从新的角度去看旧的问题，需要有创造性的想象力，而且标志着科学的真正进步。"社会科学同样如此，做学问要在无疑处生疑。

二、严谨的求知精神

文学评论作为一种学术的思考，是围绕着文学事实开展的认真细致的思维探索活动，所以必须要基于事实，尊重事实，必要的时候进行文献资料收集整理、调查分析和数据统计，以严谨的求知态度和求真务实的精神进行思考。同时要满怀求知欲。孔子曰："朝闻道，夕死可矣。"屈原也说："路漫漫其修远兮，吾将上下而求索。"讲的就是要有强烈的求知欲，积极地探求真理。古希腊哲学家亚里士多德②也说："我爱我师，我尤爱真理。"英国哲学家培根也说："研究真理、认识真理和相信真理，乃是人性中最高的美德。"开展文学评论也是求取文学之中真理的过程。这个过程要严谨专注，形成良好的学术思维习惯。敢于提出新的观点，质疑旧的认知，坚持严谨求知的精神，做到言之有据、言之成理，言之成文。

三、兼具有情感和理智

文学评论还需要情感和理智的融通。新时代的文学评论，不仅要遵循业已形成的相对稳固的学术话语范式，而且要关注新时代涌现出来的新的评论样态。新的时代呼唤求真向善的文学评论伦理旨归，也召唤着文质兼美的评论样式，期待着中国文学评论话语

---

① 刘勰.文心雕龙［M］.北京：中华书局，2019:320.
② 亚里士多德（前384—前322），古代先哲，古希腊人，世界古代史上伟大的哲学家、科学家和教育家之一，堪称希腊哲学的集大成者。

的呼应。习近平总书记《在文艺工作座谈会上的讲话》中强调我们要"运用历史的、人民的、艺术的、美学的观点评判和鉴赏作品""要以马克思主义文艺理论为指导，继承创新中国古代文艺批评理论优秀遗产，批判借鉴现代西方文艺理论，打磨好批评这把'利器'"。[①] 这就要求每一位文学评论者，要以深厚的理论素养指导自己的评论理论主张、学术立场、道德伦理和知识建构，将其应用于具体的文学批评，用严谨的学理彰显文学评论求真务实的学术规范和时代责任，以冷静客观理性的精神引领新时代的文学评论，获得新知，推进文学评论的不断发展。同时文学评论所分析的对象是感性的、情感充沛的材料，情感审美是文学的本体现象之一，是对文学之美的一种出于实践理性的评判和反馈。它面对的一方面是创作者，另一方面是读者。所以它必须要从文学本体美的角度反映个体情感经验和个体心理知识结构。刘勰曰："夫神思方运，万涂竞萌，规矩虚位，刻镂无形。登山则情满于山，观海则意溢于海。"（《文心雕龙·神思》）这讲的是情感和思绪的运行之妙，也说明了情感与理智的内在联络。既然文学是美的，文学评论同样也离不开对美的追求。对美的追求更是从情感上对文学的一种心灵快感的认知。由此，文学评判首先要立足于情感，跟随着文学里的情感跌宕，而召唤出个体的审美经验的深层次认知。

总之，文学评论不仅存在着理性的价值立场，也包含着情感上的伦理认知，是情感和理智的融合体。写作中要调和理性和情感的比例，让文学评论真正达到文质兼美的呈现，既能"情动于中"，又能"理发于外"，充满严谨的逻辑性、强劲的说服力和打动人心、振聋发聩的评论效果，实现对文学创作和欣赏进行科学指南，达成对广大的读者阅读和理解的有效引导。

---

① 习近平. 在文艺座谈会上的讲话[R/OL]. http://www.xinhuanet.com/politics/2015-10/14/c_1116825558.htm. [2015-10-14].

第三章
文学评论写作技巧

第一节 文学评论写作的规范与原则

文学评论是一种基于审美鉴赏和判断的应用性写作文体。所谓评论的技巧其实是在尊重学术性、规范性和写作逻辑性的基础上,对文学评论的行为进行的一种创作规律性的概括,这就要求我们需要有创新理念和意识,在写作行文时要遵守基本的写作规范和原则,用恰当的处理方法、正确的分析手段、顺畅的分析思路,成功地完成一篇文学学术评论。

文学评论写作的注意事项

一、立论新颖

文学评论首要的要求就是要有一定的立论新颖度。论文不在于面面俱到,也不必以偏概全,而是应该从大处着眼,小处入手,小切口深分析,从精微之处提出独到的见解,立论做到有深度、有见地、有情感、有温度。语言学家王力[①]先生曾指出"小题目做大文章""论文的范围不要太大……范围大了,你一定讲得不深入,不透彻……讨论问题要深入,深入了就是好文章,……小题目可以写出大文章"[②]。切忌整篇文章从内容评析到形式评析,从语言到内容,价值到人物,形象到意蕴,再到文本引发的思潮等,企图面面俱到,反而会顾此失彼,太过空泛。因此,有深度是立论新颖的前提。评论文章的新颖度主要表现为学术观点新、评论方法新、评论角度新和所使用的文献

---

① 王力(1900—1986),字了一,广西博白县人。中国语言学家、教育家、翻译家、散文家、诗人,中国现代语言学奠基人之一。

② 温儒敏.中文学科论文写作训练[M].北京:北京大学出版社,2003:276.

材料新等方面。

（一）学术观点新

要想达到观点新颖，我们需要做到以下几个方面。首先，要关注文艺领域里最新最前沿的文学话题，找到未被大部分人论及的文艺思潮、文学倾向或新的文学文本、新的文艺现象，例如，传统文学的媒介化传播、网络文学的影视化改编等现象。可以从这些现象之中找到自己的立论方向，有的同学选择媒介环境学的角度，有的同学则选择跨媒介文本的改编角度，还有的同学选择影视文学生态的角度、符号学的角度等。其次，要从当下的文艺评论领域中找到自己的新观点、新方法、新视点、新立场、新认识、新体验、新把握，并且把它们凝炼成精炼的学术性话语呈现出来。最后，要精心研读理论知识，把握理论的学术规范，同时要拥有大胆的改革创新意识，对一些值得推敲商榷的论述，敢于提出自己的新见解；对理论中存在欠缺、谬误的评论观点或学术术语，敢于发表自己的真知灼见；主动参与文学评论流行话题和艰深的学术议题，积累并形成属于自己的学术见解。

（二）评论方法新

要使用新颖的文学评论方法，需要比较全面地掌握文学批评方法论，在此基础上进行观念的更新和学术前沿理论方法推进。例如，本书中主要介绍了20世纪以来的一些影响比较大的文学评论和方法，如社会历史学评论方法、精神分析学评论方法、生态批评方法和叙事学批评方法等，这些方法是我们进行文学评论的方法论基础。大家在使用时可以借鉴这些方法和评析思路，在运用这些方法的基础上，进一步地加入一些新的理论，如系统论、控制论、媒介信息论、传播论等研究方法，从而达到灵活、综合、立体地运用这些方法，使原来定型的文学批评学说进一步地创新、深化。用新颖的方法来评判文学对象，从而产生出新的认识、新的结论、新的学说。

例如，有的学者以近十年来的中国现代经典作家鲁迅在中文网络中的传播现象为例，利用综合的文学评论方法，探讨中国现代文学经典作家在网络传播过程中呈现出的文化利用状况，着重以鲁迅为例，分析了网络上流行的"鲁迅学""鲁迅汤""鲁迅包""鲁迅说"现象，发掘其背后潜藏的网民的文化心理欲求，进而对文学教育的网络安全提升问题展开探讨。[①]论文将媒介传播学、现当代文学、教育学的知识巧妙地融合在一起，围绕着网络文化的传播与利用问题层层展开探讨就很有新意。

（三）评论角度新

进入新时代，多元的文化提供了多元的研究视角。我们对文学审美对象的审视也具有了多重的角度。除了传统的作家论、作品论、读者论和世界语境理论，我们还可以从消费视角、影视改编视角、媒介传播视角、文化研究视角、生态美学视角、后人类视角、别现代视角、性别视角等新的角度，对研究对象进行评价分析。随着研究视角的

---

① 付兰梅.中国现代经典作家的网络文化利用与文学教育的网络安全——以近十年来的"网说"鲁迅为例［J］.长春理工大学学报，2020（4）：143-146.

改变，所涉及的理论视阈也随之改变，我们需要针对这种新的视角来展开深入的理论探讨，梳理理论来源，在归纳分析的基础上，找到切入研究对象更深层次的方式方法。

例如，《从"后现代"到"别现代"——论当下中国新诗的"别现代"处境》①一文，就选择了比较新颖的别现代视角，作者认为：中国新诗自20世纪80年代末以来便被指认为"后现代""后现代主义"，但事实上，中国当下新诗正处于王建疆命名的"别现代"阶段，即现代、后现代与前现代的混杂共谋状态。这种"别现代"形态既非单纯的"现代"，亦非纯粹的"后现代"，既呈现出一定的"现代"表征，亦携带后现代的技巧与风格，还隐匿着"前现代"的魅惑，将"现代""后现代"与"前现代"杂糅一体。指出如何突破"别现代"处境，寻求更佳发展路径则是当下中国新诗发展亟待解决的问题。这些从"别现代"新视角的论述就具有了更多的新见。

（四）所使用的文献材料新

在文学评论中所使用到材料的新颖度，是新颖观点确立的一个基础，尤其是在发现新的材料之后，有可能会对旧有的材料或观点形成冲击，从而带来更为新颖的学术观点，也可以补充原来观点的不足之处，修正原有的学术观点。要摄取新鲜材料，读者具有敏锐的观察力、分辨力，以及丰厚的知识储备，对新发现的材料进行认真的剖析和甄别。例如，《腐草为萤与儒道调和——〈聊斋志异·连琐〉新解》②一文就使用了新的材料和解析视角，指出《聊斋志异·连琐》是对"腐草为萤"典故的小说化敷衍。用结构主义叙事学分析方法解读全文，可以看到，《连琐》的深层结构表现为征用发源于《易经》的"气变"学说和佛家"色空"观念，用来调和儒家道德与道教阴阳思想之间的矛盾，从而将阴阳学说纳入儒家道德形而上学中。这些对短篇文言小说《连锁》的新解，便是来源于学界关于"蒲松龄擅于将经、史、诗、文等内容和儒道文化融入小说创作"等新材料的挖掘和发现。③

此外，虽然说文学评论有着比较规范的学术行文要求，但是并不等于要把文学评论写成八股文。在掌握一定的文学评论写作技巧之后，形成自己的学术论文结构语言体式，带出自己的文学评论风格，也不失为一种创新。

二、主次分明

文学评论主要是围绕着一个核心话题来展开的，这个中心话题就是主要内容，是文章的"立主脑"，也是"一篇之警策"。而围绕着这个话题所展开的其他分论点，是用来辅助说明核心观点的。还有一些与该核心内容关系不大的内容，我们就称为是次要的内容。在写作文学评论时，不可避免地会旁征博引，用到各个方面的材料，所以，就要对这些材料安排好主次。论述的先后次序和详略都要根据主次关系来进行调整和安排。文

---

① 罗小凤.从"后现代"到"别现代"——论当下中国新诗的"别现代"处境［J］.中国现代文学论丛，2020，15（2）：61-73.
② 陈然兴.腐草为萤与儒道调和——《聊斋志异·连琐》新解［J］.蒲松龄研究，2017（4）：29-34.
③ 文中指出：使事用典本是诗词手法，蒲松龄将它搬移到小说中，就有了许多"敷衍典故"的小说。比如，杜贵晨先生曾在他的研究中指出，《莲香》一文整个就是对《周易》"睽卦"（"上九，睽孤，见豕负涂，载鬼一车，先张之弧，后说之弧，匪寇，婚媾。往遇雨则吉。"）的小说化的敷衍。

学评论写作者必须要把"主脑"放在首要的位置,把紧密相关的内容作为主要的论述对象。同时,要控制整篇文稿的篇幅和各个材料的内容布局。清代王夫之把主要内容中的立意进一步做了强调,他说:"无论诗歌与长行文字,俱以意为主。意犹帅也,无帅之兵,谓之乌合"①。这就让主题立意统帅全文,用主要内容来把控全局。有些次要内容和关系不大的内容,可以点到为止,不必做详尽的论述,更不应该旁逸斜出,做无节制的发挥。具体说来,在写作过程之中产生的新问题可以提及,但不必详论;众所周知的一些话题或者问题,只要点到即可。对于容易引起争议的或者尚未有定论或者自己考虑不成熟的内容,也应该做简要论述或者避而不谈。切勿在写作中仅纠缠于自己知道的个别材料,从而导致论述角度单一、详略失当、主次失调的问题。

三、有理有据

文学评论与写作是对文学现象、文艺问题所做出的一种价值判断和理论分析。所以,每做出一种判断和理性思考,须要基于准确的文献材料和事实依据。在写作过程中,最忌讳的便是说空话或者说没有根由、不着边际的话,导致立论基础不扎实。所谓文学评论要有理有据,就是要做到理论观点要有充分的理论话语支撑,例如,文学理论观点、哲学的观点、美学的观点、社会学心理学以及跨学科的理论作为依据。除了理论要做到"有理"之外,事实论据也要充分可靠。所引用的文献资料其来源出处一定要准确无误。要使用权威的读本和权威的文献资料。避免以讹传讹,避免相互摘引中出现的引用错误,做到事实论据充分可靠、有针对性。总之,理论论据要切题,推理逻辑要准确无误,让整篇文学评论理论论据与事实论据都能够做到相辅相成、相得益彰。

第二节 准确把握学术动态和理论前沿

文学评论体现的是对文学信息的一种把握能力和评判能力。因此,要写好文学评论必须要实时地关注文学的最新学术动态,掌握一些理论前沿的知识。学会对信息进行加工和分析,能够从变化的学术动态里找到学术的热点问题、难点问题、焦点问题,并与自己的学术视野和学术修养相结合,形成自己的评论选题。

准确把握学术动态和理论前沿

一、充分占有学术信息

要把握好学科的最新研究动态,必须要充分掌握新的媒介信息搜索手段和信息媒介获取途径。

第一,收集好研究综述信息。我们可以通过网络信息平台来收集一些与自己课题密切相关的综述类论文。可以"继往开来",通过研究综述来发现该课题已经取得的相关研究成果,把握已有研究的程度和最新的研究动态以及存在的研究不足和亟待加强的地

---

① 王夫之. 薑斋诗话笺注 [M]. 北京: 人民文学出版社, 1981: 44.

方。也可以"破旧立新",突破研究综述的局限来确定自己更加新颖的角度。

如《文心雕龙·序志》的研究综述①指出:

> 《序志》篇作为《文心雕龙》的重要篇目,目前,学界对其研究的成果主要集中于刘勰的两个梦、儒释道思想对刘勰的影响、从《序志》篇看刘勰的个人追求等方面。对本篇的比较研究成果虽少,仍需引起注意。
>
> 将《序志》篇与其他序文进行横向比较无疑是个非常好的研究角度,但目前,仅就中国知网而言,这方面研究的成果只有一篇硕士论文。该文将《文心雕龙·序志》篇与《文选序》的源起、体例、内容进行了比较,指出《文心雕龙》序体源于《易》传,《文选》序体源于《诗序》;《文选序》置于书前,《序志》篇刘勰有意置于书末;《文选序》是以"书名或人名+序字"形式构成,《序志》篇加以"志"字修;刘勰创作《序志》是借文学论说为了实现自己立言不朽的功绩,萧统是为了文学而文学;刘勰与萧统的出发点都是经类典籍,而萧统的为文标准则有所偏离,刘勰则始终坚守。
>
> 总的来说,对《序志》篇与其他序文的比较还需要更多学者为之努力。

上述文字的研究指向性很明确,这就为我们进一步的研究《文心雕龙·序志》提供了一个新的视角,也使我们发现了《序志》篇还有值得开拓的研究角度。

第二,掌握学科上的理论前沿问题。理论前沿问题是一个学者关注学术视野的重要方面,它跟随着时代的脉搏和全球化的动态,来关注课题研究未来发展方向。所以,前沿问题往往具有一定的深度、难度和值得开拓的广度。通过关注前沿问题可以更好地把握自己课题的创新思路和创新方法,例如,关于外国文学理论与批评的前沿问题,就有这样一篇文章:《"外国文学理论与批评前沿问题"三人谈》②,文中指出:

> 经历了20世纪末解构主义和后结构主义思想的洗礼,文学与批评的分野一度消弭,追寻客观性、普遍性和科学性知识的文学批评成了杰弗里·哈特曼所称的"作为文学的批评",批评和理论成为个人化的"生命书写"(life writing)。文学批评和理论不仅渗透着审美情趣、思想水平和志向情怀,还承担着对更大自我的认知和道义责任。因此,当下的外国文学理论和批评必须展现出独特性和创造性,才能克服哈罗德·布鲁姆所谓的"影响的焦虑",不被时间的洪流淹没而沉入水底。同时,我们深切地感受到,对中国的学者和研究者来讲,当下的外国文学批评和文学理论研究与社会政治一道,迈入了新的发展时代。仅仅承认文学批评和理论的建构性和个性化,还不足以应对西方批评理论的强势话语。建构中国话语和理论体系,发出自己的声音,甚至回应大众的精神需求,仍然是我们当前最迫切的任务。

上述论述都表明了前沿问题的明确指向性。

所有理论的本质上都是一种预设和一种假定。很多所谓理论像科学研究一样,之后被证伪,被人忘掉,最后剩下的只是经验。做文学批评研究、文学理论研究或思想史

---

① 樊舒琪.《文心雕龙·序志》研究综述[J].散文百家,2020(3):2.
② 聂珍钊,吴笛,陈永国."外国文学理论与批评前沿问题"三人谈[J].山东外语教学,2018(3):70-77.

研究，最终要从经验入手，要回归到"阅读的生态"，然后进行"生态的阅读"，即回归到作品当中的物，还原它真实的面貌。物跟我是平等的，不是以我为主，也不是以物为主，人与物之间是一种平等的关系。人与物、人与自然、人与狗、人与猫的平等的关系是一个很大的问题。如果这样平等的关系出现了，真正的人类命运共同体也就不难实现了。

论文指出了当下的前沿问题，就是要建构中国话语和理论体系，要回归到"阅读的生态"，然后进行"生态的阅读"，即回归到作品当中的物，还原它真实的面貌。这就是当下文学批评中面向当下和未来比较急迫的需要解决的命题。

第三，充分全面地把握信息动态。在初步选定自己的研究课题方向之后，要学会运用创造性的思维，将已有的材料进行想象性的、创造性的组合，从中挖掘出自己的选题方向和观点所在。并在论文查询系统里搜索相关的问题，对比已有的研究成果，以此来判断自己的观点是否新颖，是否对已有成果有更新的拓展。如果是重复了已有的研究成果则应舍弃，如果是带有填补空白性或者对有争议的话题具有了新鲜的信息材料作为佐证的，则可以作为重点确定的论述题目。同时，要学会从横向和纵向的多角度展开思考，对已掌握的文献资料和从网络平台收集到的论文信息材料进行梳理和划分。从纵向角度来看这一问题所研究的历程和研究的主要发展方向；从横向的角度来看这一话题探讨的深度以及相关的学术研讨活动、期刊论文、博硕士论文情况，以及重要学者的主要论断等，在比较中来发现新的角度，形成崭新的评论观点。

如日本唐宋文学研究相关动态：

日本学界近年来唐宋文学研究最令人瞩目的，仍数白居易研究。在作品解读、文学批评与观念研究、作家生平考辨、影响接受与日中文学比较研究、版本文献与书籍史、学术史研究、地方书写与诗迹考察、元典译注与读书交流活动、学术论著双向译介等方面，日本学者均产出丰赡的研究成果，研究视角和方式多样，并形成若干特点：其唐宋文学研究多基于日本本位，学术视野由中国、日本扩大到整个东亚；注重文献资料的发掘整理与考辨，特别留意新材料和新方法的使用，于文本细读中见微知著；学者之间合作交流密切，形成集团协作化、主题探讨式、持续高效型的研究模式，这是一个方面。另一方面，部分日本学研究选题琐碎重复，偏于技术化而缺少深广的文化情怀等现象，也值得反思。[①]

通过上述学者的分析，我们可以了解到唐宋文学研究在国外的研究态势，对比国内的研究动态，取长补短，力求填补空白，做出研究方向的相应调整。

第四，学会利用大数据平台分析研究趋势。从事人文社会科学的研究，同样需要充分利用现代信息化手段，辅助展开文学评论研究。例如，通过大数据来进行研究趋势的分析，把握研究的最新发展动态。所谓算法就是基于大数据和人工智能运算形成的一种智能的指令。它利用后台的数据分析，可以形成可视化图表，帮助我们更加直观地把握研究的动态，通过词频和趋势图、结构图，可以把握自己研究领域内的关键性话题，并

---

① 尚永亮，蒋旅佳.日本唐宋文学研究动态考察（2017）[J].中国语言文学研究，2019（2）：44-56.

提供数据支撑，便于我们更加直观地浏览掌握文学评论的研究"冷热"走势。

例如，我们可以通过"超星发现系统的算法"来搜索"苏东坡诗词研究"，就可以看到相关评论文章在期刊的发文量和相关图书趋势图（图3-1和图3-2）。并且可以通过"学术辅助分析系统"发现近十年来发文的主要关注知识点和关键词（图3-3）。

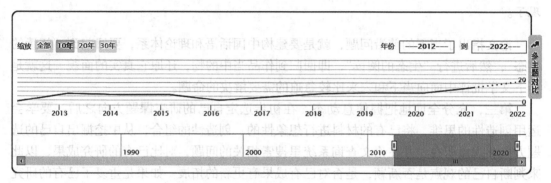

图3-1 《苏东坡诗词研究》期刊学术发展趋势

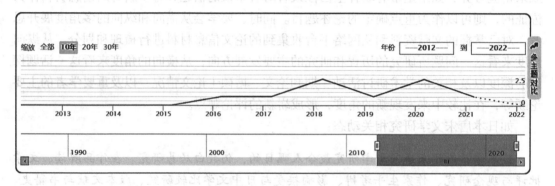

图3-2 《苏东坡诗词研究》图书学术发展趋势

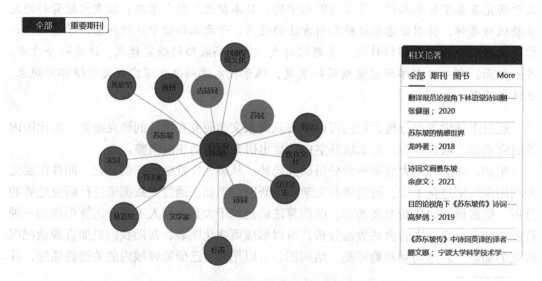

图3-3 《苏东坡诗词研究》学术研究相关知识点

二、精心收集文献资料

通过上面的分析不难发现，作为学术研究也需要对相关研究领域的发展情况进行科学判断和客观的分析，在此基础上形成自己的选题方向、学术观点。这些前沿观点主要源于对材料的充分占有和学术分析。那么这些材料来源有哪些？又是如何进行分类的呢？

第一，根据材料的来源不同，可以分为直接性材料和间接性材料。直接性材料是人们在社会实践中，通过观察、体验、实验、调查等获得的直接性的未经加工的材料。间接性材料是人们通过各种传播媒体、信息平台所掌握到的信息资料。这些资料无论是直接性的或者间接性的，都可以成为我们进行论述的论据，但是在作为论据之前，一定要确定材料的可靠性、准确性和创新性。

第二，按照材料的具体内容来划分，可以分为事实材料和理论材料。事实材料，主要指的是我们进行文学评论的研究对象，例如，文学文本、文学思潮、文学风格、作家、作品等；在现实生活中，文学生产、传播、消费等各个环节的现实情况都可以作为事实材料。理论材料就是我们在进行评论时可能使用到的各种理论依据，例如，包含美学观点、哲学术语、批评方法等的相关理论文献资料。

第三，按照文献出版的形式，我们参考的资料来源主要包括图书、期刊、学位论文、会议论文、报纸、网络电子文稿等。

第四，网络信息资源的来源类型，主要有以下三类。

（1）电子资源数据库。这是网络学术信息资源的主体、论文写作须利用的主要资源。包括参考数据库；全文数据库（电子图书数据库、电子期刊数据库、学位论文数据库、会议论文数据库、事实数值型数据库、电子报纸数据库）。

（2）搜索引擎。这种信息来源系统性、可靠性较差，可以作为上述主体资源的补充。较好的有 Google Scholar（谷歌学术搜索）、超星发现系统、中国知网、万方数据库百度文库、新浪知识人等。

（3）学科导航是按学科门类将学科信息、学术资源等集中在一起，以实现资源的规范收集、分类、组织和有序化整理，并能对导航信息进行多途径内容揭示，方便用户按学科查找相关学科信息和学术资源的系统工具。同学们主要可以在学校图书馆或者所在专业信息资料管理部门购买的网络数据库资源中点击学科导航，了解最新的学科专业知识和具体研究课题动态。

中篇

文学评论方法与写作案例剖析

第四章
社会历史学评论方法

社会历史学评论方法，也称作社会历史研究法，是一种按照社会、文化、历史等时空背景去解释文学活动，以此来反映社会与历史状况的文学研究方法。

自古以来，文学与社会生活就密切相关，由此，人们在研究文学作品意义时，会触及文本在一定社会历史条件下的生成和展现过程，重视作品产生的特定时代、社会背景、文化习俗、民族信仰等社会历史因素，试图寻找到文学与特定社会历史的内在同构和互动关系。社会历史学评论方法具有很强的现实关联性和评论写作的可操作性，这些评论方法的优势使其成为19世纪以来应用范围最为广泛，对其他文艺批评方法渗透力最强的批评方法。

第一节　社会历史学评论方法发展概说

社会历史学评论有着悠久的历史渊源，几乎伴随着文学批评的整个历史发展过程，在中国，可以追溯到先秦时期，在西方，可以追溯到古希腊时期。

一、古代中国的社会反映论

在古代，中国文人具有注重历史、执着现实、关注人生的精神品格，使我国古代文学批评一开始就注重伦理教化、社会道德，注重从社会历史的时空维度去解释和评价文学作品，重视文学与政教的关系。如孔子注重"不语怪力乱神"的现世原则[①]，提出的

[①] 《论语·述而》："子不语怪力乱神。"孔子强调君子要正道直行，对鬼神敬而远之。引申到文学之中，强调要思想纯正无邪，不纠缠于怪异、勇力、叛乱和鬼神之事。

"兴、观、群、怨"说①,可视为我国古代社会历史学评论的源头;《毛诗序》则强调诗歌对于家庭和社会的功能,曰:"经夫妇、成孝敬、厚人伦、美教化、移风俗"②;中国古代的社会历史学评论,还关注社会生活对文艺的影响及其作用,如《左传》便有关于"季札③观乐"的记载:

> 吴公子札来聘,见叔孙穆子,说之。……请观于周乐。使工为之歌周南、召南,曰:"美哉!始基之矣,犹未也,然勤而不怨矣。"为之歌邶、鄘、卫,曰:"美哉渊乎!忧而不困者也。吾闻卫康叔、武公之德如是,是其卫风乎!"……为之歌豳,曰:"美哉,荡乎!乐而不淫,其周公之东乎!"……为之歌小雅,曰:"美哉!思而不贰,怨而不言,其周德之衰乎?犹有先王之遗民焉。"为之歌大雅,曰:"广哉,熙熙乎!曲而有直体,其文王之德乎!"④

季札品评乐的社会反映功能,以乐来观礼,以乐来知政,可看作文艺与社会教化结合的范例。而孟子的"知人论世"说,是我国先秦时期较有影响力的文艺评论主张⑤,主张从社会历史角度来评价作家作品,注重考察作家生平与社会环境的关系。到了魏晋南北朝时期,刘勰提出了"歌谣文理,与世推移""文变染乎世情,兴废系乎时序"的文学史演进观。可见,社会历史学评论方法自先秦时代开始就在中国文学及其批评史上产生了深远的影响。

二、西方社会历史研究方法演进

在西方,两千多年前,古希腊柏拉图⑥、亚里士多德、贺拉斯⑦、朗基努斯⑧等思想家也曾从哲学和美学角度探究过文艺与现实世界的关系问题。柏拉图评论史诗、神话与戏剧,一般都把社会功用放在突出的位置;亚里士多德注意到了文艺就应该使人产生快感,否则就谈不上是艺术;古罗马的贺拉斯十分注重文艺的社会功用和教育功能,注重"寓教于乐"⑨;朗基努斯则推崇"崇高"的美学风格,认为崇高的作品与当时

社会历史学
批评观念

---

① "兴、观、群、怨"语出《论语·阳货》:"子曰:小子何莫学夫《诗》?《诗》可以兴,可以观,可以群,可以怨。迩之事父,远之事君,多识于鸟兽草木之名。"兴,就是说诗歌有感发人的精神的作用,可以引起人的联想;观,就是说诗歌可以起到观察社会现实的作用,能看到世风的盛衰得失;群,就是说诗歌可以使人们交流感情,达到和谐,起到团结人的作用;怨,就是说诗歌可以干预现实,批判黑暗的社会和不良的政治。
② 阮元.十三经注疏[M].上海:上海古籍出版社,1997:270.
③ 季札:生卒年不详,春秋时期吴国贵族,政治家、思想家、外交家、文艺评论家。
④ 杨伯峻.春秋左传注[M].北京:中华书局,1990:1161-1164.
⑤ "知人论世"语出《孟子·万章下》:"颂其诗,读其书,不知其人,可乎?是以论其世也。"意思是:要正确客观的理解作品的思想内容,必须要对作者的生平思想以及所处时代有比较充分的认识。
⑥ 柏拉图(前427—前347),出身于雅典的贵族阶级,早年受过很好的教育,二十岁就跟苏格拉底求学,是古希腊伟大的哲学家,也是整个西方文化中最伟大的哲学家和思想家之一。
⑦ 贺拉斯(前65—前8),生在罗马文学的黄金时代,是罗马帝国奥古斯都统治时期著名的诗人、批评家、翻译家,代表作有《诗艺》等。
⑧ 朗基努斯,生卒年不详,古罗马时期文艺理论家。
⑨ 古罗马诗人、批评家贺拉斯提出了"寓教于乐"思想,认为诗既要能够劝谕读者,又要使读者喜爱,才能符合大众的期待。

的民主制度不无关系。此后，这个问题就一直萦绕在西方文论家的视线之中。

直到18世纪意大利的维柯①，把社会历史学评论方法自觉化了，经过法国斯达尔夫人的进一步推演，到了19世纪，真正使社会历史学评论方法得以完全确立。维柯在其社会学著作《新科学》中"发现了真正的荷马"，并以古代希腊社会研究的成果来考察荷马及其史诗创作，从而开创了把文学作品与时代背景、作者生平结合起来研究的方法。维柯把整个人类历史划分为神的时代、英雄时代和人的时代。诗人们"首先凭凡俗智慧感觉到的有多少，后来哲学家们凭玄奥智慧来理解的也就有多少，所以诗人们可以说就是人类的感官，而哲学家们就是人类的理智"②。进而他提出了"诗性智慧"的概念，智慧的功能在于完成或者实现人的理智和意志，真正的智慧应该"把人的制度导向最高的善"③。

社会历史学评论方法作为一门完整、系统的人文科学学科的正式诞生，则是以法国文艺理论家、作家斯达尔夫人（1766—1817）于1800年发表的《从文学与社会制度的关系论文学》为标志。她汲取了前人的理论成果，从历史维度和空间地理两个方面，以社会生活为基础和立足点来研究和分析文学。从历史的维度，她重视对社会制度及其演变发展的研究和分析，认为社会制度是决定文学发展的重要因素；从地理环境的角度，她注重探讨自然环境、地理位置、气候条件对文学的内在影响，提出了划分欧洲北方文学与南方文学的地域文学主张。

法国文学批评家、史学家丹纳④进一步丰富这种批评方法的内涵，提出了文学发展"三要素"说，认为"种族、环境和时代"是决定文艺作品性质特点的三个因素。其中，"种族"是指人类天生的和遗传的那些倾向，"人带着它们来到这个世界上，而且它们通常更和身体的气质与结构所含的明显差别相结合。这些倾向因民族的不同而不同。""环境"是指种族生存所依赖的外在氛围，"因为人在世界上不是孤立的；自然界环绕着他，人类环绕着他；偶然性的和第二性的倾向掩盖了他的原始的倾向，并且物质环境或社会环境在影响事物的本质时，起干扰或凝固的作用。"⑤在丹纳所说的环境中，其实包括了如气候、国家政策、社会的种种情况等诸多因素，他将其概括为"社会征候"。"这些外力给予人类事物以规范，并使外部作用于内部"。此外，在丹纳看来，除了永恒的冲动和特定的环境外，还有一个后天的动量——"种族"。当民族性格和周围环境发生影响的时候，它们不是影响于一张白纸，而是影响于一个已经印有标记的底子。三因素说较为完整地概括了社会历史学评论方法观照的客观因素。

此外，他还发现作家的流派风格统一性问题："艺术家本身，连同他所产生的全部作品，也不是孤立的。有一个包括艺术家在内的总体，且比艺术家更广大，就是他所隶

---

① 维柯（1668—1744），生于意大利，伟大的哲学家、语言学家、美学家和法学家，在世界近代思想文化史上影响巨大，主要著作是《新科学》。
② 维柯.新科学［M］.朱光潜，译.北京：人民文学出版社，2008：150.
③ 维柯.新科学［M］.朱光潜，译.北京：人民文学出版社，2008：150-151.
④ 丹纳（1828—1893），法国著名的文艺理论家和史学家，历史文化学派的奠基者和领袖人物，他的艺术哲学对19世纪的文艺研究产生了深远的影响，主要著作是《拉·封丹及寓言诗》《英国文学史》《艺术哲学》，其中《艺术哲学》是他最重要的文艺理论著作，集中体现了他的文艺理论思想。
⑤ 丹纳.艺术哲学［M］.傅雷，译.杭州：浙江人民美术出版社，2017：11.

属的同时同地的艺术宗派或艺术家家族。"他举了大量实例来强调艺术创作流派的这种内在关系，如莎士比亚，初看似乎是"从天上掉下来的奇迹"，但在他的周围，我们发现十来个优秀的剧作家，如韦白斯忒、福特、马洛、本·琼生、弗来契、菩蒙等，都用同样的风格，同样的思想感情写作。他们的戏剧特征和莎士比亚的特征相似；读者可以从中看到同样暴烈与可怕的人物，同样的凶杀和离奇的结局，同样突如其来和放纵的情欲，同样混乱、奇特、过火而又辉煌的文体，同样对田野与风景抱着诗意浓郁的感情，同样写一般敏感而爱情深厚的女性。这种内在创作内容的关联性源于同时代作家对于时代特征的感知，以及群体之间的相互学习、借鉴与共同探索实践。

德国古典美学时期，黑格尔[①]从"绝对理念"的演化出发，把文学与时代、环境、民族等视为"绝对理念"的演化形式，并进而认定文学是时代、环境、民族的观念的表现；在法国哲学家孔德创立的实证社会学影响下，社会历史学评论方法逐渐发展为具有完整理论体系支撑的文学研究方法。

特别指出的是，马克思主义文学批评将历史唯物主义思想运用到作家作品分析中，形成了历史的和美学的双重观照维度，"马克思所开创的方法意味着通过对文学'背后'的社会结构分析而引申出变革现实的革命性结论。"[②] 对社会结构的关注和深层次分析，进一步丰富了社会历史学评论的内涵。

党的二十大报告中指出，"推进马克思主义中国化时代化是一个追求真理、揭示真理、笃行真理的过程。"马克思主义与社会历史学评论方法之间有着密切的内在联系。社会历史学评论的立足点和基本内容是文学与社会历史时空的关系。而这也正是马克思主义对文学的全部论述的理论根基。马克思主义把整个社会生活分解为生产力、生产关系、经济基础、上层建筑、社会意识形态五个基本层次，把文学艺术看成是社会意识层次中的一个部类，认为它具有能动地反映社会生活的属性。从这一基本认识出发，首先是马克思、恩格斯，然后是梅林、拉法格[③]、普列汉诺夫[④]、列宁、毛泽东等人，他们对社会结构的关注和深层次分析，进一步丰富了社会历史学评论的内涵，形成了马克思主义关于文学艺术的完整丰富、深入细致的理论体系。因此，马克思主义关于文学艺术的理论体系，"实质上就是分析研究文学艺术与社会生活之间复杂关系的一整套完整深刻的理论体系，是历史唯物主义体系中的一个理论分支"[⑤]。综上所述，马克思主义关于文学艺术批评的理论体系也就是一种广义的社会历史学的理论体系。

---

① 黑格尔（1770—1831），他的时代略晚于康德，是德国19世纪唯心主义哲学的代表人物之一、德国古典哲学的代表人物之一。他的思想，标志着19世纪德国唯心主义哲学运动的顶峰，对后世哲学流派产生了深远的影响。

② 胡经之，王岳川.文艺学美学方法论［M］.北京：北京大学出版社，1994：30.

③ 拉法格（1842—1911），19世纪末20世纪初法国和国际工人运动的著名活动家，杰出的马克思主义思想家和宣传家，法国工人党和第二国际的主要创建人之一。主要著作有《马克思的经济唯物主义》《宗教和资本》《唯心史观和唯物史观》等。

④ 格奥尔基·瓦连廷诺维奇·普列汉诺夫（1856—1918），是最早在俄国和欧洲传播马克思主义的思想家，俄国和国际工人运动著名活动家。主要著作有《社会主义和政治斗争》《我们的意见分歧》《论一元论历史观的发展》《唯物主义史论丛》等。

⑤ 李益荪.马克思主义文学社会学原理［M］.成都：四川文艺出版社，1992：20-21.

三、近代以来社会历史学评论方法的中国实践

近代以来,在中国现代文学批评范围内也曾出现了大量从文学与社会生活关系的角度阐释文学作品的优秀文学评论。

鲁迅先生的《魏晋风度及文章与药及酒之关系》中说:"据我的意思,即使是从前的人,那诗文完全超于政治的所谓'田园诗人''山林诗人'是没有的。完全超出于人间世的,也是没有的。既然是超出于世,则当然连诗文也没有。诗文也是人事,既有诗,就可以知道于世事未能忘情。"①从政治和人情世态两个层面展开剖析,使表层文学现象得到深度的社会历史解释,具有很强的说服力。

1942年,毛泽东同志《在延安文艺座谈会上的讲话》中指出:"检验一个作家的主观愿望即其动机是否正确,是否善良,不是看他的宣言,而是看他的行为(主要是作品)在社会大众中产生的效果。社会实践及其效果是检验主观愿望或动机的标准。……但是任何阶级社会中的任何阶级,总是以政治标准放在第一位,以艺术标准放在第二位的。"②这里把社会、阶级、政治因素置于艺术批评的重要位置,旨在阐发出作品所蕴含的社会的、阶级的、政治的社会历史价值。

综上所述,无论在中国还是在西方,社会历史研究方法都有其广阔的前景。王元化③先生曾说:"各国现代化的过程,跟不同的文化资源有关",并指出"中国的传统有很多可供开发的、具有现代意义的资源——不仅仅是形式、作风、气派,而是涉及内质的一种普遍理念的东西。"④王先霈⑤先生也曾说:"我们认为,文学批评应该以社会历史方法为基干,容纳多种批评方法共存。我们的社会历史方法以马克思主义为指导,而不停止在马克思主义文学批评已有的模式之内,它应该是开放性的,吸收其他批评方法的多种手段,采取多种角度,包括吸收非马克思主义批评学派的有益成分和修正自己原有而现已过时的结论,不断丰富,不断开拓广阔的前进道路。"⑥也有学者指出:向其他许多文学批评方法摄取营养,批评地吸收它们的多种模式、手段,如精神分析批评、神话原型评论、阐释学派批评、接受美学批评、结构主义批评、后结构主义批评等。还要努力发掘社会历史学评论方法的内在活力,把这个非常富有生命力的批评方法蕴蓄的能力充分释放出来。⑦

概括起来讲,在文学研究中,社会历史学评论方法具有五个基本应用和阐释的方向:从文本内容出发,阐释作品所折射出的历史内容和时代环境;从文本体裁和样式角

---

① 鲁迅.而已集[M].北京:人民文学出版社,1980:442.
② 毛泽东.在延安文艺座谈会上的讲话,毛泽东选集[M].第3卷.北京:人民出版社,1991:825-827.
③ 王元化(1920—2008),20世纪30年代开始写作,是一位在国内外享有盛誉的著名学者、思想家、文艺理论家,在中国古代文论研究、当代文艺理论研究、中国文学批评史、中国近现代思想学术史研究上做出了开创性的贡献。
④ 王元化,胡晓明."对话录"——传统资源:具体中的普遍性[N].文汇报,2004-07-18.
⑤ 王先霈:江西省九江市湖口县人。华中师范大学文学院教授、博士生导师。主要著作有《文学心理学概论》《圆形批评论》《佛语哲思》《明清小说理论批评史》《文学评论教程》等。
⑥ 王先霈.批评家的困惑和批评的出路——倡导开放性的社会历史学评论方法[J].湖北社会科学,1988(7):23-28.
⑦ 王琴梅.倡导开放性的社会历史学评论方法——《湖北社会科学》关于"社会历史学批评方法"问题讨论综述[J].文艺理论与批评,1989(4).

度，联系社会历史内容说明作品的形式；从知人论世的角度，考察作家与作品的关系；考察作品反映现实的真实性；考察作品中寓居的社会人文道德情怀，辨析其隐含的思想倾向性。总之，社会历史学评论在研究文学内外部世界的关系方面具有显著的优势。

第二节　社会历史学评论关键词

社会历史学评论的核心概念来源是历史的、多元的，不同时期同一个概念的丰富性也是在不断地挖掘中得以呈现，因此我们梳理出了在评论与写作中几个高频关键词，便于大家在写作中对这一概念范畴有一个基本的认知，并且在此基础上，对其内涵进行深度挖掘和应用。

社会历史学
批评关键词

一、环境①

环境（milieu）指的是作者所处的或作品创作时的政治、社会、理性文化氛围。19世纪和20世纪初的许多文学史家和文学批评家把作者所处的环境看作理解作品的一个主要因素。伊波利特·丹纳在其《英国文学史》（1864—1869）一书中把种族时代和环境列为理解文学作品必不可少的要素。他指出了艺术与环境的辩证关系。一方面，艺术模仿环境。丹纳在其《艺术哲学》（1865—1869）中分析了许多例证，来说明艺术作品是对创作者所处环境的模仿，当然，艺术对环境的模仿不是简单的描摹，而是选择性模仿，或曰重构性模仿。另一方面，环境与艺术存在相互制约关系。环境与艺术不是简单的"环境制约艺术"的关系，准确地说，环境与艺术是一种同构性的、互文性关系，即彼此交互作用，共同形成一个统一的体系。用我国古代文论中的话语来概括，那就是"一切景语皆情语"（王国维《人间词话删稿》）。

二、历史主义②

文学研究的许多分支涉及对历史证据的运用，诸如本文的传递及可靠性、古代的或已废弃的语言、文学的本源和借鉴、作者生平和作品之间的关系等所有这些问题，严格说来都是"历史的"。在社会历史学评论方法中的"历史主义（historicism）"这一术语通常被用来专指一种探讨文学的方法，这种方法将文学作品放入文本产生的思想观念、习惯和态度的前后关系中加以考察。尽管优秀的文学作品"不是一个时代的，而是永恒的"，然而每一作家都受到时代影响，并在作品中不同程度地反映出来。社会征候总是在发生变化，所以现代读者倾向于复活文学产生时的种种假定和联想。历史主义的目的在于通过对历史背景的适当重建，使现代读者更易于理解不同时期的作品，因为时代背景影响到对作品的理解和评价。

---

① 林骧华.西方文学批评术语辞典[M].上海：上海社会科学院出版社，1989：148-149.
② 罗杰·福勒.现代西方文学批评术语辞典[M].周永明，薛洲堂，李律，译.沈阳：春风文艺出版社，1988：137-139.

历史主义的理论和实践也曾受到过挑战。例如，有人争论说，对已经过去的时代文化和观念形态的重建，就其观点而言实质上还是现代的。历史主义不能够将20世纪的感觉转变为17世纪或19世纪的思想，它所能做的只是把现代的先入之见从批评传递到思想的历史平面上去。再则，历史主义在处理史料时，势必有所选择，有所阐发，它也许试图给文学"时期"这一概念强加上虚假的一致性和连贯性。而且历史主义的发明本身就表明它都在发生变化。大部分30年前的历史主义批评与其他和那一时代相关的文学阐释理论一样，现在都已无人问津。此外，历史主义还有一种倾向，即以那个时代的平常话语来解释和衡量伟大的作品和独到的想象，将天才的独特与精妙降低为重建的"历史时期"观念的最小公分母。例如，伊丽莎白时代关于亲属关系的知识，或者那时戏剧的种种惯例，能够帮助我们理解莎士比亚的历史剧，但我们仍须记住这一点：莎士比亚是不会被他同时代人的思维惯性和抽象概念所辖制的。历史主义也许会使我们发现已经被时间遗忘的惯例，然而伟大的作家可能会超越某些历史的因袭惯例。所以，历史主义不可能给我们提供一种绝对或客观的文学意义和价值的衡量标准。因此，在运用历史主义观照文学作品和进行评论时要有辩证的思维意识，最大限度依托文学史料尊重事实本身的价值。

三、风俗[①]

风俗（manners）是指长期相沿积久而成的风尚、习俗，是社会历史学评论中关注的一个重要方面。这一术语在西方常常用于"风俗喜剧"这一短语中，通常指的是王政复辟时代的喜剧（埃思里奇、威彻利、康格里夫的作品），有时也类推到如奥斯卡[②]、王尔德[③]这类作家的作品。这些戏剧考察的是这样一个风俗世界：在这个世界中所有价值都和社会约定俗成的风尚现象紧密相连。行动中的社会情境将人的内心冲突展现在人们眼前。因而哈姆雷特的古怪行为不仅被人们认为和其内心独白相关，也和宫廷中的风尚、习俗相关。一旦社会表现意识到其身处其中的规则，一旦这些规则获得了社会惯例的地位，风俗就变得特别重要。社会创造出种种风俗行为方式，以此来衡量成功或失败，作家同样必须对这些方式做出应对，要么遵守它们，要么攻击和揭露它们。当社会发生剧烈变化时，当外在行为成为个人成功及社会尊敬的"标志"时，这些风俗惯例会得到更多的敬畏。在某个时期，文学可能会变得过分全神贯注于对风俗和行为方式的记录，如维多利亚时期，某些像盖斯凯尔夫人作品那样的长篇小说就是如此。因此，风俗也成为解读一些文学作品的重要路径。

[①] 罗杰·福勒.现代西方文学批评术语辞典[M].周永明，薛洲堂，李律，译.沈阳：春风文艺出版社，1988：74-75.

[②] 奥斯卡·柯克西卡（1886—1980），男，奥地利表现主义画家、诗人兼剧作家。

[③] 奥斯卡·王尔德（1854—1900），19世纪爱尔兰最伟大的作家与艺术家之一，以其剧作、诗歌、童话和小说闻名，唯美主义代表人物，19世纪80年代美学运动的主力和90年代颓废派运动的先驱。

四、社会[1]

在社会历史学评论中运用这个术语有两个层面意义：一篇小说、一出戏剧或一首诗歌中的"社会（society）"，即作品中所创造或模仿的人类生存世界；文学所创造和消费的"社会"，拥有习惯、价值、风俗和语言习惯的世界，在这个世界里，作品得以创作、出版、传播和消费，接近于最广泛释义的"文化"这个概念。

从柏拉图和亚里士多德开始，文艺批评家们就知道，文学从本质上说是"社会的"——具有社会原因、社会内容和社会效果。随着浪漫主义艺术中的主体情感的张扬和象征主义艺术中的自我存在的出现，强调文学表达独特性的这种倾向有所增强，并同对文学进行宿命式的社会描述相对抗：如把文学视为社会的一面镜子，一种社会的产物（比如丹纳），视为社会批评（如自然主义），或看作是一种思想武器（如西方马克思主义学者）等观点。批评倾向于替代一些中庸的术语："文化"代替背景，"形象"代替作品。但是近年来，人们对存在于"文学"（既指单部作品，也指全部整体）和"社会"（或指某个群体，或指庞大的社会总结构）之间的复杂关系又有了新的研究兴趣，对于"社会"这个概念也需要进一步厘定。人们既可以把它看作是作品之中的社会，也可以把它看作是作品之外的社会，又可以看作文本内外部相互沟通的社会。例如，简·奥斯汀[2]的小说中的社会就可以看作是虚构的社会（一个谨慎选择、合乎常规的背景，这是奥斯汀作品的一个特点），或看作是来自"报道"或社会分析之外的结构。除此之外，我们可以把文学作品看作是社会的产物和代言人，把社会看作是环绕文学的一层外壳，并可以通过广大读者/作者的世界观分析语言以及思想意识，从而对它进行剖析。或者，我们可以把作品看作是存在于这些决定论之外的创造中心，然而也可以把作品视为社会中的潜在力量。"社会"提出了区隔"艺术"与"现实"之间界限的所有问题，因此，它将持久成为批评的话题，并成为某些批评家所关注的中心，他们所感兴趣的是深度探索文学虚构与真实社会以及同我们所感知的大千世界之间的复杂关系。

五、结构

社会历史学评论中的"结构"概念是由法国批评家戈德曼提出来的，他指出，"在对人类事实，特别是哲学、文学或艺术作品（这三者，我们将冠以'文化'这一全方位性的术语）的研究中，我们发现了一种能把它们与物化科学根本区别开来的内在决定性。如果要严格地考虑人类事实，就必须按照'结构'的一般概念，并且加上限定性术语'有意义的'来界定它们"[3]。所谓"有意义的结构"，即在文本、创造文本的个人主体、作为社会文化的超个人主体等三重系统之间，存在着同构的关系，从而导致意义的发生。

例如，我们在欣赏清代孔尚任的传奇剧《桃花扇》时，看到的是家国同体的爱情

---

① 罗杰·福勒.现代西方文学批评术语辞典[M].周永明，薛洲堂，李律，译.沈阳：春风文艺出版社，1988：200-202.
② 简·奥斯汀（1775—1817），英国女小说家，主要作品有《傲慢与偏见》《理智与情感》等。
③ 戈德曼.文学社会学方法论[M].段毅，牛宏宝，译.北京：中国工人出版社，1989：83.

悲剧：

> 秦淮无语话斜阳，家家临水映红妆。
> 春风不知玉颜改，依旧欢歌绕画舫。
> 谁来叹兴亡！
> 青楼名花恨偏长，感时忧国欲断肠。
> 点点碧血洒白扇，芳心一片徒悲壮。
> 空留桃花香。

文本借助侯方域、李香君的爱情故事揭示出明王朝腐朽衰亡的必然趋势，"借离合之情，写兴亡之感"，从而使孔尚任的个体创作命意与文本和明末清初的文人境遇形成了密切的同构关系，从而使作品成了一部"有意味的形式"。

六、艺术与现实

艺术源于生活，又高于生活。俄国文学批评的奠基者别林斯基指出：文学就是对现实生活的再现。他在《论俄国中篇小说和果戈理君的中篇小说》（1835）中强调："诗人或者根据全靠他对事物的看法、对生活在其中的世界、时代和民族的态度来决定的他那固有的理想，来再造生活；或者忠实于生活的现实性的一切细节、颜色和浓淡色度，在全部赤裸和真实中来再现生活。"作者往往将现实作为文学创作的"镜子"，并由此来发表观点和主张。

俄国文艺批评家车尔尼雪夫斯基（1828—1889），发表有《艺术与现实的美学关系》，他认为，文学艺术脱离开现实生活则失去其生命力，文学应当服务于现实生活。他写道："每个时代都有它的具有历史意义的事件和自己独特的倾向。两种紧密相连的倾向——人道和对人类生活改善的关注——构成我们这个时代的生活和荣誉。"①车尔尼雪夫斯基则认为：文学艺术脱离开现实生活则失去其生命力，文学应当服务于现实生活。他认为，文学是生活的服务者，是思想的传播者，这是文学毋庸置疑的本质属性。文学艺术也会干预生活。"文学不能不是某一种思想倾向的体现者。这是一种它的本性中所包含的使命。"也就是说，文学不仅是现实生活的一种表现或者再现，还应当具有服务生活、参与生活实践的功能，它应当反映出时代的呼声，起到改善生活的作用。

七、文学社会学

文学社会学又称文艺社会学，是社会历史学评论学涉及的一个学科分支，也是介于文艺学和社会学之间的一门交叉学科。它主要运用社会学的观点、理论、方法和原则，着重考察和探讨文艺与社会之间的错综复杂的关系。文学社会学的研究基础和出发点是文学作品的生产、传播和消费问题，即文学的社会化过程问题。并以此为出发点，它还会系统和深入地探讨，如文艺社会起源、文艺社会背景、文艺社会团体、文艺社会人口、文艺社会功能、文艺社会心理、文艺社会政策、文艺社会管理、文艺社会预测等一

---

① 尼·鲍戈斯洛夫斯基.车尔尼雪夫斯基传[M].关益，杜颖，译.哈尔滨：黑龙江人民出版社，1986：206.

系列具体问题，从而形成文艺社会起源学、文艺社会心理学、文艺社会管理学等诸多的分支理论和学科①。

八、复调

"复调"（polyphony）原是音乐术语，指的是音乐基于对位的创作技法。复词由两组及以上同时进行的多声部所组成，这些声部各自独立，但又和谐地统一为一个整体，彼此形成和声关系。

俄国著名文艺学家米哈伊尔·巴赫金②（1895—1975），将复调引入社会历史学评论视野，他在《陀思妥耶夫斯基诗学问题》（1929）中首次用"复调"来描述陀氏小说中的多声部、对位以及对话的特点③。巴赫金认为，在陀思妥耶夫斯基之前的欧洲小说，其模式基本上属于已经定型的独白型（单旋律）小说。在这种小说中，作者的地位至高无上；这里只有一个声音，即作者的声音在说话，一切主人公的语言、心理和行为都被纳入全知全能的作者的意识之中；众多性格和命运在作者意识的支配下构成一个统一的客观世界，其主人公一般没有主体性，成为"纯粹客体"（类似于音乐中的"主调音乐"）。而由陀思妥耶夫斯基开创的复调小说则不存在"主调"，众多的各自独立的声音和意识拥有平等对话的地位和权力，并且互不融合。复调小说的思维逻辑在于其的矛盾性、对话性、开放性和未完成性，描写出了生活的复杂性和人性的深邃，又具有开放性。

后来著名作家米兰·昆德拉④在他的小说创作中运用并发展了巴赫金的复调理论，提出了"文体的复调"学说，即将小说之外的多种问题类型置于同一部小说中，表达共同的主题。由此可见，"复调"理论不仅是探讨小说中多元社会话语参与文本建构的一种小说艺术特征，更是一种独特的认知话语和思维方式。

九、存在

"存在"，本意指的是人或事物生存在一定的社会时间和空间中。德国哲学家马丁·海德格尔（1889—1976）在《存在与时间》中着重强化"存在"作为西方哲学核心词语的地位，⑤并阐发了"存在"一词的丰富含义。

海德格尔认为，关于"存在的意义"，首先就要区分存在和存在者二者之间的差异。从语言学的角度来看，"存在"概念在希腊语中用作动词，而"存在者"则是名词。"存在者"的含义后来慢慢被实体化了，最终成了对"存在"的主宰性的规定。这种逻辑实际上遗忘了存在最基本的含义。要想恢复存在最基本的意义，就要从对存在新的理解开

---

① 李益荪.马克思主义文学社会学原理［M］.成都：四川文艺出版社，1992：10.
② 米哈伊尔·巴赫金（1895—1975），俄国著名文艺学家、文艺理论家、批评家、世界知名的符号学家。其理论对文艺学、民俗学、人类学、心理学产生巨大影响。
③ 巴赫金.陀思妥耶夫斯基诗学问题［M］.白春仁，顾亚玲，译.北京：三联出版社，1988：281-311.
④ 米兰·昆德拉，1929年4月生于捷克斯洛伐克，小说家。1975年起，定居法国。主要著作有长篇小说《玩笑》《生活在别处》《告别圆舞曲》《笑忘录》，短篇小说集《好笑的爱》，随笔集《小说的艺术》《被背叛的遗嘱》《帷幕》等。《雅克和他的主人》是他的戏剧代表作。
⑤ 马丁·海德格尔.存在与时间［M］.陈嘉映，王庆节，译.北京：三联书店，2006：3.

始，不再把存在理解为时间维度之外的自在之物。

　　海德格尔在《存在与时间》中指出，存在的意义首先要从时间的角度来理解。一方面是从存在本身来思考存在，从存在的历史来思考存在。另一方面是从人的存在来思考人的存在的意义，并进而思考一般存在的意义。海德格尔认为，存在之所以为存在的根据不在上帝之中，而在于其自身之中，在于每个存在者自身的有限的存在之中。因此，海德格尔拒绝建立一个关于存在物的等级体系，也拒绝为存在者的整体寻找一个终极的原因和根据。海德格尔在存在者通过语言所敞开的自身存在之中去思考存在者之间相互依赖的关系，这种关系实际上是天地神人之间的相互归属。由此，海德格尔重新诗意地思考了"存在"这一最古老的哲学概念。在我们评论文学作品时，"存在"理论可以帮助我们重新思考文本中生存的问题和生存者的生命意义。

第三节　社会历史学评论方法案例解析

　　《文心雕龙·时序》说："故知文变染乎世情，兴废系乎时序，原始以要终，虽百世可知也。"意思是，文章的变化受到社会历史时代情况的熏染，不同文体的兴衰和时代有关，探求事物发展的起源和结果，即使是百世的文学流变也是可以推知的。有鉴于此，本节将第一章"魏晋南北朝时代背景及刘勰生平"为例，运用社会历史学评论方法，探究魏晋南北朝时代背景与刘勰生平创作的关系，还原作者的真实生存时空，以社会环境为横坐标，以历史演进为纵坐标，解析刘勰诗经观的产生与时代背景的关系。

　　"作品是由作家创作出来的。作家总是处于一定的社会历史环境中，因而作品总会或多或少地、自觉不自觉地打上这个社会历史的环境的印记。"[①]刘勰的诗经学理论离不开魏晋南北朝时期的社会土壤，是建立在诗的创作与社会接受的基础之上的；虽然它具有相对独立性，但也不能脱离时代的影响。孟子说："颂其诗，读其书，不知其人可乎？是以论其世也，是尚友也。"[②]因此，要全面了解和把握刘勰诗经学理论，就不能忽视其产生的历史文化背景。

　　魏晋南北朝是中国历史上十分重要的时代。虽然就社会来说，它是一个极其动荡、黑暗的年代，但就审美与艺术来说，它却是一个极其活跃的年代。鲁迅在《魏晋风度及文章与药及酒之关系》一文中说："曹丕的一个时代可以说是'文学的自觉时代'，或如近代所说的是为艺术而艺术（Art for Art's Sake）的一派。"[③]很明显，所谓的"文学的自觉"，首先体现为一种创作原则："为艺术而艺术"的观念否定和取代了之前"为政教而艺术"的观念。钱穆认为："今魏晋南朝三百年学术思想，亦可以一言蔽之，曰'个人自我之觉醒'是已。"[④]而所谓"个人自我之觉醒"，实则体现在两个方面：一是对人的

[①] 胡经之，王岳川.文艺学美学方法论[M].北京：北京大学出版社，1994：24.
[②] 杨伯峻.孟子译注[M].北京：中华书局，1960：251.
[③] 鲁迅.鲁迅全集第八卷[M].北京：人民文学出版社，1982：504.
[④] 钱穆.国学概论[M].北京：商务印书馆，1997：147.

价值的认识，由专注德行到兼顾人的其他方面，特别是人的才能；二是人的自我实现，从实践到精神，其自由度空前提高了。

文学的自觉和个人自我之觉醒以及文学批评的兴起，对《诗经》的文学研究起了推波助澜的作用。张启成在《诗经研究史论稿》一书中说：

"到了魏晋南北朝时期，尽管三家诗特别是毛诗的影响还是不可忽视的，但是由于儒学思想的逐步衰微，特别是由于文学进入了自觉时期，文学批评的风气开始形成与兴起。在曹丕'诗赋欲丽'、陆机'诗缘情而绮靡'的倡导下，从文学角度评价《诗经》的新风气便逐步形成。"①

这几句话至少传达了这样的信息：魏晋南北朝时期的《诗经》研究确实呈现出一种由注重以诗教论《诗经》转向由文学角度对《诗经》进行批评的新气象。

此外，正如黄应全所说："六朝文学自觉指文论家们对区别于文章实用性质的审美性质和艺术性质有了空前的觉悟。"②在这样一种风气影响下，魏晋南北朝时期的《诗经》研究就跳出了传统的圈子（《诗经》仅仅被看作政教、伦理的手段与工具，研究拘泥于解释经义、训诂，突出体现《诗经》"扬善惩恶""美刺比兴""助人伦、成教化"的社会功能），能够以较为开阔的眼界来看待两汉《诗》说。

同时，在《诗经》研究中突出《诗经》为"诗"的文学本质，更注重从文学艺术的角度赏析评价。需要指出的是，之所以有这种变化，除了有文学自身的变迁、发展的原因，还有魏晋南北朝时期历史文化风气的巨大影响。因此，深入了解魏晋南北朝时期的时代背景，以及社会变化对于理解这一时期的《诗经》研究，及刘勰的诗经观就显得至关重要。正是出于这样一种思考，在深入研究刘勰诗经观之前，魏晋南北朝时期社会的变迁、哲学思想的变化发展、人物品藻风气的盛行、刘勰生平对《文心雕龙》成书的影响等诸多方面的因素，都应首先纳入我们的视野。

在魏晋南北朝政治、经济、社会思潮的共同影响下，这一时期展现出一种反抗传统、勇于创新、思想活跃的时代风格。士子们个体意识的觉醒及文学意识的觉醒，共同为《诗经》研究的变化做了铺垫，也正是基于这样的影响，刘勰在其诗经观中呈现出复杂多元的特点，也就是情理之中的事了。就像钱锺书说的那样："一个艺术家总在某些社会条件下创作，也总是在某种文艺风气里创作。这个风气影响到他对题材、体裁、风格的去取，给予他机会，同时也限制了他的范围。就是抗拒或背弃这个风气的人，也受到它负面的支配，因为他不得不逃避或矫正他所厌恶的风气。"③

总的来说，刘勰生活在"三个世界"，即"文的世界、儒的世界和佛的世界"。年轻的刘勰在寒冷的定林寺里面，暮鼓晨钟，青灯古卷，笔耕不辍，辛辛苦苦了三四年写成的《文心雕龙》却很久不被世人看重，非常孤寂，这是他的"文的世界"；后来，好不容易因为《文心雕龙》写得好，受到沈约器重而出仕做官，在仕途上前前后后奋斗了二十来年，虽"政有清绩"，却怀才不遇，难以跻身高位，"儒的世界"里他依旧孤寂；在"佛的世界"里就更加孤寂了，刘勰始于沙门，终于沙门，晚年削发为僧，皈依佛

---

① 张启成.诗经研究史论稿［M］.贵阳：贵州人民出版社，2003：118-119.
② 黄应全.魏晋玄学与六朝文论［M］.北京：首都师范大学出版社，2004：1.
③ 钱锺书.七缀集［M］.北京：生活·读书·新知三联书店，2002：1.

教，最后于定林寺孤寂地死去。所以，我把刘勰的生平概括为"孤寂人生"①。

刘勰一生经历坎坷，思想复杂，儒、道、佛相互交织，在不同的人生阶段主导着其立身行事，刘勰的"三个世界"表现在他的文学理论之中，则是儒道释文化对《文心雕龙》的深刻影响。

早年作为一个没落的士族子弟，他从小受儒家思想熏陶，家贫却笃志好学。永明元年（483），齐武帝下令撤销没落子弟的免役权。刘勰本来就有衣食没有着落的无奈，还要承担服役的义务，压力可想而知。而当时的寺院是有免役权的，并且由于梁武帝提倡佛教，许多寺院都是资产丰沃，广占田宅，非常富裕。刘勰到定林寺投奔僧佑，不仅可以取得免役权和衣食保障，还可以在那里安静学习。由此可以看出，他的入寺并不是因为他虔诚的信佛，而是他穷则独善其身的儒家思想的表现。李建中从"随仲尼而南行""征之周孔，文有师矣""百家腾跃，终入环内"三个方面阐释了刘勰如何文师周孔，把儒家的思想资源落实到具体的写作实践中。②

儒学渊源极深的刘勰在寺院中阅览佛经、手抄佛卷、整理佛教典籍，自然又受到浓重的佛学思想影响，由此形成了他复杂的世界观。但这一时期，儒家经世致用、定国安邦的思想还在他的观念中占主流。王元化说："刘勰始终以白衣的身份寄居定林寺，不仅没有出家，而且一旦得到入士的机会，就马上离开寺庙登仕去了。"③后来他决定写《文心雕龙》也可以当作是这种思想的延续。

正因为刘勰有以儒为经、以佛为纬这样复杂的世界观，使他的《文心雕龙》虽然是以儒家思想为基本观点，但也处处显现着佛教文化的痕迹。有研究者论证说，《文心雕龙》至少从三个方面得益于佛教："第一，它体大思精的结构得益于佛教经典的理论体系；第二，它的研究方法闪现着'折中''圆通'等佛学观点；第三，《文心雕龙》创作中呈现着佛教的自然观。"④另外，"刘勰深受佛学影响，一个最明显的表现，其实不是文心这个书名，也不是波若绝境这样的用词，而是《文心雕龙》的体系性。"⑤

综观刘勰的一生，他出身于儒家文化氛围的士族之家，却又与佛教结下了不解之缘。他的生命完成了一个从出世到入世，又从入世到出世的过程。他思想中存在着儒佛深刻的矛盾交织，这种矛盾交织伴随了刘勰一生，也伴随交织在他的《文心雕龙》之中。这种矛盾交织复杂的观念也是我们在理解把握《文心雕龙》时需要多加留意的。

上述案例理论观点非常明确，那就是从历史文化背景的角度展开对刘勰《文心雕龙》中文学思想生成的考察。论文从魏晋南北朝时期的《诗经》研究体现出的"自觉"意识，进而推动刘勰的诗经观的多元性。而后从知人论世的角度，深入到社会时代、环境风貌之中，可以看到刘勰的儒、佛、道"三个世界"共同构成了刘勰文学思想的精神资源。全文引用了大量社会历史文献资料，大大增强了论述的说服力，也使论证具有了

---

① 李建中. 文心雕龙讲演录［M］. 桂林：广西师范大学出版社，2008：12.
② 李建中. 文心雕龙讲演录［M］. 桂林：广西师范大学出版社，2008：25-36.
③ 王元化. 文心雕龙创作论［M］. 上海：上海古籍出版社，1979：9.
④ 陈会丽. 处江湖之远则思仕 居庙堂之高则思隐——由刘勰的生平和创作探析其思想［J］. 沈阳农业大学学报，2006（3）.
⑤ 李建中. 文心雕龙讲演录［M］. 桂林：广西师范大学出版社，2008：47.

更为开阔的学术视野。其论证思路和推理逻辑也值得初学者借鉴。

课后习题

一、经典阅读与仿写

文心雕龙·时序
[南朝·梁] 刘勰

时运交移，质文代变，古今情理，如可言乎？昔在陶唐，德盛化钧，野老吐"何力"之谈，郊童含"不识"之歌。有虞继作，政阜民暇，薰风咏于元后，"烂云"歌于列臣。尽其美者何？乃心乐而声泰也。至大禹敷土，九序咏功，成汤圣敬，"猗欤"作颂。逮姬文之德盛，《周南》勤而不怨；大王之化淳，《邠风》乐而不淫。幽厉昏而《板》《荡》怒，平王微而《黍离》哀。故知歌谣文理，与世推移，风动于上，而波震于下者也。

春秋以后，角战英雄，六经泥蟠，百家飙骇。方是时也，韩魏力政，燕赵任权；五蠹六虱，严于秦令；唯齐、楚两国，颇有文学。齐开庄衢之第，楚广兰台之宫，孟轲宾馆，荀卿宰邑，故稷下扇其清风，兰陵郁其茂俗，邹子以谈天飞誉，驺奭以雕龙驰响，屈平联藻于日月，宋玉交彩于风云。观其艳说，则笼罩《雅》《颂》，故知炜烨之奇意，出乎纵横之诡俗也。

爰至有汉，运接燔书，高祖尚武，戏儒简学。虽礼律草创，《诗》《书》未遑，然《大风》《鸿鹄》之歌，亦天纵之英作也。施及孝惠，迄于文景，经术颇兴，而辞人勿用，贾谊抑而邹枚沉，亦可知已。逮孝武崇儒，润色鸿业，礼乐争辉，辞藻竞骛：柏梁展朝宴之诗，金堤制恤民之咏，征枚乘以蒲轮，申主父以鼎食，擢公孙之对策，叹倪宽之拟奏，买臣负薪而衣锦，相如涤器而被绣。于是史迁寿王之徒，严终枚皋之属，应对固无方，篇章亦不匮，遗风余采，莫与比盛。越昭及宣，实继武绩，驰骋石渠，暇豫文会，集雕篆之轶材，发绮縠之高喻，于是王褒之伦，底禄待诏。自元暨成，降意图籍，美玉屑之谈，清金马之路。子云锐思于千首，子政雠校于六艺，亦已美矣。爰自汉室，迄至成哀，虽世渐百龄，辞人九变，而大抵所归，祖述《楚辞》，灵均余影，于是乎在。自哀、平陵替，光武中兴，深怀图谶，颇略文华，然杜笃献诔以免刑，班彪参奏以补令，虽非旁求，亦不遐弃。及明章叠耀，崇爱儒术，肄礼璧堂，讲文虎观，孟坚珥笔于国史，贾逵给札于瑞颂；东平擅其懿文，沛王振其通论；帝则藩仪，辉光相照矣。自和安以下，迄至顺桓，则有班傅三崔，王马张蔡，磊落鸿儒，才不时乏，而文章之选，存而不论。然中兴之后，群才稍改前辙，华实所附，斟酌经辞，盖历政讲聚，故渐靡儒风者也。降及灵帝，时好辞制，造皇羲之书，开鸿都之赋，而乐松之徒，招集浅陋，故杨赐号为骠兜，蔡邕比之俳优，其余风遗文，盖蔑如也。

……

自中朝贵玄，江左称盛，因谈余气，流成文体。是以世极迍邅，而辞意夷泰，诗必柱下之旨归，赋乃漆园之义疏。故知文变染乎世情，兴废系乎时序，原始以要终，虽百世可知也。

自宋武爱文，文帝彬雅，秉文之德，孝武多才，英采云构。自明帝以下，文理替矣。尔其缙绅之林，霞蔚而飙起。王袁联宗以龙章，颜谢重叶以凤采，何范张沈之徒，亦不可胜数也。盖闻之于世，故略举大较。

暨皇齐驭宝，运集休明：太祖以圣武膺箓，世祖以睿文纂业，文帝以贰离含章，高宗以上哲兴运，并文明自天，缉熙景祚。今圣历方兴，文思光被，海岳降神，才英秀发，驭飞龙于天衢，驾骐骥于万里。经典礼章，跨周轹汉，唐、虞之文，其鼎盛乎！鸿风懿采，短笔敢陈；扬言赞时，请寄明哲！

赞曰：

蔚映十代，辞采九变。枢中所动，环流无倦。

质文沿时，崇替在选。终古虽远，僾焉如面。

（节选自刘勰. 文心雕龙［M］. 王志彬，译注. 北京：中华书局，2012：496-516.）

寻找真正的荷马

［意］维 柯

荷马像是出生在英雄法律在希腊已废弛而平民自由政体已开始起来的时期，因为他所叙述的英雄们已和外方人结婚，而私生子也可以继承王位了。实际上情况也本应如此，因为很久以前，赫库勒斯被丑恶的人马妖涅苏斯污染，发疯而死，这就已显示英雄法律体制已告终了。（赫库勒斯携妻子外逃，到一条河边，把妻子交给人马妖驮着过河，被人马妖奸污，这就破坏了英雄法律中正式婚姻制度——中译注。）

所以关于荷马的年代，我们不愿完全鄙视从《荷马史诗》本身所收集来的凭证。《伊利亚特》没有《奥德赛》所提供的凭证那样多，朗基努斯认为《奥德赛》是荷马晚年的作品（《论崇高》），我们证实了把荷马摆在特洛伊战争之后很远的那些学者们的意见，中间的间隔时间长至四百六十年，或则说大约直到弩玛时代（弩玛是罗马的第二代国王——中译注）。说实在话，我们相信自己不把荷马摆到甚至更接近我们的年代，是在向这些学者们让步。他们说在弩玛时代以后埃及国王莎麦提卡斯才让埃及向希腊人开放。但是从《奥德赛》里许多段落来看，希腊人早已让希腊向腓尼基人开放，和他们通商了，希腊人爱听腓尼基人的故事正不下于爱买他们的商品，正如欧洲人今天对待东印度群岛的故事一样。从此可见，荷马一方面从来没有到过埃及，另一方面却叙述到埃及和利比亚，腓尼基亚和亚细亚特别是意大利和西西里岛的事物，这二者之间并没有什么矛盾，因为这些事物都是由腓尼基人说给希腊人听过的。

可是我们仍无法调解另一个矛盾：荷马同时把他的英雄们描绘为既有那么多的文明习俗，又有那么多的野蛮习俗，特别在《伊利亚特》里是如此。所以为着不把野蛮行为和文明行为混淆在一起，如贺拉斯在《论诗艺》所说的，我们就必须假设荷马的两部史诗是由先后不同的两个时代中两种不同的诗人创造出来和编在一起的。

因此，从上文提到的关于荷马的故乡和年代的一些过去的看法来看，种种疑难提起了我们的勇气来寻找真正的荷马。

（维柯.新科学［M］.朱光潜，译.北京：人民文学出版社，2008，391-392.）

请阅读上述文字，查阅《古代汉语字典》疏通《文心雕龙·时序》文意，理解文风变化与时运的关系；感悟维柯采用的社会历史学评论逻辑，学习其通过举证的方式质疑《荷马史诗》产生的年代的思路。节选段落中的论述用语严谨，论证层层递进，结论明晰。请同学们根据所学的中外文学史知识结合上述段落观点，按照学术论文格式写一段不少于1500字的评论。

二、课后延伸阅读

1. 斯达尔夫人.论文学［M］.徐继曾，译.北京：人民文学出版社，1986.
2. 丹纳.艺术哲学［M］.傅雷，译.北京：人民文学出版社，1983.
3. 车尔尼雪夫斯基.车尔尼雪夫斯基论文学［M］.上卷.辛未艾，译.上海：上海译文出版社，1978.
4. 托尔斯泰.托尔斯泰读书随笔［M］.王志耕，等译.上海：上海三联书店，2000.
5. 卢纳察尔斯基.艺术及其最新形式［M］.郭家申，译.长沙：百花文艺出版社，1998.
6. 阿诺德·豪泽尔.艺术社会学［M］.居延安，译编.北京：学林出版社，1987.
7. 吕西安·戈德曼.论小说的社会学［M］.吴岳添，译.北京：中国社会科学出版社，1988.
8. 吕西安·戈德曼.文学社会学方法论［M］.段毅，牛宏宝，译.北京：工人出版社，1989.
9. 赫伯特·里德.艺术与社会［M］.陈方明，王怡红，译.北京：工人出版社，1989.
10. 罗贝尔·埃斯卡尔皮.文学社会学［M］.符锦勇，译.上海：上海译文出版社，1988.

三、思考题

1. 文学艺术与社会的关系研究经历了哪些阶段？
2. 在社会历史学评论中，道德维度的作用是什么？
3. 合作探究：是"环境影响艺术文本"还是"艺术文本影响环境"？
4. 阅读莫言的小说《透明的红萝卜》和阿城的《棋王》，分析其中的社会历史环境征候。

第五章
精神分析学评论方法

第一节 精神分析学评论方法概述

精神分析学评论方法是基于心理学发展而产生的一种文本阐释方法。20世纪,弗洛伊德对于精神分析学的大发现成为人类科学史上的最伟大成就之一,后来被引入到文学批评领域,对文学创作、文学接受、美学建构都产生了革命性的影响。这也标志着文学评论可以从心理学角度开展更为深邃的文学内部研究,发现文本世界中潜藏的那个强大的无意识领域。

精神分析学批评

一、弗洛伊德的经典精神分析学

20世纪初,在西方以及全世界产生重大影响的精神分析学文论,毫无疑问是和奥地利精神病学家西格蒙德·弗洛伊德①所创立的"经典精神分析学"分不开的。弗洛伊德是精神分析心理学创始人,奥地利精神病医生、心理学家和文艺批评家,主要著作有《释梦》《图腾与禁忌》《精神分析引论》《超越快乐原则》和《自我与本我》等。弗洛伊德通过对癔症和梦的研究发现了人类"无意识"的存在,阐释了"自我""本我"和"超我"三层人格结构,解释了人类行为的动力之源——性本能。另外,弗洛伊德在潜意识和梦的理论的基础上,提出了"文学创作是作家的白日梦"的观点,把文艺归结为作者心理受压抑的潜意识的升华,文艺作品是对作家欲望的替代性满足,而人类文明则是遭

---

① 弗洛伊德(1856—1939),奥地利精神病医师、心理学家、精神分析学派创始人。他开创了潜意识研究的新领域,促进了动力心理学、人格心理学和变态心理学的发展,奠定了现代医学模式的新基础,为20世纪西方人文学科提供了重要理论支柱。

受理性压抑的结果。

精神分析最初是一种治疗精神病的方法，它通过引导病人的自由联想，挖掘出深埋在病人心理最底层的动机与欲望。据弗洛伊德解释，人的心理结构可分为三个层次：前意识、意识和无意识。一个观念转瞬即逝，一旦需要就可以再次进入意识，这便是前意识；无意识则因其内容被意识反对，被压抑下去而摒弃于意识领域之外，它虽然隐而不现，却对人的心理起决定作用。精神分析的目的，就在于克服病人的抵制因素，使无意识的欲望转化为意识，从而治疗疾病。

在弗洛伊德之前，有关梦的经典理论，大都认为梦是以象征的方式展现已经发生、正在或将要发生的事件。弗洛伊德不同意这一看法，他提出了系统的梦的理论，指出梦不是预卜未来的神谕，而是"一种受抑制的愿望经过改装的达成"[①]。弗洛伊德认为，因为做梦者对不符合道德和理想愿望有所顾忌，便使之以另一种改装的形式表现出来。改装可以通过四种途径实现：其一是"凝缩"，把两个以上的印象或经验结合起来，集中在一个具体的形象上；其二是"移位"，即通过隐喻、暗示等用较为疏远的事物，来替代梦的无意识的核心内容；其三是"象征"，把抽象的内容转化为具体的形象；其四是"润饰"，梦从人的日常生活经历中取材，又经过前三种作用伪装变形，得到一些没有关联的形象，润饰作用就是按照某种逻辑把这些形象强行编成一个像模像样、可以理解的故事。正是通过这四个途径，梦的内隐思想即无意识的本能冲动，转化为梦的外显内容。

弗洛伊德的死亡本能理论也对现代社会产生过相当大的影响。所谓本能，据弗洛伊德所说，是有机体生命中固有的一种恢复原初状态的冲动。它原指人或动物无须学习而先天具有的能力，然而精神分析学赋予这一概念以新的含义。本能具有保守、回归、重复这样三个特点，不是积极的、发展的力量，而是一种惰性状态，这决定了生命的目标是一种最原始的状态。生物体在某一时期已经离开了这种状态，却要沿着它自身发展的迂回曲折的轨迹，挣扎着复归这一原生态。弗洛伊德认为，生命的进化和发展只是偶然现象，归结于外部原因；反之，生命向寂灭状态的回归却是它的本质和目标所在，这就是死亡本能。自我保存一类的生命本能只是局部的本能，其作用是"保证有机体沿着它自己的道路走向死亡，而不因飞来的横祸，改变生命的回乡之路"[②]。

弗洛伊德还有一个著名的论断："文学创作是作家的白日梦"。弗洛伊德从人类的童年时代去寻找其理论的缘起：孩子最热爱、最全神贯注的活动是游戏。游戏中的孩子恰似一个作家，他创造了一个自己的世界，用一种新的方式，重新安排了那个世界的诸事诸物，以使自己获得更大的快乐，这正是艺术创造的方式。弗洛伊德指出，孩子的游戏态度是极其认真的，而且倾注了极大的热情，这同艺术家的创作态度也颇有相似之处。当他长大后，"他只不过是创造出一种虚幻的世界来代替原先的游戏，他所创造的是一种空中楼阁或我们称为白日梦的东西"[③]。在弗洛伊德看来，白日梦是童年游戏的继续，也是它的替代品。不过，白日梦不像儿童游戏那样直白，"诗歌艺术的精华，在于克服

[①] 弗洛伊德.精神分析引论新讲[M].苏晓离，刘福堂，译.合肥：安徽文艺出版社，1987：86.
[②] 陆扬.精神分析文论[M].济南：山东教育出版社，1998：55.
[③] 弗洛伊德.论创造力与无意识[M].孙恺祥，译.北京：中国展望出版社，1986：43.

我们心中厌恶感的技巧……作家通过改变和掩饰利己主义的白日梦以削弱他们的利己性；他在给我们呈现的幻想中，以纯形式（即美学）的快感来贿赂我们。"[1]在弗洛伊德看来，作家与读者有一种"特殊的默契"：作家用作品将内心的幻想、压抑以艺术创造的方式表现出来；读者阅读欣赏此类文学作品，也会使内心隐藏着、压抑着的本能欲望得到排遣和宣泄，从潜意识的紧张压抑中获得解脱，从而引发心灵深处的巨大快感，获得美的体验。

弗洛伊德把精神分析的方法和原则应用到社会生活与历史文化的研究，深刻影响了文艺创作和文艺心理学的发展，为文学批评提供了一种典范模式。

二、荣格的分析心理学

卡尔·荣格[2]沿袭了弗洛伊德的基本命题，但扬弃了"泛性论"和本能理论，开创了"分析心理学"，其深刻的问题意识和人类学的研究模式拓宽了精神分析学的言说领域和研究方法。荣格的"集体无意识"理论，不但被认为是原型批评的重要源头，而且毫无疑问又是精神分析学说的一块里程碑。荣格认为，心灵或者人格结构是由"意识"（自我）、"个体无意识"（情结）和"集体无意识"（原型）三个层面构成的，而"集体无意识"是人格或者心灵结构的最底层部分，包含全部本能及其有关的原型。艺术作品是"集体无意识"的体现，艺术是整个人类心灵的回声。

荣格虽然师从弗洛伊德，然而其成熟的心理学理论，却与弗洛伊德大相径庭。荣格的文艺思想，重心已不在个人无意识，而转向了"集体无意识"，荣格认为，"集体无意识的内容主要是原型"，"集体无意识的内容从来就没有出现在意识之中，因此也就从未为个人所获得过，它们的存在完全得自于遗传"[3]。在荣格看来，"集体无意识"是个人在文化中分享的种族记忆，而文学并不是被压抑的力比多的宣泄，而是表现"集体无意识"的诸种原型。原型也是原始意象，是人从他的先祖（包括他的人类先祖，也包括他的前人类先祖和动物先祖）那儿继承的意象。继承并不意味着个人可以有意识地追忆其先祖曾有的那些意象，意象只是表现为先天倾向或潜在的可能性，可以使人采取与自己先祖同样的方式，来把握世界并做出反应。一切文学类型中，同原型关系最为密切的是神话。神话不是客观现象的表征，而是"集体无意识"的心理象征。荣格还强调，"集体无意识"不是一种自在的实体，它仅仅是一种潜能。这种潜能以特殊形式的记忆表现，从原始时代一直传递给我们。这种可能性甚至限制了最大胆的幻想，为幻想活动划定范域，从而在艺术的成形材料中，作为一种有规律的结构原则而显现。

荣格曾对作家的两类创作心理进行划分：内倾和外倾。关于内倾，荣格指出，它意味着主体明确意识到自己的意向和目的，尽管客体的主张与此背道而驰，它也坚持不让；外倾则意味着主体服从于客体对它的需求。内倾的特点是把自我和主观心理过程放在对象和客观过程之上，无论如何总要坚持它对抗客体的阵地，由此赋予主体高于对象

---

[1] 弗洛伊德.论美[M].邵迎生，张恒，译.北京：金城出版社，2010：87.
[2] 卡尔·荣格（1875—1961），瑞士心理学家。创立了荣格人格分析心理学理论，曾任国际心理分析学会会长、国际心理治疗协会主席等，创立了荣格心理学院。
[3] 荣格.心理学与文学[M].冯川，译.北京：生活·读书·新知三联书店，1987：94.

的价值。外倾的特点则是主体屈服于对象，并借对象获得更高的价值，主体的心理过程有时候看起来好像客体的附庸。回顾人类历史，我们或者看到某人的命运是如何更多地为他的对象所决定，或者看到某人的命运更多地为他自己内部的自我，即他的主体所决定。两种心理态势中，荣格更愿意强调的是主体被客体的巨大力量席卷而去的外倾型心理。

针对弗洛伊德用诗人的压抑情结来解释文学作品，荣格则提出完全不同的观点。他认为，每一个作家都有两面性：一方面他是有个性的血肉之躯；另一方面他又是非个人化的创作主体。艺术家作为个人可能有喜怒哀乐、有意志抱负，然而作为艺术家他却是更高意义上的人，是"集体人"，一个担荷并造就人类无意识精神生活的人。就作家与作品的关系来说，荣格认为，作品超过了作家，就像孩子超过了他的母亲。无论何时，只要创造性力量占据支配地位，作家的生活就会被"集体无意识"统治而来对抗意志，意识的自我被挟带而去，成为发生事件的一个旁观者。荣格认为，作家只有深入到对人类（或种族、民族）共有经验的"神秘参与"中，伟大作品才可能诞生。《浮士德》里"蕴藏着某种存在于每个德国人灵魂中的东西，而歌德[①]则是一位促使它诞生的人""不是歌德创造了《浮士德》，而是《浮士德》创造了歌德"[②]。作家从根本上说，是他作品的工具，从属于他的作品，故而我们没有理由期望他来为我们阐释他的作品。

荣格的"集体无意识"理论，使有关文艺理论的探究向客观性的方向迈出了一大步。但是，作家的创作个性，无论被释为个体无意识也好，抑或先天或后天形成的特定气质也好，事实上也必然会对作品产生举足轻重的影响。由于荣格对原始意象的神秘主义色彩缺乏反思，尤其是对"集体无意识"过分强调，使其理论不断为人诟病。

三、拉康的结构主义精神分析学

雅克·拉康[③]是精神分析学在法国的主要代表，20世纪60年代，他把法国结构主义和语言学的研究成果与弗洛伊德有关精神分析的基本问题加以融合改造，创建了"结构主义精神分析"。拉康认为："无意识有语言的结构""无意识是他者的话语"。他把人的精神意识分为想象界、象征界和实在界，指出主体的欲望就是成为他人的欲望客体。这一系列的观点建构了拉康的主体及"主体间性"理论，并给予法国女性主义和后现代主义以直接的启发。

拉康有两个关于无意识的著名论断：其一是"无意识有语言的结构"；其二是"无意识是他者的话语"。这两个论断与拉康对弗洛伊德的无意识理论和索绪尔的语言学说的创造性改造与融合密切相关。拉康指出，作为声音的能指与作为概念的所指，其关系远非如索绪尔所言，犹如一张纸的两面那样幸福地结合在一起，而是从初始阶段就出现一道裂缝，无法顺利交通。能指（声音）与所指（概念）之间的纽带既已切断，它就成为一种独立的存在，成为"滑动的所指"和"漂浮的能指"。拉康认为他的能指好比弗

---

① 约翰·沃尔夫冈·冯·歌德（1749—1832），德国著名思想家、作家、科学家，他是最伟大的德国作家之一，也是世界文学领域的一个出类拔萃的光辉人物。
② 荣格．探索心灵奥秘的现代人［M］．黄奇铭，译．北京：社会科学文献出版社，1987：165．
③ 雅克·拉康（1901—1981），法国作家、学者、精神分析学家。

洛伊德理论中的意识，所指好比无意识。就"无意识有语言的结构"而言，拉康认为，无意识的运行机制与语言的运行机制相同，即隐喻和换喻。换喻更多地表现为能指与能指的联结，在联结中实现无意识欲望的转换；而隐喻更多地表现为能指与能指之间的相互替换，在替换中实现无意识语言意义的转化，满足无意识的欲望。无意识与语言同时出现，当文字不能带来期望中的满足，无意识便在语言和欲望脱节处出现。词语在拉康看来并不能表达概念的本质，是欲望为能指注入意义，无意识就是那暗中表露却未被公开认识的欲望。欲望的意义，在于从一个能指到另一个能指的潜在的无限运动。就"无意识是他者的话语"而言，拉康认为，他者不是具体的个人，而是真实寄存的场所。个体从出生起即被抛入一个异己的语言和文化系统，一个属于"他者"性质的秩序和结构被强加给主体。主体的无意识必须由他者的话语结构来表达，于是他者成为控制主体欲望生成与发展的网络。拉康修正了传统精神分析学的主体理论，认为由于无意识操纵着主体的言语表现，而且是绕过"我思"功能来实现其操纵，因而人是无意识的主体。自我只是主体的一种功能或效果，而主体总是在扩散，从不与自己产生认同，永远沿着其言语链伸展开去。笛卡尔的"我思故我在"，在拉康这里变成"我不在我思，我思我不在"。

拉康认为意识的确立发生在婴儿前语言期的一个神秘的瞬间，他称为"镜像阶段"，儿童的自我和完整的自我意识由此开始出现。镜像阶段发生在6~18个月的婴儿生长期，在这个阶段中，婴儿能从镜子中认出自己，他虽然还不会说话，却会以不同寻常的兴奋状态来表现他对这一发现的喜悦。这标志着婴儿认同自己的开始。拉康指出，这个自我认同的过程大约经历三个步骤：最先婴儿与大人同时出现在镜前，这时婴儿对镜像与自己、自己的镜像与大人的镜像还不能区分；稍后可以区别镜像与自己的身体；最后觉察出镜像是自己的，并为这一发现而欢喜。在镜像阶段，婴儿与其映像之间的关系是一种想象的关系，镜中之我既是又不是婴儿自己，当婴儿企图触摸镜像时发现它并不存在，因此发生了自我与镜中之我的对立，这就是"自我的异化"。"一个尚处于婴儿阶段的孩子，举步趔趄，仰倚母怀，却兴奋地将镜中影像归属于自己，这在我们看来是在一种典型的情境中表现了象征性模式。在这个模式中，我突进成一种首要的形式。以后，在与他人的认同过程的辩证关系中，我才客观化；以后，语言才给我重建起在普遍性中的主体功能。"[①]镜像不过是婴儿在接触社会和进入语言之前的一个"理想的自我"，或者说虚构的自我。此后这个特殊的自我将面对他人、社会和语言，纯粹主体也将很快进入知识和经验的能指世界，但镜中的自我意象则一直影响着主体的全部心理发展过程。拉康认为，自我是在与另外一个完整的对象的认同过程中构成，而这个对象是一种想象的投射：人通过发现世界中某一可以认同的客体，来支撑一个虚构的统一的自我感。

拉康在他的精神分析学中修正了弗洛伊德把心理结构区分为本我、自我、超我三部分，另外相应地分为实在界、想象界、象征界三个阶段。拉康认为，想象界源于幼儿

---

① 拉康.拉康选集[M].褚孝泉，译.上海：上海三联书店，2001：90.

"镜中之我"的经验，但又深入到成人对他人和对外部世界的经验，想象界是自我形成的阶段或领域，不受现实原则的支配，这个阶段的自我设计是"虚幻的""想象的"。想象界最突出的特点就是镜像阶段的误认。拉康指出"自我是被建立在整体性与主人性的虚幻形象基础之上的，而且正是自我的功能在维持着这种一致性与主人性的幻象"①。象征界是支配个体生命活动规律的一种社会秩序，婴儿通过习得语言的过程，与他人及现有的文化体系建立关联，最终确立主体，由自然人变成文化人。"象征界的作用就是实现人的社会性和文化性，以及使人的性与侵略本能规范化"②，拉康的象征界即符号的世界，它是一种秩序，支配着个体的生命活动的规律，就此而言它类似弗洛伊德的超我。但象征界不具有超我的强制性质，它通过语言同整个现有的文化体系相联系，个体依靠象征界接触文化环境，同他人建立关系，开始作为主体而存在。象征界的主要代表是"父亲"，但这个"父亲"并非具有血缘联系的父亲，而是一个促生推动了意指之链的"象征之父"。象征界中，幼儿心理发展的关键是经历俄狄浦斯阶段而进入由语言秩序所体现的象征秩序。随着父亲的介入，儿童陷入象征界的焦虑：在接触语言过程中，幼儿无意中认识到，一个符号只有能区别于其他符号时才有意义，同时一个符号必须以它所指示的客体的不在场为条件。这样儿童渐渐感到，他作为主体的身份，是由他与周围主体的区别和相似的关系构成的，随着所有这一切的被接受，儿童即从想象界转向了象征界。实在界不是指客观现实界，而是指主观实在界，它是欲望之源。在拉康看来，实在界是"一个充实性的非存在，一个不可能的可能性，一个只能在语言中呈现但却不可能为语言所真正言及的东西"③。它类似于弗洛伊德本我的概念，是主体支配不了的一种动力。实在界不仅在幻觉的范围之外，也在镜中映像的范围之外，但它永远在场。实在界由主体为它自己所结构，甚至可以"创造"，却没有被命名的可能。它是语言无法补救的、无法探其踪迹的"外部"，是意指链所向的无止境后退的目标，是象征界和想象界的消失点。实在界在心理结构所起的作用虽然较象征界和想象界为小，但它专门在象征界和想象界之间制造问题和矛盾。倘若"实在"突然闯入主体的体验世界，这时就会产生幻觉、个性分裂的妄想、控制不住的行动、危险的错觉。实在界在彻底的孤独中发号施令，成为一切行动的原因。

拉康的著作神秘、隐晦，富于技巧而有诗意，读来艰涩难懂。拉康从语言学出发来重新解释弗洛伊德的学说，被称为自笛卡尔以来法国最为重要的哲人，在欧洲他也被称为自尼采和弗洛伊德以来最有创意和影响的思想家。

四、布鲁姆的误读理论

哈罗德·布鲁姆④是美国最受欢迎的文学评论家之一，他从心理学角度来考察文

---

① 霍默·肖恩.导读拉康[M].李新雨,译.重庆：重庆大学出版社,2014：37.
② 卜华度.拉康的结构主义精神分析学[J].世界经济与政治论坛,1987(7)：37.
③ 雅克·拉康.阅读你的症状[M].吴琼,译.北京：中国人民大学出版社,2011：440.
④ 哈罗德·布鲁姆（1930—2019），出生于美国纽约，当代美国著名文学教授、"耶鲁学派"批评家、文学理论家。布鲁姆一生出版了40多部著作，尤其是1973年的代表作《影响的焦虑：一种诗歌理论》在美国批评界引起了强烈的反响。

学发展史中创作主体之间影响与反影响的矛盾运动，提出了诗歌批评的"误读"理论。1973年，布鲁姆出版了《影响的焦虑》，该书是其误读理论的奠基之作。在此书中，布鲁姆重新审视了浪漫主义诗人之间的"影响"关系，指出这种"影响"给诗人带来的焦虑，并描述了这种焦虑如何催生了诗人的误读行为。继《影响的焦虑》之后，他又相继出版了《神秘哲学与批评》《误读之图》和《诗歌与压抑》等著作，进一步深化和扩展他的误读理论。

"误读"的本意是错误的阅读和阐释，曾被赋予一种否定性的价值。然而在当代西方文论中，人们开始重新认知"误读"问题，并赋予它以必然性和创造性的品质。当代文论重新反思误读现象的流派众多，因视点不同可以大致分为两大脉络：一是以读者为视点的当代阐释学，它从读者的主体性角度分析了"偏见"作为阐释的起点和误读必然性之间的关系；二是以文本为视点的现代语言学，它从语言符号的"差异"性和修辞性本质分析了正确阅读的不可能性。与以上两种研究路径不同，布鲁姆则将"作者"作为误读理论的切入点，并结合弗洛伊德的精神分析理论和弥尔顿[①]以来的英美浪漫主义诗学实践，提出"影响即误读"学说。此外，布鲁姆又进一步对误读的主体和策略进行了限定，从主体来说，他认为只有"强者诗人"才是误读行为的施为者，因为只有"强者诗人"才能承担"影响的焦虑"，而弱者最终会淹没在"前辈诗人"的巨大阴影当中。从策略上说，布鲁姆从众多浪漫主义诗人的创作实践中选择了"六种修正比"来构建误读理论，后期又从心理学和修辞学视角找到六种可置换形式，即六种自我防御机制和六种比喻，它们一起统一在布鲁姆的"误读图示"当中。

布鲁姆有关误读的理论集中体现在"影响即误读"的论说中，他认为："诗的影响——当它涉及两位强者诗人、两位真正的诗人——总是以对前一位诗人的误读而进行的。这种误读是一种创造性的校正，实际上必然是一种误译。"[②]布鲁姆的这个界定直接把对误读问题的思考嵌入到文学史当中，并将目光对准文学史中创作主体之间的影响关系，这样他就完成了误读理论研究从文本、读者向作者的转变以及从阅读论向创作论的转变。布鲁姆对文学影响有着辩证认识：一方面，文学影响是诗人创作的一个障碍，因为相对于文学史，任何一个新诗人都是一个迟来者，他必须面对前辈诗人在时间上的优先权，而这种优先性使得后辈诗人不得不面对"诗歌的各种主题技巧都已经被千百年来的大诗人使用殆尽"[③]这样的苦果；另一方面，文学影响是任何一个新来者跻身于强者之林的必经之路，是任何诗人都无法逃避的，这种现象就像父亲和儿子的关系一样，这是一种无法逃避的家庭罗曼史。影响既是一种阻碍，同时它又无法逃避，这就形成诗人永恒的"创造性焦虑"。弗洛伊德认为，焦虑虽然是一种痛苦的负面体验，但它并非都是有害的。只有焦虑过度、焦虑无明确的诱因或只有微弱的诱因时，才能视为病理性的。适度的焦虑则是有益的。焦虑具有预告或警告危险来临的信号作用。布鲁姆借鉴了弗洛伊德的焦虑学说，提出这样的观点：影响的焦虑也不一定会完全扼杀诗人的创造

---

① 约翰·弥尔顿（1608—1674），英国诗人、政论家、民主斗士。代表作品有长诗《失乐园》《复乐园》和《力士参孙》。弥尔顿是英国历史上伟大的艺术家，被称为英国文学史上伟大的诗人之一。
② 哈罗德·布鲁姆.影响的焦虑[M].徐文博，译.南京：江苏教育出版社，2006：35.
③ 哈罗德·布鲁姆.影响的焦虑[M].徐文博，译.南京：江苏教育出版社，2006：48.

力，相反，诗的影响往往会使当代诗人更加具有独创精神，但这种独创精神的赋予只能通过"精神反常"的状态才能够获得，这实际上就是从诗人对于他的前辈的一种故意误读中体现出来。所以"一部成果斐然的'诗的影响'的历史——即文艺复兴以来的西方诗歌的主要传统——乃是一部焦虑和自我拯救的历史，是歪曲和误解的历史，是反常和随心所欲的历史，而没有这一切，现代诗歌本身是根本不能生存的"[①]。诗学影响导致诗人创造焦虑，诗人的焦虑又促使诗人以一种误读的形式来修正前辈诗人，这是布鲁姆误读理论的核心线索。

误读的主体是诗歌史上的迟来者，由于迟来者在时间维度上丧失了优先权，所以他要想确立自己的诗歌史地位，凸显自身的独创性，就必须对前人进行误读，也就是说，误读在此成为一种诗歌创作的策略和手段。在《影响的焦虑》中，布鲁姆将误读的策略归纳为"六个修正比"，他分别运用了六个古典词语来描述这六个修正比：克里纳门、苔瑟拉、克诺西斯、魔鬼化、阿西克西斯和阿波弗里达斯。这六个修正比用寓言的方式演绎了强者诗人之间的误读行为，完成了布鲁姆关于"诗人生命周期"的独特诠释，然而，由于在《影响的焦虑》中，他对这六个修正比的描述采用的是一种文学色彩极强的语言，并且用不太常见的六个典故来进行比喻，所以导致六个修正比的理论非常晦涩难懂，这显然和布鲁姆想建立一套切实可行的实用批评理论的初衷相违背，因此在《误读图示》中，他又对六个修正比进行深化和扩展："我称为'修正比'的东西，是比喻又是心理防御，是两者兼有，又是两者中的每一个，它们在诗歌的想象中表现出来。修辞批评家可以把防御看成一个隐藏的比喻，精神分析学者也能够把比喻看成一个隐蔽的防御。"[②] 鉴于此，布鲁姆将六个修正比从修辞学角度和心理学角度进行了形式置换：从文本角度，将六个修正比依次置换为讽喻、提喻、换喻、夸张、隐喻、代喻六种修辞格；从诗人心理角度，将六个修正比置换为反应—形成、反对自我/颠倒、分离/孤立/回归、压抑、升华、内射/投射六种防御机制。布鲁姆认为，文学意义产生于诗人之间的误读行为，这种误读既包括创作主体之间的心理互动，主要表现为诗人的六种心理防御策略；又包括诗歌间的互文[③]，主要表现为文本间的六种比喻关系。而不管是诗人心理上的防御还是诗歌间的互文，最终都统一在六种修正比之中。

布鲁姆在审美衰颓的时代，面临着经典如何继承创新的问题，他的"误读理论"为文学批评提供了有益的启示。但是，如果一切批评都是误读，这就使批评失去了维系审美共同性的准则，批评只能是批评家的自我满足。这就等于完全抽空了批评活动自身，连所需的最低程度的共同感也失去了存在的基础。

---

① 哈罗德·布鲁姆.影响的焦虑[M].徐文博，译.南京：江苏教育出版社，2006：59.
② 哈罗德·布鲁姆.误读图示[M].陈克明，朱立元，译.天津：天津人民出版社，2008：56.
③ "互文"：原意指上下文义互相交错，互相渗透；这里指的是后辈诗人在影响的焦虑中，不断修正、逆反前辈诗人，与其诗作产生密切联系，但是又迥然而异的诗作；而这种故意的误读，也同时影响了前辈诗作的成就与文学史地位。前后诗作之间总是存在交织、渗透、对话的可能性。

第二节　精神分析学评论方法关键词

一、意识、前意识和无意识

弗洛伊德把人的心理结构划分为意识、前意识和无意识三个层面，"意识"感知着现实，用语言来反映和概括事物的理性内容。"前意识"则是调节意识和无意识的中介机制，前意识是一种可以被回忆起来的、能被召唤到意识中的无意识，它起着检查的作用，绝大部分的无意识被它控制。"无意识"则是在意识和前意识之下受到压抑的没有被意识到的心理活动。由于无意识具有原始性、动物性和野蛮性，不被容于社会理性，所以被压抑在意识下，但并未被消灭。正是这些东西从深层支配着人的心理和行为，成为人的一切动机和意图的源泉。因此无意识在人的整个心理结构中起决定作用，是人的心灵的核心。弗洛伊德把人的大脑比作大海里的冰山：意识部分就像冰山露在海面之上的那一小部分；前意识相当于处于海平面的那一部分，它随着海水的波动时而露出水面，时而没入水面；而无意识则是没于海水中的硕大无比的主体部分。

精神分析学批评关键词

根据弗洛伊德的理论，意识与无意识是相互对立的：意识压抑无意识本能冲动，使其只能得到伪装的、象征的满足；而无意识则是心理活动的基本动力，暗中支配意识。意识是清醒的、理智的，但又是无力的。无意识是混乱的、盲目的，但又是广阔有力、起决定作用的，是决定人的行为和愿望的内在动力。

二、力比多的升华

弗洛伊德认为人格建构离不开性欲内驱力（libido），也译作力比多（libido 的中文音译），这是一种内在的、原发的动能和力量，是一切精神活动的能量来源。由于力比多构成无意识领域中活动能力最为强盛的性冲动，在现实中意识不可能容忍它为所欲为，于是对它加以节制，令剩余精力向其他途径转移发泄，文学艺术即是力比多的转移形式之一。换言之，它舍弃性的目标，转向了其他在文明世界看来是较为高尚的社会目标，被称为"力比多升华说"。

力比多是具有一种性原欲能力，当它被转移或升华时，又表现为渴望权力的意志以及自我倾向中其他种种类似的趋势。力比多作为个人特征的精神冲动现象即为本我，弗洛伊德认为它的活动遵循两条原则。

一是快乐原则，即人的身体由不愉快、不满足状态进入快乐与满足状态。

二是现实原则，由于力比多构成无意识领域中活动能力最为强盛的性冲动，现实不可能容忍它为所欲为，故必须对它加以节制，令剩余精力向其他途径转移发泄。

文学即是力比多的转移形式之一，其间力比多被认为得到升华，换言之，它舍弃性的低级目标，通过文学想象转向了其他在文明世界看来是更高尚的社会目标，从而升华了力比多的低级欲求，赋予了文学超越单纯快感的审美能力。

三、三重人格理论

弗洛伊德的精神分析理论把人格结构分为三个层次，即本我、自我和超我。本我、自我和超我就构成了三重人格。

本我是一个原始的、与生俱来的、无意识的结构，完全隐没在无意识之中，它主要由性的冲动构成。本我是人们所有的热情、本能和习惯的来源，是遗传本能和基本欲望的体现者，它没有道德观念，甚至缺乏逻辑推理，唯一的需要就是不惜一切代价满足本身。弗洛伊德说："本我的唯一功能就是尽快发泄由于内部或外部刺激所引起的兴奋，本我的这一功能是实现生命最基本的原则。"① 本我所遵循的是"快乐原则"，寻求欢乐和躲避痛苦是本我最重要的功能。

自我是社会的产物，是本我与外部世界、欲望和满足之间的居间者。弗洛伊德感慨，自我的功能是控制和指导本我与超我，促进人格的协调发展。自我是有逻辑、有理性的，并具有组织、批判和综合能力。自我所遵循的是"唯实原则"。自我主要是外部世界的代表，是现实的代表。自我的作用就是调节真实的东西和心理的东西之间、外部世界和内部世界之间的这种对立，自我让人们维持正常而守法的生活，"它掌握着行动的通路，选择它要反映的环境特征，决定有哪些需要满足，满足需要的先后如何"②。

超我是人格在道义方面的表现，是理想的东西，超我分为自我理想和良心，需要努力才能达到，它是完美的而非快乐或实际的，它是禁忌、道德、伦理的规范和标准以及宗教戒律的体现者。超我是从自我中发展而来的，它是一个"从自我内部的分化"出来的"自我理想"。超我像一个监督者或警戒者，设法引导自我走向更高的途径。超我是人类理想的源泉，一切完美的追求都产生于超我。

四、恋母情结与恋父情结

弗洛伊德提出了恋母情结（即"俄狄浦斯情结"）。他在《图腾与禁忌》中强调，无论就人类还是个人而言，弑父都是一种显著的、原始的罪恶，根源在于"俄狄浦斯情结"。弗洛伊德用"俄狄浦斯情结"对索福克勒斯③的《俄狄浦斯王》、莎士比亚④的《哈姆雷特》和陀思妥耶夫斯基⑤的《卡拉马佐夫兄弟》进行阐释：三部著作都表现出同一个主题——弑父，而弑父的动机，都是对一个女人的争夺。弗洛伊德认为，《俄狄浦斯王》之所以感动从古希腊至现代的每一位观众，其"效果并不在于命运与人类意志的冲突"，而在于我们每一个观众可能面临与俄狄浦斯同样的命运，具有共同的"俄狄浦斯

---

① 卡尔文·斯·霍尔，等.弗洛伊德心理学与西方文学[M].包华富，陈昭全，杨莘燊，编译.长沙：湖南文艺出版社，1986：137.
② 诺尔贝，霍尔.心理学家及其概念指南[M].李廷揆，译.北京：商务印书馆，1998：50.
③ 索福克勒斯（前496—前406），雅典三大悲剧作家之一，索福克勒斯他共写了123部悲剧和滑稽剧。其中，《安提戈涅》和《俄狄浦斯王》是其代表作。
④ 威廉·莎士比亚（1564—1616），英国文艺复兴时期剧作家、诗人。他的戏剧不受三一律束缚，突破悲剧、喜剧界限，塑造出众多性格复杂多样、形象真实生动的人物典型，描绘了广阔的、五光十色的社会生活图景，并以其博大、深刻、富于诗意和哲理著称。
⑤ 陀思妥耶夫斯基（1821—1881），出生于俄罗斯，俄国作家，他和托尔斯泰、屠格涅夫并称为俄罗斯文学"三巨头"。

情结"，关于莎士比亚的《哈姆雷特》，在弗洛伊德看来，哈姆雷特在完成复仇任务时的犹豫不决，既不在于哈姆雷特优柔寡断的性格，也不在于其智力麻痹了行动的力量，而在于哈姆雷特的"俄狄浦斯情结"；"哈姆雷特可以做任何事情，就是不能对杀死他父亲，篡夺王位并娶了他母亲的人进行报复，这个人向他展示了他自己童年时代被压抑的愿望的实现。这样，在他心里驱使他复仇的敌意，就被自我谴责和良心的顾虑所代替了。它们告诉他，他实在并不比他要惩罚的罪犯好多少。"① 由此弗洛伊德得出结论："俄狄浦斯情结"或显或隐，是一切文学的渊源。

弗洛伊德指出，与男孩的恋母嫉父的"俄狄浦斯情结"相对的是所有的女孩都有爱父嫉母的恋父心理倾向，即具有"埃勒克特拉情结"，又称"恋父情结"。这种情结同样在童年中生成，并被人类社会的进步所压抑或克服。在健全的理想人格中，恋父情结会不同程度地潜藏在女子的潜意识之中。

五、父之名

拉康认为，我们所处的社会的结构是象征性的。在这个象征秩序的王国中，人受到暴力式的统治，在自我惩罚、性格面具和种种伪装之下，虚假的主体被确立，而真实的欲望之人却死亡了。为此，拉康使用过一个隐喻，即"父之名"。在拉康这里，"父之名"是立法性和惩罚性的，象征着限制人类言说和欲望的法律，它的出现会在个体内心中呈现禁止乱伦、树立教化人格、压抑欲望的命令。后来，拉康又将"父之名"升格为"圣父的名字"或"大写的父亲的名字"，以它来标识一切同一性的形而上的力量。这已经不是外在的法律，而是一条自我奴役的内心锁链。"父之名"不是外在的强制，而是一种威权之后的自我惩戒。这是拉康对弗洛伊德超我的重写，也是现代主体存在的真实面孔。

六、镜像②

镜像也就是理想中的自我认同的形象。在拉康看来，"我"的原初形式即自我正是在这种与镜像（镜中的理想形象）的认同中产生的。像弗洛伊德的"自恋的自我"观一样，拉康也认为自我不是自然的存在，而是幼儿主体与自身之镜像认同的"自恋的激情"的产物。镜中的形象并不是简单的外在映象，它形成了一个新的自我。从这个意义上说，自我即是"我"的形象，"我"正是在这一完整的形象中获得统一的身份感。拉康把自我称为理想的自我，而理想富有想象和虚构的意味，所以自我的形成过程是朝着仿佛文学想象与虚构方向发展的。这是因为自我形成的过程中幼儿主体与自身镜像的认同实际上是一种误识现象，也就是说，主体误把自己在镜中的形象当作了真实的自己，从而忽视了形象的存在的他异性，也就是海德格尔在存在主义哲学中所说的"被抛"状态；换言之，主体是在把自己视为某种实际上不是自己的东西。那么，由误识而形成的自我形象就是主体的异化的虚构幻象，这就解释了人的镜像实质上是人类自我之虚幻性

---

① 张唤民，陈伟奇. 弗洛伊德论美文选[M]. 北京：知识出版社，1987：16.
② 汪民安. 文化研究关键词[M]. 南京：江苏人民出版社，2007：15-153.

质的表现。

第三节 精神分析学评论案例剖析

　　精神分析学评论方法为文学评论提供了一种心理深层的科学解释，其在发展中依托心理临床试验，也存在不少假想和预设。这些评论理论使我们在文本解读尤其是在辨析人物形象和心理描写方面获得更为开阔的视野。接下来将以《刘震云的小说〈我不是潘金莲〉中人物塑造心理分析》为例，做出精神分析方面的阐释。

　　一部优秀的文学作品给人的启迪往往是多维的。不管是在历史内容层面，还是审美意蕴层面，还是哲学意味层面，这些作品都有无尽的阐释空间。刘震云[①]的小说《我不是潘金莲》一经发表，就给文学界带来了新鲜的感受与深刻的思索；随后又被搬上银幕，成为寻常巷陌的热议话题。小说在挖掘人性的深刻与探测生活的深度方面肯定是无可置疑的，所以从精神分析的角度，把其解读成从前现代到现代，个体在纷繁的社会关系中逐步转变成主体的一部精神成长史，也许很有意义。

　　《我不是潘金莲》由两部分组成，序言部分讲的是一个普通妇女上访的故事：李雪莲想再要个孩子，便和丈夫秦玉河假离婚，以躲避计划生育政策。没想到丈夫假戏真做，索性另找个女人结了婚，还指责李雪莲是潘金莲。李雪莲要洗清冤屈，报复秦玉河，走上了艰难的告状之路。难以被理解的痛苦，竟让李雪莲越挫越勇，她从县里、市里告到了北京，法院院长、县长、市长都被罢免。她连告20年，以至于每年人民代表大会之前，政府官员都因李雪莲而胆战心惊，如临大敌，上访故事被演绎成一幕幕斗智斗勇的政治传奇，序言占据了小说的大部分篇幅。简短的正文写的是一个假上访的故事：因李雪莲告状而下马的县长史为民，阅尽世间沧桑，看透了人情世故，开了餐馆卖肉，过着悠闲惬意的生活。一次，他春运期间滞留北京，买不到火车票，装作上访，拿警察开涮，被押解回乡，终于赶上了周四下午雷打不动的牌局。

　　《我不是潘金莲》通过展示李雪莲踟蹰行走在上访之途上的纠结与痛苦，执着与犹疑、求索与失落，展现了现代人的精神状态。李雪莲所有的痛苦都来源于她的"轴"，这种"轴"不是别的，就是"超我"过于强大，从而让她在人生之路上处处碰壁，又让她困兽犹斗。从弗洛伊德的人格理论来看，李雪莲的人格是失衡的。弗洛伊德认为个体的人格结构分为三个层次：本我、自我和超我。在个体的成长中，自我不断调停来自"本我"欲望的诱惑、超我的召唤以及现实的催逼，适当地满足本我的要求，同时有限迎合社会文化的标准来克制欲望，从而维持着人格的平衡。但是，从李雪莲的心路历程看，她的自我并不能有效地调整本我、现实与超我的关系，超我过于强大，以致与现实形成全面的对抗，所以才会陷溺于左支右绌、举步维艰的生存困境。

　　李雪莲成长于田园牧歌式的前现代社会中，原来以农耕文化为主导的宁静的生活方式，单纯固定的人际的关系，成就了其超我的稳定性，贤妻良母，夫唱妇随，岁月静

[①] 刘震云，1958年5月出生于河南省新乡市延津县，当代作家、编剧。

好。李雪莲是一个在传统文化熏陶下成长的女性，传统秩序所鼓吹的传宗接代意识使她不惜冒险，用假离婚的方式来继续维护其传统女人的梦想和荣光。丈夫的移情让她始料未及，所有建构起来的人生幻想也像肥皂泡一样幻灭。她要讨个说法，求证事情的真相；而当秦玉河把她污名化，更让其不惜一切代价，为理想形象的再建孤注一掷。李雪莲是一个传统的前现代主体，她为了维护传统价值认可的超我形象，她宁愿让渡本我的欲望，甚至不顾现实的利益，与周围的世界对抗，成为社会的"公敌"。

李雪莲身处前现代与现代社会的交界地带，她注定要经历一次疾风骤雨式的洗礼，才能真正成为一个现代的"主体"。李雪莲的"超我"，看起来是个体的自我选择，是"理想的自我"，但究其实质，只是拉康所说的"自我的异化"。拉康认为"无意识是他者的语言"，主体只不过是他者的言语塑造的结果，这之中当然也包括李雪莲的"贤妻良母"的自我设定。另外，李雪莲是不是潘金莲，跟她的本质、她的自证也没多大关系，主体的冠冕都得依赖他人的赐予，是在各种关系的推拉迎拒中形成的。

拉康曾提出著名的镜像理论，他认为，幼儿由于自身处在模糊而缺乏完整性的认知状态，常常将映在镜中的形象理解为真正的自我，这是他生命中的第一次异化，从此，主体开始诞生，但是主体的分裂也在想象界拉开帷幕。以后，主体进入象征界，他要再一次经历误认，追寻心中的"自我理想"，走上异化的旅途。正因为如此，拉康指出，人本质上是一个分裂的自我，人的欲望就是他者的欲望。这个"他者"，最先就是婴儿的"镜像"，然后是"父亲"，最后是由语言所编织的"象征秩序"。自我正是通过认同于他者而确立自身的主体性，所以"我在我不在的地方思，我在我不思的地方在"①。在命运之途上，个体从来都不能随心所欲，强大的异在的力量一直掌控着自我，要么选择死亡，要么接受象征秩序的规则与律令。不管李雪莲愿不愿意，在复杂的人际网络中，她不停地被"他者"命名。秦玉河说她是潘金莲，从而为自己的背信弃义行为寻找合法性；法院院长荀正义把李雪莲命名为"刁民"，为的是摆脱纠缠，打击李雪莲性格的张扬与狂妄；人大领导称李雪莲是"小白菜"，为的是警示下属，树立万众仰止的权威地位；新任市长马文彬恭敬地叫李雪莲为"大姐"，为的是麻醉糊弄李雪莲，避免自己重蹈前任的覆辙。象征秩序不停改造她，规训她，逼迫她不断定位自己，放弃内心的执念。当秦玉河死亡，李雪莲选择自杀与"他者"对抗，而"死亡"也成为一个可以被"他者"利用的"事件"。李雪莲开始明白，如果欲望的主体早已死去，不管是"理想"也罢，"噩梦"也罢，不管是生存，还是死亡，一切都逃不过他者逻辑的操控，所有的抗争其实毫无意义。李雪莲最后以释然的笑容告别执拗的过去，彻底向异在的"他者"全面投诚，终于迎来了一个现代主体的真正生成。

现代主体一旦跨越了自我意识的危机，便迅速成熟。既然"假作真时真亦假，无为有处有还无"，一切都是虚妄，追求都要落空，何妨游戏人生？老史历经宦海沉浮，阅尽世态炎凉，人情练达，世事洞明，所以他能成功地混迹于世，如鱼得水。他谙熟社会的规则，能成功运用太极之道，以柔克刚，让强大的社会能量为我所用，以犬儒主义的处世之道，进行人生表演，以优越的姿态俯瞰人世，笑傲江湖。

---

① 雅克·拉康.阅读你的症状[M].吴琼,译.北京：中国人民大学出版社,2011：330.

刘震云用大量的篇幅写了《我不是潘金莲》的序言，而正文则云淡风轻地讲述了史为民这个洞悉主体命运的犬儒主义者顺势而为、游刃有余的逍遥人生。序言的漫长，揭示了现代主体生成过程中的挫折与艰难，正文的简短含蓄蕴藉地展现了主体适应社会和失去自我后波澜不惊、千人一面的枯槁与单调。无论怎样，个体的自我形塑，只是在象征秩序给予的有限项中勾选罢了，个体成长为主体，都注定是一场悲剧。明知是一场虚无，我们却无法撕裂命运，只能被命运所撕裂。是以自己做棋，把这个世界作为一个被投入、被理性计算的世界，就此放弃超越的精神追求？还是作为一个被抛掷的偶在个体，清醒地承担人生的宿命，认真地生活着，创造生命的独特与精彩？我们依然有选择的自由，选择的艰难。

通过上文分析可以看出，精神分析学方法为解读这部小说提供了一个全息的心理视角。刘震云的小说《我不是潘金莲》用看似荒诞的故事讲述着深刻的生活哲理。文章运用精神分析学评论方法，把小说《我不是潘金莲》解读成一部从前现代到现代、个体在纷繁的社会关系中逐步转变成现代主体的精神现象史。

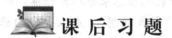

课后习题

一、经典阅读与仿写

论戏剧中的精神变态人物
［奥］弗洛伊德

如果像亚里士多德时代以来人们所一直认为的，戏剧的目的是唤起"恐惧和怜悯"，因而"净化情感"，那么，我们就可以更加详尽地描述那个目的，说这是开发我们情感生活中快感或快乐资源的一个问题，正如知识活动、说笑话或戏弄开发类似的资源一样，其中许多资源是那种活动所不能接近的。在这方面，根本的因素无疑是通过"发泄"而摆脱自身情感的过程；一方面，由此产生的快乐与由于某种彻底的发泄而导致的解脱相对应，另一方面，无疑与一种伴随而来的性振奋相对应；我们可以假定，无论何时，当某种感情被唤醒，并使人们感到他们非常渴望的心理潜能被激发出来时，性振奋就作为副产品出现。作为兴趣十足的观众观看表演或戏剧对于成年人来说就仿佛儿童之于游戏一样，儿童想要做到成年人所做之事的犹豫不决便以那种方式得到了满足。

当我们参与其中并从中获得快感的痛苦之源不再是两种几乎相同的意识冲动之间的冲突，而是一种意识冲动与一种压抑的冲动之间的冲突时，心理戏剧便变成了精神病理的戏剧了。这里，快乐的前提是，观众本身应该是神经病患者，因为只有神经病患者才能从对某一被压抑的冲动的揭示和或多或少的自觉认识中获得快感而非单纯的厌恶。在任何非神经病患者身上，这种认识只能遭遇厌恶，随时招致压抑行为的重复，这正是先前成功地施加在这种冲动之上的那种压抑行为，因为在这种人身上，只要施加一点点压抑就足以完全阻止那个被压抑的冲动。但在神经病患者身上，压抑总是处于失败的边缘；它是不稳定的，需要时常填充一点压抑，而如果对冲动产生认识，这点压抑也就不需要了。因此，一种可以作为戏剧主题的斗争只有在神经病患者身上才可能发生；但即使在他们身上，戏剧家所唤起的也不仅仅是释放的快乐，也有对这种释放的抵制。

《哈姆雷特》是这些现代戏剧中的第一部。该剧的主题讲述迄今一直正常的一个人何以由于摆在他面前的任务的特殊性质而变成了神经病患者，即是说，在这个人身上迄今一直成功地受到压抑的一股冲动现在则努力要变成行动。《哈姆雷特》以三个特征著称，这三个特征似乎与我们目前的讨论关系重大。①主人公不是精神变态者而只是在剧情发展的过程中变成了精神变态者。②被压抑的冲动是同样在我们大家身上受到压抑的那种冲动，而对这股冲动的压抑则是我们个人发展基础的重要组成部分。剧中情景所动摇的恰恰是这种压抑。由于这两种特征，我们就很容易在主人公身上看到我们自己：我们和他一样也易于陷入这种冲突，因为"在特定条件下一个不失去理性的人就不能有什么理性可以失去"。③作为这种艺术形式的必要的前提条件，那种挣扎着要进入意识的冲动，不管多么清晰可见，都似乎从未被给予一个明确的名称；所以，观众也随着注意力的转移而被卷入这个过程，被他的情感牢牢地控制着而不能对所发生的事件作出判断。一定量的抵制无疑以这种方式省去了，正如在分析治疗中，我们发现被压抑的东西的衍生物由于抵制的减少而接近意识表面，而被压抑的东西本身却不能做到这一点。不管怎样，《哈姆雷特》中的冲突如此有效地隐蔽着，所以要由我来把它挖掘出来。

（节选自塞尔登.文学批评理论——从柏拉图到现在［M］.刘象愚，等译.北京：北京大学版社，2000：236-237.）

请阅读上述文字，掌握弗洛伊德对心理潜能的揭示，并学习其《哈姆雷特》性心理分析依据。节选段落中的论述包含有心理科学的成分，也存在假定性的猜测。大家可以根据自己的文学阅读积累，以某一部作品为例，仿照该论文分析方法写一篇不少于800字的短评。

二、课后延伸阅读

1. 弗洛伊德.精神分析引论新讲［M］.苏晓离，刘福堂，译.合肥：安徽文艺出版社，1987.
2. 弗洛伊德.梦的解析［M］.赖其万，傅传孝，译.北京：作家出版社，1986.
3. 陆扬.精神分析文论［M］.济南：山东教育出版社，1998.
4. 弗洛伊德.论创造力与无意识［M］.孙恺祥，译.北京：中国展望出版社，1986.
5. 弗洛伊德.论美［M］.邵迎生，张恒，译.北京：金城出版社，2010.
6. 荣格.心理学与文学［M］.冯川，苏克，译.北京：生活·读书·新知三联书店，1987.
7. 荣格.探索心灵奥秘的现代人［M］.黄奇铭，译.北京：社会科学文献出版社，1987.
8. 哈罗德·布鲁姆.影响的焦虑［M］.徐文博，译.南京：江苏教育出版社，1992.

9. 拉康. 拉康选集［M］. 褚孝泉,译. 上海：上海三联书店,2001.
10. 霍默·肖恩. 导读拉康［M］. 李新雨,译. 重庆：重庆大学出版社,2014.
11. 王逢振,盛宁,等. 最新西方文论选［M］. 桂林：漓江出版社,1991.
12. 雅克·拉康. 阅读你的症状［M］. 吴琼,译. 北京：中国人民大学出版社,2011.

三、思考题

1. 试探究潜意识理论在文学创作中的指导作用。
2. 谈谈对荣格的"不是歌德创造了《浮士德》,而是《浮士德》创造了歌德"这句话的理解。
3. 总结归纳拉康镜像理论的内涵。
4. 结合文学作品实例来讨论"影响的焦虑"在文本中的具体表现。
5. 运用精神分析学评论方法解读苏童的小说《妻妾成群》。

第六章
神话原型评论方法

在我们中华大地上，自古以来就传诵着许许多多神话故事，例如，女娲补天、女娲抟土造人、盘古开天辟地、嫦娥奔月、后羿射日等，可以说我们耳熟能详。神话，这是一个由来已久的概念，但是在社会人类学家看来，神话泛指的是：关于神或其他超自然的故事，有时也包括被神化了的人。日常生活中，我们在讲述神话故事的时候，经常会用这样一句话来开篇，"那是一个很久很久以前的故事……"，那么"很久很久以前的故事"拿到今天来讲，往往就带上了神秘的寓言意义，具有了过去与现在的双重指涉功能，不仅具有指向过去的历史纵深感，还具有指向现实的一种明确的现实感，所以这个时候的故事就变成了可以追根溯源的神话元素。这些元素往往和我们的民族起源、民族精神乃至人类智慧有着千丝万缕的联系。因此，民族神话往往包蕴着一个民族的精神特征，具有丰富的文化内涵；而神话又往往被作家所捕捉，写进文学文本之中，成为文学中值得研究和深入探讨的一个重要的文学现象。

第一节 神话原型评论方法概述

神话是文学创作取之不尽的源泉；神话蕴含了丰富的叙事结构，是文学叙述的根本，也是意识和梦幻的言语表达形式。神话原型评论也被称为神话批评或者原型批评，是从神话原型角度针对文学中原型的源流关系展开评论的方法。

神话原型批评概说

一、神话与文学的关系

神话，首先是展示人类灵魂本质的心理现象。神话一般起源于古老的人类创世初期，由于原始人的意识思维尚不发达，只能靠无意识和神话体验现实。乔治·惠利说："若要给神话下一个定义，可以说它是一类故事的复合体，这类故事由于种种原因被人们视为宇宙及人类生活内在意义的表露。"[①] 这好比一种本能，原始人把他们所不能理解、想象的东西附会为神话。例如，中国龙的起源。闻一多[②]先生就曾指出，龙的产生来源于氏族部落的图腾。原始社会中各个原始部落都有各自的图腾崇拜图案，例如，在他们的旗帜上往往绘有蛇、鸟、马、鹿、牛、鱼等标志形象。这些图案被赋予了可以庇佑天地生灵生生不息、繁荣昌盛、战无不克等神秘力量。后来，黄帝部落逐步强大起来，战胜了蚩尤，又收降了其他氏族部落。黄帝便把各个部落充满图腾崇拜的标志图案集合起来，吸收其各自的元素，将其加注在黄帝部落的旗帜上，于是便产生了综合性神灵"龙"的图案，寓意着具有各部族集结而成的神秘伟力。后来演化成为中华民族共同崇拜的"龙"的形象。从中不难看出，一个神话形象的产生往往是与民族的起源、人类的生存智慧紧密相连的。在民间神话中关于龙的神话故事流传甚广，成为中国文学中的一个重要题材。文学通过对那些来自民族与历史的，逐渐被遗忘的、零散的神话的变形、裁剪、转换，使其在新的历史语境中拥有了新的意义，焕发出新的生机。

神话也是文学创作中重要的精神载体。有一批神话批评学者认为，神话是文学创作取之不尽的源泉。通过中国古代文学史的学习，我们不难发现许多文学作品与古典的神话都有关系，所以，神话原型评论就是勾连起古典的神话与文学创作的一个重要方法论。古老的神话不会消失，它会存活于我们的民族文化之中，成为展示灵魂本质的一种心理现象。

神话对于文学具有重要的价值和意义，它展示了一个民族的心灵与性格。原型批评家认为，最基本的文学原型就是神话，各种不同的文类只不过是神话的延续和演变。弗莱认为，原型最基本的模式是神话，文学是"移位的神话"，即是神话不同的变异。尼采认为，文学是日神精神与酒神精神结合的产物，没有神话，就没有希腊悲剧。荣格也把神话看作艺术作品的"母题"。

由于原型和神话的密切关系，有的批评家也称原型批评为神话批评，或称为"神话原型评论"。原型批评以原型理论为基础，以结构主义方法为手段，对整个文学经验和批评做原创性的分类对比，寻求文学的本质属性。所谓原型批评，简而言之就是从神话着手，从宏观上研究文学艺术自身与神话的内在相似性，及其程式、结构模式和原则，并从整体上探寻文学类型的共性和演变规律。因此，原型批评也称神话批评。

二、神话原型评论家及其主要观点

神话和仪式是原始人在天、地、神之间寻求自己地位和秩序的表现，是他们在无序的世界中寻求秩序的方式，是他们无力对抗天灾时寻求宇宙和自身意义的一种解释系

---

① 乔治·惠利.作诗的过程[M].//韦尔弗雷德·L.古尔灵，等.文学批评方法手册[M].姚锦清，等译.沈阳：春风文艺出版社，1988：216.
② 闻一多（1899—1946），本名闻家骅，字友三，生于湖北省黄冈市浠水县，中国现代伟大的爱国主义者，坚定的民主战士，中国民主同盟早期领导人，中国共产党的挚友，新月派代表诗人和学者。

统。正是基于此,许多社会人类学家、宗教学家开始通过田野考察挖掘各民族的神话故事原型,探寻其潜藏在内部的秩序问题和价值问题,并且通过对文学作品之中神话元素的移位、借用、改写的考察,来探索文学作品中神话原型的艺术价值和审美价值。

1. 诺思洛普·弗莱的神话原型剖析

加拿大多伦多大学神学家和文学批评家诺思洛普·弗莱(1912—1991),以《批评的解剖》一书而闻名。他认为文学批评应具有方法论原则和自然科学的连续性。

弗莱历任加拿大和美国大学的教授,他是第一个真正把"原型"理论自觉运用到文学研究领域的学者。他认为神话"实质上是一种结构组织原则",而文学实质上"是一个人的文学经验要素"。[①]他把人类学和心理学对原型研究的成果汇集起来,加以改造吸收,建立起属于自己的文学批评理论体系,对20世纪西方文学理论的发展做出了重要贡献。他的代表作《批评的解剖》(1957)一书被西方学术界称为原型批评理论的"圣经"。弗莱的批评理论也主要体现在这部著作及1963年出版的《同一性的寓言》一书中。

面对新批评派琐细的文本研究方法,弗莱深感这种封闭性的形式主义的研究必须打破,他期望把文学与外部世界联系起来,使文学艺术回抱温暖的人性。

弗莱对原型概念给予了新的解释,使这一概念真正进入了文学研究领域。他主张把作家的具体作品放到作家的全部作品中,后来,又进一步主张把某些文学结构要素植入文学传统中考察。那么,是什么把诗人和传统联系起来呢?中间必然有一个中介因素,这便是"原型"。在《批评的解剖》中,弗莱指出,原型就是"典型的即反复出现"的意象。在《布莱克的原型处理手法》一文中,他讲得更为明确:"我把原型看作是文学作品里的因素,它或是一个人物,一个意象,一个叙事定势,或是一种可以从范畴较大的同类描述中抽取出来的思想。"这样,原型成为一种活态文化形象,它已不仅仅局限于神话和宗教仪式的研究中,而成为今天的文学与过去的一切传统文化相联系的桥梁。由此,原型就成了一种现实的、广泛存在于文学作品的因素,神话原型批评可以从这些元素入手找到与民间神话同类相生的内在关系。[②]

弗莱善于对事物进行逻辑结构分析,从人与自然的同构关系出发,概括出神话的"循环定式",也被称作四种叙述模式。他认为在神祇的世界中,主要的仪式过程或运动是指某个神的死而复生、消失和重现,或转世和隐退。人们通常把这种神性活动与自然界的一两种循环过程等同或联系起来。"如果这个神是太阳神,他便在夜间死去、白昼再生,或者每年到冬至时又复活过来;如果是植物之神,则在秋季死去、春季复生;或(像在关于佛之诞生的故事中所讲的)可能是个具有化身的神,那么他便会若干次地经历人或动物的生命周期。由于神从定义上已规定为永生不灭的,因此所有类似的神话的一个固定的特征便在于,一个神死去后,又以原先的模样复活。所以,这种周而复始的循环的神话的或抽象的结构原理,在于把个体生命由生到死的持续过程进一步扩展到由其死亡再到复生。这种同一体的重现,即同一个人的死后复活的定式,又概无例外地吸

[①] 诺思洛普·弗莱.批判的解剖[M].普林斯顿市:普林斯顿大学出版社,1953:341-365.
[②] 弗莱.布莱克的原型处理手法[M].//邱运华.文学批评方法与案例[M].北京:北京大学出版社,2005:124.

收了一切其他的循环定式。"① 自然界有日出日落的循环定式，一年四季更迭往复，人的生命也有生与死的不断循环，人类社会中的生命运动同自然界的规律一样具有同构性。在这样的认识基础上，弗莱把神话归纳为四种基本的叙述模式。

（1）黎明、春天和出生叙事模式。关于英雄出生的神话，关于万物复苏的神话，关于创世神话以及关于黑暗、冬天和死亡这些力量的失败等都属于这种原型的表现。从属的人物为父亲和母亲。这是传奇故事的原型、狂热的赞美诗和狂想诗的原型。

（2）正午、夏天、婚姻和胜利叙事模式。关于成为神仙的神话，关于进入天堂的神话皆属此类。从属的人物为伴侣和新娘。这是喜剧、牧歌和团圆诗的原型。

（3）日落、秋天和死亡叙事模式。关于战败的神话、关于天神死亡的神话、暴死和牺牲的神话、英雄孤军奋战的神话皆属此类。从属的人物为奸细和海妖。这是悲剧和挽歌的原型。

（4）黑暗、冬天和毁灭叙事模式。关于这些势力得胜的神话、洪水和回到混沌状态的神话、英雄打败的神话、众神毁灭的神话。从属的人物为食人妖魔和女巫。此为讽刺作品的原型。

综上所述，概括起来看，弗莱认为西方文学的叙事结构都是对自然界循环运动的模仿，从而形成了四种不同的文学类型：喜剧、浪漫故事、悲剧、反讽刺和讽刺剧。在弗莱看来，神的诞生、历险、胜利、受难、死亡、复活是一个完整的循环故事。

文学总的说来是"移位的神话"，即神话的种种变异。弗莱综合了战前原型批评的各种成果，把西方文学中的原型意象分为三大类型：第一类是神谕意象，即展现天堂景象和人类其他的理想；第二类是魔怪意象，即表现地狱及其与人的愿望相反的否定世界；第三类是类比意象，即界于天堂与地狱之间的种种意象结构。神谕意象和魔怪意象都属于原始的、即"非移用"的神话，但在其他文学模式中也存在种种变形。类比意象在神话中也有萌芽，但主要属于浪漫主义和现实主义的文学结构。他考察了欧洲文学的创作实践，把文学的人物及叙述模式分为五类，即五种类别模式，分别是：神性人物、传奇人物、领袖人物、凡人、体力和智力低于一般人的庸人。

弗莱称原型为一种典型或反复出现的意象，原型把一首诗和别的诗联系起来，每个诗人都采用自己以为是创新或独特的意象。但是，当时跨千年、地距万里的诗人，在交通和信息技术很不发达的年代和地域不约而同地使用相同的神话意象如娲皇氏、月亮时，可以说这些意象是人类文学整体的模式、程式和原型象征，是代际流传下来可以交流的玄妙符号。若无原型的共性，则纵向数千年、横向全世界的文学作品就很难得到广泛的欣赏和交流。也就是说神话为人类命运共同体去理解人类命运、共享的深层意义，具有深层次的价值和启示。我们在文学之中阅读到这种共通性的文化元素时，可以突破地域的界限，达到沟通人类心灵的目的。

此外，弗莱还对文学批评提出了见解，指出："文学批评所面临的任务，便在于将创造与知识、艺术与科学、神话与概念之间业已断了的铁环重新焊接起来。"② 他认为文

---

① 诺思罗普·弗莱.批判的解剖[M].陈慧，等译.天津：百花文艺出版社，2006：226.
② 诺思罗普·弗莱.批判的解剖[M].陈慧，等译.天津：百花文艺出版社，2006：524.

学批评也应该是分层次的,要层层深化,对文学进行多方面的考察,防止孤立地只看到某一层面;他主张把宏观批评和微观批评结合起来,让各种批评角度、批评方法和批评技巧互为补充,形成一种"总体形式"的批评,对文学现象展开全方位的研究。

2. 荣格的集体无意识理论

瑞士心理学家和精神分析医师荣格是分析心理学的创立者,早年曾与弗洛伊德合作,被弗洛伊德任命为第一届国际精神分析学会的主席。1913年,荣格在慕尼黑国际精神分析会议上提出了内倾型和外倾型的性格,后来,他又在1921年发表的《心理类型学》一书中充分阐明了这两种性格类型的特点。他在该书中论述了性格分为一般态度类型和机能类型。机能类型包括外倾思维型、内倾思维型、外倾情感型、内倾情感型、外倾感觉型、内倾感觉型、外倾直觉型、内倾直觉型。

心灵的四个层次包括个人意识、个人潜意识、客体心灵(或称集体潜意识集体无意识)、集体意识。

这一系统为原始人的生活提供了大大超出他们有限生存范围的"前景"[①],赋予他们展示性格的广阔空间,也为他们提供了作为完整的人的全部生活。例如,神的意象如天堂、天使、上帝、复活等都是人的愿望和欲望原型。

荣格在《论分析心理学与诗的关系》一书中称,原型是反复发生的领悟的典型模式,是种族代代相传的基本原型意象。集体无意识的内容是原型或原型意象,从一个人出生开始,这种意识就潜移默化地影响着他的心理活动。

心理学家荣格的集体无意识概念是又一种对原型批评产生重要影响的理论,并且荣格还对"原型"给予了界定和解释。原型是人类学、神话学、分析心理学和原型批评的基本概念,荣格认为集体的潜意识当中有被称为"原型"的东西。所谓原型就是遗传上的所有人都与生俱来的东西,由原型产生了各种各样的印象,这些印象左右着一个人的内心。例如,在许多民族的远古神话中都有力大无比的巨人或英雄,预卜未来的先知或智慧老人,半人半兽的怪物和给人们带来罪孽和灾难的美女……这些神话意象往往具有结构学上的相似度。此外,在宗教和原始艺术中,还常常有以花朵、十字、车轮等图形所象征的意象,荣格把它们称为"曼荼罗式样",认为它遍布世界各地。例如,在罗得西亚旧石器时代的岩石画中,有一种抽象的图案——圆圈中一个双字。这种图像称为"太阳轮",它在每一种文化中都曾经出现过。今天我们不仅在基督教的教堂内,而且在西藏的寺院里也能找到它。"既然它产生于车轮还不曾发明出来的年代,也就不可能起源于任何来自外部世界的经验而毋宁是某种内心体验的象征。"[②] 荣格据此推断:在这些共同的原始意象背后,一定有它们赖以产生的共同的心理土壤,那就是集体无意识。正像神话病患者的梦、幻觉和想象揭示了病人的无意识心理一样,这种"集体的"梦、幻觉和想象,这种反复出现的、超个人的原始意象,也揭示了人类共同的、普遍一致的深层无意识心理结构。

[①] 前景:是指由心灵层次产生的未想象性图景。
[②] 荣格.心理学与文学[M].冯川,苏克,译.北京:北京三联书店,1987:3.

3. 詹姆斯·G. 弗雷泽人类学原型批评

詹姆斯·G. 弗雷泽（1854—1941），英国人类学家、民族学家、宗教史学家。因受泰勒《原始文化》一书的影响而进行人类学和民俗学研究，尤其重视从民俗学角度来收集、整理涉及各地土著民族和远古原始民族的宗教资料，著有《金枝——巫术与宗教之研究》（以下简称《金枝》）、《图腾崇拜与外婚制》《永生的信仰和对死者的崇拜》等。

文化人类学兴起于19世纪，是一门具有交叉性、综合性的学科。它超越民族与地域之间的界限，着重研究人类文化的发生、发展及变迁过程，其目的在于寻求人类文化的共同发展规律，确定个别文化的特异模式。英国学者詹姆斯·G. 弗雷泽在早期的文化人类学研究中形成了自己的理论建树。弗雷泽的名著《金枝》及其文化人类学方法对原型批评的产生形成了最重要的影响。他认为人类的需求自古至今是基本相同的，比如在仪式中植物往往被拟人化为一个能够复生的神，"虽然这些仪式的名称和细节因地而异，但他们的内容却是完全一致的。"①

弗雷泽对文化人类学的研究做出了自己的独特贡献，主要表现在他所发现和提出的作为原始民族思维和行动规则的"交感巫术"原则。通过对大量原始材料的研究，弗雷泽指出，原始初民都有这样一个共同信念：人类与自然之间始终存在着某种交互感应的关系，人们可以通过各种象征性的活动把自我的情感、愿望与意志投射到自然中，这样就可以达到对对象的控制目的。交感巫术具有两种基本形式，即"模仿巫术"和"染触巫术"。"模仿巫术"遵循"同类相生"（like produces like）的信念，即遵循"相似律"（law of simlarity）原则，例如，人们把他的身躯和血液与农作物的两种主要产品——面包和酒——等同起来；"染触巫术"则以"染触律"（law of contact）为基础，原始人认为物体相互接触后，即使离开了，被接触之物仍然具有"施加影响"的能力。这一原则是了解原始民族一切生活行为、思想行为的钥匙。例如，原始人常常在春天举行一种庆祝神的死而复生的巫术仪式，虽然在各地区神的名字不同，但举行仪式的实质是相同的，即通过供奉五谷传递"法力"，表达获得丰收的祈盼以及繁衍后代的心愿。原始人类相信通过他们的表演活动就可以把自我的愿望作用于自然。根据交感巫术的原则，弗雷泽推而广之，又研究了更多的有关类似仪式，发现了西方文化和文学中普遍存在的"死亡与再生"的原型。

《金枝》本来是人类学著作，但它对文学批评的影响要比在它自己的领域中的影响还要大。《金枝》中讲述了很多有关神祇的片段，介绍了古罗马古俗的背景和来源，当然，它的目的不是仅仅探讨神话故事，而是挖掘深藏在古老风俗后面的信仰和观念的奥秘，这些对神话原型批评的理论与实践两方面的影响都有重要影响。它不但为后来的原型批评提供了方法论的借鉴，而且为研究者提供了在西方文学中反复出现的一些"原型"来源。例如，它发现民间故事中的"离魂"原型，就指出"有许多民间故事证实了原始人的这种信念，像北欧民间《心脏不在体内的巨人》的故事就是人所熟知的最好的例子，这一类的故事在世界各地广为流传，从故事数量之多以及体现其主要思想的各种各样的事件和细节，我们可以推断灵魂外在的概念在历史早期人的思想中占有重要地

---

① 詹姆斯·G. 弗雷泽. 金枝（节略本）[M]. 纽约：纽约麦克米兰公司，1922：325.

位。"①这就解开了"离魂"背后的原因。总之,在弗雷泽的影响下,原型批评中曾形成了一个声势浩大的"剑桥学派"。

4. 弗朗西斯·费格生的"替罪羊"原型解析

美国学者费格生是"剑桥学派"的重要成员,他撰文认为《俄狄浦斯王》这部剧作同远古时代将国王或神作为替罪羊杀死或放逐的古老仪式密切相关,为了维护自然运行和社会生活的正常秩序,俄狄浦斯王也可以说是一个"替罪羊"的原型。

费格生在文章中声明他对《俄狄浦斯王》的解读是建立在剑桥学派的代表理论家弗雷泽、赫丽生、墨雷等关于"希腊悲剧的仪式的起源"研究的基础上的。要想真正理解费格生从神话仪式的角度对俄狄浦斯悲剧的评论,必须首先了解剑桥学派诸人关于"仪式"的观点。

"剑桥学派"是在以弗雷泽为代表的文化人类学影响下产生的。在《金枝》中,弗雷泽将主要精力投入到原始部落的各种仪式中,最典型的是关于神的死而复生的巫术仪式。费格生指出,俄狄浦斯形象本身提供了替罪羊的一切条件,即被放逐的国王或神的条件,因此,《俄狄浦斯王》戏剧情节的展开过程其实就等同于原始时代杀死替罪羊的古老仪式,而俄狄浦斯当然是这一仪式的主角"替罪羊"。戏剧一开始就渲染了带有较强的仪式性的氛围:"忒拜国"的处境困难,它的庄稼、牲畜面临死亡,妇女神秘地失去生育能力,是城市遭受灾难的迹象,神明发怒地表示,一切都如冬天肃杀凄凉的枯萎景象,但同时又需要斗争、放逐、死亡和再生。"这些悲剧性的连续事件正是剧本的实质内容。可以说,神话与仪式在来源上紧密相连,是民族长年不断经验的两大直接模仿。"而莎士比亚的悲剧《哈姆雷特》这出戏遵循着古希腊悲剧《俄狄浦斯王》的场景仪式模式,"这两出戏都描写了一个高贵的受难者与整个社会秩序根子上的腐朽的联系。它们的开场都是为遭受危险的国家幸福祈祷。在这两出戏中,个人和社会的命运是紧密地交织在一起的,此外,两者似乎都表明,在达到洗清罪恶之前,这位高贵的牺牲者有必要遭受痛苦。"②他通过戏剧之间的同类情节类比,揭示了神话原型在戏剧中沿袭的叙事模式。

5. 蔡斯和费德勒的神话探求

原型批评发展过程中,还形成了重在从文学作品的原型分析中发现特殊的文化价值的一个具体流派。有学者将之称为文学中的"美国梦"研究,其代表人物为美国批评家蔡斯和费德勒。

蔡斯在《神话的探求》一书中认为,文学艺术从本质上讲是神话。远古神话曾经驯服过人性中的毁灭力量,而现代神话应发挥同样的作用。蔡斯致力于对美国作家梅尔维尔的研究,通过对其作品的分析,从原型批评的角度总结出梅氏作品的意义所在。蔡斯认为,"寻找父亲的努力"作为一种文化心理在梅尔维尔的作品中得到充分表现,堕落与探寻是小说家作品的两个重要主题。从深层看,作家的个人神话同时也是原始的美国

---

① 弗雷泽.金枝——巫术与宗教之研究[M].徐育新,等译.北京:中国民间文艺出版社,1987:943.
② 弗朗西斯·费格生.戏剧思想[M].普林斯顿市:普林斯顿大学出版社,1949:118.

神话。正如作品所表现的作者的家庭命运和个人命运一样，在美国也经历了失去父亲后的探寻历程，从欧洲文化的团体中被抛掷在美洲的荒原上，就如同《旧约》中的以实玛利被父亲赶出家园。梅尔维尔作品所要表达的"美国梦"是：美国能否成为真正的普罗米修斯？美国能否在独立于欧洲文化之后走向更高的文化层次？另一位美国文学的神话原型批评学者是菲德勒，他的著作《纯真时代的结束》《美国小说中的爱情与死亡》和《不！大喝一声》都反映了其雄辩的论证理论，他提出了许多深刻而又全新的见解，为原型批评的文化价值研究提供了可资借鉴的研究范例。例如，他指出马克·吐温的《哈克贝利·芬》包含着既是世界的又是民族的神话，作品的活力来自整个世界文学中随处可见的一些原型模式，如求索原型、水的象征、阴影原型、智慧老人、入门仪式等，除了以上这些世界性的原型外，《哈克贝利·芬》还含有一种鲜明的美国神话。哈克本身是一个象征的美国英雄；他集中体现了形成美国性格的各种不同类型的矛盾。他具有企业家和政治家那种令人钦佩的能言善辩的本事和敏锐的观察力；他是一个真正自我成材的青年，但没有霍雷肖·阿尔杰笔下的主人公那种实利主义和既成道德观念。

6. 鲍特金的诗歌原型模式

英国女学者鲍特金，是英国现代西方原型批评理论的早期人物，她也是从心理学方面研究原型在创作和欣赏中的内在反应的"荣格学派"重要成员。

她著有《诗歌中的原型模式——想象的心理学研究》《一部古代剧和一部现代剧中对拯救者的追求》《诗歌、宗教和哲学中的类型意象研究》等。她运用荣格的分析心理学理论，结合对文学原型的探讨从一个新的角度研究文学，取得了丰富而有独创性的成就。鲍特金也曾对《俄狄浦斯王》做过研究。她认为，这样的悲剧之所以能打动历代读者的心，其原因在于：它表现了一种原型性的冲突，即遭受瘟疫的社会群体与导致了这场瘟疫的主人公个人之间的冲突。这种冲突是每个人在心理发展过程中都要经历的"本人的自我形象和群体的自我形象"之间冲突的外在表现。悲剧冲突的解决将在观众心理中引起某种释放感，这一点从心理功能上看，非常接近与悲剧观念素有关联的宗教上的净化和赎罪意识。欣赏悲剧也就是观众直接参与到由伟大的悲剧神话所传达道德的、心理的、信念的传统中，获得某种精神体验。

鲍特金还用死而复生、英雄与恶魔、天堂与地狱等一些原型的心理功能阐释柯勒律治的《老水手之歌》、弥尔顿的《失乐园》、歌德的《浮士德》、但丁的《神曲》等作品，努力从分析心理角度挖掘作品背后的神话原型内容。

三、神话原型评论方法的使用范围和局限

神话原型评论是借助于将带有历史意义的和文学审美意义的神话作为中介，对文学进行的一种文化人类学和心理学的探索。这种方法将文学研究带入了更为深邃的文化视野中，涉及人类学、宗教学、心理学、文化学等方面的科学知识。因此，运用这种方法可以解读蕴含着神话故事元素或者神话结构或者原型意象的文学作品，对这些作品之中的神话元素、人类的本真、根源性的文化进行联络，实现古今交融性的立体评论。它打破了文本的共时性阅读空间，从历史的角度突破文本自身的时空局限，实现了古今中外

的原型勾连，让神话元素与作家潜意识联络，文本的阐释空间大为开拓，为我们深度地进行文学欣赏和批评提供了全新的研究视角。运用神话批评能使我们远远超越文学研究的历史和审美领域，抵达古老的民族信仰和巫术仪式以及种族起源之中。无论是从人类学还是心理学的角度，它都能有助于我们解开文本之中带有神秘元素的奥妙，重新审视容易被我们忽略的一些情节和细节，挖掘出神话色彩中隐含的意味。由此，神话原型评论可以用来解读传奇故事、神话传说以及充满浪漫想象的文学作品。尤其是近年来随着网络文学广为流行，各种奇幻、仙幻类、修真类的作品层出不穷，网络作家广泛借鉴和汲取中西方民族神话元素，进行加工改造，创造出了网络文学中的神话奇观，而其中的一些神话故事，都有其本源性的神话原型，对于这些作品我们就可以采用神话原型评论的方法进行分析，达到对这些作品审美价值更为深切的认知。

当然，神话原型评论和我们之前学习过的精神分析学、社会历史学、精神分析学等批评方法一样，都不是放之四海皆准的方法，因为每一种评论方法与被研究对象要有一定的适配度。这就需要初学者加强理论与文学文本的深度分析，找到应用评论方法的最佳契合点。此外，我们也需要注意到，神话原型评论方法也有其局限。其一，神话原型评论方法把丰富多彩的文学内容和情节结构，简单抽象或者简化为某种神话原型模式，导致忽视文学中的丰富创造性；其二，如果仅是机械地对位某些神话原型，容易造成对文学审美特性的固化，例如，对于"四时结构"的强牵强附会的对应和对于"人格面具"①的过度阐释等，就带有偏执的地方；其三，神话原型评论方法毕竟是从人类学、心理学等理论中借鉴而来的方法，其科学推理的逻辑与文学审美研究的方法并不完全一致。这就需要我们在运用的时候加强辩证分析。作为一名严谨的文学评论者，尤其要把握好使用这种方法的分寸，从更为客观、科学的视角，审视神话元素背后的人类学意义，同时也不要忽视文学是带有审美价值的艺术形式，研究中心不仅要进行文学作品"考古"，也要对文艺作品进行审美价值的美学探讨，只有这样才能够较为全面地发现文学作品的魅力之处。

第二节　神话原型评论关键词

神话原型评论专家和学者致力于运用神话和原型批评探究文本之中隐藏的奥秘，这种探寻往往和心理学、历史学人类学、宗教学、文化学有着千丝万缕的联系，他们不仅从事文本的批评，还着力构建一种批评的范式和相关的概念范畴。以下是我们梳理的一些关键词，对于运用该种方法进行文学批评具有重要的指导意义，也对文本分析中恰当使用概念范畴有个基本的诠释。

神话原型批评关键词1

---

① 本意指的是演员演出时戴的面具，荣格用"人格面具"来代表人在精神层面的心理认同，在不同的社会环境下，人会扮演不同的"人格面具"角色。

一、原型

原型（archetype）是指人的一种由族群遗传获得的心理结构或模型，是集体潜意识的组成部分，是以遗传的模式对某些刺激做出反应的预定的倾向。荣格解释道："自然界所有被神话化了的变化过程，诸如夏天和冬天、月相及雨季等，绝不是这些客观现象的形象比喻。相反，它们是精神中内在的无意识刺激的象征表现。这种无意识刺激通过投射——反映于自然界的事物——便可以进入人的意识。"① 荣格所说的

神话原型批评
关键词2

原型有：出生原型、英雄原型、太阳原型、大地母亲原型、人格面具、阿尼玛和阿尼姆斯、阴影、自性等，一般是指作品中自古以来反复出现的比较典型的文学形象（如主题、意向、叙事方式等）。原型之间具有共通性，所以通过原型可以贯通不同地域、不同时期的文学作品，建构起文学内在发展历程的宏观结构。

原型是人类学、神话学、心理学原型批评的基本概念，是所有人都与生俱来的文化基因。原型产生于各种各样的集体无意识印象，这些印象的往往左右着人的内心世界，从而让我们更加容易接受某些被"集体无意识"所认同的故事或者艺术作品。例如，一首网络歌曲《小苹果》唱遍大江南北，甚至风靡海外流行歌坛，原因何在呢？或许我们通常会从歌曲的流行性、节奏感、韵律等方面进行分析，但是当我们掌握了神话原型评论之后，就会有新的发现。这首歌名为《小苹果》，苹果在东方寓意着一种青春、青涩的年华和对爱情的纯真向往，而在西方的文化传统里，苹果是古希腊神话中的意象，它是与伊甸园中引诱亚当和夏娃犯下过错的撒旦紧密相连的，因为夏娃偷吃了禁果——苹果，带来了人类的诞生。所以"小苹果"在东西方神话的语境中，具有共通性的阐释功能。东西方文化都能认同，并为人民大众所接受和欣赏，原因就在于人类的集体无意识里都有一个"苹果"的集体无意识原型，进而能够接受这首歌曲的潜在价值观念。

另外，荣格指出，在神话中往往都有一个太母的形象，诸如神仙老婆婆、老巫师、王母娘娘等。经典作品里还有一些智者的原型形象，例如，《封神演义》里的姜子牙、《三国演义》里的诸葛亮、《水浒传》里的军师吴用、《隋唐演义》里的徐茂功、《大明英烈》里的刘伯温、《白鹿原》里的朱先生，这些都是贤者、智者的形象。在这些人物的身上，我们总能找到很多的相似点，他们的智慧和处变不惊、运筹帷幄，以及为人的达观与机敏，都体现着我们东方"智者"的神话原型特点。

原型意象是指初始浓缩的意识反映出来的表意之象，如月亮、水神。原型具象是指特定民族人群中展现出来的具体形象，如女娲、圣母玛利亚；殉情男女——梁山伯与祝英台、罗密欧与朱丽叶、刘兰芝与焦仲卿。

母亲原型通常与代表富饶和丰硕的东西或地方相联系：耕耘过的土地，花园，深井或不同容器如圣水盆，或容器状的花朵如玫瑰或莲花。母亲原型表现出的形象形形色色，最具有代表性的是个人的母亲和祖母，继母和岳母，然后是与我们有关系的女性，如保姆或家庭女教师或者一个女性远祖。接下来可以是比喻意义上的母亲，包括女神，如圣母玛利亚、智慧女神索菲亚等。母亲原型的象征也可能有消极、邪恶的意义，例

---

① 荣格. 原型与集体无意识［M］.北京：国际文化出版公司，2019：6.

如，女巫、龙等任何可以吞食和缠绕的动物。

二、集体无意识

荣格摈弃了他的老师弗洛伊德的泛性本能理论和泛梦幻似的精神压抑理论解释，提出了集体无意识概念。他认为，在人类始祖神话里面，其实蕴含的是一种集体的无意识状态。例如，在我国的神话故事里面，就往往蕴含着我们的本民族的历史、神秘人性思索。

荣格对心理类型进行了划分，他认为人的心理机能有两个：外倾型和内倾型。他发现人的心理层次其实不只是意识、前意识、无意识三个层级。他进一步地认为人其实由个体意识、个人潜意识、集体无意识组成。人一出生就往往带上了集体的潜意识本能，这种集体意识往往是和民族发展历史紧密相连的。荣格认为，对于原型应该要给予集体无意识的界定，所谓的集体无意识是超越了个人层次的所有人类的一种潜意识。集体无意识很大程度上左右着一个人的内心世界。集体无意识的基本内容主要是原型，个人潜意识的内容则大部分构成了情节。例如，关于盘古、夸父、女娲、伏羲等的神话故事，就是包含着集体无意识的神话原型，蕴含着创世英雄的奋斗意志和拼搏精神，激励着我们一代一代的人去战胜各种苦难和挫折，当进入个人潜意识之中就会酝酿出更加丰富的文学情节。

集体无意识中主要的原型是自己——作为终极目标的自己，是个人的理想意象。自己在梦境当中或者想象当中常常是以原型的印象表现出来的，是人格中光明的一面。而与之相对的就是暗影（shadow），暗影常常表现为自己不想承认的部分在他人身上的投影，在自己的印象中也会通过那些因为不知道他人的真实身份而让人感觉害怕的人的样子表现出来。

《完全图解：荣格心理学》一书中指出：在心理图谱上的这些基本区块里，存在一般性和特殊性结构。一般性结构有两类：原型形象（archetypal image）和情结。心灵中属于个人部分（包括意识和潜意识在内）的特殊结构有四种：自我（ego）、人格面具（persona）、阴影（shadow）以及阿尼姆斯（animus）/阿尼玛（anima）之融合体（syzygy）（二联对应）。

人格面具是一个人个性的最外层，它掩饰着真正的自我，也就是真正的那个本我状态。阿尼玛是指男人身上的女性气质；阿尼姆斯是指女人身上的男性气质。所谓"一见钟情"，就是因为对方符合自己潜意识中的阿尼玛或阿尼姆斯的原型形象。在小说《霸王别姬》[①]中旦角程蝶衣对师兄段小楼的感情就可以看作是这种个人潜意识结构的表现。

梦幻其实和神话是有着相似之处的。荣格认为，人在做梦的时候会发现，自己可以超越自身，扮演各种或善或恶的角色，这便是一种与神话想象相似的架构，起着暗示和组建梦境的作用，当这种梦境被吸纳到文学叙述中就具有了神话原型意义。

在文学中我们时常会发现这些源自集体无意识的心理图解。

例如，我们在阅读四大名著的时候，不难发现它们都是以石头开篇的。《西游记》

---

① 《霸王别姬》是当代作家李碧华创作的长篇小说，首次出版于1985年6月。该小说以20世纪20年代至80年代的北京城为背景，讲述了程蝶衣、段小楼、菊仙三个人物之间哀怨的悲情故事。

里的"孙悟空"是由石卵化作的石猴，文中是这样描绘的：

　　那座山正当顶上，有一块仙石。其石有三丈六尺五寸高，有二丈四尺围圆。三丈六尺五寸高，按周天三百六十五度；二丈四尺围圆，按政历二十四气。上有九窍八孔，按九宫八卦。四面更无树木遮阴，左右倒有芝兰相衬。盖自开辟以来，每受天真地秀，日精月华，感之既久，遂有灵通之意。内育仙胞。一日迸裂，产一石卵，似圆球样大。因见风，化作一个石猴。五官具备，四肢皆全。便就学爬学走，拜了四方。目运两道金光，射冲斗府。（《西游记·第一回　灵根育孕源流出　心性修持大道生》）

　　《红楼梦》中的贾宝玉，是由一块儿女娲娘娘弃之不用的"五色石"幻化成通灵宝玉，后幻化成人形，成为唉玉而生的贾宝玉，文中写道：

　　原来女娲氏炼石补天之时，于大荒山无稽崖炼成高经十二丈，方经二十四丈顽石三万六千五百零一块。娲皇氏只用了三万六千五百块，只单单剩了一块未用，便弃在此山青埂峰下。谁知此石自经煅炼之后，灵性已通，因见众石俱得补天，独自己无材，不得入选，遂自怨自叹，日夜悲号惭愧。

　　一日，正当嗟悼之际，俄见一僧一道远远而来，生得骨骼不凡，丰神迥异，说说笑笑来至峰下，坐于石边高谈阔论。先是说些云山雾海神仙玄幻之事，后便说到红尘中荣华富贵。此石听了，不觉打动凡心，也想要到人间去享一享这荣华富贵，但自恨粗蠢，不得已，便口吐人言，向那僧道说道："大师，弟子蠢物，不能见礼了。适闻二位谈那人世间荣耀繁华，心切慕之。弟子质虽粗蠢，性却稍通；况见二师仙形道体，定非凡品，必有补天济世之材，利物济人之德。如萌发一点慈心，携带弟子得入红尘，在那富贵场中，温柔乡里享受几年，自当永佩洪恩，万劫不忘也。"二仙师听毕，齐憨笑道："善哉，善哉！那红尘中有却有些乐事，但不能永远依恃，况又有'美中不足，好事多磨'八个字紧相连属，瞬息间则又乐极悲生，人非物换，究竟是到头一梦，万境归空，倒不如不去的好。"（《红楼梦·第一回　甄士隐梦幻识通灵　贾雨村风尘怀闺秀》）

　　《水浒传》是由"遇洪而开"的一块大石头——石龟石碣以及压着妖魔的大青石，洪太尉误走妖魔为开篇的。

　　这三部名著可以说都与石头有关，这绝非仅是偶然。石头作为一个神话原型，是与中国鸿蒙初开的"盘古开天辟地"的神话有关，也和女娲补天的神话原型紧密地联系在一起。石头外形坚硬顽固，所以与孙悟空、贾宝玉、梁山好汉"生性顽劣"的叛逆性格是有内在联系的。孙悟空见了玉皇大帝，说"皇帝轮流做，今年到俺家"，他要突破原有的天庭秩序——"打破顽空须悟空"。贾宝玉也是叛逆的性格，他不仕功名，非要在内闱厮混，判词写道："无故寻愁觅恨，有时似傻如狂；纵然生得好皮囊，腹内原来草莽。潦倒不通庶务，愚顽怕读文章；行为偏僻性乖张，哪管世人诽谤！"而且他天生有着一种对旧秩序的拒斥感，要打破传统的封建世俗旧枷锁；进一步对石头原型拷问，石头开裂这一现象，又带有着开天辟地、改天换日的寓意，因此，在文学作家的集体无意识中常常被用来象征带有叛逆精神和重建秩序的人物形象，由此可见，石头背后的原型意义正潜藏在我们中华民族所颂扬的故事里。

集体无意识平时是无法感知的,它是从原始时代演变而来的,由于历代的遗传,积淀在了每一个成员的心灵潜意识中。比如说殉情主题,梁山伯与祝英台的爱情故事,堪称是殉情主题的一个典范,后世衍生出很多类似的生离死别的爱情故事,就是对这种忠贞不渝的爱情原型的致敬。

当原型变形为具体的物象或者人物的时候,它就成了文学的元素——原型具象或者原型意象,在文学中反复出现的时候就会成为母题,神话原型就是这些母题和原型意象的根。除此之外,神话原型还可以在文学中转化为"情境的型式",例如,《圣母子与圣安娜》中的双重诞生,《尤利西斯》中的英雄还乡,《梁祝》中的男女殉情化蝶,《神曲》中的地狱、炼狱和天堂,《西游记》中的大闹龙宫、天庭等,都成为一种经典的神话"情境",不断在文学中得以浮现。

作家会在接受集体无意识的感召中创作出属于本民族的艺术形象。陈忠实①的《白鹿原》中描述了出现在白鹿原上的"神鹿""白狼""飞蛾"等神秘意象。其中最动人的情节要属田小娥的悲惨命运了。这个出身于书香门第的女人,从一开始就被父母出售给年龄够得上给她做爷爷的郭举人做小妾,做小妾时又受到正室的欺负。然而她天性就不是个安分的女人,生命的本能欲望使她去"勾引"黑娃,读者对她的认可和同情可以看作是对"阴影"的认可。后来她与黑娃私奔回白鹿村,可是族长白嘉轩认为拐走人家小妾有伤风化,坚决不让他们进宗祠。田小娥只得住在村外寒窑里。后来黑娃"造反",闹起了"风搅雪"农会运动。后因被人围追堵截,逃亡在外。田小娥只能孤身守在寒窑。后来,田小娥受到鹿子霖的唆使,勾引了族长的儿子白孝文。得知真相的黑娃父亲鹿三,在风雨之夜用梭镖扎向田小娥的后心,虽然田小娥死在了寒窑,但她的"冤魂"继续在白鹿原上游荡,于是给白鹿原带来了一场旷日持久的瘟疫,鹿三也多次被鬼魂附体,模仿着田小娥的声音,大加挞伐白嘉轩。白鹿原上很多的乡民都呼啦啦跪倒一大片,向白嘉轩求情,让白嘉轩给田小娥塑真身,建祠堂建庙来供奉冤魂。但是白嘉轩是绝对不会向这些妖魔鬼怪低头的,所以他特意找来了一个道士做法,拿住了田小娥的鬼魂,而且挖了一个深深的大坑,然后将她的尸骨从寒窑里挖出来,用大火焚烧,将其骨灰放在坛子里密封起来,造了一个六棱塔镇压起来,白鹿原上突然出现了漫天飞舞的飞蛾和蝴蝶。读完这段故事,读者或许会联想到许多原型,例如,《梁祝》里的化蝶故事,也可能会联想到《白娘子永镇雷峰塔》的故事,甚至还会想到《五典坡》中王宝钏住寒窑的故事,这是因为在这些经典的爱情原型故事中女主人公都是忠贞不渝的,也是封建宗族势力的叛逆者,她们也是被屈辱被损害的对象,这些故事原型和田小娥的悲剧命运又有相通之处,她们都代表了封建时代女性所受的精神枷锁和不公正待遇。陈忠实将这种集体无意识故事原型,巧妙地融汇到了田小娥一个人的身世之中,于是创造出了《白鹿原》中田小娥的经典悲剧故事形象。

三、交感巫术

在英国人类学家、民族学家、宗教历史学家弗雷泽看来,神话原型评论理论源于

---

① 陈忠实(1942—2016),中国当代著名作家,曾任中国作家协会副主席。《白鹿原》是其成名著作。

文化人类学和荣格的一些关于心理原型的集体无意识学说创制而成的，而且也受到了宗教和巫术还有民族神话、传奇、传说甚至童话的影响。他游历欧美地区，尤其是在考察一些原始部落时发现了其中的一些奇迹和奥秘。在他的著作《金枝》中，主要从学科交叉性综合性的研究的角度，批评了一些宗教现象以及文学现象，是一个交叉性综合性的研究。

弗雷泽指出，在原始人看来，人与自然之间存在某种交感呼应关系，所以人们通过象征性活动（巫术仪式）把自己的愿望和感情赋予自然，以控制自己尚无法把握的自然。随着文明的演进，由以人为中心的巫术渐被以神为中心的宗教所取代，并最终让位给以科学为中心的现代文明。虽然巫术—宗教—科学之间差别巨大，但三者有一个共同之处：都相信自然具有秩序和规律，而且弗雷泽相信利用科学可以更好地解释远古的神秘仪式、奇异风俗和怪诞神话。

当神话原型评论方法介入文学文本分析的时候，很容易会联想到一些民间传说与神话故事，也会回忆起一些富有神话典故的诗歌或者小说作品。其实这里面就存在着一种交感巫术关系。例如，我们在文学里可以阅读到很多意象，这些意象很多都是一些交感巫术的产物。"落红不是无情物，化作春泥更护花。"花是什么？花是通灵的，其实是植物身上带上了人的感情，就像交感巫术一样，让花成了一种神灵，甚至在唐传奇、明传奇中有花神，在《聊斋》中有花妖。其实都是人的情感与周边的自然事物发生了一种交感呼应关系，让万物都有了情感。作家通过万物有情让读者去产生一种对自然的敬畏。现实生活中，当我们走在校园里，有时候会发现一块草坪长得绿油油的，挺好看，上面挂一个牌子，牌子上往往会写着"不要打扰他，小草正在睡觉"，那小草，我们都知道是植物，怎么会睡觉呢？但我们看到这个牌子之后就不忍心去践踏，借助于万物有灵的交感巫术，诗意的语言产生了奇异的感化人心的效果。

明代小说《封神演义》里有个雷震子，身上长着翅膀，头长得像鸟一样；在西方的神话中，很多神仙身上也长着翅膀，可以在空中自由翱翔，无论身在东西方的人们其实都有共通性超越性想象，那就是对"神仙"的一种人文塑造。借助于这样一种模仿式的仪式——飞行，还有一种方式叫作"染触律"，也就是触及一个植物、动物或者外在自然事物的时候，就会产生一种像巫术一样的神秘的感应关系。

在西方的古希腊神话传说中，有个顾影自怜的"水仙"的故事。水仙花，原来是一个叫作纳西索斯的男子，据说，纳西索斯长相非常英俊，少女们只要看到他就会情不自禁地爱上他。但是，因为纳西索斯性格孤傲，对所有的少女都无动于衷。后来，有一个聪明又美丽的女神艾蔻爱上了纳西索斯，虽然艾蔻是众神倾慕的对象，但得不到纳西索斯对她的爱。于是，她开始由爱生恨："既然自己得不到，那就谁都别想得到！"她在复仇女神面前发下了诅咒："让无法爱上别人的纳西索斯爱上自己吧！"就这样，她的诅咒开始应验了。当纳西索斯来到湖边弯下腰喝水时，看见湖面上映着自己俊美的倒影，便立刻爱上了自己。从此，他每天都到湖边来。起初是自我陶醉，渐渐地变成顾影自怜，最后终于扑向水中自己的倒影。少女们知道后，到处寻找他死后的灵魂，结果在他常去的湖边发现了一朵孤挺而美丽的花。少女们为了纪念纳西索斯，便把这种花取名叫作纳西索斯。这便是水仙花的由来，水仙花也成了"自恋"的原型。也就是说通过

"染触"让植物有了情感，有了故事，有了文学内涵。

我国许多优秀的作家都善于化用神话典故，借以传递植根于民族文化的深邃象征寓意。"神话将现实中不可能发生的种种事物界限都一一打破，建构出自成一体的传奇世界。"①从其扑朔迷离的外表可以引出的有关于生命的基本理念，进而构成一个具有丰富文化蕴含的核心价值。例如，《红楼梦》里的贾宝玉，原是一块五色石，本来是有才德可补天的，却被女娲娘娘弃之不用遗落民间，这何尝不是曹雪芹满腹经纶，却受家事连累，没有机会进京赶考的个人写照。于是"石头记"就成了个人怀才不遇的忧愤之作，具有了深刻的文化原型意义。当代的一些小说作家，也会有意无意地借助一些神话原型来开拓作品的文化内涵，例如，在贾平凹②的小说《浮躁》里描写"看山狗"："声巨如豹，此起彼伏，久而不息。这其实不是狗吠，而是山上的一种鸟叫：州河上下千百里，这鸟叫看山狗"，看山狗也被看作神兽和灵物，其图案和雕塑常被置于祖宗灵位左右，或者放置在屋脊之上。从这些描绘中可以看到《山海经》中神话"异兽"原型的影子，同时传递出民间古朴神秘的文化寓意。在贾平凹的小说《天狗》中，也有对"天狗吞月"的动态过程和惊险场面的描述，并且将神话中的"天狗"与现实中具有乡土革新意识的农村青年天狗形成了神话交感呼应关系。在他的小说《高老庄》中的石头、《德家沟》中出现的五个太阳等神秘的想象性描写，也可以看作是古代神话元素的有意嫁接。总体来看，这些原型意象其实是来源于我国的神话故事，往往采用交感巫术的方式让这种神秘意象进入文学，从而带来了文学里独特的一种神话传承意味，让我们在神秘之中去品评故事背后的人类学寓意。

四、母题和情结

母题是指一个主题、人物、故事情节或字句样式，其一再出现于某文学作品里，成为利于统一整个作品的线索，也可能是一个意象或原型，由于其一再出现，使整个作品有一个统一的脉络。

母题是构成神话作品的基本元素。这些元素在传统中独立存在，不断复制。它们的数量是有限的，但通过不同排列组合，可以转换出无数作品，并能组合入其他文学体裁和文化形态之中，母题表现了人类共同体（氏族、民族、国家乃至全人类）的集体意识，并常常成为一个社会群体的文化标志。（汤普森《世界民间故事分类学》）

情结是指被压抑的欲望在无意识中的固结，是一种心理的损伤。解决的办法是儿童在发展过程中把他与父母一致的地方变为超我，并且在超我的控制下满足道德规范的要求。如果这一过程不顺利，人就会焦虑，甚至发展成神经症。俄狄浦斯王情结（恋母情结）和厄勒克特拉情结（恋父情结）都可以看作是人类集体无意识中存在的一种心灵固结，当被压抑并成功转化为升华时，这种神话情结就获得了释放。在劳伦斯③的名作《儿子与情人》中的保罗身上就带有一种原型情结。在心理的舞台上，保罗呈现出的是

---

① 叶舒宪.金枝玉叶——比较神话学的中国视角[M].上海：复旦大学出版社，2012：15.
② 贾平凹，本名贾平娃，中国当代作家。
③ 戴·赫·劳伦斯（1885—1930），英国诗人、小说家、散文家。其小说代表作有《虹》（1915）、《爱恋中的女人》（1921）和《查太莱夫人的情人》（1928）。

一个倒退生活着的人，寻找着他的童年和母亲，最终从一个他无法理解的冰冷残酷的世界逃开。恋母情结（母亲对保罗的精神禁锢）让他一方面趋向于与母亲相似的米莉安，另一方面又使他渴望逃离母亲的控制，而对克拉拉身上的原始欲望有着强烈的冲动。"保罗渴望成为独立完整的自我个体，但是他无法摆脱母爱的温存以及解决两种不同情感的纠缠，从而导致了他陷入进退不得的两难境地"[①]。母亲缺失的欲望由她对威廉与保罗的控制得到补偿，保罗精神与肉体的不平衡正是由这种情结注定的。

五、类比的形象

在文学形象的考察中，读者经常发现人间的形象与神话世界的形象十分酷似，形成了有意味的类比关系，被称为类比的形象。

弗莱指出，诗歌中大多数形象所描绘的两个世界（虚构世界与现实世界）并不是天壤之别，远不像通常反映成天堂与地狱二者那样永恒不变。神话世界的形象适应于神话模式，而魔怪形象则适合于反讽模式，此时反讽又回归到了神话。神话形象结构按特有的逻辑在起作用，将读者引向作品中尚未移位的隐喻和神话的核心。因此，他认为存在着三种介乎中间的形象结构，它们大体上与传奇、高模仿及低模仿三种模式相对应。人间的形象与神话世界的形象会形成形象的簇群；当这样的形象簇群聚集在一起时，则会构成我们常常所说的神话"氛围"（atmosphere）。例如，传奇模式展现的是一个理想化的世界：在传奇中，男人勇武豪侠，女人花容月貌，歹徒十恶不赦，人们往往沉浸于传奇的世界之中，而平常生活中遭受的挫折、窘迫和凶吉难卜则都成了小事一桩。因此，这类人间的形象与神话世界的形象的相似性和类比关系，不妨称为"天真的类比"[②]。

第三节 神话原型评论案例剖析

神话是和一个民族的文化传承紧密相关的故事系统，所以从民族的信仰、仪式、文学的神话借用、民间神话故事的传承中，我们往往能够看到这种文化心理的传承和人类文明进步的表征。本节我们以《神话·传奇·传统——中原"柳毅传说"原型考察与文化价值管窥》为例，来探寻潜藏在民间故事中神话原型的演变规律。

作为活态文化的民间传说，总带有浓郁的乡土记忆。一段传奇牵动着一段动人的故事，也蕴藏着丰厚的地域文化价值。美国民族志学家费特曼就曾指出："传说对于有文字和没文字的社会同样重要，它呈现出一个社会的精神特质和存在方式。文化群体常常用传说在一代代之间传达重要的文化价值和教训。传说通常利用熟悉的环境与当地背景相关的人物，但是故事本身是虚构的。在这层薄薄的表层后面有另一层含义，那层揭示

---

① 苏新明.迷恋与恐惧背后的深层意义——《儿子与情人》中保罗内心世界的女性主义解读[J].湖北师范学院学报（哲学社会科学版），2010（1）：51-54.
② 诺思罗普·弗莱.批评的解剖[M].陈慧，等译.天津：百花文艺出版社，2006：214.

故事的潜在价值。"①从民间传说的承续来看，那层潜在价值，蕴含着丰富的集体无意识内涵，才是构筑故事的灵魂，也是保障故事传承运行的动力所在。按照神话原型批评学家弗莱认为，传说是介于神话与自然之间的一种文学虚构，"神话是文学设计的一个极端表现，自然主义则是另一个极端，存在于两者之间的是浪漫传奇的整个领域，传奇这个词被用来指将神话朝着人的方向置换，但又与'现实主义'形成对照，朝着理想方向使内容习俗化的倾向。"②乡土文化症候与特定的历史时代背景，不仅提供了神话故事与传奇演绎的文化空间，也带动起地域文化形态的生成和构建历程。

从民间神话传说到文人传奇，再到进入民族文化习惯的传统，构成了民间文学传承的基本流程。极力推动建立中国口头文学遗产数据库的冯骥才先生指出："对于任何一个民族来讲，口头文学占有重要的位置，甚至说这个位置带有核心价值。一个文学的大国，它的文学创作无非是两种形式，一种是个人的，另一种是集体的。个人的一般都是用文字的形式创作，他创作出来的文本流传。还有一种是集体的，集体是用口头语言来传承，口口相传，在流传的过程中相互认同，然后不断地修改，然后形成。"③然而，从文学的发展源流来看，个人创作与集体创作并非截然分开，例如，在古代文学文体中，文人传奇就是个人与集体创作的混合型文体，它巧妙地沟通了民间传说与文人创作的结构联系，将人文价值的认同感推向了公众性、传统性与地域性、变异性的综合接受视域。

作为唐传奇中奇崛之文的《柳毅传》（又名《洞庭灵姻传》），早已家喻户晓，然而取径乡野、保存完整的原生态"柳毅传说"却未被外人所熟知。民间传说与文人传奇的对位性思考，也常常能让我们发现隐含在神话思维和神话原型背后的意涵，列维-斯特劳斯就曾指出："多种情节相关的神话故事，在其神话思维模式之间存在着某种沟通渠道，它们显出来的彼此之间的差异可以根据其特别的内容而加以阐释。"④因此，从传说与传奇、传统仪式之间的特异处展开探索正是文化研究的关捩。本文即以中原柳毅传说为例，试图窥探民间传说、文人传奇与传统风俗之间的文化脉息，进而探究遗存在文化符号中的文化意蕴和艺术张力。

一、柳毅故里的民间传说

迄今为止，关于柳毅的生平事迹现主要存有两种说法：一种说法是柳毅为长江流域的"水仙"，传颂他和龙女喜结连理，幻化成洞庭水仙；另一种说法是柳毅为黄河流域的治水"大王"，相传他因治理黄河以身殉职，被唐皇敕封为黄河上的大王，成为河神。由于南北说法各异，对于柳毅的故里也就有了颇多争议。南方持据《吴县志》记载："柳毅字道远，吴邑（今苏州）人也。"⑤北方则依据明代出版的《柳氏小传》载："柳毅

---

① 大卫·M.费特曼.民族志：步步深入[M].龚建华，译.重庆：重庆大学出版社，2007：47.
② 诺思罗普·弗莱.批评的解剖：四篇论文[M].普林斯顿：普林斯顿出版社，1957：134-135.
③ 冯骥才.让灿烂的口头文学永远相传下去[N].中国文艺网，2016.
④ 克劳德·列维-斯特劳斯.人类学讲演集[M].张毅声，张祖建，杨珊，译.北京：中国人民大学出版社，2007：50.
⑤ 詹一先.吴县志[M].上海：上海古籍出版社，1994：63.

为汲县柳毅屯人"。另据《卫辉府志》①《汲县志》②等书,称"自古在河南汲县柳毅屯有'柳毅故里'碑"。无论"南说"还是"北传",都证明柳毅当实有其人,且均与唐传奇中的"柳毅"具有同源异质的关联。

笔者追根溯源,踏访了中原"柳毅故里"——新乡市卫辉市(县级市)庞寨乡柳位村。如今村内尚存有古老的柳毅庙,庙前立着刻有"柳毅故里"的行书大石碑,立碑年限当在唐宋之际。在当地,村民世代相传柳毅为本村人。

据庙内碑文所载,柳毅出生于唐高宗时期农历三月二十二。柳毅长大成人后,赴京赶考,途中救起落水的卢氏,遂娶妻卢氏。因赴京应试不第,后乡里人推荐他到黄河上管理河务,他清正廉洁,尽职尽责。后因黄河在南华(今东明县)出现险情,柳毅带领民众昼夜奋战,危难关头,柳毅抱锅以身堵口,不幸身亡。皇帝念他治河有功,敕封他为黄河河神,位居大王之职,并下旨在他的遇难地和原籍分别兴建大王庙,以彰功德。这段碑文以史传散文的笔法写成,再现了一个真实的历史人物柳毅的形象。而且,因其治水功德被村民神化为可以庇佑乡民的保护神。这种崇圣的文化心理可以追溯到先秦"大禹治水"的典故。另外来自官方的权威认证又进一步强化了历史人物在民间神圣化的文化习性。据清朝治水专著《行水金鉴》③和《敕封大王将军纪略》④记载,明以前敕封河神的制度规定:"为治河而殉职的人要封河神,头等功者为大王,二等功者为将军。"从这段记载大致可以推测,唐皇的御笔敕封,当是这一人物后来被民间传奇和民间传说综合神圣化的源头。人物故事借助于权力的助推作用,获得了合法性神圣化效能,加上民间群众对救民于水火的英雄人物的爱戴敬仰,更加速了人物故事的传奇性传播。

治水功臣成了家乡的一张文化名片。在唐以后,故里乡亲为缅怀和祭奠柳毅功绩,把村名柳园口更名"柳毅屯",并立"柳毅故里"碑,并将其生日定为该村每年一度的庙会会期,形成了一种"交感巫术"式的俗信仪式。时逢庙会,全村扶老携幼顶香朝拜,另有高跷和说唱表演,甚为热闹。据考察在封丘、长垣、开封、兰考、东明等县市,沿黄河一带凡柳毅治河行经之地的村庄群众,每逢过年过节,也都敬奉柳毅大王,以祈河清海晏、五谷丰登。⑤

二、文人传奇中的原型人物再造

中原柳毅传说呈现出了与唐传奇《柳毅传》密切源流关系,并在乡土乡民的再造中获得了新生活力,在故事的演化过程中展示出民间文化习性参与的鲜明迹象。在由史实到传奇再到民间传说的"神圣化"传播路径中,被时代和民众赋予了更多的时代意识寄托和文化期待。

在中原的柳毅故里至今保存有《柳毅传》的故事原型,构成了较为清晰的故事蓝本。据柳毅庙中《柳卫村名考证碑》《柳毅功德昭彰碑》碑文详载,唐代柳园口人柳华

---

① 侯大节.卫辉府志[M].郑州:中州古籍出版社,2010:101.
② 徐汝赞.汲县志[M].郑州:河南省卫辉市政府地方史志办公室,2006:54.
③ 傅泽洪.行水金鉴[M].南京:凤凰出版社,2014:5.
④ 朱寿镛.敕封大王将军纪略[M].上海:上海古籍出版社,1983:21.
⑤ 刘仲洲.卫辉文史资料[M].政协河南省卫辉市委员会学习文史委员会印制,1989:32.

熊,字老公,行医教书,广行善事,深受村民爱戴。农历三月二十二日,柳华熊喜得贵子,取名九斤,村民如得星月,贺喜者众,满月后更名为全喜。十余年后,黄河屡次洪水泛滥,人民生命财产遭受巨大损失。唐高宗显庆四年(659),佛门华严派钟馗远,为使民众不遭黄河水患之灾,久享平安,奏准皇上在柳园口修建了华严寺(现庙址仍存,立于柳毅庙左侧,并与柳毅庙同处一院,院中仍残存有已经风化的唐代石狮一个、断碑数枚)。寺中修有三尊大佛,以镇该段黄河苍龙作怪。据传华严寺图纸乃由唐僧陈玄奘亲手绘制,由洛阳白马寺慧清长老鲁承送图来柳园口,并负责监督施工,当时慧清长老住在柳华熊家,并收全喜为化外弟子。慧清长老见这孩子办事、读书皆有雄心毅力,便为其更名柳毅。唐高宗麟德元年(664),柳毅赴京应试,乘船去西京长安途中,行至武陟县境黄河与沁河交汇处,巧遇去娘舅郑明远(洛阳州官)家探亲的范阳县令卢浩之女卢秀英。当时急风暴雨来袭,卢秀英不幸翻船落水,柳毅见状拼命相救,救出卢秀英后,又让其在孟津驿馆疗养。柳毅因此误了考期,后又将卢秀英护送至洛阳她的娘舅家。卢秀英为柳毅的义举所感动,决定以身相许,与柳毅结为夫妻。这段故事在当时礼教严苛的时代,颇带有传奇色彩。

将唐人传奇《柳毅传》与中原柳毅故里的"柳毅传说"相比较,我们能够清晰地看到民间故事原型被经典化的轨迹。《柳毅传》保留了"柳毅科举不第、舍身救女"的故事原型,而民间将柳毅凛然大义勇救卢氏、两人结为连理的行为,作为义举善行传为佳话。其原因不仅在于"因恩生情",更在于这种行为所昭示的文化新气象:在当时封建礼教严苛的唐中后期社会中,突破了封建传统婚恋的门第观念。作为一介书生,出生于世代行医教书为业的家庭,而与身为"官二代"的大家闺秀卢氏女喜结连理,自然是一次门不当户不对、跨越社会阶层的"跨界爱情"。因其传奇性在当时街谈巷议中多为人津津乐道。加之,在"稽神语怪,事涉非经"(《南柯太守传》)的时代,民间百姓更喜欢用人神(妖)之恋的方式来美化这种"跨界爱情",由于这样的奇异效果更合乎人们的欣赏品位和审美理想,也更易于被传奇化、神圣化、经典化。而且,在被"搜奇记异"的唐代传奇作家观照和演绎时,又增添了几分美学色彩,这样就完成了对这一民间故事"经典化"的改造。由此,柳毅与卢氏的跨界爱情被幻化成为才子与龙女的爱情传奇,获得了比史实更崇高、更富想象力的文学寓意,乃至在封建等级森严的社会里具有了更加惊世骇俗甚至移风易俗的社会功效。由史实到民间口耳相传,再到唐传奇的文学定型,经此一变,故事获得了新生,超越了单纯历史追忆的功利性目的,而获得了文学传承性的文化效能,成为弘扬社会美德、增进文化认同感的传奇范本。

"柳毅传说"因其传奇性也推动了故事在民间的更广泛的传播。据载,《柳毅传》在当时流传甚广,《太平广记》中曾两次提及柳毅传书之事:《太平广记·神类·萧旷》(以下简称《萧旷》)条载:"(萧)旷因语织绡曰:近日人世或传柳毅灵姻之事,有之乎?女曰:十得其四五尔,余皆饰词,不可惑也。"另《太平广记·灵应传》中借神女九娘子之口,叙述《柳毅传》的主要情节:"泾阳君与洞庭外祖世为戚,后以琴瑟不调,弃掷少妇,遭钱塘之一怒,伤生害稼,怀山襄陵。……史传具存,固非谬也",所谓"史传具存",当即指历史史实与《柳毅传》共存的事实而言。此外,在稗官野史中也多有载录,足见故事在当时的影响和传播效应。

历史事实经由李朝威的文学加工成就了《柳毅传》，自此文人传奇故事基本定型。唐传奇中不仅增添了故事浓郁的文学意蕴，而且客观冲淡了地理辖域——故事发生地开始横跨大江南北：涉及湘滨、泾阳、泾川、洞庭、钱塘、范阳、清河等地，由此，柳毅行迹也被"神圣化"了。后世以传说地名按图索骥，寻根探源，俨然将其作为了文化教育基地和地域文化名片，在今天看来显然具有文化遗产保护的积极意义。陈建宪指出"任何一个民间传说都有它独立的历史源脉，在每个历史阶段民间传说又有横向的传播范围，因此传说圈不是民间传说平面的流播范围，它是民间传说纵向传承与横向扩布的结果，是历史与现实、横向与纵向结合的一个立体的民间传说体。"①这一文化综合体又不断地在现实文化生态中再指认、再生产、再改造，于是就产生了传奇背后的多个故事策源地。因此，除中原之外在湖南岳阳、江苏苏州、甘肃泾川、山东潍坊等地出现柳毅的遗迹和传说也就不足为奇了，而且随着文化对位空间的蔓延和扩大，正汇入了民族文化的整体建构之中。故事渊源固然尚有商榷的空间，但是名人故里文化之争已然并不重要，重要的是它能增添"人杰地灵"的地域文化气息，能够起到"经夫妇，成孝敬，厚人伦，美教化，移风俗"（《诗经·毛诗序》）的社会功用。

通过田野考察，我们也可以探知文学与民间传说的间离关系。据《太平广记》卷三一一"神类"《萧旷》条"十得其四五尔"可以推测，《柳毅传》在当时民间的传言中"实写"与"虚写"基本上各占一半，而这与我们在中原柳毅故里寻踪中获知的信息相对照，概不是虚言。日本学者盐谷温将《柳毅传》归于"神怪"类，认为其是"记神怪之奇汰"的传奇代表，他也指出"作为神怪小说，《柳毅传》是运用虚实结合的方法创作出来的优秀之作，它是在现实传闻（实）和神怪故事（虚）的基础上加工而成的，这里所说的实即唐代现实生活中存在的'弃妇再嫁'的社会现象，而虚，就是唐代甚至唐以前社会上流传的人传神书的种种传说故事。《柳毅传》正是在这二者的基础上加工成书的。"②在"始有意作小说"的时代，"唐代神鬼狐怪故事普遍流行"③，虚构、夸张和搜奇记异的传奇手法在当时甚为普遍，值得关注的是，从中原柳位村有关柳毅的记载来看，柳毅科举不第、义救卢女、两人结缘等关键情节均有事实依据，这样萦绕在唐传奇中的虚幻部分便被剥离出来，传书龙宫、龙女别嫁、洞庭显圣等玄幻部分明显是文学虚构，这些虚构成分不仅增添了奇异色彩，增强了故事传播劲力，而且增加了文学意蕴，如对于龙女外貌的描写，对于龙宫奇珍异宝的描绘，对于钱塘君疾恶如仇吃掉泾川小龙的刻画，对于柳毅拒婚的理性分析，均表现出唐中期以后传奇笔法的娴熟。不仅如此，传奇作者还有意彰显了唐中晚期弃妇幽怨和伸张正义的现实诉求，甚至对于柳毅躲避唐皇求仙药的细节也毫不讳言，明显吸收了民间和文人士阶层不与世争的文化情绪，这些都具有极强的现世指向，"颇亦穿世务之幽隐"④。倒是柳毅治河有功而被敕封大王的官方规训情节被潜藏了起来，仅保留了与"水""河""龙王"的微弱联系，这也表明了唐传

---

① 刘守华，陈建宪. 民间文学教程［M］. 武汉：华中师范大学出版社，2013：60.
② 盐谷温. 国文学概论讲话［M］.//岑仲勉.《隋唐史》卷下 "唐史" 第六十二节《学术与小说》［M］. 北京：高等教育出版社，1957：618.
③ 程国赋.《柳毅传》成书探微［J］. 许昌师专学报，1994（1）：47-49.
④ 鲁迅. 中国小说史略［M］. 上海：上海古籍出版社，1998：120.

奇的民间文化立场。

中原柳毅故里还保留着不少本土性的民间口承故事，成为当地一笔宝贵的形塑个性化空间的非物质文化遗产。迄今在柳毅出生的柳位村，仍然流传着不少向柳毅大王祈福纳祥获得应验的故事，这些故事采用了传统的圣人显灵救济百姓的单向叙事结构，在一定程度上强化了村落人杰地灵的观念，使村落在神圣化过程中沾溉了名人故里效应，并获得地域正能量教化传承的积极性文化功能。

总体来看，当地百姓口耳相传"柳毅大王"显灵的故事大致可分为两类：一类是帮扶乡邻；另一类则是祈神应验。这些故事既有世俗化的包含有神圣化的因素，又具有世俗化的倾向，使其更加贴近乡邻，更加可亲可敬，这是民间故事的又一新变。例如柳毅大王显圣救村民的故事，讲述的是1916年，民国将领成慎驻与河南督军的赵倜在柳位村附近准备决一死战，因夜间柳毅大王显圣，而退却了军阀混战，使乡民免于刀兵之灾；再如柳毅大王运风送乡党的故事，讲的是清光绪年间，柳毅屯一村民名叫李洞，前往山东境内贩粮，突遭不测，贫病交加，绝望中在大王庙中祈求保佑，而得遇一老人（柳毅化身）相助，闭目乘风送归故里。另外还有柳毅大王运水过境免灾殃、大王庙前退洪水、求福贵子高考得中等故事，都将柳毅传颂为是可以呼风唤雨、运水乘风、有求必应、保境安民的神灵形象，这些明显带有名人故里确认的特征。这些故事皆以柳毅的显圣来凸显故事的传奇性，并且以民间口述者的代际传承来确证故事的"真实性"，带来了同乡的认同感和自豪感。民俗学家认为"传说中的故事或叙事被置于发生过的历史中，传说的故事或叙事被它的讲述者和听众相信是真实的"[①]。这种真实是进一步神圣化的表现。从上述的民间传说演绎过程也可以看出，对于柳毅的形象乡民进行了"接地气"式的描绘，更加增强了故事的真实性和族群的认同感，这种真实性也更加强化了村落历史演进中的文化底蕴和神秘魅力。

从文化运行上来看，现在文化遗产部门进行文化寻踪、定名故里，恰是一个"逆神圣化"的过程。故事"神圣化"的过程是一个民间传奇不断发酵的历程，而"逆神圣化"过程正好是定型、祛魅的过程。单从柳毅故里村名的沿革来看，从柳园口、柳毅屯到柳卫村（意为柳毅庇佑的村庄）再到柳位村（意为柳毅故里位置所在），从该村村名的几经变化，可以看出名人故里的这种祛魅过程。如今故事的生活真实性已不那么重要，因为故事的原创性早已在民间集体智慧的参与建构中，变得更加适应本土文化症候，或者称为入乡随俗了。倒是如何建构和打造好这个故事的"逆向化"发源地、打造文化品牌、发挥好名人效应，才是考验地方政府的当务之急。

伴随逆向化祛魅的过程，还有一个神圣"仪式化"程序弥补着祛魅的不足，增添了仪典的文化精神传承性品位。每年三月二十二的柳毅诞辰祭奠活动尤为壮观。在庆典中心任务表达缅怀、崇敬、颂扬的祭祀仪式完毕后，民间还增加了庆典娱乐节目，比如高跷、说唱、杂耍、戏剧等，这些活动起到了地域文化脉息承续的效果，不仅祭奠了先祖，增添了节日气氛，也演绎着民间传说的生命劲力，人神共舞，表达出复杂的文化情感和族群认同，而且习以成俗，转变成为村寨的一种悠远的文化根脉和文明记忆，永远

[①] Robert Georges.The General Concept of Legend[M].//Way Land Handed.American Folk Legend：A Symposium[M].Berkeley：University of California Press，1971：4.

挥之不去的"乡愁"。

结语

　　历史实存在民众的敬仰与敬畏中获得了神圣化的构建力量，并在乡土社会群体祈福纳祥的实用性价值诉求中得到寄托和感召。柳毅在中原的传说，表征的是一种更加普适性的价值和济世理想，而这种双重文化驱动力带来了新的乡土文化传奇能量。

　　透过中原柳毅传说的演进来看，从历史故事发展而来的各种传说版本，共同构成了传奇采撷的文学元素。往往民间传说具有更加灵活的主题适应性，而且出于主题表达的主观需要，或者为了搜奇记异，或为弘扬美德，抑或为歌颂人间至情，可以灵活地依托地缘风物、遗迹作为民间传说的传说核，大大增强了融入乡土文化的适应性。文人传奇作为文学文本，从传说中脱胎后获得了更为高雅的文化传播路径，往往以其内容的文人化、经典化起着凝聚文化内核、传播普适价值的文化功能，因此，从中原柳毅传说中我们看到不同于文人传奇的故事蓝本，并且收集到了大量衍生故事也就不足为奇了。尽管民间传说与文人传奇保持着民间故事与精英文学分异的传播路径，但是它们仍然从属于同一个转化体系，其内核仍然坚守着历史真实中的义行善举、两情相悦的基本故事逻辑，这也构成了口头传说与文人传奇之间的互证、互释、互补、互鉴的文化旅游效应。更为值得关注的是，当传说与传奇纳入民间俗信仪式时，就真正地渗透进了文化传统中，产生着非物质文化遗产积极的社会建构功能，并通过庙会、祭祀等庆典活动完成了由人物行为模范到社会行为和秩序规约的转化。

　　通过上文可以了解到，在中原柳毅故里，尚保留有唐人传奇《柳毅传》的故事蓝本，遗存有相关文物古迹，其"柳毅传说"已被列入省级非物质文化遗产名录。比较唐传奇与民间传说，并通过田野考察，我们发现了许多珍贵史料，也窥探到了一个村寨的乡土文化记忆，并由此探寻到人物传奇由"政治名人"到"文化名人"、由历史史实到民间传奇的演进嬗变过程。民间神话原型经由民间传说、文学传奇以及俗信仪式的实践逻辑再造，昭示了一个村落的民间文化特性，也显现着民俗价值的丰富内涵。

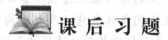 课　后　习　题

一、经典阅读与仿写

仪式与梦幻

[加拿大] 诺思罗普·弗莱

　　仪式和梦幻在一种语言交流的形式中合为一体，这便是神话。神话足以解释仪式和梦幻，而且使两者都可以传播。仪式靠自身是解释不清的，它出现在逻辑和语言之前，在一定意义上，还属人类以前业已存在的。仪式隶属于一年的四季变化，这一点似乎已把人类生活与生物界对自然循环的依赖联系起来，植物及某些动物至今还保持着这种依

赖性。大自然中凡我们认为多多少少类似艺术品的东西，如花卉和鸟鸣，都是由于生物体与其自然环境的，尤其一年四季的节奏同步存在才形成的。有些动物表现的与自然同步的现象，如鸟求偶时的舞蹈，几乎可以叫作仪式。神话则是人类所独有的，因为一只鹧鸪再聪明不过，也讲不出哪怕是最荒唐的故事，来说明自己在发情期为什么会发出击鼓般的声音。同样，一个人做的梦，是关于他自己生活的一系列奥妙的提示，非本人所能充分理解，据我们所知，梦对他本人也无实际的用处。可是在一切梦幻中都含有一种具有独立交流力量的神话成分，这一点明显反映在常为人们引用的俄狄浦斯的例子中，同样也存在于许多民间故事的集子中。因此，神话不仅使仪式具有意义，为梦幻提供叙事，还将二者合为一体，这时仪式可以视为处于运动中的梦幻。两者之间这种可能的关系还必须有个前提，即仪式和梦幻要具有一个共同的因素，这一因素使一方成为另一方的社会体现。对这种共同因素的考察，我们只好留到本书下文再进行讨论。这里我们需加以说明的，仅仅在于：仪式是叙事情节（mythos）的原型方面，而梦幻是思想要旨（dianoia）的原型方面。

这里，又出现我们在第一篇论文中已论述过的虚构文学与主题文学之间在侧重点上的那种差别。有些文学形式，譬如戏剧，使我们格外生动地想起它们类似仪式，因为文学中的戏剧一如宗教中的仪式，主要都是一种社会或团体的表演。其他文学形式，如传奇，则反映了与梦幻的类似。最易于察觉类似仪式成分的，不是在固定剧院或为有教养观众演出的戏剧之中，而是在朴质或热闹的演出中，如民间戏文、木偶戏、哑剧、滑稽戏、露天赛会以及它们流传到化装舞会、喜歌剧、商业性影片和活报剧中的遗风。与梦幻相类似的东西，最常见于朴质的传奇作品，包括民间故事和童话故事，它们与美好愿望变成现实的美梦和遇见吃人魔鬼及巫婆的噩梦都存在密切联系。当然，朴质的戏剧与朴质的传奇也是相互渗透的。朴质戏剧所生动表演的，通常是某一种传奇，而传奇与仪式的密切联系，反映在许多中世纪的传奇中，大多与四季更迭、冬至来临、五月之晨或圣徒殉难的前夕相关联；或涉及某一阶层的仪式，如骑士比武大会。原型主要是一种可以交流的象征，这一事实基本上已说明为什么歌谣、民间故事和滑稽剧，连同其中的许多人物，会克服语言和文化的障碍，不胫而走地传播到世界各地。说到这里，我们又回到如下事实：深受象征系统的原型阶段影响的文学，总是给我们留下原始和通俗的印象。

原型批评家都关心仪式和梦幻，所以他们对当代人类学家关于仪式的研究和当代心理学家对睡梦的研究都会深感兴趣。尤应指出，弗雷泽在其巨著《金枝》中以朴质戏剧的仪式为基础所开展的研究工作，和荣格及荣格学派根据朴质的传奇作品对梦幻进行的研究，对原型批评家说来具有紧密相关的价值。但是人类学、心理学和文学批评这三门学科至今尚未划清界限，因此必须谨慎防止出现决定论的危险。对文学批评家说来，仪式是戏剧行动的内容而不是其源头或由来。从文学批评的观点看，《金枝》是一部论述朴质戏剧之仪式内容的著作，即是说，这部书重构了一种原型仪式，从中可以合乎逻辑地而不是仅按照年代先后推断出戏剧的结构和类型原理。这样的仪式在历史上是否存在过，这对文学批评家毫不紧要。弗雷泽推测的仪式很可能与实际的仪式存在很多惊人的类似之处，他的部分论据便是所收集到的这些类似之处。但是，类似物不见得便是来源、影响、原因或胚胎形式，更谈不到二者是一码事。仪式与戏剧之间的文学关系，就像人们行动的其他方面与戏剧的关系一样，仅是内容之于形式，而不是起源与衍生的关系。

（节选自诺思罗普·弗莱. 批评的解剖［M］. 陈慧，等译. 天津：百花文艺出版社，2006:152-155.）

请阅读上文弗莱的经典论述，这段文字揭示了仪式和梦幻与文学的"亲缘"关系，采用了举例论证和比较论证方法，增强了论证的说服力。接下来请完成以下任务：首先，提取本篇中的关键词（不少于5个）；其次，运用神话原型评论方法，结合自己阅读过的文学作品，仿写一段不少于1000字的评论。

二、课后延伸阅读

1. 卡尔·古斯塔夫·荣格. 心理学与文学［M］. 冯川，苏克，译. 北京：三联书店，1987.
2. 诺思罗普·弗莱. 批评的解剖［M］. 陈慧，等译. 天津：百花文艺出版社，2006.
3. 叶舒宪. 神话—原型批评［M］. 西安：陕西师范大学出版社，1987.
4. 弗雷泽. 金枝［M］. 耿丽，译. 北京：中国民间文艺出版社，1987.
5. 温森特·布罗姆. 荣格、人和神话［M］. 文楚安，译. 郑州：黄河文艺出版社，1989.
6. 卡尔·荣格. 荣格心理学［M］. 张楠，译. 南昌：江西美术出版社，2019.
7. 贾雯鹤. 神话的文化解读［M］. 重庆：重庆大学出版社，2010.

三、思考题

1. 试分析神话原型评论方法的使用范围。
2. 如何看待文学与神话的亲缘关系？
3. 试举例比较古诗中的原型意象与原型具象。
4. 在我国古典小说中有很多神幻题材的小说，在当下也有很多游仙、修真、仙侠、奇幻、都市异能等题材的网络小说，请大家选取其中一部小说，运用本章所学的神话原型评论方法进行文学批评和解读。

要求：逻辑清晰，语言流畅，方法使用得当，文本分析透彻，有自己的见解和创新点；字数不少于1000字。

第七章
女权主义文学评论方法

在文学批评史中,女权主义文学评论是一个独特的存在,它为文学批评提供了一个别样的批评视角与范式。这是社会文明发展进程中女性意识觉醒的必然结果,是女权主义思想在文学领域的实践。

第一节 女权主义文学评论方法概述

一、女权主义文学评论方法的概念

女权主义文学评论方法是以女性为中心的文学批评,其研究对象包括女性形象、女性创作和女性阅读等。它要求以一种女性权利的视角对文学作品进行全新的解读,对男性文学歪曲女性形象进行猛烈批判;它声讨男性中心主义传统文化对女性创作的压制,提倡一种女性主义写作方式。女权主义批评在发展过程中广泛改造和吸收了在当代西方影响很大的新马克思主义、精神分析、解构主义、新历史主义等批评的思路与方法,体现了它的开放性、颠覆性和进步性。

女权主义批评

二、女权主义文学评论方法产生的基础

女权主义文学评论方法产生的基础无疑是女权主义理论及运动。

女权主义(feminism)又称女性主义。"feminism"一词来自法文,19世纪90年代进入英语。在传统社会里,男权话语始终占据着统治地位,随着20世纪社会文化的进步,争取性别平等权利,反对歧视女性,使女性获得应有权力和社会地位的女权运动得以展开,这一项运动从萌芽兴起,发展至今已有200多年的历史。在女权主义理论产

生、发展过程中，尽管也产生了诸多流派，如自由女性主义、社会主义女性主义、激进女性主义、后现代女性主义，但归结起来，无论哪个派别的女性主义，它们都有共同的话题，即关注女性，建构主要以女性经验为来源与动机的社会理论（social theory）与政治运动。它在对社会关系进行批判之外，还着重对男女性别不平等进行具体、深入、系统的分析，由此将女性议题推向世界舞台，也推动了女性在社会各领域的地位、权力、利益的提升，实现对男性中心主义的颠覆。

男女地位的不平等具有十分复杂的历史、文化、种族、生理等原因。在社会不断迈向文明的过程中，男性在社会上越来越占据主导地位，他们主宰着政治、经济、教育等社会各个领域，逐渐形成了男性霸权，女性只是作为男性的附属品，其地位被男性挤压到社会的边缘，其价值甚至被简单定义为生育的工具。女权主义理论的目的在于揭示男女性别不平等的本质，以及着重在性别政治、权力关系与性意识（sexuality）等方面进行分析。女权主义的观念认为，现实的社会建立在一个男性被给予了比女性更多特权的父权体系之上。据此，女权主义的政治行动是对诸如生育权、堕胎权（abortion debate）、受教育权、家庭暴力、产假、薪资平等、选举权、代表权、性骚扰、性别歧视与性暴力等议题的挑战与批判。其探究的主题则包括歧视、刻板印象、物化（尤其是关于性的物化（sexual objectification））、身体、家务分配、压迫与父权。"文学是人学"表现为政治运动的女性主义运动自然也进入文学领域，文学成为标举女权话语的重要载体，于是女权主义文学评论应运而生并确立了其在文学批评界的地位。

三、经典女权主义文学评论家及其主要观点

女权主义文学评论在文学批评领域地位的确立，与众多女权主义文学评论家的不懈努力分不开。但限于篇幅，主要介绍下面几位批评家。

（一）凯特·米利特的"性政治"

凯特·米利特[①]，爱尔兰裔，1934年出生于一个美国西部中产阶级家庭。受马克思主义的深刻影响，她成为一位左派知识分子，推崇实践出真知。

凯特·米利特的专业是文学，她的研究从极端沙文主义的小说入手，重点将劳伦斯的《查泰莱夫人的情人》和亨利·米勒的《北回归线》这两部作品作为案例展开深入探究。她认为这些作家的叙述很可疑：这些文本写的根本不是性，而是权力关系。在此基础上，凯特·米利特完成了她的具有女权主义标志性理论成果《性政治》。

有人会问："性问题难道也是一个政治问题吗？或者说性问题何以可能从政治角度来认识和看待？"凯特·米利特认为，要回答这个问题，首先取决于人们对政治的定义。政治其实是有许多种定义的，《性政治》一书中所指的政治并不是通常所指的议会开会、参与选举、政党等，而是指一群人可用于支配另一群人的权力结构关系和组合。把这个定义再扩大一点，政治即可以被理解为"维持一种制度所必需的一系列策略"。

凯特·米利特还把社会对男女不同气质、角色、地位的规定以及人们对此的认同，

[①] 凯特·米利特（1934—2017），美国作家、教师、艺术家，激进主义女性主义者。

也看作是"性政治"的表现与功能。西方传统认定男性是更加优越的性别群体，不仅身强力壮，在精神上也积极进取、具有智慧与理性，而女性则依赖他人、脆弱、情绪化，一辈子都不能达到成熟；在两性关系上，男性主动、女性被动被认为是合理的，甚至男性的性暴力、攻击性都被看成是男性的成就与威望，男性在两性关系上具有强权地位，并持这一强权占有、使用、掌控女性等。这些传统观念实际都来源于父权制文化对男女性别角色不同的要求与规定，是由后天的、社会的力量决定的，与性的生物学基础并无内在关联。而男强女弱、男主女从、男尊女卑的定位也就在这些规定之中被塑造了，且成为影响久远的强大的传统力量，女性由此沦为一个受控制、受支配的"次"群体。这一切都源于父权制，并与父权制的强权统治相一致，成为维护和巩固这一制度"必需的一系列策略"。

（二）西苏的双性同体论

埃莱娜·西苏出生于1937年6月5日，是法国当代著名女权主义作家、理论家、批评家，被公认是与朱丽亚·克里斯特娃[①]、露西·伊利格瑞[②]齐名的法国女性主义学派代表人物。她发表的小说、剧作约50部，以及大量的女性主义方面的著述，其中不少论文，例如《新诞生的青年女子》《美杜莎的笑声》《从无意识的场景到历史的场景》，在国际学术界引起极大关注。其女性主义观点主要概括如下。

首先，女性沦为"他者"的被迫性。西苏认为，"不可能为女性的写作实践下一个定义，将来也不可能，因为这种实践永远不能被理论化、被封闭、被编码。但是这并不意味着它不存在。这种实践总要超越那种调节阳物中心体系的话语，而且现在和以后都发生在哲学和理论统治的领域之外。只有打破机械被动性的那些主体才能设想这样的实践，那些主体是任何权威都无法降服的边缘人物。"[③]在父权社会中，男女的二元对立意味着男性代表正面价值，而女性只是被排除在中心以外的"他者"，只能充当证明男性存在及其价值的工具、符号，为了消解这种顽固的二元对立，西苏提出了以实现"双性同体"为目标的写作理论，她赋予女性写作以解放女性的特殊功能。

其次，女性身体写作地位的独立性。西苏提出了"描写躯体"的口号，这是与男性写作完全不同的，妇女"通过身体将自己的想法物质化了；她用自己的肉体表达思想"，女性写作有其独特的、区别于男权文化的语言，这是一种反理性、无规范，具有破坏性和颠覆性的语言，但它并不完全排除男性话语，相反，它一直在男性话语之内活动，妇女是双性同体，女性写作的语言是一种包含男性语言在内的双性同体式语言。西苏不仅满怀激情地号召妇女拿起笔来写作，她也不懈地用自己的写作实践着她女性写作的主张，在当时她的主张占据了20世纪70年代法国的政治与文化讨论的中心位置。

[①] 朱丽亚·克里斯特娃（1941— ），是继罗兰·巴特之后仍然活跃在当今思想舞台上的最伟大的法国哲学家之一，也是20世纪60年代以来法国符号学运动的领军人物、文学评论家和精神分析学家。

[②] 露西·伊利格瑞（1931— ），法国著名女性主义理论家，曾分别获哲学、心理学和语言学三个博士学位。在哲学、心理学、语言学、社会学、政治学等领域都有深入而精到的研究。主要著作有《他者女人的窥镜》（1974）、《非一之性》（1980）、《东西方之间》（1999）。

[③] 埃莱娜·西苏.美杜莎的笑声[M].//塞尔登.文学批评理论：从柏拉图到现在[C].刘象愚，等译.北京：北京大学出版社，2000：590.

（三）弗吉尼亚·伍尔芙的男权批判

弗吉尼亚·伍尔芙原名艾德琳·弗吉尼亚·斯蒂芬，1882年1月25日，伍尔芙出生于英国伦敦，是英国著名女作家和文学评论家、早期西方女权主义文学批评理论的奠基人物之一。她在1929年出版的重要论文《一间自己的屋子》为女性主义批评奠定了基础。在这本书中，伍尔芙提出了一些与女性主义文学批评相关的重要命题，如文学中的女性传统、性别歧视、女性写作等问题。

1. 女性文学传统的存在

伍尔芙深入剖析了女性文学不能得到充分发展的社会现实根源，认为女性文学是一个被遮蔽的受压制的存在，其具有不同于男性文学的独特题材、语言和风格，但是女性文学传统受到男权思想的控制，变得形象模糊、断裂，它在整个文学史传统中显得不够明显和突出。她强调女性拥有自己的文学传统是非常重要的，这是众多的女性作家赖以生存的基础和根基。

2. 女性文学发展畸形的社会根源——父权制

伍尔芙认为在父权社会中，妇女缺乏独立空间和完整时间，在家庭、社会和工作的方方面面都受到男权的挤压和辖制。由于她们囿于家庭的小天地，养育子女和操持家务成为她们的全部生活内容，这也使她们无法获得丰富的阅历与正当的社会地位。因此，伍尔芙指出："一个女人如果要想写小说一定要有钱，还要有一间自己的屋子。"① 这里的"钱"和"屋子"代表了经济和空间，妇女需要经济上的独立，才能从根本上摆脱男性权力的控制，才能获得自由写作的独立时空，构筑"一间真正属于自己的小屋"。在此，伍尔芙运用社会学的批评方法抨击了男权社会对妇女创作才能的压抑。

3. "双性同体"的思想

伍尔芙受古希腊神话的启发，提出了"双性同体"的思想，以期解构男女二元对立的观念，抗议男权社会固化的性别标准。她认为每个人身上都有两个力量支配，一个是男性的力量，另一个是女性的力量，女性往往外柔内刚，男性往往内柔外刚，没有绝对的两性分别。"双性同体"才是理想的人格形象，双性和谐能够在文学创作中获得生机和活力，纯粹的男性思维和纯粹的女性思维都不是理想的创作。伍尔芙的"双性同体"思想既为女性文学创作提供了理路，也为后来的女权主义文学评论提供了理论支撑，"双性同体"的思想其实是基于对人类深层心理与人格的分析产生的女权思想。②

（四）波伏娃的文学评论实践

西蒙娜·德·波伏娃，1908年1月9日出生于法国，是法国存在主义作家，女权运动的创始人之一，女权主义文学评论家。

---

① 弗吉尼亚·伍尔芙.自己的房间[M].//塞尔登.文学批评理论：从柏拉图到现在[M].刘象愚，等译.北京：北京大学出版社，2000：578.

② 邱运华.文学批评方法与案例[M].北京：北京大学出版社，2021：215-217.

1. "第二性"女权主义观

波伏娃于1949年出版了女性主义著作《第二性》，这本著作迄今为止已被译成了至少26种文字，被认为是关于女人的一本最重要、影响最为深远的著作，甚至被尊为西方妇女的"圣经"。她在书中宣言："如果要理解女人所受到的种种限制，就必须去索解她的环境，不能乞怜于某种神秘的本质，这样未来才是敞亮的。"[①] 这部著作提出了颠覆传统"女人天生观"的"女人形成观"，对女性深度理解女性自身及其价值有振聋发聩之成效。

《第二性》中写道："一个人之为女人，与其说是'天生'的，不如说是'形成'的。"女人不仅仅是性别称谓，更是一个高度社会化的称谓，传统的习俗和男权社会的需要造就了女人，这是女人之为女人的社会规定性与男人规定性，而女人在长期的社会惯性中也渐渐默认了这个规定性，并深陷其中而不自知。决定两性性别特征的根源在于社会而非生理因素，她反对把某些气质特征或行为方式看成是某种性别的人所天生具有的，而是强调性别特征的非自然化和非稳定化。女性从小时候就被教会梳妆打扮，在游戏中学着做家务，女性从小就被更多的规矩所束缚，女性的成长和发展的轨迹早已被社会规约所控制，女性角色在形成中完全丢失了自然天性，而被社会所塑造。因为在经济不独立的情况下，女人生存不得不取悦于男性，要遵循男权社会为她制定的价值取向。因此，女人成为男人的附属品，失去了其独立性和生存的自主性，而沦为"第二性"，男权社会完全压抑了女性的正常发展，这种畸形的男性社会亟待改观。

2. 女权主义文学评论的实践

波伏娃在《第二性》中分析了男性文学作品中关于女性观的本质。她认为男性作家作品中的女性独立身份与地位是缺失的，无论是什么形象的女性，都是以男性附属物的身份而存在的。她的这一观点集中表现在对法国蒙泰朗、劳伦斯、克劳代、布勒东、司汤达五位男性作家笔下女性形象的分析之中。在蒙泰朗的作品中，男人高于一切，女人只是作为对象化的附属品来证明男人的高尚；劳伦斯的作品虽然在性爱关系上肯定了男性与女性的完美结合，但男人是主宰者，女性仍然是被引导的他者；克劳代笔下的女人更像是用来拯救男人的工具，而不是女人本来应有的样子；布勒东虽然盛赞女人为诗，但其实仍将女人作为第二性来看待；司汤达塑造的女性形象尽管更富有人性化，带着人道主义的光环，但是女性仍未从第二性的地位中摆脱出来。总之，在这些男性作家的笔下，女性是作为另一性来看待，只不过是男性的从属品和附属物，男性创作的女性形象是男人虚构的女性神话。波伏娃这些批评关注男性笔下的女性形象塑造问题，为后来的女性文学评论提供了案例。

[①] 西蒙娜·德·波伏娃.第二性[M].//拉曼·塞尔登.文学批评理论——从柏拉图到现在[M].刘象愚，等译.北京：北京大学出版社，2000：584.

第二节 女权主义评论关键词

女权主义批评涉及的领域广泛，如政治学、社会学、心理学、人类学等，这就需要在纷繁复杂的领域中，对其关键词进行梳理与明确，以期能够更容易地把握女权主义文学评论的方向与坐标。

一、"天使"与"妖妇"

"天使"是指文学文本中温柔、美丽、顺从、贞节、无知、无私等的女性形象；所谓"妖妇"是指文学文本中风骚、凶狠、贫嘴、丑陋、自私等女性形象。

"天使"与"妖妇"是美国吉尔伯特和古芭对19世纪以前的男性文学中的两种女性形象概括和指认。"天使"与"妖妇"这一对反义词，是在不同时代、不同种类的文学作品中反复出现的文学意象，已然成为女性形象的原型，形象地刻画出了文学作品中的女性形象特征。吉尔伯特和古芭在其女权主义名著《阁楼上的疯女人》（1979）中认为：西方19世纪前男性文学中两种不真实的女性形象——"天使"与"妖妇"，实质是男性父权制社会对女性的歪曲和压抑。

传统文学作品尤其是男性作家的作品所刻画的女性形象多是一种虚假的形象，这类形象与现实生活中的女性形象并不相符，只是反映了男性作家根深蒂固的性别偏见和置女性于从属地位的深层愿望。无论是希腊神话中的珀涅罗珀①、安德洛玛克②，莎士比亚笔下的苔丝狄蒙娜③、理查逊④笔下的帕美拉，抑或是莫泊桑⑤笔下的约娜，托尔斯泰笔下的吉提与娜塔莎，这些女性生活于不同时代、产生于不同国别作家的作品中的女性，但她们都有一些共同的性格内涵：她们都是西方文学中的"高尚淑女"和"家庭天使"，她们是一切——是女儿，是妻子，是母亲，但唯独不是她们自己，她们成为男性的奉献品或牺牲品。作家把女性神圣化为天使的做法实际上是将男性的审美理想强加在女性身上，剥夺了女性形象的生命力和创造力，把她们降低为男性的附属品，这是满足父权文化机制对女性的期待和幻想。

"妖妇"的形象则与"天使"形象完全相反，她们是拒绝顺从、极端自私、不恪守

---

① 珀涅罗珀，是奥德修斯忠贞的妻子，出自《奥德赛》一书。其在丈夫远征特洛亚失踪后，拒绝了所有求婚者，一直等待丈夫归来，忠贞不渝。
② 安德洛玛克，赫克托耳之妻，底比斯国王厄提昂之女。出现于荷马的《荷马史诗》、欧里庇得斯的《特洛伊妇女》《安德洛玛刻》等作品中，温柔善良，勇敢聪敏，以对丈夫钟爱著称。
③ 《奥赛罗》中的角色，苔丝狄蒙娜崇拜奥赛罗的经历，心痛其遭遇，其爱情集合崇拜、怜悯，是一种集情人与母亲一体的爱。
④ 塞缪尔·理查逊（1689—1761），英国小说家。作品有《克拉丽莎》《帕米拉》等。他关注婚姻道德问题，多以女仆或中产阶级女性为主人公，善于描写人物情感和心理，开创了此后英国家庭小说的一种模式。
⑤ 居伊·德·莫泊桑（1850—1893），出生于法国诺曼底省，法国批判现实主义作家，与俄国的契诃夫、美国的欧亨利并称为"世界三大短篇小说巨匠"，被誉为"世界短篇小说之王"。

妇道的女人，如希腊悲剧《俄瑞斯忒亚》中的克吕泰涅斯特拉①王后，《美狄亚》中的美狄亚②，莎士比亚悲剧《麦克白》中的麦克白夫人③，《哈姆雷特》中的乔特鲁德等。美国女权主义学者吉尔伯特和古芭将这类女性形象概括为三类：一是失贞者，充满激情，缺乏理性，是欲望的化身；二是男性化的女人，具有男性智慧，有着男性般的顽强意志和坚定意志，野心勃勃，心狠手辣的女人；三是悍妇形象，长相丑恶、刁钻古怪、泼辣凶悍、喋喋不休，俗称长舌妇、泼妇，这类女性形象是男性创造出来的叛逆形象，也是他们所厌恶和恐惧的，是"厌女症"的表现。然而在女性主义学者看来，这些形象是对男性权力压制的反叛，是女性创造力的表现。

综上所述，"天使"表现了男性作家的审美理想和愿望需求，并将这种歪曲的幻象强加于现实的女性身上去对妇女进行塑造，压制了妇女独立自由的多元表现。而"妖妇"是对女性生命力和创造力的扼杀和邪恶的诅咒，这些"厌女症"暴露了男性作家的权力压制特征。虚构的女性文学形象揭示出其中隐含的性别冲突和性别歧视的历史、社会、文化、伦理和生态根源，对男性权力体制表达了致命的怀疑。

二、双声话语

双声话语是女权主义者对文学文本中理想女性形象的性格特征所给予的期许，这是一种对女性心理层面的分析。

女权主义者研究发现，西方19世纪的女性创作运用了一种微妙而复杂的策略，她们在作品中表现出"双声话语"：既体现着主宰社会的声音，又体现着属于自己的声音，或者说在表面显性声音中隐含了异样的声音。女权主义文学评论对于妇女处境（包括女性读者和女性作者）的研究不仅仅局限于现实的经济地位和物质关系的层面，而且进一步深入对女性的深层心理层面的分析。他们将精神分析学说关于精神模式的分析理论运用到对于女性心理结构和人格结构的分析。这些人物形象被分为了三种基本类型：在男性压制中克制自我，寻求认同，完全屈从于父权制的女性形象；大胆反叛男权的疯狂女斗士形象；在性别冲突中寻求和谐和平衡而导致了人格分裂的女性形象。

上述分析方法被用在对女性作家的创作心理和女性读者的阅读心理的研究中。吉尔伯特和古芭④在《阁楼上的疯女人》中说："女艺术家感到孤寂。她对男性前辈的隔膜伴生了对姐妹前驱和后来人的期盼。她急切地渴望女听众，又畏惧着男读者的敌意。她受制于文化，怯于自我表现，慑于艺术的男性家长的权威，对女子创作的不正当、不合

---

① 克吕泰涅斯特拉是希腊神话中阿伽门农的妻子。在丈夫参加特洛伊战争时和埃吉斯托斯一起统治迈锡尼。在阿伽门农回国后，她为了给丈夫献祭的女儿伊菲革涅亚报仇，设计杀死了他和他掳来的预言家卡珊德拉。最后她又被自己的儿子所杀。

② 美狄亚又译米蒂亚、墨得亚。是希腊神话中著名的女巫，科尔基斯（又译科奇斯岛）的公主。她爱上了来到岛上寻找金羊毛的伊阿宋王子并对他一见钟情，不料对方后来移情别恋，美狄亚天性中的坚毅刚强让其无法不做出复仇的举动，百般痛苦下的选择，使美狄亚最后只能亲手了结自己亲生的两个孩子，酿成了悲剧。

③ 麦克白夫人，形象多被定性为一个残忍、恶毒的女人。在《麦克白》这部悲剧中，人们惯于将麦克白称作牺牲品，而麦克白夫人是不可抗拒的外力，促成悲剧的元凶，第四个女巫。

④ 桑德拉·吉尔伯特、苏珊·古芭均为西方女权主义和女性主义文学研究领域颇具影响力的学者。她们是当代美国女权主义文学批评的创始人之一。两人合作撰写了《阁楼上的疯女人》《诺顿女性文学选集》《没有男人的地带》等女权主义批评论著。

体也忧心忡忡。凡此种种'卑贱低下'的表现都标志着女作家在勉力寻求艺术上的自我定义，并使女作家塑造自我的运动有别于男性同行的奋斗。"① 从简·奥斯汀、玛丽·雪莱②、艾米莉·勃朗特③到艾米莉·狄金森④等都创作了在某种意义上属于"再生羊皮纸卷式"的作品，这些作品表达了女性身份的忧虑，努力寻求社会认同，却又与世隔阂的形态，无奈只能屈从于父权权威，以获得发出声音的机会。如果从中识别出双声话语并进行解读，不难发现其中"主宰"的故事，还有着"失声"的故事，这是一个隐秘的被压抑的女性话语模式。重新让这些声音发声便是女权主义评论者的责任，以夏洛蒂·勃朗特的《简·爱》为例，从表面上看来，家庭女教师简·爱嫁给庄园主罗切斯特的结局很容易让人想起那个几乎成为模式的灰姑娘的故事，灰姑娘嫁给了王子是合乎情理的，也是对女性依附于男性权势做法的肯定。但是，夏洛蒂打破了灰姑娘故事的叙述套路。简·爱没有顺利地嫁给罗切斯特，她始终在抗拒着成为附属品的命运，于是让疯女人烧毁了桑菲尔德庄园，罗切斯特不再是经济上高高在上的庄园主，简·爱才真正与罗切斯特走到了一起，过上性别平等的生活。由此，《简·爱》成为具有"双声话语"的经典文本，打破了女权叙事套路的羁绊，张扬着女性的独立自主的反叛意识和自由意志。

三、身体写作

"身体写作"是一种女权主义文学写作理论，是由法国女权主义者西苏提出的。

（一）颠覆男权中心话语写作

西苏一方面希冀用"身体写作"实现女权主义文学评论颠覆男性中心主义的写作方式，另一方面努力以此建构女性独特的话语系统和表达方式。西苏认为，女性的自然天性和各种权利都被压抑和剥夺了，她们没有话语权，只有写作才能表达异于男性权力话语的声音，改变这种被奴役和被压制的现实状况。"写作这一行为将不但'实现'妇女解除对其性特征和女性存在的抑制关系，从而使她得以接近其原本力量；这行为还将归还她的能力与资格、她的欢乐、她的喉舌，以及她那一直被封锁的巨大的身体领域；写作将使她挣脱超自我结构，在其中她一直占据一席留给罪人的位置。"⑤ 获取女性话语权就是时代的最强音。

---

① 王逢振，盛宁，李自修.最新西方文论选[M].桂林：漓江出版社，1991：271.
② 玛丽·雪莱（1797—1851），英国著名小说家，因其1818年创作了文学史上第一部科幻小说《弗兰肯斯坦》或译《科学怪人》）而被誉为科幻小说之母。
③ 艾米莉·勃朗特（1818—1848），19世纪英国作家与诗人，著名的勃朗特三姐妹之一，世界文学名著《呼啸山庄》的作者。
④ 艾米莉·狄金森（1830—1886），美国传奇诗人，一生写过1700余首诗歌。
⑤ 埃莱娜·西苏.美杜莎的笑声[M].//张京媛.当代女性主义文学批评[M].北京：北京大学出版社，1992：194.

（二）表现女性真实经验

西苏强调"通过身体将自己的想法物质化，用自己的肉体表达自己的思想"[①]。女性身体的经验本身隐含着区别于男性话语的叙事模式、叙事视角，她们就是要颠覆男性主流固化话语模式，建构完全属于她自己的世界，这个世界以对身体功能的系统体验为基础，以对她自己感情的热烈而精确的质问为保障，其中激荡着奇异的激情和感性冲动，是一种美的极致。女性不应该惧怕男性的目光和世俗偏见，应该大胆地描写躯体，表现属于女性自己的美的体验，"写你自己，必须让人们听到你的身体。只有到那时，潜意识的巨大源泉才会喷涌。我们的气息将布满世界，不用美元（黑色的或金色的），无法估量的价值将改变老一套的规矩。"[②]女性写作与身体、心理、生理体验建立起了紧密的联系，只有自己的肉体感受才更具有与男性文化相异的特性，身体体验可以创作出一个纯粹的世界，并且不再受到男性话语霸权的侵袭和干扰，从而构筑起鲜活的组合，唤醒沉睡的女性潜意识，回归女性本身，跟随全部的欲望，无限可能地释放身体体验和感受。

（三）建构女性话语秩序

西苏还指出，女性写作是反理性的、无规范的、具有破坏性和颠覆性的语言，女性写作实践永远不能被理论化、被封闭、被编码，它总要超越那种调节男性中心体系的话语，它会通过自己的身体向四面八方喷涌意义。女性所使用的语言与女性的肉体感受直接相联，"妇女的身体带着一千零一个通向激情的门槛，一旦她通过粉碎枷锁、摆脱监视而让它明确表达出四通八达贯穿全身的丰富含义时，就将让陈旧的、一成不变的母语以多种语言发出回响"[③]。她以建构女性话语秩序的方式来解构男性话语的秩序性和完整性，用叛逆性的语言清除男权话语中对女性身体的压抑和诋毁，表现出女性真实的、自主的体验性话语。

第三节 女权主义文学评论方法案例分析

女权主义文学评论方法往往从文学作品内外部世界中的女性形象、女性心理、女性话语、女权风格等视角展开分析。下面以《消费语境下的当代女性身体写作及女性意识》这篇论文为例进行分析[④]。该论文分析了当代女性作家身体写作的问题，并探讨了女性作家写作的价值取向。

---

① 埃莱娜·西苏.美杜莎的笑声[M].//张京媛.当代女性主义文学批评[M].北京：北京大学出版社，1992：195.

② 埃莱娜·西苏.美杜莎的笑声[M].//张京媛.当代女性主义文学批评[M].北京：北京大学出版社，1992：205-206.

③ 埃莱娜·西苏.美杜莎的笑声[M].//张京媛.当代女性主义文学批评[M].北京：北京大学出版社，1992：201.

④ 王凤玲.都市·消费·身体三位一体的狂舞——中国当代女性身体写作的文化学分析[J].小说评论，2014（5）：76-80.

一、女性身体写作的商业化特征

在消费文化语境中，身体写作必须接受消费市场运行机制的作用，具有一系列商业化特征，具体体现在对身体与物质的强烈追求上。

（一）身体的主体性地位及其商机

身体出现在文学中，并非身体写作独创。早在郁达夫①的笔下，身体已经以一种咄咄逼人之势给人以感官上的冲击。《沉沦》中"他"在浴室偷窥到的不过是男性视野中普遍出现的女性身体，在这一类叙事中，身体只是一个符号，可以重复使用，因为此处的身体是物化后的身体，身体作为一个表征，不需要人们给予其更多的内在关注，身体就是身体，是一个外在形象。到20世纪六七十年代，在宏大的社会背景下，男女同化，使性别模糊，在文学叙事中男性依旧是铮铮铁骨的硬汉，女性却纷纷变成了无所不为的"铁姑娘"。此时的身体的地位是弱化的，作家们紧随政治运动，企图通过文学叙事来表现政治意识形态上的先进与热情。进入80年代之后的中国，思想解放成为社会的热潮，人们对过去进行彻底的反思，人性及个人价值重新受到重视，男女平等的呼声越来越大，女性的地位真正得到提高。随着女性意识的觉醒，女性作家群凭借其强大的内在力量，从以男性为主体的文学语境中独立出来，赢得了人们的普遍关注。女性意识的觉醒，首先表现在身体意识的觉醒。80年代初期，以张洁②、张抗抗③、王安忆④等为代表的女作家们，在叙事中开始重视身体的内在含义，以健康、强壮、真实的身体来表达对爱和美的追求。身体作为人性的物化寄托，成为这一时期文学叙事的重要工具，逐渐进入大众视野，并且确立了其健康、正面的形象，得到大众的认可。但这一时期并未形成真正的身体叙事，身体充其量是性别自觉的文学表征。到20世纪80年代中后期、90年代初期，身体叙事才正式出现。"经过思想躁动的80年代，而又为后现代理论所熏染的中国文学，很自然地选取了'身体'作为叙事的突破口。"⑤身体叙事成为女性写作的革命手段，通过对身体浓墨重彩的描写来打破长期以来的身体禁锢。以陈染、林白为代表的女性作家，将与男性对抗的主题弱化，不再强调男女平等，而是把目光聚焦于单纯的女性经验的叙事。身体作为女性经验的承载者，其主体性地位就此确立。

在消费文化语境下，身体的主体性地位的确立，无疑是为文学创作提供了一大商机。随着消费市场的繁荣，文化艺术被强行纳入商品生产体系，文学作品作为商品，必

---

① 郁达夫（1896—1945），原名郁文，字达夫，浙江富阳人，中国现代爱国主义作家、革命烈士，新文学团体"创造社"的发起人之一。郁达夫在文学创作的同时，积极参加各种反帝抗日组织，其作品有《沉沦》《故都的秋》《春风沉醉的晚上》等。

② 张洁（1937—2022），祖籍辽宁抚顺，生于北京，毕业于中国人民大学，当代著名作家，曾任中国作家协会副主席。

③ 张抗抗（1950—　），出生于杭州，中国作家协会副主席，她的小说具有明显的启蒙主义和人道主义特征，以其"超性别意识"的写作策略来表现自己对自然社会、宇宙人生的审美感悟。曾获全国优秀短篇小说奖、鲁迅文学奖、庄重文文学奖等荣誉。

④ 王安忆（1954—　），生于江苏南京，中国当代文学女作家，她是"寻根文学"等文学创作类型的代表性作家，著有《纪实与虚构》《长恨歌》《桃之夭夭》等作品，曾获茅盾文学奖、世界华文文学奖等荣誉。

⑤ 张春梅.身体的辩证法——20世纪90年代以来的"身体叙述"观［J］.文艺研究，2008（12）：36-40.

然要接受商品经济的竞争机制。身体写作以其大胆、新奇、刺激的噱头，为文本提供更多的竞争砝码。图书市场的出版发行商，大打"身体元素"对作品进行华丽包装，如卫慧①《上海宝贝》的封面，以作者的身体照片为主体进行暧昧设计，凸显身体在文本中的主体性地位。而陈染②《私人生活》中出现的大量插图，其中不乏女性的裸体。身体写作，从创作主体、关注视野、叙事方法等文本内在到封面、插图、广告语等外在包装，无疑是一件从流水线上生产出来的商品，集众多商业元素于一身。

（二）"物化"倾向体现消费文化语境的主流

"物化"是马克思主义及其后学卢卡奇与法兰克福学派理论家们所批判的资本主义社会弊端，它特指资本主义社会人与人之间的关系表现为物与物之间的关系。法兰克福学派理论家霍克海默、阿多诺将"物化"理论运用到对文化的批判中，认为无论一切艺术都无法逃脱"物化"的命运，成为"物化"的表现形式。这一观点在身体写作中表现明显。

"一个女人如果要想写小说一定要有钱，还要有一间自己的屋子。"③"一间自己的屋子"成为女性创作的物质基础的象征，为身体叙事提供意识上的空间。同时，这间"屋子"将人物与外部世界隔离开，"屋子"内的一切是独立而又孤傲的，充斥着女性主体对外界的恐惧和排斥。在狭小的空间里，女性将视角从外部收回，专注于自我体验，展现一幅"私人生活"画卷。在这间"屋子"里，装满了一切和女性生活有关的物品，高跟鞋、香水、指甲油、口红、烟、咖啡、镜子、名牌服饰、计算机、浴缸、沙发、床等。这些物品以高频率出现于身体写作的叙事中，以一种孤傲的姿态帮助读者去想象人物的形象。人物就是通过与这些"物"的沟通，来传达其内心体验。在陈染的《私人生活》中，作者赋予"浴缸"独特的含义，成为女主人公倪拗拗在经历人生各种磨难及精神折磨之后的最终寄居场所。文中这样写道：

"雪一样白皙的浴缸上，头尾两边的框子平台处，摆放着那枝翠黄而孤零零的向日葵，它插在敦实的淡紫色的瓷瓶中，一派黄昏夕照的景致。浴缸旁边的地上，是一张褪色的麦黄草席，花纹缜密，森森细细，一股古朴的美。一根长条形的栗黑杠木镶嵌在白瓷砖墙壁上，上边随意地挂着一叠泛着香皂气味的毛巾，一件浓黑的睡衣，是那种伸手不见五指的黑，睡眠的黑色。"④

作者将以浴缸为主体的各类物体融合于一个方寸间，这个空间狭小，却承载着女主人公的全部安全感，她把浴缸当床，躺在里面才能安宁地睡着。在这段文字中，各类物体及其相应的色彩搭配，整体呈现出一种女性特有的丰富的感性视觉效果。女主人公通过物质达到精神契合的目的。

---

① 卫慧，被称为"晚生代""新新人类"女作家，1995年毕业于复旦大学中文系，代表作《像卫慧那样疯狂》《水中的处女》《欲望手枪》《上海宝贝》《我的禅》等。
② 陈染，女，中国当代著名作家。生于北京。已出版小说专集《纸片儿》《嘴唇里的阳光》《离异的人》《无处告别》《陈染文集》6卷，长篇小说《私人生活》。
③ 伍尔芙.一间自己的屋子[M].王还，译.北京：生活·读书·新知三联书店，1989：2.
④ 陈染.私人生活[M].北京：作家出版社，2004.

二、话语权与性别地位的颠覆

在男权中心文化下,女性没有独立的话语权,一切依附于男性。人类几千年文明史,也是一部男人的历史,众多文化名人中女性名人也只得以散见一二。随着经济的发展、社会分工的重组,女性地位才逐渐提高。英国作家弗吉尼亚·伍尔芙意识到了文学传统中女性视角的匮乏现象,提出让女性自己书写自己的形象,抛弃让男人代言的幻想。法国女性主义批评家埃莱娜·西苏明确提出"妇女必须写自己,必须写妇女"[①],并具体阐述了"身体写作"的概念。她大声疾呼,女性必须冲破男性意识形态禁锢,必须从身体作为突破口,用自己独立的话语去书写身体的真实需求,进而真正打破男性话语的独霸权。以陈染、林白、海男、卫慧、棉棉等为代表的中国当代女性作家,对此理论进行了十分全面的践行,以身体叙事颠覆了男性的话语霸权,开创了新生代女性身体写作热潮。

(一)消费时代男性中心地位的崩溃

在当今这个消费化的时代,每天都有大量的生产资料投入生产环节,产生大量消费品流入消费市场,生产—消费—消耗—再生产的过程循环往复,整个消费市场呈现出一片繁荣之势。有人说,如今的消费大部分是为女性所承担,如果女性停止消费,那么男性也就没有了生产的动力。的确如此,在整个消费市场中,女性占有绝对的中心地位。例如,全球各大奢侈品牌的主打产品必是女装、皮鞋、化妆品、香水、皮包等,女性是这些商品的最终消费者。在文化娱乐领域也是同样的情况,杂志、影视的受众也大都是女性群体。就此,男性的消费中心地位崩溃。

在图书市场中也是同理。在传统的文学领域,从事文学创作的大部分都是男性作家,相对比较出名的也大都是男性作家,而读者群体比较宽泛,没有明显的性别差异。到20世纪80年代之后,大批女性作家加入文学创作的行列,而读者群体发生很大的改变,女性读者开始冲击男性读者的中心地位。当然,这和80年代的中国教育制度改革有着密切联系,教育领域实现男女平等,意味着将有一大批女性有足够的能力加入文化消费的行列中。同时,随着商业化的进程,文学艺术不再是纯粹的文学艺术,更多的时候是商品,和其他商品一样,在消费市场流通。因而也和一般的消费品一样,针对女性受众有着致命的吸引力。

(二)消费文化语境下女性生命意识的觉醒

作为消费文化的产物,女性身体写作紧抓时代的契机,创作针对女性受众阅读心理的文学作品,将叙事围绕女性展开,尽情展现女性的生命历程、体验、能力及在社会发展中的作用,体现"妇女能顶半边天"的女性深度解放话语。的确,在当下乃至未来社会,无论是在家庭层面,还是在社会层面,女性必然是与男性平等的存在,是社会发展的重要力量,这也正是文学创作不可或缺的题材,这也为女权主义文学评论方法开拓了

---

① 埃莱娜·西苏.美杜莎的笑声[M].//张京媛.当代女性主义文学批评[M].北京:北京大学出版社,1992:194.

更为广阔的批评空间。20世纪70年代末,舒婷①作为朦胧诗派的代表诗人,创作了不同意蕴的诗作,有的表现赤子之情,有的表现对生命的思考,有的表现对人类命运的思索……其中《致橡树》一诗,舒婷以爱情为书写对象,以高度的自觉、期待的视野,抒写了对女性深层解放的呼唤:在爱情的天平上,女性应具有独立的人格、独立的追求、独立的精神、独立的思考,"致力于女性解放、不懈追求男女平等,力图唤起广大女性同胞的独立意识,使她们的思想觉醒"。《致橡树》共有三节,第一节通过两个"我如果爱你"假设句式,用极其坚定的词语"绝不像""绝不学"与两个"也不止",深刻反思与批判了传统爱情中女性的地位与追求:在传统爱情中,女性的地位被湮灭在男性的光环中,她们只会"像凌霄花"借高枝"炫耀自己","像鸟儿"为"绿荫"唱着"痴情的歌曲","像泉源"送去清凉,"像险峰"那样为对方"增加高度""衬托威仪";第二节,舒婷直面爱情中女性的形象,构建了平等爱情观中女性形象,正如诗中所写:"我必须是你近旁的一株木棉,作为树的形象和你站在一起。"这是大声呼喊女性对爱情中男女平等的价值追求,"你有你的铜枝铁干,像刀,像剑,也像戟;我有我红硕的花朵,像沉重的叹息,又像英勇的火炬。"这是大声呼喊女性在爱情中要保持自己的独立地位;第三节,舒婷用"分担""共享"表现对女性生命意识的觉醒。《致橡树》三节层层递进,"舒婷从其特有女性视角出发,充分发挥其女性诗人的思维方式、情感表现、心理特征与语言风格",精心构建了一个"独立自尊、不断求索"的女性精神世界。

总体说来,女性形象生活在社会中、生活在家庭,是作为"人"的形象的女性,女性不只意识到要打破男性独霸话语权的局面,争取男女平等对话的权利,而且将这种意识凌驾于男性之上,寻求独立、强权的自我表达。再没有人可以禁锢她们的欲望,她们已经到达了一个新生时代。

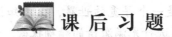 课 后 习 题

一、经典阅读与仿写

请阅读下面两篇文献资料。

自己的房间(1929)
[英]弗吉尼亚·伍尔芙

19世纪初很流行的一种句式大概是这样的:"他们的作品成就辉煌,但是仍然和他们争辩着,不要止步不前,要继续前进;他们最大的兴奋和满足应该是不断地展示艺术和万世不动的真和美;成功来时一蹴而就,但是成功离不开平时学养的辅助。"这是男人们的一种句式,句子后面可以看见约翰生、吉本以及其他人等。女人不适合种句式。夏洛蒂·勃朗特尽管有出色的文学才华,却因为自己手里的武器笨拙而栽倒。乔治·艾

---

① 舒婷,1952年出生于福建龙海石码镇,祖籍福建泉州,原名龚佩瑜,后改名龚舒婷,中国当代女诗人、作家,朦胧诗派的代表人物之一。

略特对句子问题很恼火,简直无法形容。简·奥斯汀看着它,嘲笑它,设计出一种自己专用的完美自然、庄严整洁的句式,此后一直没有离开这种句式。这样,她的写作才华虽然不及夏洛蒂·勃朗特,但人们更多地谈起的是她。的确,由于表达的自由和充实是艺术的本质,所以女性作家被特别告知诸如此类的传统的缺乏或工具的贫乏或不充分。还说,一本书不是由一个句子接一个句子地串下去的,而是由句子构筑起来的,形象地说,就是成拱廊或穹顶。然而,这种形状也是由男人们出于自己使用的需要而制作出来的。如果说有些句式或许适合于女性的话,史诗形式或诗剧形式却根本不适合女性。所有旧的文学形式都因为她成了作家而变得坚挺和确立起来。只有小说还稚嫩,在她手里是柔软的东西,这也许就是她写小说的原因之一。

(节选自弗吉尼亚·伍尔芙.自己的房间[M].// 拉曼·塞尔登.文学批评理论——从柏拉图到现在[M].刘象愚,等译.北京:北京大学出版社,2000:578-579.)

美杜莎①的笑声(1976)

[法]埃莱娜·西苏

我作为一个女人,向女人写出这些话。我说的"女人",是指不可避免地要与传统男人进行斗争的女人;这是一个普遍的主体女人,她必使女人感觉到自己和自己在历史中的意义。不过首先必须说,尽管巨大的压抑使她们一直待在"黑暗"之中,人们一直竭力使她们把那"黑暗"作为自己的属性接受下来,但是现在并没有所谓的典型女人。她们的共同之处,我会说出来的。但真正打动我的是她们个体构成的无限丰富性:你不可能谈论一种无意识与另一种无意识的相似性,同样,也不能谈论什么单一同质、可以分类编码的女人性征。女人的想象力是不可穷尽的,像音乐、绘画和写作,她们的奇思妙想涌流不息,令人惊叹。

一位女人曾经向我描述过从小就暗暗萦绕在她心中的一个世界,我对那个完全属于她自己的世界惊叹不已。那是一个寻觅的世界,探求知识的世界,她对身体的功能进行系统的实验,对她的性感区进行充满激情的精确探索。这项实践异常丰富而具有独创性,这是真正的审美活动,每一个欢娱的阶段都镌刻着一幅和谐的景象,是一篇杰作,是美。美不再被禁锢。

我曾经期望那个女人描述和张扬这一独特的帝国,使其他女人、其他未被承认的国君们也可以呼喊:我,也是激情洋溢;我,也是欲望不断,我的身体知道那些闻所未闻的歌。我也一次又一次地感觉到自己通体光亮,喷薄欲出,喷发的形式比那些为卖个好价钱而镶在框架里的东西美丽许多。但我也是什么也不说,什么都不表露。我没有开口,没有再去描绘我的另一半世界。

……

我写女人:女人必须写女人。男人写男人。因此,这里只会非常间接地考虑到男人。现在轮到男人说他们的阳刚和阴柔表现在什么地方:我们关注着男人睁开眼睛,看清楚他们自己。

---

① 美杜莎是古希腊的蛇发女妖,凡看见她的眼睛者皆会被石化。这个妖怪被英雄佩尔修斯在雅典娜和赫尔墨斯的协助下斩杀。佩尔修斯将头颅献给了雅典娜,因此该头颅被镶嵌在雅典娜的神盾中。

……

几乎整个写作史都被理性的历史搞混淆了,写作既是理性的结果,也是理性的依托或主要托词之一。它与阳物中心主义传统结为一体。它的确就是那个自我崇拜、自我刺激、自我陶醉的阳物中心主义。

(节选自埃莱娜·西苏.美杜莎的笑声[M].//拉曼·塞尔登.文学批评理论——从柏拉图到现在[M].刘象愚,等译.北京:北京大学出版社,2000:588-591.)

上述两段文字从不同的角度表达了女性的独立意识,伍尔芙侧重于从作家的语言句式中找寻女性的发声地位,西苏则侧重于从女性心智层面表达对男权社会的反叛。节选段落中的论述语言洗练,节奏明快,论证层层递进,表意明白晓畅。请同学们选取包含女权主义倾向的文学作品,仿照该论文的风格写一段不少于1000字的文学短评。

二、课后延伸阅读

1. 弗吉尼亚·伍尔芙.一间自己的屋子[M].王还,译.上海:上海三联书店,1989.

2. 西蒙娜·德·波伏娃.第二性[M].郑克鲁,译.上海:上海译文出版社,2011.

3. 张京媛.当代女性主义文学批评[M].北京:北京大学出版社,1992.

4. 玛丽·伊格尔顿.女权主义文学理论[M].胡敏,陈彩霞,林树明,译.长沙:湖南文艺出版社,1989.

5. 桑德拉·吉尔伯特,苏珊·古芭.顶楼上的疯女人——女作家与十九世纪文学想象[M].美国纽黑文市:耶鲁大学出版社,2000.

6. 周宪,等.当代西方艺术文化学[M].北京:北京大学出版社,1989.

三、思考题

1. 请结合具体的案例解析双性同体理论。

2. 请辨析女性在文学作品中的"物化""他者"现象。

3. 运用女性主义批评视角重新解读《金瓶梅》中潘金莲、《武则天》中武媚娘的形象。

4. 试分析格林童话《白雪公主》中所隐含的"天使"与"妖妇"形象。

第八章
从形式主义到解构主义的
文学评论方法

进入20世纪，在文学评论界随着语言学的发展，越来越多的文学评论者倾向于从语言学的角度来建构文学批评的方法，并进行文学评论方法的探索与实践，如俄国的形式主义、结构主义符号学和解构主义，都注重从文本语言出发，强调文本形式的意义和价值，使文学作品从传统的传记批评、文化历史批评、社会学批评转向了文学本体批评，并从意义的单向度文学阐释转向多元阐释，甚至是解构性的阐释。这些阐释方法带有很强的先锋性，也对传统的文学批评带来了强力冲击，为文学评论与写作提供了更加具有开放性和拓展性的学理空间。

第一节 俄国形式主义批评方法

俄国形式主义批评方法是指在1915—1930年在俄国盛行的文学批评思潮，主要代表人物有什克洛夫斯基[①]、雅各布森、穆卡洛夫斯基[②]、艾亨鲍姆[③]等。俄国形式主义对后来的结构主义、英美新批评等批评方法的产生具有很大影响。

---

① 维克托·鲍里索维奇·什克洛夫斯基（1893—1984），苏联文艺学家、作家。俄国形式主义学派的创始人和领袖之一。俄国形式主义是20世纪第一个重要的文学理论流派。它对整个20世纪的文学理论和文学批评的发展和走向具有奠基性的作用。
② 穆卡洛夫斯基（1891—1975），布拉格结构主义学派中最重要的理论家之一，被认为是俄国形式主义的传统的继承者。
③ 艾亨鲍姆（1886—1959），俄苏文学史家，俄国形式主义美学代表。

一、俄国形式主义批评方法产生的理论基础[①]

俄国形式主义批评方法奠基于20世纪初语言学理论的发展，顺应文学评论的语言论转向，寻求如何言说文学的最佳方式。文学是以语言作为载体的艺术形式，索绪尔的语言学理论和胡塞尔的现象学，以及当时流行的象征主义和未来派艺术思潮都为文学朝向语言的本位研究提供了基本理论架构。

（一）索绪尔的结构语言学

弗迪南·德·索绪尔（1857—1913），瑞士人，20世纪最著名和最有影响的语言学家。他曾在日内瓦大学讲授语言学，后来他的学生根据听课笔记和手稿在他去世后整理出学术著作《普通语言学教程》，并于1916年出版。这本著作不仅对语言学，还对其他学术领域产生了革命性的影响。其主要研究的内容与观点如下。

1. 将人类语言活动分为语言和言语两个层次

索绪尔把语言学的研究对象确定为历时语言学与共时言语学。他认为语言是存在于人们头脑中的词汇系统和语法规则，属于社会范畴。言语是个人的语言行为，即个人在具体日常情境中所进行的个体语言活动。在语言活动中，这两个层次相互联系，互为前提。一方面，言语受语言的制约，所说的话要被人听懂必须遵循语言系统的规则；另一方面，语言又是在言语实践中形成和发展的。

2. 确立语言学的研究对象

语言学的研究对象为历时语言学和共时语言学。时间因素会改变语言的事实，"我们处在两条道路的交叉点上：一条通往历史态，一条通往共时态。"[②] 历时语言学研究言语的历时性发展，即从一种语言状态到另一种语言状态，研究语言的历时用法。共时语言学研究语言的符号系统，对构成这一系统的各要素及其关系进行研究。索绪尔强调建立共时语言学，要求排除语言的历时性干扰，将语言视为客观存在的系统进行研究，寻找到语言学的普遍规律。索绪尔试图告诉人们，任何言语都不具有独立的意义，它们之所以能够表情达意是因为超越其上的普遍的语言结构在起作用。

3. 区分语言的内部要素和外部要素

索绪尔认为，语言的形成与发展既有外部要素，又有内部要素。政治、民族、阶级和各种制度等都与语言的构造具有密切的关系，构成了语言的外部要素。这些要素固然很重要，但对语言的影响仍是外在的，必须通过语言的内部要素，即语言本身的结构系统或规律，才能对语言本身起作用。因此，索绪尔强调对语言的内部要素研究的重要性。

受索绪尔的语言学启发，俄国一批学者着手开辟文学研究的新领域。一是俄国形式主义对文学语言普遍法则的关注，如研究诗的格律和韵律等诗歌普遍遵循的形式规则，

[①] 邱运华. 文学批评方法与案例[M]. 北京：北京大学出版社，2005：138-140.
[②] 费迪南·德·索绪尔. 普通语言学教程[M]. 张绍杰，译. 北京：商务印书馆，1980：128.

真正达到对文学的科学性研究。二是俄国形式主义将文学研究分为内部研究与外部研究。索绪尔认为文学的发展虽然不可避免地受到社会政治、经济、文化等诸多因素的影响，但这些都是影响文学发展的外部因素，不应成为文学研究的重点。批评家应该将重心转移到对文学发展的内部规律的研究上，如对文学的语言、形式、结构原则、表现手段等使文学具有文学性效果的因素进行研究。这才是关于文学学的研究。

（二）胡塞尔的现象学

埃德蒙德·古斯塔夫·阿尔布雷希特·胡塞尔（1859—1938），奥地利著名作家、哲学家、现象学的创始人，同时也被誉为近代最伟大的哲学家之一。

胡塞尔的现象学强调用一种严密的科学精神来对待哲学和文学，这种方法可以被称为"现象学还原的方法"。胡塞尔认为避免精神文化危机的最有效办法是"回到事实本身"。胡塞尔批评坚持两种思维态度：其一，自然的态度，即相信意识中的对象是独立于意识而客观存在的东西。胡塞尔认为这种信赖是没有客观依据的独断论，但简单否定这种客观存在也是独断。适当的态度是暂时对这种客体的独立自在性问题存而不论，即"存在的悬置"。其二，历史的态度，不假思索地相信历史所给予的观念和思想的可靠性，并以此为基础看待事物，这是盲视。胡塞尔认为应该将现有的观念和思想搁置一边，暂时对它们的正确与否存而不论，即"历史的悬置"。在经过这两种悬置后，我们可以用"纯粹意识"直接面对事实本身。

俄国形式主义批评受胡塞尔现象学的影响，强调在诗学研究上必须坚持客观的科学态度，把文学作品作为艺术品来进行审视，务必对文学事实做出客观的观察和描述。为此，他们把文学与作者、文学与现实生活、文学与心理学的关系"悬置"起来，专注于文学本体诗学研究。

（三）象征主义

在19世纪末，象征主义成为英国、法国等几个西方国家的一种艺术思潮，其得名于1886年诗人让·莫雷亚斯[①]发表的《象征主义宣言》。象征主义不再致力于忠实地表现外部世界，而是强调艺术要通过象征和隐喻的手法，在幻想中虚构另外的世界，以表征自己的观念和内在的精神世界，即表现内心的最高真实。

二、形式主义文学批评方法的基本观点

俄国形式主义在索绪尔的结构主义语言学理论指导下产生，继承了结构主义语言学观点，并把它们运用于文学与美学。在语言学与文学批评中强调形式而忽略内容，认为文学作品是一个特殊的语言等级，与普通的语言根本不同，普通语言指向外界世界，面对听众，沟通信息，而文学语言则以文学形式为中心，排除外向指称。形式主义认为文

[①] 让·莫雷亚斯，1879年定居巴黎，希腊法语诗人。1886年创办《象征主义》刊物，并为《19世纪》和《费加罗报》撰文，发表文学宣言，成为象征主义运动领导人之一。1891年象征派发生分裂，创立"罗曼文学派"，摈弃象征主义，恢复古典主义精神。主要作品有《西尔特海湾》《乐府诗集》《虔诚的朝圣者》《古代法兰西故事》和《抒情诗章》等。

学研究的对象是文学性，应最大限度地突出表现与语言本身。具体说来有三个基本观点。

（一）强调文学具有自律性

俄国形式主义反对只根据社会环境、作家生平等外部因素去研究作品，认为艺术是自主的，是一项永恒的、自我决定的、持续不断的人类活动，艺术永远不受生活的束缚。因此，文学艺术作品本身才是文艺研究的对象，尤其应当从作品的语言、风格和结构方面加以研究。

（二）注重文学语言的陌生化

形式主义批评者认为文学艺术的基本功能是对受日常生活感觉方式支持的习惯化过程起反作用，使欣赏者不再看到生活于其中的世界，使熟悉的东西"陌生化"，以便把一种新的充满生机的前景灌输给欣赏者。文学语言不仅"制造"陌生感，而且它本身就是陌生的。

（三）倡导文学的文学性研究

文学批评应当研究"文学性"，文学性是决定文学之所以成为文学的关键所在。文学性表现为文学的形式和结构，只存在于文学的形式与结构中。文学史是对文学的永恒因素重新组合的历史，这实际上就是一个陌生化的过程。当陌生化的东西转变为人们熟知的东西时，就应当用新的陌生化的东西取而代之。形式主义还认为，文学研究应当运用现代语言学的研究方法，尤其是共时的语言学研究方法，因为这种方法有助于科学地揭示文学作品的形式、结构和文学创作的一般规律。

形式主义流派理论虽然流行时间不长，但对20世纪30年代的布拉格学派的文论和美学、第二次世界大战后的德国文体批评派以及法国结构主义美学都产生了重要影响。在当代，符号学美学中也能看到其理论的内在影响。

三、形式主义文学批评方法的关键词

（一）文学形式观

形式主义批评提出"形式决定一切"的观点，对传统的内容与形式的"二元论"和"内容决定一切"的批评方法发起了猛烈进攻。传统文学观认为文学是由内容和形式组成的，内容是指作品写了什么，指向文学作品的内部世界；形式则是指作品怎么写的，指向外部的表现层面。形式主义认为这种传统意义上的内容与形式的二元分析方法是抽象地割裂了文学作品的文学性，它将一个完整的审美对象活生生地肢解了。事实上，所谓"写了什么"和"怎么写的"是同一个问题的不可分割的两个方面，文学作品的任何一个新内容都不可避免地表现为形式，因为，在任何文学作品中不存在没有通过形式体现就能表达的内容，形式是一定内容的表达程序，没有内容的空洞形式和没有形式的空洞内容是一个问题。作者所写的内容总是与他的表达技巧、风格、体裁样式等融合在一起的，并不存在可以与形式相剥离的纯粹内容或者与内容相剥离的空洞形式。内容与形式应该是水乳交融、和谐共生的关系，由此，形式主义文学批评从对"二元论"和"内容决定一切"的强烈批判中确立了文学评论的形式观。

（二）陌生化

"陌生化"又被译为"奇特化"，是与"无意识化""自动化"语言相对的，是使人感到惊异、新鲜和陌生的具有审美特征的语言。

"陌生化"是与"文学性"直接关联的俄国形式主义文学批评的另一核心概念。俄国形式主义研究的中心是"文学性"的问题，他们认为"文学性"又来源于语言形式，那么，什么样的语言才真正具有文学性？什克洛夫斯基提出了"陌生化"的概念来阐释语言所具有的文学性效果，"为了恢复对生活的感觉，为了感觉到事物，为了使石头成为石头，存在着一种名为艺术的东西。艺术的目的是提供作为视觉而不是作为识别的事物的感觉；艺术的手法就是使事物奇特化的手法，是使形式变得模糊、增加感觉的困难和时间的手法，因为艺术中的感觉行为本身就是目的，应该延长。"[①]他认为只有"陌生化"的语言才具有文学性可言。

（三）文学性

"文学性"是文学能够独立的显著特征，雅各布森认为，文学之所以成为文学的独特性质就是文学性。雅各布森系统地提出了有关"文学性"的问题，他的观点成了形式主义的基本批评原则。他认为文学研究的对象不是文学，而是文学性，也就是说使一部作品成为文学作品的东西。他反对研究文学性之外的其他文学内容。他说，我们可以把文学史家比作一名警察，他要逮捕某个人，可能把凡是在房间里遇到的人，甚至从旁边街上经过的人都抓了起来。文学史家就是这样无所不用，诸如个人生活、心理学、政治、哲学，无一例外。这样便凑成一堆雕虫小技，而不是文学科学，仿佛他们已经忘记，每一种对象都分别属于一门科学，如哲学史、文化史、心理学等，而这些科学自然也可以使用文学现象作为不完善的二流材料。总之，他认为文学科学要研究文学的语言、手法等形式与结构，而这是构成文学性的核心要素。[②]

第二节 结构主义符号学文学评论方法

符号这一概念在人类社会的早期便已经存在，但将符号学作为一门独立的学科研究却是20世纪初才开始发展起来。现代符号学确立的基础是索绪尔从语言学的角度将符号分为能指和所指两个互不从属的功能。在人文学科中，符号学既是世界观，又是方法论。在符号学基础上发展而来的结构主义思潮作为20世纪至今影响最大的思想流派，几乎

结构主义

渗透到各个学科和领域，在文学研究领域，符号学与结构主义的联姻成就了结构主义符

---

① 茨维坦·托多罗夫.俄苏形式主义文论选［M］.蔡鸿滨，译.北京：中国社会科学出版社，1989：65.
② 茨维坦·托多罗夫.俄苏形式主义文论选［M］.蔡鸿滨，译.北京：中国社会科学出版社，1989：24.

号学文学评论。

一、结构主义符号学文学评论方法概述

结构主义符号学文学评论是指综合运用符号学与结构主义的观点,方法对文学作品的内在秩序和结构模式进行研究的一种文学评论方法。

结构主义文学批评是20世纪六七十年代在法国风行一时的结构主义思潮的一个组成部分。结构主义批评流派组织比较松散,他们共同主张在文学研究中重视超越具象的文本内在的各种深层关系的研究,探寻文本内部世界各成分之间的组合法则和各现象之间的共同模式。

结构主义符号学经历了三个阶段:第一阶段,20世纪初,结构主义吸收语言学和布拉格学派的观点,注重二元分析法和语言系统的研究,以符号学理论为基础的结构主义思潮初步成形;第二阶段,20世纪五六十年代,结构主义建构起了方法论体系,在结构主义盛名之下,符号学成为结构主义研究的手段之一,其作为方法论的地位多数存在于语言学和文学研究中;第三阶段,20世纪90年代,立足于符号学理论的结构主义面临着来自自己内部的解构主义方法论的挑战。

从其发展过程来看,结构主义与符号学密切相关,在符号学理论框架下进行结构主义文化、文学批评已经成为当今文艺理论的重要研究手法。有学者认为,结构主义与符号学是一物二名,只是研究内容侧重不同。穆卡洛夫斯基指出文学是基于语言的"符号事实"。艺术作品中的一切,以及它与外部世界的关系,可以视作符号意义与意义的关系;在这个意义上,文学是现代符号科学的一部分;艺术作品在它的内在结构中,在与现实的关系及社会、创作者、接受者的关系中,把自己呈现为符号。

俄罗斯语言学家雅各布森指出,文学作品只是一种结构。在结构主义符号学理论框架下,符号学是研究各种非偶然的、个体的传达信息方式的理论。法国结构主义文学理论家罗兰·巴尔特曾提议将符号学看作语言学的一部分,即"大表意单位语言学"。他在 *S/Z* 一书中提出了五种符码,并将这五种符码视为所有叙述的底层结构。这五种符码分别是:布局符码、阐释符码、文化符码、意素符码及象征符码。[1]布局符码表示动作,是推动情节发展、表现文本变化的符码。阐释符码能够激发读者对文本的疑问,促使读者产生思考。文化符码指广为人知的概念或知识,是文本的叙事背景。意素符码着眼于细微之处,常以修饰性的形容词出现,但在创造环境、情志、转义、性格和象征等方面具有重要作用;通过词汇替换等方式,读者能发现构筑文本意义的确切所指。象征符码是结构主义分析的核心,由与最基本的二元极性相关的对比和配对组成。例如,我们来看毛泽东同志的《七律二首·送瘟神》。

(读六月三十日《人民日报》,余江县消灭了血吸虫。浮想联翩,夜不能寐。微风拂煦,旭日临窗。遥望南天,欣然命笔。)

绿水青山枉自多,华佗无奈小虫何!
千村薜荔人遗矢,万户萧疏鬼唱歌。

---

[1] 罗兰·巴特.S/Z[M].屠友祥,译.上海:上海人民出版社,2016.

坐地日行八万里，巡天遥看一千河。
牛郎欲问瘟神事，一样悲欢逐逝波。

春风杨柳万千条，六亿神州尽舜尧。
红雨随心翻作浪，青山着意化为桥。
天连五岭银锄落，地动三河铁臂摇。
借问瘟君欲何往，纸船明烛照天烧。

这首诗中就运用了多种符码，"送瘟神"是布局符码，"华佗""牛郎"是联系着中国古典神话和历史传说的文化符码，"瘟君欲何往"是阐释符码，"红雨""青山"等是意素符码，这些符码构筑起了全国人民战胜血吸虫病的坚定信心和必胜信念，也揭示出了中国共产党人的道路自信和制度自信。由此运用结构主义符号学方法可以更为清晰地认识这首诗歌的意义。两首诗浑然一体，以始终如一的爱民思想和超凡脱俗的艺术魅力，给后人以战胜瘟神、战胜邪恶、战胜一切艰难险阻的无穷力量。

结构主义符号学理论最基本的原则是"能指"与"所指"的关系，这是符号的两个要素。能指是符号的显性部分，所指则是符号的意义所在。例如，红灯是符号，其表现形式——红色的灯，是能指；它表达的内涵——不可通行的约定，则是所指。在结构主义符号学看来，任何文化、文明实体都可以进行这种语言学视角的符号结构分析，即结构主义的基本方法论——二元分析法。

符号系统具有稳固性。符号系统一旦被社会广泛接受和遵循，其固定的对应关系就不能被随意打乱，这是集体惰性对一切创新必然做出抗拒的典型。事实上，语言符号在生活和在文学艺术表意层面的稳固性和任意性都是存在的，符号在其功能系统中，解读规则有唯一对应性，摩尔斯电码对应的特定表意以及航海通信符号的表意准确性，但在文学艺术的符号解读中，符号表意方面的任意性就大得多，文本中修辞手法的运用直接影响了符号解读的准确性，在特定的文学审美倾向中，这种文学符号所指的偏离程度甚至影响了文学作品本意的发挥。例如以中国诗歌中"月"为例，文本符号"月"所指偏离了原本意义的稳固性。"床前明月光，疑是地上霜"，诗人打乱眼前所见"符号"的既定规则，给人联想，床前物到底是"月光"还是"霜"，这是从心理层面打乱了符号体系对应的尝试，它拓宽了"所指"的可能范围，指向了更为复杂的意义；又如"但愿人长久，千里共婵娟"，"婵娟"本来是形容身形美好的女人，在诗歌里被用来指代明月，打乱了人与物的指代界限。文学符号的能指和所指被打乱规则，习以成俗，便成了固定的指代。由此可见，文学语言是对语言规则的重塑，结构主义符号学文论的研究重点就是对特定文学性规则的发现与重塑。

二、结构主义符号学文学评论方法的特征

（一）注重文学批评的稳定模式

结构主义符号学文学评论方法注重寻求批评的稳定模式。在结构主义思想中时常运用二元法来建构结构，如语言与言语、能指与所指、历时与共时、表层与深层等。结

构主义从语言研究过渡到文学研究,力图找出那些不仅在单部作品中而且在作品与作品之间的关系中发挥作用的结构原则,建立一些相对稳定的模式来把握文学,以达到有理性、有深度的认识。为此,结构主义文论建立了许多模式,诸如语言模式、诗歌模式、戏剧模式、小说系统模式等,试图在各种文学形式要素的联系中抽象地建构起关于文本的结构模式,力求通过对文本结构中的多元模式的描述进行文学作品的全新阐释。例如,在中国古典诗歌中对偶句形成的词语互涉的艺术张力结构,如诗句:"有情芍药含春泪,无力蔷薇卧晓枝"(秦观《春日》),"有情"与"无力"构成了语境中情感张力;再如在孔尚任的《桃花扇》中"离合之情"与"亡国之恨"的对位结构,均通过言语的语义关系形成了稳定语言结构。

(二)强调整体与部分的协调关系

文学作品是一个由各种因素相互联系而形成的封闭的结构整体,它的本质不在于它的结构要素,而在于构成整体结构的各要素之间的联系,不仅强调文学系统内部部分与部分、部分与整体之间联系的重要性,而且强调文学系统和外在于文学的文化系统对具体作品解读的重要性。

结构主义的整体观可以是就作品整体而言,也可以是对更大范围的文化背景而言。例如我们在分析杜甫的《春望》这首诗时,"感时花溅泪,恨别鸟惊心",这里的花和鸟就不是独立的动物概念,而是彼时的花与鸟,也是彼时人的心境照彻下的心化之物,这样的春天之境就是一个完整的结构系统,国、城、花、鸟、人,它们实际上相互关联而成为一个完整自足的结构系统,指向安史之乱后诗人的整个生存境遇。

(三)注重探寻文学的深层结构

结构主义文论家认为,表层结构是可感知的,深层结构则是潜藏在作品中的内在模式,必须用抽象的手段把模式找出来。罗兰·巴尔特认为,文学也是一种语言,即一种符号系统,它的本质不在它所传达的信息里,而在该系统自身之中。正是由于这一点,批评家所要做的不是寻求重建作品所包含的信息,而是寻求重建作品的系统,正如语言学家的任务并非在于辨认某个句子的含义,而在于建立那个使该含义得以传达的形式结构。由此可见,结构主义文论的目的,就是要解释并说明隐藏在文学意义背后、生成深度审美意义的理解和阐释性话语系统。

(四)全面把握文学叙事上内在结构与关系

文学是一个独立的语言系统,文学的本质和特点只能由该系统内的结构和关系来澄清和解释。解构主义符号学者对文学作品仅仅进行社会学、历史学或心理学的考证,并将其当作文学批评的范畴和任务。结构主义符号学的特色在于深层次挖掘内部结构,即在它可帮助研究者在最复杂的人文现象中寻找到潜在的支配要素,而且这些支配要素是可以模式化的。例如克劳德·列维-斯特劳斯[①]的神话分析模式,就是将神话分解为一个

[①] 克劳德·列维-斯特劳斯(1908—2009),法国作家、哲学家、人类学家,结构主义人类学创始人和法兰西科学院院士。

个的"神话素"单位，这些单位以特别的方式组合起来便会生成意义，并发挥自己的功能，并且通过"神话素"相互关联能够组成一个完整自足的结构系统。①格雷马斯②提出了解释文学作品的文学符号矩阵理论③（见图8-1）。

图中的 S1 和 S2 之间是对立关系，S1 和非 S2 之间、S2 与非 S1 之间是矛盾关系，S1 和非 S1 之间以及 S2 和非 S2 之间是互补或者蕴含的关系。借助格雷马斯的符号矩阵，可以将小说中的人物关系建立图示模型，分析其与文本中各要素之间的关系，表明它们之间的相互作用。这些理论都说明，各种意义的产生必须经过一套类似机械装置的模式，这些模式是纷繁变化的符号现象后面不变的东西。

图 8-1　符号矩阵

第三节　解构主义文学评论方法

解构主义批评方法是继结构主义、后结构主义之后的文学批评方法，不过三者并不是完全割裂的，只是侧重点不同，它们是同一逻辑的不同演进阶段。

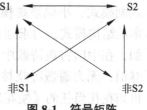

罗兰·巴特的《零度写作》解构主义解读

一、解构主义文学评论方法的形成与发展

解构主义兴起于 20 世纪 60 年代，是哲学家德里达④基于对语言学中结构主义的批判而提出的理论。其核心理论是对于结构本身的反感，认为符号本身已能够反映真实，对于单独个体的研究比对于整体结构的研究更重要。

（一）消解逻各斯中心主义

逻各斯中心主义在一定意义上是古希腊以来西方理性主义传统的代名词，它的核心就是相信有某种存在于语言之外的所谓本源、本质、绝对真理，可以作为一切思想、语言和经验的基础，而语言仅仅是表达这一终极之"道"的工具或者通道。在海德格尔看来，西方的哲学历史即是形而上学的历史，它的原型是将"存在"定为"在场"，借助于海德格尔的概念，德里达将此称作"在场的形而上学"。"在场的形而上学"意味着在万物背后都有一个根本原则，一个中心语词，一个支配性的力，一个潜在的神或上帝，这种终极的、真理的、第一性的东西构成了一系列的逻各斯（logos），所有的人和物都拜倒在逻各斯门下，遵循逻各斯的运转逻辑，而逻各斯则是永恒不变，它近似于"神的

---

① 克劳德·列维-斯特劳斯.结构人类学［M］.陆晓禾，黄锡光，译.北京：文化艺术出版社，1989.
② 格雷马斯（1917—1992），立陶宛裔语言学家，对符号学理论有突出贡献。
③ 朱立元.当代西方文艺理论［M］.上海：华东师范大学出版社，2014：190.
④ 德里达（1930—2004），出生于阿尔及利亚，毕业于巴黎高等师范学校，当代法国解构主义大师，法国哲学家。

法律",背离逻各斯就意味着走向谬误。

德里达及其他解构主义者攻击的主要目标正好是这种被称为逻各斯中心主义的思想传统。简言之,解构主义及解构主义者就是打破现有的单元化的秩序。当然这秩序并不仅仅指社会秩序,除了包括既有的社会道德秩序、婚姻秩序、伦理道德规范外,还包括个人意识上的秩序,比如创作习惯、接受习惯、思维习惯和人的内心较抽象的文化底蕴积淀形成的无意识的民族性格。解构主义者试图打破固有秩序然后再创造更为合理的秩序。

解构主义是对现代主义正统原则和标准批判地加以继承,运用现代主义的语汇,颠倒、重构各种既有语汇之间的关系,从逻辑上否定传统的基本设计原则(美学、力学、功能),由此产生新的意义。用分解的观念,强调打碎、叠加、重组,重视个体、部件本身,反对总体统一而创造出支离破碎和不确定感。

德里达认为要消解这些"中心主义",以及"要解构这些对立的等级,在某个特定的时候,首先就是颠倒等级"。但如何颠倒这些延续了数千年的对立等级?这显然是问题的关键和困难所在。对此,德里达的做法是,首先选取"语音与文字"这对范畴作为消解的对象,由此创立了十分独特的"文字学",并以之为武器来批判西方的"语音中心主义",再逐步扩展到"逻各斯中心主义",最终动摇形而上学的整个体系。

(二)解构的策略

德里达一方面深受海德格尔反形而上学、反逻各斯主义的理论影响;另一方面又广纳新学,另辟蹊径,大胆从语言学、符号学的角度出发,提出了针对逻各斯中心论的一整套销蚀瓦解的策略。

德里达的解构理论内容冗杂,前后矛盾,至今难有明确公认的统一解释。然而,其中有最为关键的一些概念与方法,诸如反逻各斯中心论、延异、替补等。根据海德格尔对逻各斯的批判可知,西方形而上学思想传统发端于柏拉图对于古希腊逻各斯问题的强行曲解。在柏拉图及其弟子看来,真理源于逻各斯,即真理的声音,或上帝之言。这种逻各斯主义认为,世上万物的存在都与它的在场紧密相连。为此,最理想的方式应当是直接思考"思想",而尽量避免语言的媒介。但这偏偏又是不可能的。所以他们要求语言应该尽量透明,以便人类能够通过自身的言语(speech),自然而然地成为真理的代言人。换言之,逻各斯主义认为,言语与意义(即真理,上帝的话)之间有一种自然、内在的直接关系。言语是讲话人思想的"自然流露",是其"此刻所思"的透明符号。据此,逻各斯主义也被后人称为"语音中心论"(phonocentrism)。与此同时,书面文字(writing)则传统地被认为是第二位的,是一种对于声音的代替,是媒介的媒介。即便是索绪尔的能指,也首先是一种"声音的意象"。书面文字作为能指,则是由声音转化而来的。言语优于文字的另一体现,是讲话人的"在场"。讲话人在现场,可以准确地解释其"意图",避免歧义。与之相对,文字只是一系列的符号,由于讲话人的不在场,它们很容易引起误解。

德里达的重要性,就在于他在海德格尔批判基础上,针对上述逻各斯中心论的种种戒律提出了积极有效的颠覆解构方法。他声称书写文字并不见得天生就低劣于语言发音,为了打破传统的"语音中心"偏见,他力图建立一种"文字学",以便突出并确认书写文字的优越性。这种文字优越性,首先表现在它在符号学意义上的"可重复性"(iterability)。

德里达认为,可重复性乃是符号存在的前提条件。只有当一个符号能够在不同情况下都被认作为"相同"时,符号才能够成为符号。符号的另一必备条件是:当听话人对最初讲话人的意图一无所获时,同样也能借助于符号系统了解其意图。换言之,符号应该在不考虑讲话人的意图的情况下,依然能被人们正常地加以理解和接受。

符号上述的两个必备特征,即"可重复性"和"不考虑讲话人之意图性",验证了德里达所说的文字优越。在更大的范围说,文字包括了整个语言学的符号系统,因而它也是狭义上的言语和文字赖以存在的基本条件。这便是德里达所谓的"元书写"(arch-writing)。元书写概念一经确立,必然打破逻各斯主义的语音中心说。

除了德里达外,罗兰·巴特也提出了解构主义的思想,他在 *S/Z* 一书中对巴尔扎克①的短篇小说《萨拉辛》进行了解读,指出符码不是我们指的结构主义的意义系统,无论我们选择用于文本的系统是什么(马克思主义的、形式主义的、结构主义的,或者心理分析的),它们只能激活文本一个或多个真正无限的"声音"。由于读者采用了不同的视点,文本就会产生许多没有内在统一性的意义碎片。此外,J. 希利斯·米勒(1928年生,美国著名文学批评家,解构主义耶鲁批评派的重要代表人物)也提出了解构主义小说理论,在德里达开创性批评思路的启发下,米勒提出了他的一套新型的批评观念和方法即解构主义批评。他指出,文学文本中的每一个因素都是矛盾异质的,而文学文本是由无限多样的因素编织成的。所以对特定文本的解构主义的阅读是无法一次完成的,必然永远向前推移。米勒将这种无尽的解构阅读称为"求异"阅读。"小说批评的任务不再是全力寻找一部小说文本的统一结构,揭示它得以构成的思想和艺术奥秘,以最后回到它本身恢复它的本来面目,而是深刻揭示它的复杂多样性,展露出它内隐的与表层结构矛盾的层面,以最后开发出新的结构,建构新的话语文本。"②他的这种小说阅读批评观点在小说评论史上也是具有开创意义的。

二、解构主义批评方法的关键词

(一)踪迹

传统文学理论认为文本反映着作者的意图,也就是认为文本反映作者的"在场"。解构主义学者德里达认为,"写作,就是隐退",文本是作者隐退(不在场)后留下的"踪迹"。传统文学理论中有关作者的生平、经历、情感、心路历程等通通成为无关文本的事情,这就解构了传统的传记式批评和社会历史学评论方法。而主体的踪迹又只能被自身外在性的"他者"所辨认,因此文本中不可避免地含有形形色色的"他者"的踪迹,而他者其实也不可能认识真正的踪迹,因为"文字是通常意义上踪迹的一个代表,

---

① 巴尔扎克(全名奥诺雷·德·巴尔扎克,1799—1850),出生于图尔城,法国小说家,被称为现代法国小说之父。其作品《人间喜剧》被誉为"资本主义社会的百科全书"。
② 石艳玲.谈希利斯·米勒的解构主义小说理论[J].吉林农业科技学院学报,2009(1):91-92.

它不是踪迹本身，踪迹本身是不存在的"。踪迹本身也不可能在场，因而他者只能得到踪迹的"替补"，即"踪迹的踪迹"。可以说文本之外再无文本，建立在作者在场基础上的文学理论便被彻底解构了。

德里达接着指出沿着"踪迹的踪迹"成就一种"书写学"，他说，"一个要素无论是文字话语还是口语话语秩序，都不能作为一个不指涉另一要素的符号来发生作用，而被指涉的要素本身却并非简单地在场。这种交织的结果便是每一要素（语音素或文字素）都在自身内部被建立在符号链或系统的其他要素的踪迹活动基础上。这种交织和交织物，便是于另一文本的转化中生成的文本。没有任何事物于要素中或于系统中可简单地在场或缺场。只有差异和踪迹无处不在"①。此时，书写就成为符号学最普遍的概念（据此，它称为书写学），这个概念不仅适用于狭义的书写领域，而且适用于语言学的领域。

（二）延异

"延异"是德里达理论中的一个极其重要的概念，它贯穿于德里达的全部解构主义理论，是其理论的重要基石。

"延异"一词，是德里达将法语中名词"差异"（difference）一词的词尾 -ence，改拼为 -ance 而成。实际上两个词只有一个字母，即 e 和 a 之差。中文中有人译作"分延""异延""衍异"等，但不外是合二为一的两个意思：一是延，即延宕，延搁；二是"异"，即差异，区分，是指空间上的不同，一个词的意义是从这个词与其他词的不同、差异中产生。"延"则是一个被无尽地推衍的过程，指词的能指是在其所指的事物不在场的情况下才出现，"作为'延异'（differance）的书写，不再是在在场/不在场的二元对立基础上所构想的结构和运动。延异是差异和差异之踪迹的系统游戏，也是'空间性'的系统游戏。各要素因空间性而相互连接起来。这种'空间性'的活动是主动的，同时也是被动的时间间隔的生成。没有间隔的生成，'完满'的术语就不能进行指意活动，也不能发生作用。（differance 中的 a 标明它涉及主动与被动的不定性，它不能被该二元对立的术语所支配或被二者分别拥有。）空间性也是话语链（被称为时间性的或线性的链）向空间的生成，生成空间促使书写及言说与书写之间的每种一致性成为可能，也促使此项与彼项的交流成为可能。"②语言的意义和结构也被一种无限性所包围，而终极的意义正产生于无限的延异之中。

（三）播撒

语言的意义是无中心的随意播撒的存在。语言被视为"踪迹的游戏"，在任何一个意指系统中，意义无不是从它同无数可供选择的意义的差异中产生，有鉴于作为意义归宿的在场的神话已经破产，符号的确定指向，于环环延宕下来的同时，便也向四面八方指涉开去，就像种子一样到处播撒和离散，看不到核心和中心意义。在德里达的阐释中，播撒和一词多义不同，一词多义的意义可以被集中并整体化，而播撒的意义总是片段的、多义的和散开的，像播撒种子一样，将不断延异的意义"这里播撒一点，那里播

---

① 雅克·德里达.位置[M].伦敦：阿斯龙出版社，1981：24-25.
② 雅克·德里达.位置[M].伦敦：阿斯龙出版社，1981：25-27.

撒一点",播撒瓦解了语义学,因为它产生了无限多样的语义效果,因而它不受作者支配,而且其多种意义不能被整体化而构成作者意图的一部分。但是同延异一样,播撒是积极的:它不是否定意义的存在,而是肯定了意义无限播撒的特点。文本在不同的语境或者不同的接受主体那里可能会出现截然不同的意义,正如鲁迅先生论述小说《红楼梦》的主题道:《红楼梦》是中国许多人都知道的,至少是知道这名目的书。谁是作者和续者姑且勿论,单是命意,就因读者的眼光而有种种:经学家看见《易》,道学家看见淫,才子看见缠绵,革命家看见排满,流言家看见宫闱秘事……"甚至同一文本会得到互相矛盾的解释。于是,中心、结构、根源、本质都被德里达解构了,只剩下延异和播撒。

(四)增补

"增补"(supplement)是德里达解构罗格斯中心主义的工具之一,他说"语言被制造出来是用来讲话的",书写仅仅是"言语的增补"。传统文学理论中,将书写视作言语的补充而将之弃置一旁,这是一种形而上学的做法。原来有内在结构的文本在德里达那里是一个开放的、无限生成的东西,意义不断涌现,对原初意义进行增补,从而形成一个相互交织的本文的"意指链"。"增补补充自身,它是一种过剩,一种充实丰富另一种充实"①。于是意义变得不可理解,权威的表达"死了",整个"在场"的意义彻底消解了。

总体来看,解构主义并不是要取代结构主义或者形而上的传统,也取代不了。因此,对待解构主义的最好态度不是把它当作教条,而是把它当作一种反观传统和人类文明的意识。解构主义反对权威,反对对理性的崇拜,反对二元对抗的狭隘思维,认为既然差异无处不在,就应该以多元的开放心态去包容和接纳。在对待传统的问题上,解构主义也不是否定一切学说,恰恰相反,解构主义相信传统是无法砸烂的,后人应该不断地用新的眼光去解读,并获取新知。

第四节 批评案例解析

形式主义、结构主义、解构主义的文学评论方法是一脉相承的,都注重文本内在结构模式的研究,揭示超越文本本身的规律性东西。本节将以《黑色寓言——王小波中篇小说〈2010〉解构主义分析》为例,通过文本细读,运用结构主义和解构主义方法,从文本内容和语言形式方面展开多角度解读,试图揭示作家的解构主义写作方式与后现代创作倾向,进而厘清该文本的价值所在。

王小波一直以特立独行的姿态行走文坛,独特的生活体验,还有不同凡响的语言风格,使他的作品具有特立独行的意味。他像一位自由骑士闯荡文坛多年,而他猝然长逝给读者留下了诸多遗憾。令人欣慰的是他把一份良知长留人间,把一份赤子之心永久留

---

① 德里达.延异[M].//王逢振.2000年度新译西方文论选[M].桂林:漓江出版社,2001:78-90.

存到了文本中。

《2010》就是这样一部极具个性化风格的文本，它在王小波为数不多的中篇中，以独特的未来视角向我们敞开心扉。透析文本，我们触摸到了作家的后现代立场，他那些处理"幻想、暴力、死亡等特殊主题的方式，破除小说的文体规范界限，语言的大规模泛滥，在生存态度上反理念而认同不完整性，拒绝超越性等，都显示了后现代主义的典型特征"①。

一、荒诞的境遇

《2010》是一部指向未来的小说，但它又不是科幻式的描绘而是经过夸张变形后的日常生活仿真，讲述了一个近似荒诞的故事。在北戴河某地，在某厂技术部里，有些人居然因为患数盲症，而晋升为高官，这让技术部里的工程师王二义愤填膺，后来因为他组织了一次声势浩大的狂欢式 party，触怒了数盲们，遭受鞭刑后溘然离世。故事的荒诞性主要建立在荒诞的细节处理上。

荒诞的生存环境让人啼笑皆非，让我们先领略一些北戴河的境况，"住在一片柴油燃烧的烟云之下"，更可笑的是，"这种风景你在照片和电视上都看不到，因为在每一个镜头的上面都加了蓝色滤光片。"人们生活在层层遮蔽中，黑暗噪声充斥着日常生活，世界不再充满诗性，大自然已成过去时，我们看到的不是科技革命带来的快捷方便，而是后工业时代的残破废墟。"所有街上跑的，家里安装的柴油机，黑烟滚滚，吼声如雷"。生存处在一系列危机中，再瞧瞧自来水，有时候是咸的，但比海水淡，有时含酸，有时含碱，有时是绿的，有时是黄的，有时"水管里竟会流出屎汤子——这就要看上游小工厂往河里倒什么"。这种典型环境的描述真让人不寒而栗。

荒诞的人与事构成了整个故事的荒谬性讽喻。数盲症患者是建立在一系列荒渗逻辑上的：数盲症是一种职业病，是过度劳累造成的，所以总能得到好的待遇，只能听汇报；不能辨方向，只能乘专车；数盲清正廉洁，从来没有一位数盲贪赃枉法（不识数的人不可能贪）。所以得出的结论是，除了当领导还能当什么？主人公就生活在这样一群数盲规诫之下，自然会引出更荒谬的逻辑。"领导上不识数但是做报告时总有大量的数字和百分比——其实他根本不知是多少。"听到有关环境污染的汇报，就笑嘻嘻地说：有污染不怕，慢慢治理嘛。"数盲还有件怪诞之处，死后极难烧，不管怎么喷柴油，都是不起火光冒泡。""数盲不领工资，他是供给制，——换言之，共产主义对他们早就实现了。"在一系列对数盲症怪癖的渲染后，王二心向往之而实不能至，继而否定自我存在的价值，最终走向狂欢化的发泄——组织了一次声势浩大的非数盲 party，这下可触怒了数盲的神经，他们决定用鞭刑惩戒这个违谬者，惩一儆百。可怜的王二在刑后才大彻大悟："眼前这个世界不真实，它没一点地方是真的，倒像是谁编造出来的故事——一个乌托邦"，在经历了一次肉体的规范化惩戒后，认识到了更大的荒诞感、幻灭感。诚如马丁·艾斯林所说："当不可能接受完整的价值体系和神圣目标的启示的时候，生

---

① 陈晓明.无边的挑战——中国先锋文学的后现代性［M］.桂林：广西师范大学出版社，2004：3.

活必然面对着终极的、赤裸的真实。"①故事结局是由王二的前妻告诉读者:"他对危险的态度过于乐观了——他以为受过鞭刑之后,这世上再没有对他危险的事了——他就是因此死掉了。"至此这则黑色寓言宣告终结,似乎想告诫我们"人或是淹没在物中,或是受他人支配,或是失去了自我,或是与世隔绝,总之人处于困境之中,失去了生存的意义,这就是荒诞"②。

二、解辖域化倾向

《2010》这部指向未来的作品,其取材仍然栖居在现实生活的土壤上,对现实是一种变异化仿真。面对着支离破碎的生活,作者展开丰富的想象,用嬉笑怒骂的话语,达到对权威话语的消解;用残存的良知,实现对压制性力量的对抗。总之,整个文本显现着一种"解辖域化"倾向。③

首先,后工业社会给我们日常生活带来了极大弊端。环境污染惨不忍睹,技术工具对人们造成极大束缚。物质生产成了人类发展的限制力量,压抑着人的欲望。文本不无调侃地描述道:"我们正在变成黑种,这是因为我们喝了大量含钙镁离子的苦咸水,在体内促成'造酱油'反应,肤色也变黑,人的体质也在变怪,体内不光有酱油,还有苯、酚、萘、茚、茆等古怪的东西,含量都高,而且都能点着。所以死了以后到火葬场非常好烧。"再瞧瞧王二设计的柴油机,用的柴油有的可以炒菜——这就是说,菜籽油掺多了;有些可以刷墙——这就是桐油掺多了;有的可以救火——这就是水掺多了,只要不是后一种情况,都可以加到他的柴油机里。他的设计就如一头猪,"什么都可以吃,甚至吃屎"。这些描绘真是让人哭笑不得。文本借助于游戏笔调对后工业时代极力地冷嘲热讽,大胆解构了后工业文明。

其次,解辖域化倾向则是体现在对生活中压制力量的自我解嘲。规诫性权力总试图用权威压制人的自由,"对人的各种行为表现为进行监控的监督措施,为奖励顺从,惩罚抗逆,而设立各种考核制度,以及为施加或强化道德价值(如职业伦理)而推行的规范判断。"④从而生产出有用且驯服的主体。王二就是这样一个在规范化规诫中的桀骜不驯者,他跟市长夫人傍肩,用性话语嘲弄数盲"假如我被判定得了数盲症,就不会和领导夫人乱搞。得数盲的人不乱搞,假如组织上不安排,连自己老婆也不搞。"王二开party是故事的高潮部分,狂欢化聚会招来众人响应,这种公开反抗自然迎来了惩戒。等到受了鞭刑的王二回到技术部,已是人去楼空,预示着一种潜在危机。而他的突然死去,则成全了他"不是揭示我们之所示,而是拒绝我们之所是"的表率,启迪人们"从一切统一的总体化的偏执狂中解救出来。"⑤

---

①② 马丁·艾斯林.荒诞派戏剧[M].华明,译.石家庄:河北教育出版社,2003:401.
③ 道格拉斯·凯尔纳,斯蒂文·贝斯特.后现代理论:批判性的质疑[M].张志斌,译.北京:中央编译出版社,2001:114.
④ 道格拉斯·凯尔纳,斯蒂文·贝斯特.后现代理论:批判性的质疑[M].张志斌,译.北京:中央编译出版社,2001:61.
⑤ 道格拉斯·凯尔纳,斯蒂文·贝斯特.后现代理论:批判性的质疑[M].张志斌,译.北京:中央编译出版社,2001:70.

三、中心话语的拆解

许多喜欢王小波的读者,大都称道他的语言风格,他的文本话语既具有诗的韵律,又具有语言张力,集幽默、讽刺于一身,嬉笑怒骂皆成文章,语言具有流动的快感。

然而奥秘何在呢?首先就讽刺意味的句子来说,细部分析会发现,大多以假象露面;后一部分紧跟着解构该现象,揭示真相,语言的错位出其不意,令读者有顿悟的快感,随之消解了现象的陌生化。以下试举几例。

"我和我前妻是在速校认识的,速校是一片雪地上的三座小楼房。其实那不是雪,而是一片盐碱地。"

"现在谁想要锅炉,就会得到一台柴油机,用汽缸烧水,用废气烧蒸汽,还会蹦蹦响。"

"这是因为我恨透了她(前妻)——她把我撇下,去嫁了数盲——但是恨透了。首先是因为我爱她爱得要死。虽然我能把柴油机画好,但是根本就不想画它。我情愿画点别的,哪怕去画大粪。"

其次,作者还用漫画式笔法、调侃的笔调,否定罗格斯中心话语的权威。如:"全部的人都要像我一样留胡子(铸铁刀刮不了胡子,只能把脸皮刮下来,非用进口刀片不可)。"

王小波用语机智幽默,用游戏的笔调消解畸形权力话语的神圣性,用异质的戏谑话语解构现象本身的意义。

综上所述,通过对王小波中篇小说《2010》的解读,我们可以明晰地看到作家创作的解构主义倾向,故事向我们描绘了一个黑色寓言,文本渗透着对社会宰制的反叛,狂欢化的叙写潜隐着时代隐忧。其特立独行的写作方式最终落脚到对个体自身的呵护上,在人本主义那里找到了归宿。

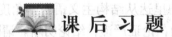 课 后 习 题

一、经典阅读与仿写

论 书 写 学
[法] 雅克·德里达

通过一种几乎察觉不到其必要性的缓慢运动,至少有大约两千年的时间,一切趋向于并最终成功地被聚集于语言的名义之下的事物,都开始让其自身转化为或至少让自身被概括为"书写"之名。由于几乎察觉不到的必要性,书写的概念似乎正在开始超越语言的延展界限。书写的概念不再表明它是独特的、衍生的及从属的普遍语言形式(无论这一语言形式被理解为交流、关系、表达、指意、意义的构建,还是被理解为思想等),也不再表示它是外表,是主要的能指的非实体性替身,是能指的能指。就该词的全部意

义来说，书写包含了语言。这不是说"书写"一词已不再指明它是能指的能指，而似乎是说，看似可能很奇怪，"能指的能指"不再标明偶然的替代，不再陷入从属地位。相反，"能指的能指"描述了语言的运动，当然，是语言的本原性运动。然而，人们可能已经对本原产生怀疑，其结构可被表示为"能指的能指"在自身的生成活动中遮蔽并擦抹了自身。这里，所指总是已经作为能指而发挥其作用。似乎可能仅属于书写的从属性普遍影响了一切所指，书写总是已经影响了所指，当所指一进入游戏时，就影响了它们。……

西方的语言观（在超越了多音性，超越了言说与语言之间严格、难解的二元对立之后，这一观点普遍地依附于语音或语符的产生，依附于语言、发声、听声、呼吸，依附于言说的意义）今天似被揭示为原初书写的外表或掩饰：这种原初书写比起在此转换之前被视为简单的"言说的替补"（卢梭语）更具有本质性。要么书写从来就不是"替补"，要么就急需建构全新的关于"替补"的逻辑。……

符号的概念总是在其自身内部暗示能指与所指的区分，即便如索绪尔所认为的，它们仅仅被区分为同一页纸的两面。这一概念因此而继续生存于对逻各斯中心主义的传承之中。逻各斯中心主义也是一种语音中心主义：它指声音与存在，声音与存在的意义以及声音与存在的意义的理想状态之间绝对的临近关系。……

我们已经有了一种预感，感到语音中心主义与把普遍的存在意义确定为在场的历史决定论的融和，与所有依赖于这一普遍形式，并在这一形式内部组织其系统及其历史连续性的亚确定性之间的融合。（历史连续性指的是事物被视为文化表象的在场，作为实体、本质、存在的在场，作为现在或此刻的一个时间点的时间在场，主观、意识、主体性的自我在场，他者与自身以及作为自我意图现象的互主性的共同在场等。）据此，逻各斯中心主义便支持将实体的存在确定为在场。

（节选自雅克·德里达.论书写学［M］.//拉曼·塞尔登.文学批评理论——从柏拉图到现在［M］.刘象愚，等译.北京：北京大学出版社，2000:415-416.）

请阅读上述文字，把握德里达从结构主义语言学角度对"书写"做出的独特见解。节选段落中的方法论意识明确，论证严谨，结论明晰。请同学们选择大家一部自己阅读过的文学作品，仿照该论文论述风格写一段不少于800字的短评。

二、课后延伸阅读

1. 费尔迪南·德·索绪尔.普通语言学教程［M］.张绍杰，译.北京：商务印书馆，1980.

2. A.J.格雷马斯.结构语义学［M］.吴泓缈，译.北京：生活·读书·新知三联书店，1999.

3. 热拉尔·热奈特.叙事话语 新叙事话语［M］.王文融，译.北京：中国社会科学出版社，1990.

4. 特伦斯·霍克斯.结构主义和符号学［M］.瞿铁鹏，译.上海：上海译文出版社，1987.

5. 罗伯特·肖尔斯.结构主义与文学［M］.孙秋秋，高雁魁，王焱，译.沈阳：春风文艺出版社，1988.

6. 俞建章，叶舒宪. 符号：语言与艺术 [M]. 上海：上海人民出版社，1988.

7. 皮亚杰. 结构主义 [M]. 倪连生，王琳，译. 北京：商务印书馆，1984.

8. J.M. 布洛克曼. 结构主义：莫斯科—布拉格—巴黎 [M]. 李幼燕，译. 北京：商务印书馆，1980.

9. 雅克·德里达. 论文字学 [M]. 汪堂家，译. 上海：上海译文出版社，1999.

10. 雅克·德里达. 文学行动 [M]. 赵兴国，等译. 北京：中国社会科学出版社，1998.

11. 雅克·德里达. 多义的记忆——为保罗·德曼而作 [M]. 蒋梓骅，译. 北京：中央编译出版社，1999.

12. 包亚明. 一种疯狂守护着思想——德里达访谈录 [M]. 何佩群，译. 上海：上海人民出版社，1997.

13. 保罗·德曼. 解构之图 [M]. 李自修，等译. 北京：中国社会科学出版社，1998.

14. 乔纳森·卡勒. 论解构 [M]. 陆扬，译. 北京：中国社会科学出版社，1998.

15. J. 希利斯·米勒. 重申解构主义 [M]. 郭英剑，等译. 北京：中国社会科学出版社，1998.

16. 约翰·斯特罗克. 结构主义以来——从列维-斯特劳斯到德里达 [M]. 渠东，李康，李猛，译. 沈阳：辽宁教育出版社，1998.

三、思考题

1. 试分析语言学理论在结构主义文学批评中的建构作用。
2. 试运用结构主义符号学批评方法解读《红楼梦》中的文学意象。
3. 分析解构主义文学评论在传统理论"破坏"和"建构"方面的贡献。
4. 运用解构主义批评方法分析一部文学作品。

第九章
叙事学评论方法

人是语言和思维的动物，也是"叙事"的动物。叙事遍存于"一切时代、一切地方、一切社会"①。"叙事"就是叙述事情，可以视为主题和故事的总和，即"叙"与"事"的结合。以叙事为研究对象的学科称为叙事学，也称作叙述学，叙事学是对叙事文形式和功能的研究，是针对"叙事文的结构研究"②。我国叙事学家罗钢也对叙事学下过定义："叙事学是研究叙事的本质、形式、功能的学科。它研究的对象包括故事、叙事话语、叙述行为等。叙事学的基本范围是叙事文学作品"③。这些定义都将叙事学看作对叙事文内在形式的科学研究，从而确定了叙事学评论方法的关注视野和使用范围。文学评论本质上是对文学叙事话语内容的解读和阐释，叙事学评论方法从叙事结构的内在逻辑出发，总结出了多种具有科学性和可操作性的评论方法。

第一节 叙事学理论概述

叙事学的主要理论渊源是法国结构主义和俄国形式主义，在二者的复合影响下，于20世纪60年代成长为一门独立的学科。在大约60年的发展历程中，叙事学经历了由经典叙事学到后经典叙事学的演变。其间，叙事学研究的视域不断被放大，从早期只聚焦于故事或话语等文本层面，到后来兼具关注故事文本以外的社会环境因素；研究的路径和目的也随之产生了明显的变迁，从致力于建构普适性的语法、结构等叙事规则，到试图全方位地探究叙事与各种相关语境之间的内在关联。

---

① 张寅德.叙述学研究［M］.北京：中国社会科学出版社，1989：1.
② 胡亚敏.叙事学［M］.武汉：华中师范大学出版社，2004：277.
③ 罗钢.叙事学导论［M］.昆明：云南人民出版社，1994：11.

一、经典叙事学

经典叙事学又称结构主义叙事学,直接采用语言学的研究模式,从形式各异的叙事文本中总结、提炼出一些具有普遍适用的叙事结构与语法模式。根据其关注焦点的不同,学界常常将经典叙事学的研究分为故事范式和话语范式。由于依托深厚的结构主义理论基础,最早的一批叙事学研究者大多把研究的旨趣和对象界定在"故事"这一层面上,具体来说,主要是聚焦于故事的结构和语法层面。

(一) 故事范式叙事学

故事范式流派的代表人物主要有列维-斯特劳斯、托多洛夫[①]、罗兰·巴尔特[②]、弗拉基米尔·普洛普[③]、格雷马斯等人。他们是叙事学理论的开拓者,尽管彼此间可能在研究的方法与角度、理论概念的运用上存在明显的差异,但其相同之处就是把研究的关注点都集中在文本本身,着眼于对叙事作品的结构特征和内在规律的把握。

俄国形式主义学者普洛普以民俗学的理论背景来探讨民间故事的结构形态,改变了文学研究传统上重内容轻形式的做法,在叙事研究上具有里程碑的意义。普洛普在他的理论名著《故事形态学》中,提出了"故事形态学"这一概念。他以植物学研究领域的结构关系为类比,阐述了如何运用同样的分析方法对故事之间的结构关系进行分析,揭示故事形态的基本规律,力求故事形态研究"像有机物的形态学一样精准"[④]。他在对俄罗斯一百个民间故事进行分析后指出,这些故事在内容上看起来纷繁离奇、变化无序,但于内在情节结构方面却存在着很多相似之处。普洛普曾列举以下这样一些故事形态作为观察点。

①沙皇赠予好汉一只鹰;鹰将好汉送到了另一个王国。②老人赠予苏钦科一匹马;马将苏钦科驮到了另一个王国。③巫师赠予伊万一艘小船;小船将伊万载到了另一个王国。④公主赠予伊万一个指环;从指环中出来的好汉们将伊万送到了另一个王国。[⑤]

普洛普认为,上述四个故事中存在两种叙事因素:不变的人物行动(功能)和变化的人物角色。此外,故事将相同的行动分派给不同的人物,使功能出现重复特性,例如,出现在四个不同故事中的"赠予"行动。如果我们将这些重复的行动抽象出来,就可以得出一个相同的形态结构:"A 赠予 B 某物,使 B 来到了某地"。因此,普洛普提出,无论故事中的人物如何变化,人物在抽象的结构层面承担的功能是相同的。他认为,以这个意义为基础,我们可以把"功能"看作故事的基本叙事成分,依照人物行动产生的意义对行动角色进行归纳,然后把故事的一些基本结构形态进行分类。普洛普的分析结果是:100 个俄罗斯民间故事的深层结构可以被抽象出 31 项功能。这些故事虽

[①] 茨维坦·托多洛夫,1939年出生于保加利亚,他是结构主义文学批评的代表人物之一,也是叙事学理论的主要奠基者,其论著涉及文学理论、思想史以及文化现象分析等诸多领域。

[②] 罗兰·巴尔特(1915—1980),法国作家、思想家、社会学家、社会评论家和文学评论家。1976年在法兰西学院担任文学符号学讲座教授,成为这个讲座的第一位学者。

[③] 弗拉基米尔·普洛普(1895—1970),当代著名的语言学家、民俗学家、民间文艺学家、艺术理论家,是苏联民间创作问题研究的杰出代表。在民间创作研究领域开辟了独具特色的研究方向和方法,享有世界性的声誉。

[④] 弗·雅·普洛普. 故事形态学[M]. 贾放,译. 北京:中华书局,2006:7.

[⑤] 弗·雅·普洛普. 故事形态学[M]. 贾放,译. 北京:中华书局,2006:317.

然在内容层面各不相同,但它们的结构均由一系列同样的叙事功能构成,并且显现出某些规律性。例如,故事必然从主人公遭遇不幸,或缺少某种东西开始,中间过程通常因为某些条件制约而遭遇种种障碍,而主人公最终都会在某种法力的帮助下战胜困难,赢得胜利。普洛普发现构成民间故事基本结构的31项"功能单位"分布在七个"行动圈"内,包括对头、赠予者、帮助者、公主及其父王、派遣者、主人公和假冒主人公。在具体的故事里,一个人物可能卷入数种"行动圈",而若干人物又可能卷入同一个"行动圈"。故事的波澜起伏便源于这样的变化。这些角色虽然在年龄、性别、性格方面各有不同,但他们的行动范围以及功能则有着相似性。普洛普把这些由不同人物承担的行动称为"角色功能",并且认为这些相对稳定的角色功能构成了情节的基本构架。普洛普的分析模式将人物的行动抽象定义为功能,这一方法有助于我们了解民间故事、神话等在情节结构上显现的相似规律,具有一定的普遍意义。

格雷马斯1966年出版的《结构语义学》发展和完善了普洛普的叙事"功能"说,并冲破了普洛普所界定的民间故事的范围,就小说人物及叙述语法等一系列问题进行了更具普遍意义的理论阐述。格雷马斯认为,二元对立是产生意义的最基本的结构,普洛普的研究只是描述了叙事的表层结构,不能阐释叙述中产生的各种变化。他指出:叙事作品与句子一样,尽管表面形式结构各有差异,但深层结构的"叙事语法"恒定不变,而"叙事语法"才是构成作品的本质结构。依据二元对立思想,他将普洛普提炼出来的七种角色进一步简化,形成三对"行动元",即主体、客体,发送者、接收者,帮助者、反对者。所谓"行动元",特指人物作为一个行动单位对整个故事进展的推动作用。在叙事作品中,尽管人物的姓名、身份、性格差别很大,但只要他们在故事发展中的作用类似,他们就是同一类行动元。而三对行动元之间的连接在于它们的深层关系:主体对客体产生欲望,二者处于发送者和接收者构成的交流情境中,主体与客体之间的欲望关系又受制于帮助者与反对者之间的关系。于是便建立起这样一个结构模型,如图9-1所示。

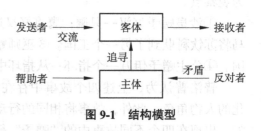

图9-1 结构模型

如此,民间故事的结构便可表述为:主体缺失了客体;发送者发出指令要求找回客体;主体在帮助者的帮助下打败反对者,找回客体。后来,在《论意义》中,格雷马斯进一步研究了意义与符号之间的关系,提出了具有普遍意义的符号矩阵模型,这一结构"是黑白对立这类二元义素范畴的逻辑发展。这个范畴的两项之间是反对关系,每一项又能投射出一个新项——它的矛盾项,两个矛盾项又能和对应的反对项产生前提关系"[①],如图9-2所示。语义方阵关注深层结构的逻辑关系,将反义关系、矛盾关系与蕴含关系融为一体,可以细致地分析出叙事作品角色与角色之间、行动元和行动元之间的关

图9-2 语义方阵

---

① 张寅德. 叙述学研究[M]. 北京:中国社会科学出版社,1989:98.

系，进而把握作品的主旨。

这个结构"不仅揭示了意义的存在方式，而且作为整合模型一旦被赋予实际内容，便可以被应用到许多不同的领域中去"①。它可以用来阐释神话结构、民间故事时序的衔接形式，还可以用来阐释某些作家个人所创造的语义世界，由此便将故事的深层结构与表层结构结合了起来：故事的深层意义源于对立的反义关系，而表层意义则通常由矛盾的双方来演绎。

故事范式叙事学研究基于结构主义或形式主义的理论视角，借由行为、功能、结构、语法等语言学概念来解析一些故事类别，通常能取得较为可信的分析结论，但也难以真正达到故事范式叙事学者们所宣称的那种客观性和普适性。

（二）话语范式叙事学

随着叙事学的发展，人们越来越发现，将叙事研究的视角仅仅局限在故事的结构层面存在诸多束缚与不足，一些叙事学家逐渐将研究的视角转移到叙事的话语上来。话语研究范式的代表人物包括（后期的）托多洛夫、热拉尔·热奈特、查特曼、普林斯等。

1966 年，托多洛夫在《文学叙事的范畴》一书中把叙事理论划分为时间、语体和语式三个语法范畴，虽然也结合了一些作品来分析，但其论述仍有一些空洞和混乱。热奈特在《叙事话语》中继承了这种划分方法，通过时间、语式、语态等语法范畴分析叙事作品，不仅对托多洛夫的相关理论进行了调整补充，并提出更为准确的划分。此外热奈特还研究了视点、距离和重复等问题，从而推动了叙事理论的发展。

热奈特有关叙事时间的理论，突出表现在对时序、时距和频率的区分。在叙事时间理论中，热奈特用"故事时间"和"话语时间"的对立来表示叙事文本具有的双重时间性质。"故事时间"是指所述事件的发展需要的实际时间，而"话语时间"则指用于叙述事件的时间，后者通常以文本所用的篇幅或阅读所需的时间来衡量。热奈特用"时间倒错"这个术语来指"故事时序和叙事时序之间各种不协调的形式"②，在此基础上，热奈特研究了时间倒错中的两个核心概念——倒叙和预叙。倒叙又称"回顾""闪回"或"追叙"，是指事后追述故事发展到现阶段之前的事件。预叙又称"预示"或"伏笔"，是指事先讲述或提及故事发展到现阶段之后的事件。在叙事时间问题中，时距所要探讨的问题是：故事时长（用秒、分、小时、天等来确定）与文本长度（用行、页来测量）之间的关系。在热奈特的分类中，时距现象主要分为概要、停顿、省略和场景四种。叙事频率指的是事件在叙事文本中出现的次数与其实际发生的次数之间的关系，热奈特区分了这几种方式：单一叙述（讲述一次发生了一次的事件）；重复叙述（讲述数次只发生了一次的事件）；概括叙述（讲述一次发生数次的事件）。分析小说的故事时间与话语时间之间的不一致，有利于了解小说的整体结构，同时也可以根据较多的话语时间推断出人物与事件对叙述者的特殊意义，从而对叙事进行更为深入细致的分析。

---

① A.J.格雷马斯.论意义［M］.吴泓缈，冯学俊，译.天津：百花文艺出版社，2004：142.
② 热拉尔·热奈特.叙事话语　新叙事话语［M］.王文融，译.北京：中国社会科学出版社，1990：17.

除了在叙事时间方面有巨大建树,热奈特在语式方面的见解也引人注目。热奈特将语式定义为对叙述信息的调节,其调节方式有两种:距离和投影。所谓距离,指讲述事件时的模仿程度,涉及了柏拉图的"纯叙事和模仿"与亨利·詹姆斯的"讲述和展示"等多个问题。在西方传统文学批评中,柏拉图最早论及"叙事"。他认为有两种叙述方式:单纯叙述与模仿叙述,单纯叙述指诗人讲故事时以自己的名义说话,模仿叙述则指其以别人的名义说话,在音容姿态上模仿这一个人。而热奈特则认为文学表现中只有"叙事",因为对于"模仿"来说,书面语言无法呈现诗人扮演人物说话时的表情姿态,只能复述人物话语,在此种情况下,只有"不完全模仿"。"不完全模仿"能够通过叙述者的乔装消失、看上去无用的细节等产生仿真效果,造成"模仿错觉",而叙事中存在的唯一模仿就是"模仿错觉"。热奈特指出,影响"距离"的主要因素是叙述的信息量和叙述者的介入程度。一般而言,叙事的展开越深广,叙述的信息量就越大。叙述者介入的程度越小,其在叙事中的痕迹就越不明显,越具有"展示效果"。以叙述信息量的大小和叙述者介入程度的深浅为参照,热奈特给"模仿错觉"的特殊状态取了一个名字:"完美模仿"。他说:"完美模仿的定义是最大的信息量和信息提供者最小的介入,纯叙事的定义则正好相反。"[①] 投影,即视点的选择,即叙述时观察故事的角度。投影被各种叙事理论赋予了不同名称,如"视点""视角""视野"或"聚焦"等,其中热奈特提出的聚焦概念被人们广泛接受。在《叙事话语 新叙事话语》一书中,热奈特对聚焦做了细致的阐释,并解决了学界长期以来存在的一个问题,即对于"谁说"和"谁看"的认识混乱。热奈特同时指出,在一部叙事作品中,聚焦的方法往往会发生转变,因此,除了用于整部作品的分析,聚焦方法更多地适用于特定的叙事片段。热奈特对"聚焦"这一词语的选择和运用,使叙事学更具科学性。

热奈特在"语态"方面的研究对象主要是"叙述主体"与"叙述情境"。其中的叙述主体除了叙述者、受述者外,还包括了主人公、作者以及所有参与叙述活动的人。在一个叙事文本中,往往会出现多个叙述者,这些叙述者可以是平行的,但在更多的情况下,他们是分层存在的。多个叙述者分层存在的现象,就是叙述分层。热奈特给叙述分层下的定义是:"叙事讲述的任何事件都处于一个故事层,下面紧接着产生该叙事的叙述行为所处的故事层。"[②] 热奈特将起始的故事层称为"故事外层",这一层的叙事即是"第一叙事";将故事外层中所嵌的故事层称为"故事内层",在这一层的叙事即是"内叙事";将在内叙事中讲述的事件称为"元故事"。叙述分层的主要判定标准是叙述者是否发生变化,即高层次的人物成为低层次的叙述者;各个叙述层之间是包含与被包含的关系。热奈特的叙事理论,几乎具有和经典叙事学一样悠长的历史,虽然其叙事理论存在诸多缺陷与不足,但仍然具有经久不衰的魅力。

以故事范式和话语范式为主体建构而成的经典叙事学,致力于发现具有普适性和客观性的文学叙事结构法则,从而使研究成果更贴近文本现实,为将叙事学确立为一门真正的"科学"做出了重大贡献。

---

① 热拉尔·热奈特.叙事话语 新叙事话语[M].王文融,译.北京:中国社会科学出版社,1990:111.
② 热拉尔·热奈特.叙事话语 新叙事话语[M].王文融,译.北京:中国社会科学出版社,1990:158.

二、后经典叙事学

经典叙事学"以文本为中心"的研究属性,使得叙事与其赖以产生的语境之间毫无关联,尤其是忽视了读者的主观能动作用。因此,叙事作品被视作一个封闭独立的意义体系,而与其所处的社会、历史、文化等环境相互割裂。20 世纪 80 年代以来,经典叙事学的这种研究局限性越发凸显,从而引发了叙事学研究的后经典转向。后经典叙事学(也有学者称为后现代叙事学、新叙事学)极大地拓展了叙事研究的视野,不仅将研究的重心转向叙事的语境及其读者,还强化了叙事学与其他学科的结合与联系,宣示着一个崭新的叙事时代的到来。后经典叙事学研究主要包括修辞叙事学、女性主义叙事学、认知叙事学、跨媒介叙事学等流派,其中以修辞叙事学、女性主义叙事学理论在文学评论中的应用较为广泛。

(一)修辞叙事学

传统上的修辞学可分为对修辞格(文字艺术)的研究和对话语之说服力(作者如何劝服听众或读者)的研究这两个分支,修辞性叙事理论涉及的是后面这一范畴。修辞性叙事理论在当代叙事理论中占据了重要地位,英美修辞叙事学领域中出现了一大批理论家,如费伦[1]、布斯[2]、赫尔曼[3]、莱恩、拉比诺维茨[4]等。詹姆斯·费伦是其中最有特色的一位。他在 1989 年出版的力作《阅读人物,阅读情节:人物、进程和叙事的修辞学的解释》和 1996 年出版的《作为修辞的叙事:技巧、读者、伦理、意识形态》等论著中系统阐述了修辞叙事学,揭开了文学叙事研究中的一个极重要的层面,将西方的叙事学推向了一个新阶段。

费伦认为,叙事是"某人在某个场合下为某种目的给某个听众讲述某个故事"[5],这种理论预设突破了传统修辞叙事的静态研究和文本内研究模式,强调作者、文本和读者之间的多层次动态交流关系。而这种动态经历一方面涉及读者本身的知识、情感、经历以及伦理观等,另一方面也依赖于"叙事进程"。费伦认为,"叙事进程是一个叙事借以确立其自身前进运动的逻辑方式……而且指这种运动自身在读者中引发的不同反应"[6],实际上叙事是指在运动中吸引读者阅读的机制,主要包含两个方面的内容:一是故事文本内部的运动;二是读者对于文本的反应。叙事进程的两个方面是同时进行的,并且相互作用,相互影响,密不可分。

---

[1] 詹姆斯·费伦是著名的后经典修辞性叙事理论家、当今世界最具有影响力的叙事学家之一。他所提出的叙事判断理论是探讨共享阅读体验的理论路径之一,也是其建构修辞性叙事理论的重要环节。

[2] 韦恩·布斯(1921—2005),出生于美国犹他州,芝加哥大学教授,著名文学批评家。1961 年出版的《小说修辞学》,是布斯的重要著作。该书被学术界称为小说理论的里程碑,书中提出的一些观念和术语,如"隐含的作者""可靠的叙述者""不可靠的叙述者"都成了当今叙事理论的标准术语。

[3] 戴维·赫尔曼是西方后经典叙事学的先锋。他致力于将叙事学与认知科学彻底地结合,从认知的视角重新审视了经典叙事学的主要问题,最大限度地吸取了经典叙事学的精华,推动了叙事理论的发展。

[4] 彼得·J.拉比诺维茨是著名的后经典修辞性叙事理论家。芝加哥学派第三代的代表人物,1977 年提出了四维度的读者观。

[5] 詹姆斯·费伦.作为修辞的叙事[M].陈永国,译.北京:北京大学出版社,2002:5.

[6] 詹姆斯·费伦.作为修辞的叙事[M].陈永国,译.北京:北京大学出版社,2002:63.

叙事进程理论的重要特色就是其动力学色彩，费伦将叙事进程赖以形成的动力分为两种——文本动力与读者动力。文本动力的机制叫作"不稳定因素"或"不稳定性"，读者动力的机制叫作"紧张因素"或"张力"。费伦对于"不稳定性"的解释是："不稳定性是故事内的一种不稳定环境，它可能产生于人物之间；人物与他的世界之间；或在一个人物之内。"[①]"不稳定性"指的是一种矛盾冲突，费伦从这些矛盾冲突（人物与人物之间、人物与环境之间、人物内心）出发，深入对人物的性格进行探讨，是一种比较有效的文学批评方法。叙事作品中的人物之所以具有这些不稳定性，并且具有打动人心的个性，和人物的功能有关。为阐释人物的功能，费伦提出了由"模仿性""主题性"和"虚构性"这三种成分组成的人物模式观。[②] 费伦区分了人物"特点"与"功能"：特点是指脱离文本来考虑人物具有的属性，功能则指文本通过不断发展的结构对这种属性的具体使用。经典叙事学有时将人物视为情节中的功能或类型化的行动者，突出了人物的建构性或虚构性，忽略了人物的模仿性；有时只关注具有普遍意义的叙事语法，忽略了人物在具体语境中的主题性；不少传统批评家则聚焦于人物的模仿性，将作品中的人物看成真人。费伦的人物观则克服了这样的片面性：修辞模式注重作品的修辞效果，因而注重读者对人物产生的同情、厌恶等各种情感反应，反应的基础就是模仿性（在阅读时将人物视为"真实的存在"）；同时考虑了"作者的读者"眼中看到的人物的虚构本质，有利于对人物或作品的其他方面进行提纲挈领的把握。费伦的三维模式人物观，把阐释过程的"线性"分析与综合归纳有机结合，使修辞研究既带有很强的动态感，又具有统观全局的整体感。

在叙事进程的研究中，读者动力的机制叫作"紧张因素"或"张力"。费伦所说的"张力"是指："话语内部的一个不稳定环境，包括叙述者与作者的读者或隐含作者与作者的读者之间知识、判读、价值或信仰之间的差距。"[③] 新批评所说的"张力"主要是文本内部的概念，而费伦的"张力"则包含文本之外的作者和读者。费伦将叙事看成修辞，将叙事置于以读者为主的修辞交流环境中，考察读者与叙事的交流关系。费伦延续了拉比诺维茨提出的四维度的读者观：有血有肉的实际读者，以各自的特性与社会身份参与阅读；作者的读者，即作者（隐含作者）假想的理想读者，是作者为之写作的读者，具备作者认为的阅读应有的知识、信仰和认识能力；叙述读者，即叙述者为之写作的读者，叙述者"把一组信仰和一个知识整体投射在这种读者身上"[④]；理想的叙述读者，即叙述者希望为之写作的读者，对叙述者的每一句话都深信不疑。前两种读者处于故事之外，后两种读者处于文本之内。叙述者和"作者的读者"，以及"隐含作者"和"作者的读者"这两对冲突构成了整个阅读过程的"张力"。有关叙述者和"作者的读者"之间的张力，费伦认为，因为不可靠叙述隐含的是叙述者和隐含作者之间的矛盾，所以，当读者站在作者的立场上来看待叙述者的言语时，会与叙述者的思想发生冲突。不可靠叙述让我们感受到叙述者是一个活生生的人，也具有普通人的弱点和有限性，特

---

① 詹姆斯·费伦. 作为修辞的叙事 [M]. 陈永国，译. 北京：北京大学出版社，2002：171.
② 申丹，韩加明，王丽亚. 英美小说叙事理论研究 [M]. 北京：北京大学出版社，2005：253.
③ 詹姆斯·费伦. 作为修辞的叙事 [M]. 陈永国，译. 北京：北京大学出版社，2002：172.
④ 詹姆斯·费伦. 作为修辞的叙事 [M]. 陈永国，译. 北京：北京大学出版社，2002：115.

别是当叙述者也是故事中的人物的时候。不可靠叙述是对传统的全知视角的重要突破，是对人的主体性的张扬。同时不可靠叙述所产生的张力，也使读者认真思考故事的真相，从叙述者的话语中求索更深层的含义，这就调动了读者参与文本的热情。在隐含作者和"作者的读者"这组对应关系中，费伦认为，"作者的读者"就是作者心目中的理想读者，作为"作者的读者"，意味着要设身处地、将心比心地理解作者的价值观念，但实际读者（有血有肉的读者）对于"作者的读者"的理解还是有影响的。因为"作者的读者"并非被动地接受作者的价值观，而是具有主观能动性的，这种主观能动性来自实际读者（有血有肉的读者）的影响。因此，隐含作者与"作者的读者"的思维不能画等号，它们之间仍然有一定的"张力"。这些"张力"体现了费伦对于读者能动作用的重视，费伦既注重读者对于作者心目中理想阅读位置的参与，又重视实际读者对于文本的反应。费伦认为修辞阅读不能止步于"作者的读者"，"实际的读者"应从自己的意识形态立场出发，对"作者的读者"的位置进行评价，只有完成这一步，整个修辞阅读过程才算完整。

修辞性叙事学在作者、文本和读者之间达到了一种平衡，着力探讨作者如何利用文本资源来与读者交流，同时关注修辞交流和对修辞交流的各种偏离。这一流派在具有不同偏向的学术潮流中起到稳定和平衡的作用，至今仍然受到世界各地众多学者的密切关注和积极应用，显示了强大的生命力。

（二）女性主义叙事学

女性主义叙事学是女性主义文学批评与叙事学相结合的产物，重点考察叙事形式所承载的性别意义，研究性别与叙事之间的关系，强调叙事文本生产与阐释的社会历史语境。女性主义叙事学研究"旨在改造脱离语境、男性化（研究对象主要为男作家的作品）的叙事诗学（或叙事语法），他们聚焦于女作家作品中的叙事结构，考虑性别的结构差异，改变女性边缘化局面"[①]，并最终建构女性的叙事权威。女性主义叙事学开创人为美国学者苏珊·S.兰瑟[②]，1986年发表论文《建构女性主义叙事学》，首次使用术语"女性主义叙事学"，较为系统地阐述了该学派的研究目的和研究方法。随后，两位代表作家的论著在美国面世：一是兰瑟的《虚构的权威：女性作家与叙述声音》，二是罗宾·R.沃霍尔[③]的《性别化的干预》，女性主义叙事学日益成为一门显学。

兰瑟认为，叙事学只研究形式因素是偏颇的，还要注重内容因素的研究，因为叙事具有形式与内容、符号性和现实性的双重性质。在此基础上，兰瑟思考了从女性主义视角研究叙事学的问题。"将叙事学工具用于分析在女性主义理论和研究中崛起的文本，我们也可以让叙事学在性别研究中产生更大的影响。这样的研究有助于我们理解叙事成分如何产生女性主义历史、民族学和个案研究等，从而将叙事研究融入人文科学的跨

---

① 申丹.20世纪90年代以来叙事理论的新发展[J].当代外国文学，2005（1）：48.
② 苏珊·S.兰瑟（1944— ）是美国威斯康星大学文学博士，曾为美国马里兰大学教授，现为美国布兰代斯大学教授，研究方向为叙事学和女性主义批评、18世纪欧洲文学研究、性别与生态研究、比较文学研究等。
③ 罗宾·R.沃霍尔，美国女性主义叙事学创始人之一，对已有叙事理论进行女性主义修正，促成了女性主义性别意识与叙事学方法的有效结合，代表了女性主义文学研究以及"未叙述事件"理论的新进展。

学科领域，即妇女研究和性别研究。"①由此，兰瑟将女性主义文学批评与叙事学结合起来，提出了建构女性主义叙事学的命题。

兰瑟对女性主义叙事学的贡献，最主要体现在她对叙述声音的研究上。在传统的叙事学中，对叙述声音的研究更多偏重形式研究，而在女性主义者那里，声音又常常被作为一个政治术语，很少涉及叙述技巧方面。针对以往的阵线分明的两种方向，兰瑟认为，女性声音实际上是意识形态斗争的场所，在文本中，通过女性声音的发出，女性可以获得社会身份，争取话语权威，意识形态的张力性即是通过这样的文本实践来获得。这样，兰瑟就把社会身份和叙述形式联系起来了。兰瑟认为，"叙述声音都是激烈对抗、冲突与挑战的焦点场所，这种矛盾斗争通过浸透着意识形态的形式手段得以表现，有时对立冲突得以化解，也是通过同样的形式手段得以实现的。"②所以，探讨女性叙述声音要联结社会身份和叙述形式、文本与历史。兰瑟创造性地透过作者型、个人型和集体型三种叙述声音模式，总结女性叙事声音实现话语权威的策略。作者型叙述声音指异故事的、集体的并具有潜在自我指称意义的叙事状态。叙述者采取全知视角点评叙述过程，对其他作家和文本做深层的思考和评价。个人型叙述声音即热奈特指称的自身故事叙述，讲故事的我是主角，私人声音公开化。集体型叙述声音指表达群体的共同声音。女性叙事使用"我们"，赋予边缘群体或受压迫群体叙事权威，对抗叙事和情节结构以个人和男性为中心的小说传统，将男性改为"他者"。女性集体叙述声音采取三种形式：某叙述者代表某群体发言的单言；复数主语"我们"叙述的共言；群体中个人轮流发言的轮言。集体型叙述巧妙借用女性文化的对话拟真，来区别于男性文化渲染武侠、警匪等动作拟真。集体型叙述符合现代主义的多元叙事观点，能够实现世界范围内的女性主义革命与叙事形式变革的合二为一，是兰瑟心目中理想的女性主义叙述声音。兰瑟明确表示，在分析叙述声音时，既要留意故事"由谁讲述"这一结构安排，也要考虑作家所处的社会历史语境，通过采用互相对照的方法观察作品中那些背离叙事成规的处理方式，仔细辨析作家以特殊方式传递给读者的价值与立场。

沃霍尔在叙事学评论实践中特别注重"文本细读"。依照她的观点，女性主义叙事分析应关注叙述声音（包括叙述者、受述者之间的交流方式）、视角、话语表达式等形式特征，辨析它们之间的关系，阐述形式处理对作品性别主题产生的意义，这就要求读者非常仔细地阅读文本，用叙事学的术语准确描述具体细节，展示蕴含其中的性别意蕴。与"新批评"提倡的"细读"不同，沃霍尔的"细读"不是为了"从文本内部发现意义"，而是将文本细节与社会历史进行对照分析，辨析历史语境下的叙事形式与性别意识形态之间的复杂关系。沃霍尔集中考察了一些小说，提出了"吸引型叙述者"和"疏远型叙述者"两个概念：前者指那些鼓励读者与人物产生情感认同的叙述者，后者则与之相反。就具体策略而言，前者常常采用动之以情的说话方式，如使用第二人称称呼小说读者等；后者则大多用反讽、自我指涉等方法，增加读者与故事人物之间的距离。沃霍尔通过细致的文本分析揭示了两类叙述者在男女作家笔下不同的分布情况：

---

① 苏珊·S.兰瑟.我们到了没？——"交叉路口"的女性主义叙事学的未来［J］.胡安江，唐伟胜，译.外国语文，2010（3）：5.
② 苏珊·S.兰瑟.虚构的权威：女性作家与叙述声音［M］.黄必康，译.北京：北京大学出版社，2005：7.

"疏远型叙述者"在男作家作品中表现为常规化倾向,"吸引型叙述者"则为女作家们所青睐。在论及这一现象的成因时,沃霍尔强调,不能把这种现象简单归因于作家的生理性别,而是要以女性在当时社会中的边缘位置理解女作家赋予写作的社会功能:较之男作家在社会公共领域中的主导地位以及相应的话语权,女作家处于边缘位置。此种情形下,写小说对于女作家们而言无异于面向公众直接发声。或者说,借用"吸引型叙述者"讲述故事,继而引导读者认同作品主旨,这一叙述技巧相当于一种话语策略,对男性权威产生了干预作用。

女性主义叙事学重视性别政治对叙述策略的影响,探究叙事形式的历史生成与接受;它以结构主义叙事学对普遍规律的总体描述为参照,关注具体作品中的形式表现,从社会历史语境中寻找动因,探究叙事形式与性别意识形态之间的复杂关系。女性主义叙事学取得了一系列重要成果,成为后经典叙事学阵营里最具有生命力和影响力的流派之一。

后经典叙事学充分关注社会、历史、文化等语境对作品所产生的影响,这是叙事学发展的明显进步,但后经典叙事学"经常以经典叙事学的概念和模式为技术支撑"[1],它们之间并不是摒弃或替代的关系,而更像是一种沿袭与改进的关系。

第二节 叙事学理论关键词

一、故事和话语

在西方文学批评传统中,常以"故事"与"话语"这两个概念来描述叙事作品,这两者的区分,构成了叙事学不可或缺的前提,叙事作品的意义在很大程度上源于这两个层次之间的相互作用。

就叙事学研究本身而言,所谓故事研究,主要聚焦于被叙述的故事,涉及"叙述了什么",包括事件、人物和背景等,着力建构故事语法,探讨事件的功能、结构规律、发展逻辑等,以普洛普、格雷马斯等为代表;而话语研究,则主要关注各种叙述形式和技巧,集中于故事与叙述本文、叙述过程与叙述本文,以及故事与叙述过程之间可能的关系,它"关心的不是所叙故事的结构,而是故事表现的方式""不注重建立抽象的理论模式,而是注重总结叙事作品的表现形式的规律"[2],以热奈特、查特曼等为代表。对叙事结构的研究与对叙述话语的研究分别构成了经典叙事学的两大主要阵营。

叙述话语就是使故事得以成为故事的基本的语言系统。例如,读者要了解"狂人"故事,必须通过阅读鲁迅所建构的故事话语:先是标题"狂人日记",接着是小说第一段以文言文形式呈现的作者题记"某君昆仲,今隐其名,皆余昔日在中学校时良友;分隔多年,消息渐阙……",跟着就是以白话文形式书写的小说正文了(从"今天晚上,很好的月光……"直到"救救孩子……")。上一层面的叙述内容,是只能通过这一层面

---

[1] 申丹,王丽亚.西方叙事学:经典与后经典[M].北京:北京大学出版社,2010:6.
[2] 张寅德.叙述学研究[M].北京:中国社会科学出版社,1989:25-26.

而被阅读和理解的。没有这层叙述话语就不可能有叙述内容——"狂人"的故事。

二、隐含作者

"隐含作者"是韦恩·布思1961年在《小说修辞学》中提出的概念，学者申丹将其归结为："就编码而言，'隐含作者'就是处于某种创作状态、以某种方式写作的作者（即作者的'第二自我'）；就解码而言，'隐含作者'则是文本'隐含'的供读者推导的作者形象。"[①] 布思的《小说修辞学》面世之际，正值形式主义批评盛行之时，批评界聚焦于文本，排斥对作者的考虑。在这种学术氛围中，"隐含作者"无疑是一个非常英明的概念。因为"隐含"一词以文本为依托，故符合内在批评的要求；但"作者"一词又指向创作过程，使批评家得以考虑作者的意图、技巧和评价。整个概念因为既涉及编码又涉及解码，因此涵盖了作者与读者的叙事交流过程。

"隐含作者"这一概念提出后，结构主义叙事学在法国诞生，并很快扩展到其他国家，成为一股发展势头强劲的叙事研究潮流。众多结构主义叙事学家探讨了布思的"隐含作者"，但由于这一流派以文本为中心，加上从字面理解布思关于真实作者创造了"隐含作者"的说法，因此将"隐含作者"囿于文本之内。费伦批评了将隐含作者视为一种文本功能的做法，恢复了隐含作者的主体性，并将隐含作者的位置从文本之内挪到了"文本之外"。他们的阐释其实都不是布思的原意：布思的"隐含作者"是处于特定写作状态的作者，而"真实作者"则是处于日常状态的个人，两者之间往往有所不同，且在创作不同作品时，作者一般会处于不同状态、不同的立场，因此不同作品的隐含作者也往往不尽相同。只有以"创作时"和"平时"的区分为基础，综合考虑编码（创作时的作者）和解码（作品的隐含作者），才能既保持隐含作者的主体性，又能保持隐含作者的文本性。也只有这样，才能清楚地看到隐含作者与真实作者的区别，以及出自同一作家的不同作品的隐含作者之间的差异。

"隐含作者"这一概念在西方形式主义盛行的时期，微妙地起到了"拯救"作者的作用，并通过与"不可靠叙述"等概念交互作用，纠正了一些错误的解读方法：作者在某一作品中所持的立场观点与其通常所持的观点可能会有所不同，同一人不同作品中的作者形象也往往不尽相同，一本书上的署名作者与实际作者也可能不相吻合，如此等等。正是由于这些差异的存在，"隐含作者"这一概念具有较大的实用价值。然而，"隐含作者"毕竟是"真实作者"的"第二自我"，两者之间的关系不可割裂。

三、聚焦

"聚焦"这一概念最早由法国叙事学家热奈特于1969年提出，后来成为现代叙事学研究的重要术语之一。根据《卢特利奇叙事理论百科全书》的解释，"叙述聚焦是指与某个人（通常是某个人物）的感知、想象、知识或视点相关的叙述信息起源与视角限制。"[②] 热奈特为叙事研究建立了聚焦概念，这个术语基本上取代了传统的视角和视点概

[①] 申丹.何为"隐含作者"[J].北京大学学报（哲学社会科学版），2008（2）：137.
[②] 尚必式.叙述聚焦研究的嬗变与态势[J].天津外国语学院学报，2007（11）：13.

念。他对"谁说"(叙述者)与"谁看"(聚焦者)的区分推动了叙事学在分类工作上最大限度地明晰化和精确化。热奈特以叙述信息受限制的程度为标准,从聚焦的主体出发,将叙述聚焦分为无聚焦、内聚焦和外聚焦三类。

第一类是无聚焦(又称零聚焦)。在这种类型中,聚焦不但如同上帝的眼光可以随故事情节的推进而随意变动,也可以没有阻挡地深入到所有人物的内心深处,并可以同时了解在不同地点发生的几件事情,可谓全知全能,类似于托多洛夫所提出的"叙述者(所知)>人物(所知)"。

第二类是内聚焦。内聚焦是指"叙述者(所知)=人物(所知)"。在内聚焦叙述中,事件通过聚焦人物的视点、感知和认知被呈现出来。由于内聚焦的复杂性,热奈特又将其细分为三类:固定式聚焦,即从开始到最后都从某个单一聚焦人物的角度出发对事件进行叙述;不定式聚焦,即随着聚焦人物发生变化,叙述角度也随之变化;多重聚焦,即让多个不同的聚焦者从各自的角度出发,对一件同样的事件进行多次不同的叙述。

第三类是外聚焦。外聚焦是指"叙述者(所知)<人物(所知)"。在这种聚焦类型中,叙述者局限于从外部视点叙述事件,基本上只能陈述"摄像机"(叙述者的眼睛)所能"拍"到的东西。

四、"不可靠叙述"

"不可靠叙述"是布思在《小说修辞学》中首次提出的。布思把小说的叙述者分为可靠叙述者和不可靠叙述者两类。他提出两者的判定依据是看叙述者是否与隐含作者(作者创造的"第二自我",作者依据其来表达价值观念)的价值观念发生冲突。如果叙述者的信念、规范与隐含作者一致,叙述者就是可靠的;如果相背离,则叙述者是不可靠的。

"不可靠叙述"产生的原因很复杂,包括叙述者认识水平上的缺陷、根深蒂固的偏见以及别有用心的欺骗等。认识上的缺陷往往和叙述者的智力水平、受教育程度、年龄、精神及心理状况等有关;偏见往往和阶级、种族、性别、亲疏等有关;欺骗往往是叙述者为达到某种目的而故意隐藏真相或编造谎言。例如在悬疑题材小说作品中,故事叙述者故意对某些人物的行为和行踪进行隐瞒或者遮蔽,甚至制造来自四面八方的混杂声音,从而造成悬疑效果。通常不可靠的叙述者更能塑造人物鲜明的性格,因为隐含作者一定会在叙述者的讲述中或多或少体现自己质疑或者反对的态度,读者需要从中找寻隐含作者的态度。

不可靠叙述者与隐含作者的冲突,更能使得读者深思。例如我国小说作家李洱[①]大部分作品中都是不可靠叙述者,他一直都是以质疑的眼光来对待叙述者,在他笔下,叙述者都是"花言巧语"的,并且个性特别鲜明。在《遗忘》这部小说中,冯蒙作为不可靠的叙述者,在侯后毅的威胁下,妄图将神话传说改写,作为自己的研究成果。侯后毅曾几次提及对待历史的态度,即去伪存真,实事求是,正是李洱对叙述者的讽刺。侯

---

① 李洱,男,作家,1966年生于河南济源。曾在高校任教多年,曾任《莽原》杂志副主编,现为中国现代文学馆副馆长。

后毅交代冯蒙,只要是有利于求证自己是后羿转世的话语,都可以成为真实的话语。他让冯蒙从参考书目中尽力找寻佐证,冯蒙也很听话地照做,并且为神话传说编造了很多谎言。在小说结尾,冯蒙仿佛相信了自己就是河伯转世,要为情敌侯后毅结束生命。冯蒙在营造的虚幻想象中越陷越深,和侯后毅一样沦为谎言的奴隶。李洱通过冯蒙的不可靠叙述讽刺了知识分子徒有"知识"却处处显得"无能"和"无力"的生存状态。长篇小说《花腔》由众多的引文和解释构成,这种独特的结构使得该文有四个叙述者并行叙事。白圣韬、范继槐、赵耀庆三个讲述者在讲述故事的时候,碍于身份的特殊,巧言令色的话语都不够可靠;而第四个叙述者"我"的补充叙述也具有主观性,这就使《花腔》成为不可靠叙述的典范。四个不可靠的叙述者将故事主观化,"花腔"式地讲述出来,让该作品有了朦胧感。李洱在该作品中提及,小说每个部分都可以拆分来读,没有标序号就是为了让历史更深刻地还原。正是通过这种不可靠叙述,李洱强调了再现历史真实的困难,从而让作品扑朔迷离,别具韵味。

五、叙述声音

在叙事学发展过程中,叙述声音一直是理论家关注的焦点。学界大致有四种与叙述声音有关的观点:一是叙述声音即作者的声音;二是叙述声音即叙述者的声音;三是叙述声音即文本中的所有声音;四是叙述声音即修辞手法。

布思《小说修辞学》中出现"声音"这个词前还有"作者"这样的限定。"作者的声音"显然是"作者介入"或"作者的判断"的同义词,小说从根本上说是作者创作的产物,"作者的声音"无疑会通过各种修辞手法渗入文本。热奈特认为"叙述声音"与叙述主体的关系最为密切,因为它留下的一系列迹象指向"谁说",热奈特的研究延续了形式主义的封闭传统,在他描述的那个与外部隔绝的文本世界里,发出声音的意识主体自然只能是叙述者。巴赫金的《陀思妥耶夫斯基诗学问题》中使用了"声音"这一术语,将其界定为语言表现出来的某人的思想、观点和态度的综合体。他还提出了"对话""复调"等概念,他说,"陀思妥耶夫斯基的小说是对话型的。这种小说不是某一个人的完整意识,尽管他会把他人意识作为对象吸收到自己身上来。这种小说是几个意识相互作用而形成的总体,其中任何一个意识都不会完全变成为他人意识的对象。"[①]巴赫金认为叙述声音包括文本中的所有声音,声音之间的张力恰恰是文本的魅力所在。苏珊·S.兰瑟在《虚构的权威:女性作家与叙述声音》中视声音为"意识形态的表达形式",认为叙述声音与被叙述的外部世界是一种互构关系,并围绕三种模式(作者的、个人的和集体的叙述声音)探讨了叙述声音和女性创作的关系。费伦在《作为修辞的叙事》中提出了自己对声音的理解,他主要关注声音作为叙事话语组成部分所发挥的作用。费伦认为:"声音是叙事的一个成分,往往随说话者语气的变化而变化,或随所表达的价值观的不同而不同,或当作者运用双声时变换于叙述者的或人物的言语之间……声音的有效使用却不必依赖声音的一致性。声音是叙事方式的重要组成部分,表明叙事

[①] 巴赫金.陀思妥耶夫斯基诗学问题[M].白春仁,等译.石家庄:河北教育出版社,1998:21.

的方法而非叙事的内容。(声音)只是为达到特殊效果而采取的手段。"①

叙事学家普林斯在《叙述学词典》中对声音做了内涵较为宽泛的界定:"(声音)控制叙述行为与叙述文本、叙述与被叙述之间的关系。尽管常常与视点相混合或混淆,但与人称相比,声音有更广的外延。如果对声音与视点作出区别,可表述为:后者提供有关谁'看'的信息,谁感知,谁的视点控制该叙述,而前者则提供有关'说'的信息,叙述者是谁。"② 普林斯界定的声音实际上就是叙述声音,其定义虽然也有一定的倾向性,但"声音有更广的外延"一语还是为各家之说留出了空间。

六、故事外叙述与异故事叙述

热奈特根据叙述者的叙述层次(故事外/故事内)和叙述者与故事的关系(异故事/同故事)确定叙述者在一切叙事中的地位,由此衍生出四类叙述者:故事外—异故事叙述,即叙述者处于故事的第一层次,不参与故事的进程;故事外—同故事叙述,即叙述者处于故事的第一层次,参与故事的进程,不过叙述人不能与作者完全等同;故事内—异故事叙述,即叙述者处于故事的第二层次,不参与故事的进程;故事内—同故事叙述,即叙述者处于故事的第二层次,参与故事的进程。依据热奈特的故事层次标准,相对于故事内(第二层故事,热奈特又称为元故事)而言,故事外叙述指的是文本中存在的第一层故事;有时没有故事内层的时候,就只有这一层故事。那么,在故事外层中,叙述者可以是异故事叙述者,讲述与本人无关的故事,使用第三人称叙事;叙述者也可以是同故事叙述者,讲述自己的故事,使用第一人称叙事。其实,故事外叙述并不能说明叙述者与故事之间的关系,也就是说,它与由谁讲述故事、讲故事者是否与故事人物处于同一世界这些活动和现象无关,它只表明故事由几个层次构成。

第三节 叙事学方法案例解析

叙事学评论方法是极其复杂的文学批评方法,注重文本内在结构模式的研究,揭示超越文本本身的规律性东西。本案例《对热奈特"时距"的解读》,以叙事学家热奈特的"时距"为研究对象,试图探寻叙事的时间问题,并将之公式化,借此分析时距如何在文本中发挥叙事的作用。

热拉尔·热奈特作为法国结构主义叙述学的代表人物之一,在20世纪六七十年代叙事理论迅速发展并走向成熟的过程中起关键作用。他在吸纳索绪尔语言学、结构主义、俄国形式主义及新批评派等前人研究成果的基础上,避开英美学者比较多地从修辞技巧角度研究文学文本的模式,独辟蹊径,挖掘文本深层特质,建构自己的叙事理论。其中,他的叙事学理论对文学文本的时间叙事特征做了大量研究,专门提出了一套时间叙事概念,抓住文本时间叙事特征,分析时距,探讨叙事节奏。

---

① 詹姆斯·费伦.作为修辞的叙事[M].陈永国,译.北京:北京大学出版社,2002:22.
② 杰拉德·普林斯.叙述学词典[M].乔国强,李孝弟,译.上海:上海译文出版社,2011:243.

一、叙事时间的双重性

在传统的叙事理论中，常常看到详写、略写等术语，这是对叙事文学外在形式的描述和把握，也被称为叙事技巧。的确，这样的称呼无疑是非常重要的，也是合情合理的。然而，该研究还没有对其深藏于背后的原因给予论证和分析。而热奈特拨开叙事的表层面纱，直至叙事的深层。从叙事时间切入来追踪和拷问隐藏在叙事深层的文本特征。在热奈特看来，叙事时间是有双重性的，即被讲述的事情的时间和叙事时间，二者的协调统一以及矛盾冲突错位便构成了文学叙事的时间特征。"叙事是一个……两重时间序列……包括被讲述事件的时间和叙事的时间（能指的时间和所指的时间）。这种两重性不仅使一切时间畸变成为可能，挑出叙事中的这些畸变是不足为奇的（主人公三年的生活，用小说中的两句话或电影'反复'蒙太奇的几个镜头来概括等）；在更根本的意义上，它引起我们思考，叙事的功能之一就是根据一种时间组合而发明另一种时间组合。"①热奈特在《叙事话语》中，借用克里斯蒂安·麦茨《电影含义论文集》（也被译为《电影表意泛论》）中这段强调时间双重性的话来引出对书面文学叙事中时间的研究，肯定了叙事文本中被叙述故事的原始编年时间与文本的叙事时间存在的客观性，展开了对书面文学叙事作品中故事时间和叙事（伪）时间关系的论述，探讨了二者之间的转喻意义及其错综复杂的关系所构成的叙事文学叙事节奏。

二、等时叙事的困难

确立了叙事文学中叙事时间的双重性，因而就形成了二者之间时间长短的对比关系，即时距。然而，由于谁也量不出叙事的时距，因此叙事文学的"叙事时间"概念在处理实际问题上存在着突出困难。即便在"顺序"中可以找到参照点或零度：故事序列和叙述序列的重合，但在这里找不到叙述与故事的严格等时来作为参照点。即使如让·里卡杜在《新小说问题》中指出的那样，一个对话场面（假设没有叙述者的任何干预和任何策略）的确带来"叙述段和虚构段之间的某种相等"，这也只是叙事时间和故事时间的某种约定俗成的相等。因此，热奈特指出：衡量时距变化时，在叙事和故事间是无法检验的，因而也无法达到时距的比较。为了确证等时叙事的难度，热奈特又采取了假设论证的策略，即假设叙事的等时性和钟摆一样，可以不通过其时距与它讲述的故事时距的比较得出相对的定义，而可用某种绝对和自主的方式确定为速度的肯定恒定。可是热奈特本人也清楚，等时叙事假设的参照零度，在这里将是一个不加快也不减慢的等速叙事，故事时距与叙事长度始终保持恒定的关系。这样的叙述当然在叙事文本中也是不存在的。

总之，无论从哪个角度来讲，叙事文本中的等时叙事都是不存在的，而非等时叙事却是存在的。因故事时间和叙事时间的复杂关联，热奈特开启了叙事运动节奏的研究。

三、叙事运动的节奏

在确定了等速叙事的参考零度之后，就可以对非等时的叙事运动所造成的节奏进行分析和描述了。正如古典音乐传统在无数可能的演奏速度中分了几种标准乐章，如行

---

① 热拉尔·热奈特.叙事话语：新叙事话语[M].王文融,译.北京：中国社会科学出版社，1990：17-21.

板、快板、急板等，它们连续和交替的关系支配了奏鸣曲、交响乐或协奏曲的结构一样，热奈特也根据双重叙事时间的对比关系——时距区分出了叙事运动的四个基本形式：停顿、场景、概要和省略。热奈特用下面的公式概括了这四个运动的时间价值，其中 TH 指故事时间，TR 指叙事的伪时间或叙事文本时间或约定时间：

停顿：$TR=n$，$TH=0$，故：$TR \infty > TH$

场景：$TR=TH$

概要：$YR<TH$

省略：$TR=0^{TH}=n$，故 $TR< \infty TH$

在这里，热奈特指出：这个公式看上去很不对称，缺少一个与概要相对应的变速运动形式，即公式 $TR>TH$，它显然是某种慢速场景，如那些谈起来似乎经常大大超出假设、占满了故事时间的长场景，因为在他看来这不是标准形式，甚至没有真正在文学传统中实现，所以他认为事实上标准形式归结为上面列举的四个运动，他以普鲁斯特的《追忆逝水年华》为例阐述了这四种叙述运动基本形式特征及作用。

"概要"是个不定运动形式（而其余三个至少原则上是确定运动），它以极灵活的方式覆盖场景和省略之间的整个领域。热奈特认为《追忆逝水年华》中恰恰没有一般意义上的概要叙事。"然而，如果从这个角度观察《追忆逝水年华》的叙述方式，首先必须看到概要叙事几乎没有以它在以前的整个小说史中的形式出现，就是说不写言行的细节，用几段或几页叙述好几天、好几个月或几年的生活。"①因此，热奈特引用了博尔赫斯举的《堂吉诃德》中的一个例子。

"总之，罗塔琉觉得必须趁安塞尔模外出的时机，加紧围攻这座堡垒。他称赞她美，借以打动她的虚荣心；因为这点虚荣心最能抵消美人的高傲。他紧攻紧打，用猛烈的火力来突破卡蜜拉的忠贞；她即使是铁人儿也抵挡不住。他流泪，央求，献媚，赞美，纠缠不已，显得一往情深，满腔热忱竟使卡蜜拉贞操扫地；他意想不到而求之不得的事，居然成功。"

这段叙述以较为简洁的语言对事情经过进行叙述。热奈特认为概要显然是两个场景之间最经常的过渡，是二者互相映衬"背景"，因而概要是小说叙事的最佳结缔组织，小说叙事的基本节奏通过概要和场景的交替来确定。

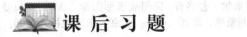

课 后 习 题

一、经典阅读与仿写

论故事序列
［俄］弗拉基米尔·普洛普

民间故事是一个特殊种类的存在，这一点至关重要。"民间故事"指的是阿尔奈（阿尔奈是芬兰民间文学研究者，1910 年发表《故事类型索引》，为故事类型研究创立了国

---

① 热拉尔·热奈特.叙事话语　新叙事话语［M］.王文融，译.北京：中国社会科学出版社，1990：32.

际通用的统一编码分类法。1928年美国学者斯蒂斯·汤普森对阿尔奈的索引做了补充修订，出版了《民间故事类型索引》。后人把他们二人的索引编排法称为AT分类法。)分类为300—749号序数的那些故事。这一划分是人为的，但可以在此基础上做出更为精确的分类。我们将对那些故事的主题进行比较。为了比较起见，我们将采取特殊法分离民间故事的组成部分；然后，我们将根据它们的组成部分对这些故事进行比较。其结果将是一种形态学（即根据故事的组成部分和这些组成部分之间及它们与整体的关系对故事的一种描述）。

用什么方法才能取得对故事的精确描述？让我们来比较一下下列事件。
（1）沙皇给了英雄一只鹰，鹰把英雄带到了另一个王国。
（2）老人给了苏钦科一匹马，马把苏钦科带到了另一个王国。
（3）魔法师给了伊万一只小船，船把伊万带到了另一个王国。
（4）公主给了伊万一枚戒指，从戒指中出现的一些年轻人把伊万带到了另一个王国。

上述例子中既有常量也有变量。人物的名字变化（每个人的特征也变化），但他们的行动和功能都不变。从这点我们可推测，一个故事常常把相同的行动赋予不同的人物。这使根据故事中人物的功能来研究故事成为可能……

以上观察可以用下列方式加以简论。
（1）人物的功能可在一个故事中充当恒定、不变的成分，它们并不因为由谁来实现而改变。它们构成了一个故事的最基本的组成部分。
（2）民间故事中已知功能的数量是有限的。

如果描述功能，则会出现第二个问题：在哪些分类和哪些序列中可碰到这些功能……

事件的序列有其自身的法则。短篇故事也有相似的法则，正如有机构成一样。偷盗不可能在破门而入之前发生。就故事来说，它有其自身一整套特殊而具体的法则。随后我们将看到，成分的序列是严格一致的。这个序列中的自由是受确切的范围以极其狭窄的限定所约束的。于是我们得出本书的第三个命题：功能的序列总是相同的。这点还有待于进一步发展和论证。

（节选自弗拉基米尔·普洛普. 民间故事形态学［M］. // 拉曼·塞尔登. 文学批评理论——从柏拉图到现在［M］. 刘象愚，等译. 北京：北京大学出版社，2000：381-382.）

叙事疆界
［法］热拉尔·热奈特

在此，我们有一个规模非常广泛的新的叙事疆界划分，因为它把我们现时称为文学的整个领域划分为两个大约同等重要的部分。

这一划分或多或少对应于爱弥尔·本文尼斯特在叙事（或故事）和话语之间所做的区分，只是本文尼斯特的话语概念中包括了亚里士多德称为直接模仿的一切形式，至少就其文字部分来说，它实际上包括诗人或叙述者分派给角色的话语。本文尼斯特表明某些语法形式，如代词"我"（以及它内在的指涉"你"）、代名词（某些指示代词）或指示副词（如"这里""现在""昨天""今天""明天"等）以及——至少在法语中——某些动词时态，如现在时、先现在时或将来时，只用于话语，而叙事按其严格的形式则一律只用第三人称以及不定过去时和过去完成时这类形式为标记。无论所用习语的差异和细节如何，所有这些区别清楚地归结为叙事客观性和话语主观性之间的对立；但应该指出的是，这类客观性和主观性是严格按语言学性质的标准界定的：所谓"主观的"话语是通过明说或不明说标示出我（或指涉我）在场的话语，但这种标示除了把我作为正在说这一话语的人界定以外，不以别的方式界定，正像话语模式的典型时态现在时一样，它只被界定为话语正在被说的那一刻，对这一时态的使用标记着"所描述的事件与描述这一事件的话语实例正相吻合"。反过来，叙事客观性的特征在于不涉及叙述者："事实上，那时甚至不再有一个叙述者。事件按其所发生的时间顺序排列出来。这里无人说话；事件似乎在叙述自身。"

在话语中，某人在说话，他在说话这一行为中的处境是最为重要的意义焦点；正如本文尼斯特极有说服力地指出的那样，所谓在叙事中无人说话，意思是说我们从不问自己谁在说话、在哪里、什么时候，等等，以便领悟文本的全部意义。

但应立即补充说明的是，如此界定的叙事和话语的本质，其纯粹状态是在任何文本中都找不到的：在话语中总有一定比例的叙述，在叙述中总有一定比例的话语。事实上，对称到此为止，因为似乎这两种表达方式所受的浸染影响是极为不同的：在话语层面上插入叙事成分不足以解放话语，因为它们总体上还是被说话者连接在指涉上，说话者还是内在地存在于背景中，并在任何时候都可能介入，而且这种返回还不被认为是"侵入"。

显然，叙事把这些话语飞地——被乔治·布林正确地称为"作者侵入"——一体化并不像话语接受叙事飞地那么容易：插入话语的叙事被转换为话语的一个成分，而插入叙事的话语还是话语并形成一种很容易辨认和定位的"囊肿"。我们可以说，叙事的纯粹性比话语的纯粹性更明显。

（节选自热拉尔·热奈特. 叙事疆界［M］.// 拉曼·塞尔登. 文学批评理论——从柏拉图到现在［M］. 刘象愚，等译. 北京：北京大学出版社，2000：392-393.）

请阅读上述文字，体会普洛普分析"民间故事序列"和热奈特关于"叙述与话语的辨析"的语言逻辑。节选段落举例简洁恰当，由表及里，论证层次分明。请同学们可以结合自己阅读过的民间故事或者文学叙事，仿照该论文语言风格写一段不少于800字的短评。

二、课后延伸阅读

1. 张寅德. 叙述学研究［M］. 北京：中国社会科学出版社，1989.
2. 胡亚敏. 叙事学［M］. 武汉：华中师范大学出版社，2004.
3. 罗纲. 叙事学导论［M］. 昆明：云南人民出版社，1994.
4. 普洛普. 故事形态学［M］. 贾放，译. 北京：中华书局，2006.
5. A.J. 格雷马斯. 论意义［M］. 吴泓缈，冯学俊，译. 天津：百花文艺出版社，2004.

6. 热拉尔·热奈特.新叙事话语[M].王文融,译.北京:中国社会科学出版社,1990.

7. 里蒙·凯南.叙事虚构作品[M].姚锦清,等译.北京:生活·读书·新知三联书店,1989.

8. 詹姆斯·费伦.作为修辞的叙事[M].陈永国,译.北京:北京大学出版社,2002.

9. 申丹,韩加明,王丽亚.英美小说叙事理论研究[M].北京:北京大学出版社,2005.

10. 苏珊·S.兰瑟.虚构的权威:女性作家与叙述声音[M].黄必康,译.北京:北京大学出版社,2005.

11. 申丹,王丽亚.西方叙事学:经典与后经典[M].北京:北京大学出版社,2010.

12. 申丹.叙述学与小说文体学研究[M].北京:北京大学出版社,1998.

13. W.C.布斯.小说修辞学[M].华明,胡苏晓,周宪,译.北京:北京大学出版社,1987.

14. 巴赫金.陀思妥耶夫斯基诗学问题[M].白春仁,等译.北京:生活·读书·新知三联书店,1998.

三、思考题

1. 试比较经典叙事学与后经典叙事学的异同。
2. 从修辞叙事学的角度分析《红楼梦》中"黛玉葬花"这一情节。
3. 运用叙事学关键词解析莫言的长篇小说《蛙》的叙事技巧。
4. 请运用叙事学理论分析自己熟悉的一部作品,并说明自己文本阐释的主要理论依据。

第十章
生态批评方法

在人类漫长的发展历史中，人与自然始终血脉相连，祸福相依。作为人类本质力量对象化的世界既包含着人的创造能力，也蕴藏着自然界中万事万物的共同建构。在文学的审美世界中，大量的文学作品也以反映人类与大自然的生存张力关系为己任，于是，探寻文学中的生态书写成为文学评论的一个重要的研究方向。学术界将这种研究方法称为生态批评。在新时代，作为一种评论方法，它一只脚立于文学，另一只脚立于大地，作为一种介入文学的理论话语，试图协调着人类与非人类、人类与自然界、人类与宇宙的内在精神联系。

第一节 生态批评理论概说

生态批评作为一种具有文学和文化批评倾向的理论范式，肇始于20世纪70年代。它的提出具有特定的理论背景与时代环境，是在愈演愈烈的全球性生态危机下，文学艺术领域掀起的一股"绿色"的批评浪潮。史怀泽[①]的"敬畏生命"、利奥波德[②]的"大地伦理"、罗尔斯顿[③]的"荒野哲学"、奈斯[④]的"深层生态学"等理论观念与思想构成了生态批评最直接的精神资源与哲学基础。从语义上看，"生态批评"（ecocriticism）一词，看

---

① 史怀泽：法国当代具有广泛影响的思想家，他创立的以"敬畏生命"为核心的生命伦理学是当今世界和平运动、环保运动的重要思想资源。
② 利奥波德：美国享有国际声望的科学家和环境保护主义者，被称作美国新保护活动的"先知""美国新环境理论的创始者""生态伦理之父"。
③ 罗尔斯顿：1933年出生于美国弗吉尼亚州的谢南多厄峡谷，先后在美国北卡罗来纳州戴维森学院获得物理学学士学位，在英国爱丁堡大学获得神学博士学位，现为美国科罗拉多州立大学杰出哲学教授。
④ 奈斯：挪威哲学家，深层生态学的创始人。

似是将生态学与文学批评结合起来的批评理论，然而其并非两者的简单结合，生态批评的发生、发展与任何理论范式一样经历了曲折复杂的过程。

一、生态批评的发生与发展

1974年，美国学者密克尔在其专著《幸存的喜剧：文学生态学研究》中提出了"文学生态学"这一术语，认为批评应当探讨文学对"人类与其他物种之间的关系"的揭示，要"细致并真诚地审视和发掘文学对人类行为和自然环境的影响"[①]。密克尔首次将文学与生态学联系在一起，指出从文学的角度探讨人类与其他非人类生命之间的相互关系，尤其是文学书写对于人类行为和自然环境的影响。

1978年，美国学者鲁·克特[②]在《艾奥瓦州评论》第九期上发表题为《文学与生态学：生态批评的试验》的文章，首次在文学研究领域使用了"生态批评"术语[③]，明确提倡"将文学与生态学结合起来"，强调批评家"必须具有生态学视野"，文艺理论家应当"构建出一个生态诗学体系"[④]。至此，"生态批评"作为一种新的理论术语在文学研究领域应运而生。

此后的十几年间，伴随着越来越多的学者关注生态问题、投身生态批评的研究与实践中，生态批评在欧美乃至全世界迅速发展。

1994年，美国学者克罗伯尔[⑤]的专著《生态批评：浪漫的想象与生态意识》出版。该书就生态批评的产生背景和原因、特征、目的及批评标准等命题进行了集中论述，积极倡导"生态学的文学批评"或"生态学取向的批评"。1995年，"文学与环境研究协会"首次学术研讨会在科罗拉多大学召开，会议得到了众多全球生态批评学者的响应，收到了两百多篇学术论文。同年，第一个正式的生态批评文学研究刊物——《文学与环境跨学科研究》——在美国创刊。同年，哈佛大学英文系的布伊尔[⑥]教授出版了专著《环境的想象：梭罗、自然文学和美国文化的构成》，被誉为"生态批评的里程碑"。[⑦]1996年，第一部生态文学批评论文集《生态批评读本：文学生态学的里程碑》由格罗特菲尔蒂和弗洛姆联合主编出版。论文集从生态学及生态文学理论、文学的生态批评和生态文学的批评三个部分对生态批评及相关范畴进行了论述和探究，被誉为生态批评入门的首选文本。至此，生态批评作为一个批评流派最终在以美国为代表的欧美学术界得以确立，很快便风靡全球，成为一股势不可当的批评潮流。

我国对于生态批评思想的关注始于20世纪七八十年代的西方生态批评与思想文本的译介。1979年，美国生态文学史上里程碑式的作品——《寂静的春天》被引进并由科学出版社出版；1983年，罗马俱乐部于1972年发布的第一个研究报告《增长的极限》被引进并由四川人民出版社出版，表明中国学界对于现代化进程中的生态问题开始被关

---

① 王诺.生态批评与生态思想[M].北京：人民出版社，2013：1.
② 鲁·克特：美国当代生态批评家，"生态批评"一词的创始者。
③ 刘文良.范畴与方法：生态批评论[M].北京：人民出版社，2009：1.
④ 王诺.生态批评与生态思想[M].北京：人民出版社，2013：1.
⑤ 克罗伯尔：美国当代生态学者，首次将生态引入文学研究的学者之一。
⑥ 布伊尔：美国哈佛大学杰出学者，生态批评重要的代表人物之一。
⑦ 王诺.生态批评：发展与渊源[J].文艺研究，2002（3）：48-55.

注。其后，对于西方生态哲学、生态伦理学、生态文艺学等生态思想著作的译介逐渐增多。2003年，作为第一本关于生态文学的教材《欧美生态文学》由王诺①教授撰写，对于生态文学的理论资源、发展历程与思想内涵做了极为详尽的介绍与梳理，成为生态文学研究的标志性的范本。此后，胡志红、程相占、韦清琦、刘蓓、王晓华、汪树东、雷鸣、黄铁、陈茂林、龙其林等学者分别从中西生态批评与思想资源、理论建构与文本实践等不同的方面，多角度、全方位地进行了生态批评研究，为中国生态批评的理论建构与实践呈现了基础元素，发挥了重要的作用，做出了积极的贡献。

二、生态批评的含义与范畴

与生态批评理论范式的发生和发展一样，生态批评概念的厘定与广泛接受也是一个不断变化与完善的过程。王诺在《生态批评：界定与任务》中对生态批评的概念进行了梳理，详尽介绍了影响较大的几种代表性观点，并对其进行了辩证的分析与评价，得到了广泛的认可与接受。

（1）詹姆斯·汉斯在1990年给出的生态批评定义是："生态批评意味着从社会和地球的语境中考察文学（和其他艺术）。文学不是存在于它自己的与外界隔绝的领域里，因此将我们对文学的讨论限制在文学性本身，就阻断了文学与其他系统的至关重要的联系，而正是那些联系把我们的价值观念的表达结合起来。"

（2）斯洛维克②对生态批评的界定："生态批评意指两个方面的研究：既可以用任何一种学术的方法研究自然书写；也可以细致研究任何文学文本的生态含义和人与自然的关系，即使那些文本初看起来似乎显然描写的是非人类的世界。这种新的研究热点反映出当代社会对非人类世界的重要性和脆弱性的不断增长的意识。"

（3）彻丽尔·格罗特菲尔蒂③对生态批评的定义："生态批评是探讨文学与自然环境之关系的批评。""所有生态批评仍然有一个基本的前提，那就是人类文化与物质世界相互关联，文化影响物质世界，同时也受物质世界的影响。生态批评以自然与文化，特别是自然与语言文学作品的相互联系作为它的主题。作为一种批评立场，它一只脚立于文学，另一只脚立于大地；作为一种理论话语，它协调着人类与非人类。"

（4）王诺给生态批评下的定义是：生态批评是在生态主义，特别是生态整体主义思想指导下探讨文学与自然之关系的文学批评。它要揭示文学作品所反映出来的生态危机之思想文化根源，同时也要探索文学的生态审美及其艺术表现。④

从上述定义看，生态批评的核心要义有三点：一是关注文学与自然之关系；二是探究文学文本反映出的造成生态危机的思想文化根源；三是呈示文学文本的艺术性。如果说文学的主体是人没有异议的话，那么生态批评定义的核心要义中的前两点可以进一步理解为，生态批评要关注文学书写中的人与自然之关系，要通过文学书写揭示出人类思想文化中哪些方面是造成生态危机发生的根源。换言之，生态批评的理论范畴必须在文

---

① 王诺：厦门大学人文学院中文系教授，研究方向：生态批评。
② 斯洛维克：美国生态批评运动的主要倡导者之一。
③ 彻丽尔·格罗特菲尔蒂：美国生态批评家，生态批评的主要倡导者之一。
④ 王诺.生态批评：界定与任务［J］.文学评论，2009（1）：63-68.

学与自然关系的基础上和范围内展开理论运演,不能脱离人与自然的关系来探究文学文本中的人与人的关系、人与社会关系及人与自身的关系,不能脱离人与自然的关系的文学书写及文学媒介或载体来探讨生态危机产生的思想文化根源及其艺术表现。否则,生态批评就会与其他文学批评理论没有差异,扩大或缩小生态批评的话题范围,会减损生态批评的有效性和"公信力",甚至从根本上解构和消解生态批评。①

三、生态批评的研究对象与任务

从生态批评的定义看,生态批评本质上是文学批评,其研究对象为文学文本与文学现象,确切地说应是生态文学文本与文学现象;其根本任务是揭示出生态文学文本与文学现象中所反映出来的生态危机之思想文化根源,探索生态文学文本的生态审美及其艺术表现。如此而言,生态文学便是一个绕不过去的概念,那么什么是生态文学?

从字面意义来看,"生态文学"可以通俗地理解为关于生态问题书写和揭示的文学类型,它与"自然书写""环境文学"及"灾难叙事"的不同在于对关键词语"生态"二字的认知。"自然""环境""灾难"等词语都是基于"人"的意义而言的,而"生态"是将"人"包含于其间的。这是认知生态文学的一个关键。"自然书写"容易离开"人"而进行文学书写,"环境文学""灾难叙事"又易将人置于文学表现的中心,并从这个中心出发,认识、书写、体验及艺术性地表现人对环境、灾难的感受与审美判断,具有浓烈的人类中心主义色彩。而生态文学与之不同,具有以下特点。

(1)生态文学是以生态整体主义为指导思想、以生态系统的整体利益为最高价值的文学,而不是以人类中心主义为理论基础、以人类利益为价值判断的终极尺度的文学。

(2)生态文学的根本任务之一是传播生态思想,它是考察和表现人与自然关系的文学。

(3)生态责任的突出特点是生态文学;它是探寻生态危机之社会根源的文学。文化批判是许多生态文学作品的突出特点;生态文学是热衷于表达人类与万物和谐相处的理想、预测地球与人类未来的文学。

(4)生态文学是从事并表现独特生态审美的文学,生态理想和生态预警是许多生态文学作品的突出特点。自愿性原则、整体性原则、交融性原则和主体间性原则是生态文学进行生态审美的主要原则。②

因而,生态批评的研究对象是生态文学文本与文学现象,任务是以生态整体主义为指导思想、以生态系统的整体利益为最高价值标准,从人与自然关系角度探讨生态文学的思想文化内涵;考察和表现人与自然关系和探寻生态危机的社会根源,传播生态思想;探讨生态文学的独特的审美意蕴与艺术表现上的成就、价值、特征及局限。

---

① 高春民.生态批评亟须"瘦身"[N].中国社会科学报,2019-07-02.
② 王诺.生态批评与生态思想[M].北京:人民出版社,2013:217-220.

第二节 生态批评理论关键词

一、生态意识

从不同视角出发,生态意识含义的指向也不尽相同。在对生态意识含义的界定中,以下几种观点具有代表性。王如松[①]认为,生态意识是指在处理人类活动与周围自然环境间相互关系时的基本立场、观点和方法,可分为系统意识、效率意识、功能意识和生态库意识。[②]依凭基鲁索夫的观点,余谋昌指出生态意识是根据社会和自然的具体可能性,最优地解决社会和自然关系的观点、理论和感情的总和。余谋昌[③]认为生态意识的形成机制源于人们对以往人类活动中违反生态规律带来的严重后果的反省、对现存严重的生态危机的觉醒、对人类未来发展的关注及对后代的责任感和对地球生态系统整体性的认识。[④]刘湘溶[⑤]认为,生态意识是人类以对包括自己在内的自然中的一切生物与环境之关系的认识成果为基础而形成的特定的思维方式和行为取向,可分为忧患意识、科学意识、价值意识和责任意识。[⑥]

生态意识是人在处理与自然的关系时需要具备的健康合理的意识。其核心要义有三点:其一,生态整体意识;其二,尊重自然意识;其三,敬畏生态意识。生态整体意识就是将世界看作一个"人—社会—自然"的复合生态系统[⑦],人、自然、非人类生命等万事万物都是这个复合生态系统中的不可分割的一个分子,他们彼此相互联系、相互制约、相互依存,是一个完美的整体。尊重自然意识是指认识到生态系统的运行和发展有着自身的规律,人作为生态系统中的一分子,具有自身的生态序位,应该遵守生态系统的运行规律,而不能为自然立法,更不能凌驾于自然规律之上而为所欲为。敬畏生命意识是指意识到生命乃地球生态系统进化的完美结果,物种多样性和各种生命的繁盛本身就具有充分的价值和意义,人不能按照人类中心主义对待各种生命,应该承认各种生命的内在价值,呵护生命、敬畏生命,而不是奴役生命、利用生命。生态意识是运用生态批评理论观照具体生态文本时的重要的考察内容,是否以自觉的生态整体、尊重自然和敬畏生命意识来进行文学书写是判断文本是否属于生态文学的重要标准,从文本中挖掘、阐释与弘扬生态意识也是生态批评解读生态文学文本时的重要内容。

---

① 王如松(1947—2014),出生于江苏南京,城市生态与生态工程专家,中国工程院院士,中国科学院生态环境研究中心研究员、博士生导师。
② 王如松.论生态意识[J].农业现代化研究,1988(1):9-12.
③ 余谋昌:中国社会科学院研究生院教授、博士生导师,国务院经济研究所客座研究员,中国自然辩证法研究会理事,地学哲学委员会副理事长,中国环境伦理学研究会理事长。
④ 余谋昌.生态意识及其主要特点[J].生态学杂志,1991(4):68-71.
⑤ 刘湘溶:教授、伦理学博士生导师,享受国务院政府特殊津贴专家,湖南省优秀中青年专家,湖南省优秀社会科学专家,湖南省首批跨世纪学术与技术带头人培养对象。
⑥ 刘湘溶.论生态意识[J].求索,1994(2):45-50.
⑦ 余谋昌.生态哲学[M].西安:陕西人民教育出版社,2000:119.

二、生物中心主义

"生物中心主义"主张一切生命都有生存与发展的权利，是一种将道德对象的范围扩展到人以外的生物的环境伦理理论。"生物中心主义"理论的主要代表人物有史怀泽、辛格和泰勒等哲学家及伦理学家。史怀泽开创尊重生命、敬畏生命的伦理学，为现代西方生态伦理学奠定了基础。辛格提出道德界限不应只局限于人类自身，而应该扩充至所有具有感觉能力的存在物身上，凡是有苦乐感受能力的存在物都有资格成为道德权利的客体。辛格①的此种理论被称为"尊重感觉的伦理学"。②泰勒从生物中心论、人类的道德态度及环境伦理规范三个方面构建了一种完整的生物中心论的伦理体系。"生物中心主义"认为，与人一样，动物也是能够评价其生活并进而拥有"内在价值"和"天赋的平等生存权"的创造物，尊重人的天赋权利的理由同样适用于动物。没有任何一个生命是毫无价值的或仅仅是另一个生命的工具，所有的存在物在生态系统中都拥有自己的位置。③没有任何生物体仅仅是一个工具，因为每一个生物体都有其完整的内在价值。④概而言之，"生物中心主义"理论的核心观点有三点：一是所有生物都内在地抵御增熵过程，以保持自己的组织性，维护自身生存，生命具有同一性；二是维护自己的生存，是所有有机体的生命目的中心，这是有机体的内在价值，是有机体的"善"；三是虽然不同的有机体有不同的自组织方式，他们以自身的方式维护生存，但具有同等的内在价值，因而具有平等的道德权利，应当得到道德承认、关心和保护。⑤

三、主体间性理论

主体间性理论的提出基于人与自然二元对立思维给人类社会发展带来的诸多弊病。自西方启蒙运动以来，人与自然关系被确立为对立、对抗之关系。由于主体性的觉醒，人类便自以为是地从自然中分离出来，成为自然的对立面，自然成为人类征服、奴役和索取的对象。从笛卡尔的"我思故我在"，康德的"人为自然立法"，到黑格尔的"绝对精神"的历史演变，再到青年马克思的"人化自然"观念的提出，可以说，近代以来的人与自然关系的确立体现为主体性哲学。⑥这种主体性哲学将主体性视为现代社会发展的圭臬，将人从自然和神学的附属地位解放出来，推动了历史的进步，但也造成主体性极度膨胀，日益凸显其片面性。在人与人的关系上，他人是作为自我的一个客体，是利益关系中的对象，不可避免地导致人与人关系的疏远。而人与人关系的疏远某种意义上是人与自然关系异化的另一表征。当人将自然作为征服、奴役和索取的客体时，人对自然的占有不可避免地会破坏自然生态，甚至影响人的精神生态。可见，正是诸如人与自然、目的与手段、奴役与被奴役等主体与客体之间的二分法，某种意义上构成了导致生态危机的罪恶渊薮。其实，无论什么样的存在物，只要被当作客体，就会丧失

---

① 辛格：英国作家，生命伦理学的积极推动者，当代动物解放运动的发起人之一。
② 余谋昌.生态哲学［M］.西安：陕西人民教育出版社，2000：151.
③ 杨通进.动物权利论与生物中心论——西方环境伦理学的两大流派［J］.自然辩证法研究，1993（8）：54-59.
④ 霍尔姆斯·罗尔斯顿.哲学走向荒野［M］.刘耳，叶平，译.长春：吉林人民出版社，2000：231.
⑤ 余谋昌.生态哲学［M］.西安：陕西人民教育出版社，2000：147.
⑥ 杨春时.走向后实践美学［M］.合肥：安徽教育出版社，2008：340.

自立性，变成完全为人类而存在的东西，这正是它们毁灭的根源①，自然在当下的"命运"莫不如此。因而，人与自然的关系既不能是主与仆、奴役与被奴役、征服与被征服的关系，又不能是人对神化了的自然敬畏崇拜的关系，而应该是平等友爱的关系。于是，便有一些学者提出：人与自然物的关系应当是两个主体——人主体与自然主体之间的交互主体性关系②，即主体间性关系。主体间性是主体间性哲学思想的一种实践透射，是自胡塞尔提出主体间性概念以来，海德格尔的"此在"与"共在"的辩证统一、伽达默尔的对话性的视域融合、哈贝马斯的交往理论、马丁·布伯的"我与你"之关系及大卫·雷·格里芬所谓的"自然的复魅"等都从不同的层面与角度丰富和发展着主体间性思想。它在反驳主客二元对立关系基础之上，消除了主客的二元对立，将存在确定为人主体与世界主体的交往、对话与融合，认为人与世界是主体与主体之间的交往与融合。唯有如此，人与自然、人与社会及人与自身才可以建构和谐、自由的审美关系。

四、生态整体主义

与"生物中心主义"以一切有生命感觉的物体为中心、"主体间性"以"人"和"世界"共同为中心不同，"生态整体主义"悬置了"以何为中心"这一问题，强调整体而非中心化，其基本前提和核心特征是非中心化与强调整体及其整体内部之间的动态、有序联系。它把生态系统的整体利益作为最高价值，把是否有利于维持和保护生态系统的完整、和谐、稳定、平衡和持续存在作为衡量一切事物的根本尺度，作为评判人类生活方式、科技进步、经济增长和社会发展的终极标准。③生态整体主义在反思、批判人类中心主义与生物中心主义的基础上跨越它们之间不可逾越的鸿沟和难以打破的僵持，在"整体有序"和"非中心化"的基点上将两者有机融合在一起，成为生态批评的学理基础。

五、生态文化中的主体性审视

生态批评作为一种文学批评形态，其最大功能之一便是借助文学艺术审美反思之特性进行文化批判。由于现代社会过于崇尚工具理性而忽视价值理性的建构及意义，过于重视人与自然之间之功利关系而忽视或遗漏人与自然之间的审美关系，致使现代社会成了一个残缺不全的社会。在"科学""技术"及"现代性"的"横冲直撞"冲击下，人们在"物"的丰收中迷失了"心"的意向，人的"内在生态规律"失去了平衡，更深层的生态危机发生在人的精神领域。④

生态文学文本在展现人与自然关系之时，常常通过人对自然单方面的索取、控制、奴役来书写人在征服自然过程中取得的"光辉"业绩，要么展示人类本质力量对象化过程中的主体性胜利，要么暴露自然被蹂躏、践踏之后的满目疮痍，要么以自然的无情报复来警示人类自身，这些现象背后凸显的是关于人类主体性盲目推崇与扩张的冷静审视与理性反思。理性与主体性是现代性的核心范畴，理性的呼喊唤起了人主体意识的觉

---

① 王晓华.生态批评——主体间性的黎明[M].哈尔滨：黑龙江人民出版社，2007：271.
② 王诺.生态批评与生态思想[M].北京：人民出版社，2013：132.
③ 王诺.生态批评与生态思想[M].北京：人民出版社，2013：139-141.
④ 鲁枢元.生态文艺学[M].西安：陕西人民教育出版社，2000：131.

醒，在理性的怂恿下，人冲破了宗教神性与禁欲主义的樊笼，使人性凌驾于神性之上，由此陷入了万劫不复的深渊。正是现代性对人主体性的推崇，致使人的主体性单方面地外化为自我中心意识操纵下的人对自然万物的绝对役使和对物质欲望的疯狂攫取，而忽视了人的有限性、脆弱性，造成了现代史上主体性的盲目扩张，引发了人与自然、人与社会、人与自身的三重关系的冲突，伴随而来的是人类生存的生态家园、社会家园和精神家园三重危机。① 因此，反思、批判和超越这种以工具理性为核心的片面主体性是生态批评的重要内容之一。

不可否认的是，任何生物在生理本性上都有唯我意识，都把保护自身作为其生存的目的。② 人类也不例外。由此来看，人类为了自身的生存而利用和消费自然资源是理所当然且必需的。但是，这种利用和消费一旦超出了自然可承载的限度，一旦危害到了其他生物物种的基本生存，便是不道德的且不被自然世界的运行法则所容许。贾平凹小说《怀念狼》中，因为狼威胁到了人的生命安全，出于人类自身考虑，猎人要打狼，这是使命使然。但商州地界上的狼已经濒临灭绝，无力对人的生命与财产安全构成威胁，猎人还要打狼，这或许是个体性情所致。更甚者，认为"人见了狼是不能不打的，这就是人"③，这便是人类中心意识在作祟了。

美国思想史学者纳什④认为，一个裁剪得过于适合人之需要的自然界将毁灭裁剪者。⑤ 在人类中心意识的诱导之下，人类总是习惯性地以自我为中心，以人类的价值需求与爱憎喜恶来认识和改造自然万物，久而久之，我们会发现，原本丰富多样的自然世界，不再斑斓多彩，而是黯然无光，不再生机勃勃，而是死气沉沉。人或许满足了一己之私愿，但以失去生物多样性为代价，最终也将在裁剪自然界的过程中日渐腐蚀自然之根，成为一种孤独可怜的物种。因而，我们是时候该反思人类这种自尊自大的自我中心意识了，如果继续任意妄为，一意孤行，我们在失去斑斓多彩的自然家园之后，也将在精神与生命的荒芜中迷失人类自身。

六、欲望化批判

在众多关于生态危机发生根源的探究中，人类的贪婪欲望是其中之一。尤瓦尔·赫拉利⑥曾在《人类简史：从动物到上帝》的结语中写道：虽然现在人类已经拥有许多令人赞叹的能力，但我们仍然对目标感到茫然，而且似乎也仍然感到不满……我们对周遭的动物和生态系统掀起一场灾难，只为了寻求自己的舒适与娱乐，但从来无法得到真正的满足……甚至连想要什么都不知道。⑦ 人类的贪得无厌使人在心理或精神两方面都无法得到满足，疯狂地攫利与过度地消费只能加剧人类的饥渴，也毁坏着自然界的生态系统。

人类欲望的无限膨胀是导致人与自然之间危机发生的重要因素，对这一问题的反思

---

① 雷鸣.危机寻根：现代性反思的潜性主调——中国当代生态小说研究[M].济南：山东文艺出版社，2009：76.
② 霍尔姆斯·罗尔斯顿.哲学走向荒野[M].刘耳，叶平，译.长春：吉林人民出版社，2000：225.
③ 贾平凹.怀念狼[M].合肥：安徽文艺出版社，2010：109.
④ 纳什：美国当代学者，加利福尼亚大学历史学教授，环境思想史和环境主义研究的资深学者。
⑤ 纳什.大自然的权利[M].杨通进，译.青岛：青岛出版社，2005：90.
⑥ 尤瓦尔·赫拉利：以色列人，牛津大学历史学博士，青年怪才、全球瞩目的新锐历史学家。
⑦ 尤瓦尔·赫拉利.人类简史：从动物到上帝[M].林俊宏，译.北京：中信出版社，2017：393-394.

与批判是生态文学书写与生态批评的重要内容。京夫的《鹿鸣》、杜光辉的《可可西里狼》、胡发云的《老海失踪》、哲夫的《天猎》《地猎》等系列、陈应松的《松鸦为什么鸣叫》等都是展示和批判人类欲望化的典型的生态文本。对人类来说,欲望是指对物质财富、功名地位及除此之外的具有象征性之物的需求。从理性上看,对欲望的满足应该以生存为基本前提,如果将占有作为对欲望追求的目标,那将会陷入欲望化的泥淖中难以自拔。《鹿鸣》中对鹿王峰中美丽无比的鹿角的追逐,凸显了人类将占有作为满足需求的邪恶之性。当以征服和占有为目的的邪恶欲望无限膨胀时,人类意欲征服与占有的对象便面临着无法逃避的灾难。正如小说描绘的,整个西部大地地大物博,物产丰富,然而却找不到一块适合鹿群生存的净地,处处是邪恶和充满着欲望的陷阱。作品通过揭示鹿群无处可逃的生存现状表达了对人类无穷无尽欲望的强烈谴责与深深的愤慨之情。

在生态批评中,欲望化的生态批判之目的是警示人类主动限制贪婪欲望,呼吁人类担当其应有之责任。人是自然界中唯一能够运用理性来科学指导自身行为的物种[①],而且我们已经在自然界中享受了太多的特权,因而人应该运用理性最大可能地克制欲望并承担相应的责任。克里考特[②]指出,我们的时代最急迫的道德问题,就是我们所负有的保护生物多样性的责任。[③]人类作为自然界中受益最多和破坏性最大的物种,理应义不容辞地承担起对所有生物的生存和整个自然界存续的重担,自觉地将人类的贪婪欲望关进合理性的牢笼之中,为维护整个生态系统的平衡运行,也为人类更好地生存和发展贡献应有之力。

七、科层制反思

生态危机本质上是现代性的危机,是社会现代性负面效应引起的人对自然盲目征服、无限掠夺造成的危机。查尔斯·泰勒指出现代性的三大隐忧,其中之一直指现代政治的高度集权化、官僚化,认为正是科层制的官僚体系使人失去了自由。[④]马克斯·韦伯[⑤]也认为自由的丧失是现代社会理性化的一个严重的后果,它与官僚制度的形成如影随形。现代官僚制度是一个等级鲜明的组织管理职能系统。在科层系统中,每个岗位上的职员都有法律及行政法规所赋予的职责和权限,都受到高一级职员的控制和监督,他们职务的晋升主要取决于其任职资格及所做出的政绩。[⑥]政绩是现代官僚体制中职员们晋升的通行证和追求的价值选择。为达到此目的,他们必然会使用科层体制赋予他们的独特权力和无限资源来控制社会、自然和他人,由此带来诸多不可规避的局限和弊病。[⑦]而这种现代科层化制度的诸种局限和弊病在一定意义上便成了现实生活中破坏生态的罪魁祸首。

---

① 霍尔姆斯·罗尔斯顿.环境伦理学[M].杨通进,译.北京:中国社会科学出版社,2000:96.
② 克里考特:美国北德克赛斯大学哲学教授,研究方向环境哲学。
③ 何怀宏.生态伦理:精神资源与哲学基础[M].保定:河北大学出版社,2002:465.
④ 陈嘉明.现代性与后现代性十五讲[M].北京:北京大学出版社,2006:34.
⑤ 马克斯·韦伯:德国著名社会学家、政治学家、经济学家、哲学家,是现代最具生命力和影响力的思想家之一。
⑥ 马克斯·韦伯.韦伯作品集——支配社会学[M].康乐,简惠美,译.桂林:广西师范大学出版社,2004:25.
⑦ 雷鸣.危机寻根:现代性反思的潜性主调——中国当代生态小说研究[M].济南:山东文艺出版社,2009:100.

安东尼·吉登斯[①]认为，生态威胁是社会组织起了知识的结果，是通过工业化对物质世界的影响而产生。[②]毋庸置疑，科层化体制的诸多局限及由此带来的种种负面效应是造成生态环境形势日益严峻的一个重要因素，这种认知在文学作品中屡屡呈现，如杜光辉的《可可西里狼》、京夫的《鹿鸣》、胡发云的《老海失踪》、贾平凹的《带灯》、阿来的《遥远的温泉》《云中记》、张炜的《三想》《刺猬歌》、孙正连的《洪峰》、叶广芩的《猴子村长》、钟平的《天地之间》《塬上》等作品都对现代科层化体制对自然、社会带来的负面效应给予了激切的反思和追问。

在现代化进程中，不完善的制度缝隙为权力阶层的腐败滋生提供了发展空间，经济发展越位，权力制约不力，民主监督失效，政府形象、管理功能和公信力受到严重的挑战。小说《天地之间》中对县城环境污染有这样的描述："大气污染就像个幽灵，无处不在，处处现形，像一剂毒药，侵蚀着人们日常生活的各个细胞；像一只无形的黑手，迫使人们为改变而改变。一年四季，新民人男的不穿白衬衣，女的不穿浅色衣裙。"[③]污染为何如此严重？文本中的一席话道破天机：在该县机关单位中，环保局社会地位最低，办公条件最差，干事最不亢硬。老板图挣钱，领导谋发展；发展是硬指标，越硬越好；环保好像想硬也硬不起来。上班就是喝醉，工作就是收费，最大的失职，就是没有及时通风报信儿。[④]环保局充当污染企业的"消息树"，形象地说明了在现代科层体制下，从事基层环境监测与保护部门的工作状态。小说中环境污染不可谓不严重，环保局作为基层监测环境的职能部门，由于受限于当地政府部门领导的制约和管辖，其行政职能往往起不到应有的作用，反而充当了污染环境企业"行凶作恶"的帮凶，加之社会对行政职能权力监督的失效与缺位，致使环境监测与保护部门有形无实，这不得不说是现代科层体制的悲哀。可见，当权力失范、监督失位、利益至上、欲望横行时，现代科层化体制便失去它的正当性、公正性和权威性，而这必然会给自然生态和社会现实带来不利影响和不可预料的后果。

八、和谐共生

人与自然的和谐相处是现实中人类生存的理想状态，也是以人与自然关系为书写核心的生态文学极力营造的审美境界。从道家的"道法自然""天人合一"生态理念的提出，到陶潜的"不知有汉，无论魏晋"之"桃花源"理想的乌托邦憧憬，再到梭罗《瓦尔登湖》中淡泊、质朴的人与自然水乳交融、和谐而居的至简生活方式的倡导与践行，人与自然和谐关系之向往与建构一直是人们现实生活的追求与精神世界的理想。从根本上说，生态危机的发生与人与自然关系的错位、断裂是一脉相承的。故而，缓解、消除人与自然剑拔弩张之关系，必然始于并终于修复、重建人与自然和谐共生之关系。

和谐共生的生态关系建构与审美理想书写构成了生态文学文本重要的表现内容。对

[①] 安东尼·吉登斯：英国社会学家，是当今世界最重要的思想家之一，他对当代社会学领域作出了卓越的贡献，他是约翰·梅纳德·凯恩斯以来最有名的社会科学学者。

[②] 安东尼·吉登斯.现代性的后果［M］.田禾，译，南京：译林出版社，2011：96.

[③] 钟平.天地之间［M］.北京：作家出版社，2011：15.

[④] 钟平.天地之间［M］.北京：作家出版社，2011：11.

这一内容的挖掘、阐释与批评研究也成了生态批评重要的方面。需要指出的是，从生态批评理论产生的时代背景与话题范域来说，自然生态、社会生态与精神生态之间并非简单的平行并列共处之关系，而有更深层次的逻辑关联，也即是说在生态文学书写它们之间的逻辑关系时，应该注意到自然生态、精神生态危机的发生是建立在自然生态危机基础至上的。换言之，人与社会、人与自身关系的失衡是在人与自然关系错位、扭曲前提下生成的，人与自然生态关系乃人与社会、人与自身生态关系存在的前提和基础，也就是说社会生态、精神生态的变化一定是自然生态变化之后的产物。否则，生态批评便与其他文学批评理论几无差异。如果不能彰显自然生态在生态批评理论运演中的核心要义，那么所谓生态批评对社会与精神问题的阐释，与传统社会历史学评论对社会问题的关注、道德批评对文学作品所潜隐的伦理道德与人之精神世界的解读并无两样。其实，生态危机对人类生存的影响就是人与自然关系的错位导致了社会与自然关系的扭曲，进而蔓延至人的精神领域，最终呈现为人精神世界的荒芜与失衡的境况，而生态批评的实践过程往往忽视了对这一逻辑关联的揭示或体味。诚如学者王诺所言，"生态批评不能脱离自然去研究文学文本中单纯的人与人的关系、人与社会的关系、人的内心世界"。因此，无论是生态文学文本对于生态失衡或和谐关系的展示与暴露，还是生态批评对此的阐释与解读都应该在人与自然关系之基础上进行，这是生态批评理论产生的时代背景与其核心要义决定的。

第三节　生态批评实践案例分析

以生态批评为理论工具介入当下生态文学创作主要存在三种路径：其一，以特定理论视角观照某一时期的生态文学创作或文学思潮与动向，从而阐发具体的生态理念或理论主张，进行生态批评实践；其二，以主题形式开展生态批判，主要从现代性反思和社会化批判两方面开展批评实践；其三，以个案研究的形式进行作家作品的批评解读。本节运用后两种生态批评路径为方法论，以《论当代动物书写的生态批判——以贾平凹、叶广芩、红柯的作品为中心》为例展开分析。

当代动物小说以展现动物灵性、书写动物生存权利与尊严的不可侵犯、揭示动物生存艰难的悲剧命运和展现人与动物和谐共处的审美理想为主要内容。在生态危机全球化下，动物书写中展现的人与动物的关系是窥测人与自然关系的重要窗口，可以对动物书写的解读反观人与自然之间的动态关系，反思人类对待自然万物的思想及种种行为，倡导人们秉持生态整体主义立场和主体间性视角，构建人与自然和谐共生的审美关系。本文以贾平凹、叶广芩和红柯的动物小说为对象，从批判与建构两个方面对其进行探究和阐释，挖掘其间蕴含的文化批判与和谐共生的审美理想，以期培育人们亲和自然的审美之心，以审美的眼光与主体间性的视角重审人与自然万物的关系，以缓解人与自然之间的紧张关系，探究解决生态问题的方式与途径。

从古希腊哲学家普罗泰戈拉到培根再到康德，人类中心主义思想被提倡并深入人心,人类自此走上了奴役、征服甚至毁灭自然的不归之途。人类总是先验地认为自身是这个世界的中心,一切都是为我的,都是为了人类而存在的。在这种荒谬的自我意识支配下,人类渐渐地丧失了对自然内在价值的认可与自然万物的敬畏,取而代之的是无限征服和利用。究其原因,这种对待自然的盲从态度,其根本渊薮是以人类为核心的中心主义观念。① 作为一种具有自我意识的高级动物,人类以世界中心自居,错误地认为其他一切非人类都是人类生存与发展的工具,且对这种意识缺乏基本的理性认知和清醒反思。关于人与自然的关系,美国思想史学者纳什曾经打过一个形象的比喻,他认为,自然界不过是人类租用的一间公寓,因而在使用这间公寓时必须遵守其规定的"礼仪原则"②。也就是说,人只是自然界中的一分子,只是自然大家庭中的一员,只是自然界的匆匆过客,人不能极端地只考虑自身的利益,完全不顾其他生物的存在和整个生物圈的"礼仪原则"。

在小说《怀念狼》中,贾平凹对人类中心主义思想与行径进行了揭露与批判。主人公傅山固执地认为猎人的天职便是猎狼,消灭狼是猎人实现其职业和人生价值的终极目标。这种意识将人生价值目标的实现奠基在人与狼相对立的基础之上,仿佛猎人的存在就是为了消灭猎物,否则便不是猎人。正如文中所写:"人见了狼是不能不打的,这就是人。"③ 小说中,傅山的这种顽固意识有其形成的客观缘由与主观因素。狼的过度繁衍威胁到了人的正常生存,因而为了维护自身的基本生存,人要猎杀狼。可是,当狼已濒临灭绝,对人毫无威胁可言时,固执地坚持见狼便灭的见识便是极端的人类中心意识在作祟了。作为猎人的傅山只是单方面地意识到了人自身的利益,而以狼为代表的非人类的利益在他的眼中是看不见的。生态伦理学认为,自然界的任何物种都有内在价值和存在的权利。人类和非人类只是生态序位的高低之别,对于维护生态圈的正常运转而言没有贵贱之分。其实,从生态贡献而言,以狼为代表的各种动物并不见得比人类少,因而应该得到人类的认可与尊重。叶广芩曾说:"能感受快乐和痛苦的不仅仅是人,动物也同样,它们的生命是极有灵性的,有它们自己的高贵和庄严。我们应该给予理解和尊重。"④ 动物和人一样是有生命、有情绪的个体和物种,可是被自我中心意识蒙蔽眼睛的人类,什么时候才能发自内心地给予它们尊重和理解呢?

人类中心主义认为人之外的一切都是为"我"的,这显然是一种狂妄无知、愚昧菲薄的稚嫩之见。有学者指出:"人类将自然界视为我们的财产、我们的领地、我们的管理对象,这种观念无异于一个儿童视自己为世界的核心,仿佛他人活着的目的仅仅是为他服务。"⑤ 谁也无法否认,人类的生存与发展建立在对自然消费的基础之上,为了维持人类基本的生存繁衍,适度地消费和利用自然是必需的,也是必然的。然而,人类的消费和利用不能伤及非人类基本的生存繁衍,反之,必将殃及人类自身。换言之,人类的生存发展必须在自然可承受的限度之内,超过其限度,自然必将走向人类的

---

① 王诺.生态批评与生态思想[M].北京:人民出版社,2013:109.
② 鲁枢元.精神生态与生态精神[M].海口:南方出版社,2002:449-453.
③ 贾平凹.怀念狼[M].合肥:安徽文艺出版社,2010:190.
④ 叶广芩.老虎大福[M].西安:太白文艺出版社,2004:226.
⑤ 王诺.生态批评与生态思想[M].北京:人民出版社,2013:116.

反面。

任何物种都有自我中心意识，这是一种天然的生理本性，但过于坚持这种意识于物种自身及其所指向的对象来说都是一种伤害。人类也概莫能外。动物有其自身的生理特点和生活习性，有时人出于"善意"（违背其特点和习性）去帮助动物，不料却成为它们灾难或悲剧命运的祸首。《狗熊淑娟》中的淑娟，如果不是地质队员的"善意"收养，或许淑娟会有一个本该属于自己的幸福生活轨迹。在《熊猫"碎货"》中，人们认为将"碎货"放在笼子里供养起来，"碎货"衣食无忧了也就"满意"了，其实人们不懂得"碎货"最想得到、最需要的是返归山林，是对自由的向往和对家园的渴望。《大熊猫》中，大熊猫"误入"山民家中，山民以礼相待，给它腊肉、牛奶、米饭和糖果等山民们认为美味的食物，他们以自己的热情在感受熊猫、体会熊猫，结果导致熊猫的肠道生了疾病。对此，叶广芩评价道："有时候我们不要自作多情，自作主张，人为地去指导动物的生活，以为什么都会按照人的设计而存在，这实在是人把自己看得太大了。"① 其实，现实生活中莫不如此，野性的东西是鲜活的，枯燥的东西是呆滞的，自然生命被驯化之后，就失去了自己的独立品格和行为意义。将动物按照人类的愿望与喜好去驯化，比如要求狗的忠诚、猴子的机灵、熊猫的憨态可掬等，以动物的野性与个性换来那种利人的品格，这种品格对于人来说也许是一种利益，但对于动物来说却是一种价值的丧失。

以人类为中心，以人类的价值需求与爱憎喜好来改造丰富多样的大千世界，或许终究会有一天，我们的世界不再斑斓多彩，而是黯然无光，不再生机勃勃，而是死气沉沉，人或许成了真正的王者和宇宙的主宰，但是到那时人类的末日也近在咫尺。一个裁剪得过于适合人之需要的自然界将毁灭裁剪者。② 从生物进化角度而言，人生之于自然，身上必然流淌着自然野性的基因，但随着人类对自然的单方面祛魅，人类渐渐迷失在改造、征服自然的浪潮之中，遗忘了人类存在的自然之根与初始之心，生命与精神日益荒芜，沦落为一种自高自大、孤芳自赏的物种。正如《怀念狼》的结尾那样，狼不在了，人却在内心呼喊着需要狼，其实需要的是自然的野性和纯性。贾平凹以人与狼的关系的错位来暗示当下人与自然关系之失衡，并借此来反思与批判狂妄、愚昧与自大的人类中心主义理念与破坏生态平衡的错误行为。同时，也在告诫我们，在处理人与自然的关系时，如果我们继续执迷不悟地以自我为中心，只能在与自然疏离的道路上越走越远，最终的结局不仅仅是自然家园满目疮痍，精神家园也将荒芜乃至丧失，人人成为无家可归、无药可救的异化的幽魂。

程虹认为，在当代自然文学家的书写中，人与自然之间不再是"我和它"的主客关系，而是"我和你"的间性关系。③ 同理，人与动物之间也不仅仅只是"我与它"的对立关系，而应该是"我与你"的主体与主体之间的间性关系。这个世界的中心不是人，也不是动物，而是人和动物。人与动物之间是互为主体的间性关系，而非单方面的主体关系。在众多的动物叙事作品中我们可以看到，凡是人类主人公能像对待人类自己一样

---

① 叶广芩. 老县城 [M]. 北京：北京十月文艺出版社，2015：153.
② 纳什. 大自然的权利 [M]. 杨通进，译. 青岛：青岛出版社，2005：90.
③ 程虹. 寻归荒野 [M]. 北京：生活·读书·新知三联书店，2011：16.

对待动物的，都会得到动物的回报（报恩），人与动物之间必然是和谐与友好的，反之会得到报复（复仇），人与动物之间必然是对立与冲突的。

《怀念狼》中，同剑拔弩张的傅山与狼的关系相反，老道士与狼之间是一幅友善和谐的场景。我们不禁会想，同样是人，为何老道士和傅山与狼之关系会有如此大的反差？原因很简单，老道士取消了人与狼之间的对立，而是将其作为一个与自身一样的鲜活的主体来对待，他用自己的实际行动践行着众生平等、和谐共处的生态伦理。他发自内心地爱护狼、体恤狼，当其在生命弥留之际，仍然念念不忘："我这一去，它们来了找谁呀！"①正是老道士将狼作为另一个生命主体，并给予理解、尊重、关心和爱护，人与狼之间充满和谐温馨的人情意味。而在猎人眼中，人见到狼就必须打，否则就不能为人，他先在地把狼作为异己的对立面来看待，这就堵死了人与狼两个主体交流的可能性，人与狼的关系自然是剑拔弩张的。

《长虫二颤》中，二颤对动物没有伤害之心，能与蛇、狐狸、虫子等动物彼此尊重、相互信任，安详和谐地生活在一起。《山鬼木客》中古人类研究学者陈华回归自然，与山中的岩鼠、四脚蛇、云豹、猢狲等野生动物建立了非常亲密的关系，彼此生活在一起，相安无事。动物生命具有内在灵性，生命之间在一定程度上可以超越外在限制，彼此共感谐振，领受宇宙大生命对单个生命有限性的救渡。②只要遵从大自然生存合法性的规则，将动物当作像人一样的另一主体，人与动物之间便可以实现彼此的和谐共在。反之，则必然是两败俱伤的结局。

在当代动物叙事作品中，将人与动物和谐相处审美诉求展现得活灵活现的作家还有红柯，和谐而非对立或冲突是他的动物叙事作品突出表现的主题。在《乌尔禾》中，张惠琴将兔子看作自己的儿子，海力布将羊视为自己的生命；在《美丽奴羊》中，屠夫将奴羊比作高贵的神灵；在《大河》中，熊与金家人和谐相处；在《生命树》中，马燕红视牛为具有神性的存在；在《少女萨吾尔登》中，人与动物完全在草原舞蹈的跃动中合二为一。在红柯作品中，人与人之间没有尔虞我诈、坑蒙拐骗；人与动物之间没有对象与被对象化，没有征服与被征服，处处呈现出一片生命和谐的景象。在《乌尔禾》中，太阳、月光、兔子、苍鹰、羊，甚至还有花草树木等都被赋予鲜活的生命，动物和植物与人完全融为一体，他们都是自然界的精灵，没有高低贵贱之分，只有生态序位与生命个体属性的差异。在乌尔禾，生命体的存在是无法区别的，一切都充满着诗意、静谧、安详而又不失原始的生命活力。

红柯没有像其他动物小说作家那样赋予动物某种道德品格或文化内涵，他笔下的动物是原原本本的生灵，人与动物之间演绎的是生命与生命的交融、神合，是两个主体之间的交流、沟通，彼此没有贵贱、主次之分，他要赞美与歌颂的正是动物身上所蕴含的原始的天真与淳朴。红柯曾说："我肯定的就是我小说人物身上的原始的东西、动物性的天真与淳朴。"③在生命与生命的交融、神合之中，人与动物两个主体之间达到了彼此合一、物我两忘。在此过程中，人将外部世界逐步内化到自我经验之中，将其

---

① 贾平凹. 怀念狼 [M]. 合肥：安徽文艺出版社，2010：147.
② 汪树东. 生态意识与中国当代文学 [M]. 北京：中国社会科学出版社，2008：134-135.
③ 红柯. 敬畏苍天 [M]. 上海：上海人民出版社，2002：289.

变成了"属人"的世界。同时,人也以此拓宽了生命,从生存的局限和狭小的自我空间中突围而出,在和谐共生中突破了生命个体的有限性,实现了生命的升华与无限的绵延。

可见,在生态问题越发严重的当下,我们应该以生态整体主义立场与主体间性视角重新审视人与自然之间的动态关系。其实,人与自然之间不是人对自然的单方面的控制、奴役与征服的关系,也不是简单的人对自然神化之后的膜拜与敬畏的关系,而是在生态整体主义基础之上的平等友爱的关系,亦即一种交互性的主体间性的关系。这就要求我们在处理人与自然关系之时,不是以人或自然为中心,而是秉持生态整体主义立场,通过理解、同情、对话与交流的方式解决两者共同面对的生态问题。就人类而言,要消除生存与身心危机,必须扬弃狂妄自大的中心主义意识,转变人类自身的认知和行为方式,将欲望合理化、有限化,并积极培育亲和自然的审美之心,平等友爱地看待人类与非人类之间的关系,唯有如此,才可能实现人与自然的和解,并与之长久地和谐共处。

总之,在当下生态文学创作领域中,动物小说是一个重要的生态文学主题。当代动物小说有着丰富的文学文本,对人类中心主义的批判、对欲望主义的反思以及人与动物和谐共生审美关系的建构是其书写的旨归。生态伦理学认为,人与自然万物之间不是冷冰冰的"我与它"的主客关系,而是交互性的主体与主体之间的关系。人类与非人类这两个自然界的主体只有通过理解与同情、对话与交流而非对立与对抗的方式,才能缓解人与自然之间的紧张关系,实现人类"诗意栖居"的审美理想。

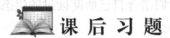 课 后 习 题

一、经典阅读与仿写

自然物主体性是什么
王 诺

人与自然物之间的主体间性及其艺术表现,也是生态审美研究的重要问题,同时也是一个大难题,而这套丛书收入的三位作家约翰·缪尔、约翰·巴勒斯、玛丽·奥斯汀都对此进行了探讨,有助于我们深化研究并最终解决这个难题。巴勒斯在《自然之道》一开篇就提出了自然物主体性是什么这个难题,而且难题竟然是一个小姑娘问的:鸟儿有没有意识?从某种意义上可以说,巴勒斯用了整整一本书来回答这个难题。巴勒斯的看法有两点我认为特别值得借鉴:一是必须看到人类的智力和科学现在还不能准确认识自然的主体性。"我们人类自己还没有足够的意识来了解鸟类和其他动物究竟有多少意识",但绝不能因为科学无法解释就否认自然的主体性,"自然的方式,除了偶尔准确地领悟到一点暗示,谁还能计划、推测、干扰或者做到更多呢?……所有的可能性都存在于自然之中"。二是不能以人类主体性的内涵与尺度来要求和评断自然物的主体性。每

一个物种甚至一个物种中的任何一个个体都有其自身的特质和价值，不能以是否具有人类的情感、意识、尊严、道德和行为方式、价值尺度来判断非人类自然物是否具有主体性。巴勒斯特别强调要看到"自然的方式"与"人类的方式"之间的区别，他指出，用人类自己的经验和心理去解释动物是不对的，"当我们把任何来自我们道德和审美天性的情感、正义、真理、美、利他主义、善良、责任之类的东西赋予它们时，我们这样做是错误的"。

重视人与自然平等的双向交流。如果说从学理上论证自然主体性并进而证实人与自然物的主体间性关系还存在着重大的理论障碍，那么艺术和审美地看待自然物的主体性就没有那么多理论麻烦了。因为无论是审美还是艺术性假定，都可以为自然物预设主体性。从审美和艺术表现的角度来看，更为重要的问题倒不是能否理性地论证自然物主体性，而是如何表现自然物主体性，表现人与自然物之间的平等、朋友式的、相互交流的主体间性关系。这是摆脱了人类中心主义的生态文学必须面对和解决的问题。

生态文学不仅仅"以描写自然为主题"，只要有助于恢复或重建人与自然和谐关系且具有基本的生态意识的作品，都属于生态文学，甚至可以是完全不描写现实自然的作品。表现反生态的消费社会、破坏自然的人为灾难、竭泽而渔的经济发展、城市病和生态病的作品，描绘生态理想的生态乌托邦作品和预警生态浩劫的反乌托邦作品，都可以是并且已经产生了优秀的生态文学作品。

（节选自王诺.生态审美的启示［N］.社会科学报，2012-10-11.收录时有改动。）

请阅读上述文字，体会王诺由生活话题引入自然物主体性讨论的评论逻辑，学习其通过举证的方式提出双向交流的生态学主张。节选段落中的论述娓娓道来，用语严谨，通俗易懂，观点明确。请同学们结合自己所阅读过的生态文学作品，仿照该评论语言风格写一段不少于1500字的评论。

二、课后延伸阅读

1. 鲁枢元.生态文艺学［M］.西安：陕西人民教育出版社，2000.
2. 余谋昌.生态哲学［M］.西安：陕西人民教育出版社，2000.
3. 徐恒醇.生态美学［M］.西安：陕西人民教育出版社，2000.
4. 鲁枢元.生态批评的空间［M］.上海：华东师范大学出版社，2006.
5. 王诺.欧美生态文学［M］.北京：北京大学出版社，2003.
6. 王诺.生态批评与生态思想［M］.北京：人民出版社，2013.
7. 刘文良.范畴与方法：生态批评论［M］.北京：人民出版社，2009.
8. 王晓华.生态批评——主体间性的黎明［M］.哈尔滨：黑龙江人民出版社，2007.
9. 汪树东.生态意识与中国当代文学［M］.北京：中国社会科学出版社，2008.
10. 黄轶.中国当代小说的生态批判［M］.北京：北京大学出版社，2014.
11. 雷鸣.危机寻根——现代性反思的潜性主调：中国当代生态小说研究［M］.济南：山东文艺出版社，2009.

三、思考题

1. 概括说明生态批评的含义。
2. 辨析生物中心主义与生态中心主义。
3. 结合具体文学案例分析其中蕴含的生态意识。
4. 简述生态文化批判的内涵。

第十一章
文化批评研究法

文化批评作为一种文学研究的方法，结合了社会学、文学理论、媒体研究与文化人类学等，从文化学角度探究文学问题的批评。它突出的特点是带有明显的跨界性，涉及语言学、心理学、符号学、历史学的考据、社会学的问卷调查、经济学的利润分析等跨学科活动，也因此使它突破了美学与文艺理论的学科界限，成为一种重要的文学批评方法和文化分析手段。文化批评探讨植根于民族文化心理和民俗中的基本样态，大大拓展了文学研究的范围，丰富了文学批评的内容；它着眼于当代生活中或隐或显地起着引导、支配或者影响人们生活的元素，推动了文学批评的发展，促进了文化研究内涵的丰富，故此，文化批评"不仅是一种学术时尚，还能成为人们为更理想的社会和更美好的生活而奋斗的一部分"[①]，在文艺研究乃至日常生活中发挥着不可替代的重要作用。

第一节 文化批评发展史概说

文学研究不仅应当有深入到对于文学自身的剖析，还应该有文化层面的解析，"文化批评"正是顺应这种主张，成为文学研究中的一种普遍共识。

---

① 道格拉斯·凯尔纳.批评理论与文化研究：表达的脱节[M].//吉姆·麦奎根.文化研究方法论[M].李朝阳，译.北京：北京大学出版社，2011：32.

一、文化批评界定

作为概念的文化批评可以有广义和狭义两种不同的理解。①

广义的"文化批评"与"文化"概念一脉相承,涵盖的内容也更为多元,如"学术文化""审美文化""饮食文化""科技文化""民俗文化""器物文化"等。这种意义上的"文化批评"在内容上与文学有交叉,在方法上互相有所借鉴,广义的文化批评是以一切文化现象为对象的,基本上涵盖了所有可能跟文化产生关联的领域、涉及文化的所有方面,且多包含着大众文化的因子,可以囊括所有从文化视角进入文学问题研讨的批评。

狭义的文化批评,也是严格意义的文化批评,是把文化研究作为一种文学批评方法引入文学研究领域,强调将对作品的研究和作品之外的社会文化联系起来看待,是文学批评内部研究、解读与批评文学现象的一种独特视角。本章论述的文化批评主要是狭义上的。

在文化批评的脉络下,"文本"(text)这个概念不只是在讲书写下来的文字,还包括了电影、摄影、时尚甚至发型等文化现象,这就将文学文本的外延进一步推扩为文化意义上的大文本或者核心文本。文化批评的文本对象包含了所有有意义的文化产物。同样地,"文化"这个概念也被扩大。对一个文化研究者来说,"文化"不只是传统上所谓的精致艺术(high art)与流行艺术(popular art),还包括所有日常的意义与活动。事实上,上述的后者已经变成了文化批评中的主要研究对象。

二、文化批评的代表评论家②

狭义的文化批评的先驱当推意大利的葛兰西③和德国的本雅明④。

葛兰西认为,作为西方世界一部分的意大利统治阶级,通过文化霸权将市民社会打造成又一个"铜墙铁壁"和"防御工事",仅仅暂时摧毁资产阶级的政权机关并不能够带来革命的成功。葛兰西的文化霸权理论成为文化研究的思想基石。

---

① 张荣翼先生认为:在广义的文化批评之下,有着比狭义的文化批评范围广泛一些的文学研究的方式,不妨称为中义的文化批评。除了狭义的文化批评之外,其中最典型也最有影响力的是人类文化学批评。这种批评是从人类文化学角度探讨文学的文化意义,主要目的不是就文学发表意见,而是就人类文化问题在文学领域的状况做出说明。人类文化学批评在19世纪出现于欧洲,英国学者爱德华·泰勒是人类文化学的创立者。最初对于人类文化学批评做出重大贡献的是英国学者弗雷泽。人类文化学批评着力于对于文学的文化层面意义的揭示,这种努力本身并不是针对文学的需要,而是文化研究的需要,所以它不是像唯美主义批评那样是创作方面的要求的理论化,而是文化理论的文学例证化,它最终关注的还是文化问题。详参王先霈、胡亚敏两位先生主编的《文学批评导引》(北京:高等教育出版社,2014)第九章"文化批评"。

② 《文心雕龙·序志》篇说:"铨叙一文为易,弥纶群言为难",又说"有同乎旧谈者,非雷同也,势自不可异也;有异乎前论者,非苟异也,理自不可同也。"有鉴于此,本章"文化批评的主要流派"部分,主要依据王先霈、胡亚敏两位先生主编的《文学批评导引》第九章"文化批评",第222~228页,以"文化批评的主要类别"为主线,结合本教材编纂原则、目的,整理而成。

③ 安东尼奥·葛兰西(1891—1937),意大利共产党创始人之一,20世纪著名马克思主义理论家,代表作品《狱中札记》。

④ 瓦尔特·本迪克斯·舍恩弗利斯·本雅明(1892—1940),犹太人学者。主要著作有《发达资本主义时代的抒情诗人》《单向街》等。

本雅明是另一位重要的思想前驱，他被认为是法兰克福学派的代表人物之一。他于1936年完成了著作《机械复制时代的艺术》，他重要的理论建树是对于这种"机械复制时代的艺术"进行的美学探讨。本雅明认为传统的艺术唤起一种令人膜拜的心态，而新兴的"机械复制时代的艺术"大多只是具有展示价值，不能引起人的膜拜心理，这也就是所谓当代艺术的"祛魅"效果。

　　霍克海默和阿多诺①在《启蒙的辩证法》一书中首先提出了"文化工业"的概念，这种文化工业不是从文化凭借工业化以提高生产力的内涵上认识的，而是认为资本主义使得大众传媒变成了工业，是以工业管理和工业投资的方式来面对文化创造工作，他们在推销文化商品的同时，通过资金的倾斜操纵了大众的意识。

　　文化批评在英国伯明翰学派进入一个相对成熟的阶段，他们不仅提出了与法兰克福学派不同的批评立场观点和方法，而且还为文化批评做了正式的命名，即"文化研究"。他们这种文化研究，当然首先是与英美新批评那种"文本细读"不同，主张把对文学作品的阅读与作品之外的语境联系起来，另外也与欧洲大陆的研究有着不同思路（即包括法兰克福学派的欧洲大陆的研究，是努力寻求文化研究中一种深层次的东西），英国的这种文化研究则立足于经验层次。

　　除了德国和英国的文化研究外，法国具有结构主义传统因素的文化研究又有自己的特色。列维-斯特劳斯主要从田野考察入手，沿着文化人类学的路子考察文化的习俗、宗教等方面的因素。福柯则关注文化中的权力的因素，比较接近思想史的研究；而罗兰·巴尔特倾向于探究在日常生活及大众传媒影响下，文学艺术作品中体现的内在特性。

　　加拿大学者麦克卢汉②出版的《理解媒介》将文化传播理论引入学术界，也由此使得大众传媒问题成为正在形成的文化批评的主要关注焦点之一。他提出了"媒介即信息""媒介是人的延伸""电子媒介是中枢神经系统的延伸""我们正在重新部落化""媒介使人自恋和麻木"等振聋发聩的观点，使得人们有了重新审视当代媒介文化的价值和意义。

　　西方马克思主义批评代表人物杰姆逊③对于跨国资本主义的文化逻辑的论述，与西方马克思主义的批判理论结合起来，体现出文化批评的新视野。伊格尔顿也是著名的西方马克思主义理论家，他在论述文学的各方面特性时，总是注意文学与所在时代的广泛联系，因此作为文化研究的文化批评值得我们借鉴。

　　文化批评是文学研究中常用的批评方式。文化批评作为文学研究的一种范例，在我国的中文、新闻、传播等学科专业中，已经有了相当深入的理论研究与实践，学者们把文学与文学之外的社会、政治、历史、伦理联系起来，拓展了批评视界，产生了相当多

---

① 西奥多·阿多诺（1903—1969），德国哲学家、社会学家、音乐理论家，法兰克福学派第一代的主要代表人物，社会批判理论的理论奠基者。主要著作有《否定的辩证法》《美学理论》《权力主义人格》（上、中、下卷）《音乐社会学导论》等。
② 马歇尔·麦克卢汉（1911—1980），20世纪原创媒介理论家。主要著作有《机器新娘》《理解媒介》等。
③ 弗雷德里克·杰姆逊，1934年4月出生于美国，当代西方社会最著名的思想家之一。主要文学理论专著有《马克思主义与形式》《语言的牢笼》《政治无意识》等。

的相关研究论著，故此，我们要进一步深入、正确理解文化批评在文学研究中的定位，把握好二者之间的关系，并在现有的研究基础上不断地进行深化，为文学的批评和研究做出贡献。

三、文化批评的主要特征

文化批评作为一种文学研究的方法，最突出特征就是带有明显的跨界性，涉及从语言学、心理学、符号学到历史学的考据、社会学的问卷调查、经济学的利润分析等的跨学科活动。一方面，文化批评强调文学与社会文化整体的有机联系，注重探讨文学文本和社会之间的广泛联系，并且从这种联系中把握文学的内涵和特征。另一方面，文化批评鼓励对于文本的文化细部探究，注重作品的细节所透露的信息、探掘文本的具体内涵。最后是大众化倾向，文化批评注重对当代文化现象的普适性研究。

文化主要包括四个方面：一是日常生活的文化；二是艺术的文化；三是精神方面的文化；四是制度的文化。前两者主要被"感性文学批评"所关注。制度的文化则主要和文化管理以及社会体制相联系，这一文化主要适用于文化制度改革。基于此，文化批评作为文学批评的方法，主要包括以下三个方面：一是主要表现在精神方面的人文关怀，也包括文化哲学；二是体现在艺术方面，就是对文学文本进行的文化批评，具体来说就是对文本所体现的情感、思想等的评价；三是体现在生活层面，主要是对古往今来的生存方式、社会习俗进行的研究和评价。

而我们通常所说的文学批评，则是以文学作品作为对象，用文学的审美进行的批评。文学的文化批评的对象也是以文学为主。因此，批评的对象决定了文学批评和文化批评在文学的文化研究方面的交叉性。但是，由于文学本身不仅可以充分体现文化的存在形式、发展过程以及人的经历和体验，还可以利用艺术的方法对思想和文化精神进行体现或者详细的解释。因此，一旦把文学文本作为批评对象，那么文化批评和文学批评的交叉性在精神方面和生活方式方面都可以得到体现。而这些都取决于文学批评的对象。比如研究《水浒传》所反映的封建统治者的腐朽与残暴、封建制度的架构，以及农民起义所表现的大无畏的英雄主义精神等，这些都离不开对文学文本的研究。因此，文化批评和文学批评便会出现相交性。

文学的文化批评方式由若干方面构成，也可以说是由部分批评方式经过交叉、结合而形成的，所以，在一定程度上这些批评方式本身都能体现出文学批评和文化批评的相交叉和相结合的特点。比如在进行母题研究的时候，可以搜索到"中国民族神话母题研究"这一课题，就是对民族神话中所蕴含的民族历史、民族生活、民族关系、民族文化和民族情感进行分析和研究，从而高度揭示了我国民族神话的内涵和现实寓意。这里面就融合了文学主题和文化积淀的思维观念，因而就可以把这种研究当作文化研究和文学研究相结合的一种文化批评方式。

总体来看，从知识谱系上看，文化批评属于当代形态的文学社会学。文化批评固然是对于文本中心主义的反拨，它要重建文学与社会的关系，但这是一种否定之否定，它吸收了语言论转向的基本成果。受21世纪语言哲学尤其是后结构主义语言哲学的影响，文化批评非常强调语言与文化是一种基本的社会实践，它具有坚实的物质性。当法兰克福学派把现代大众文化,特别是电影命名为"文化工业"(或译作"文化产业")的时候,他们已经充分意识到文化的产业化(物质化)与产业(物质生产)的文化。我们不难在今天这个所谓"知识经济"时代的日常生活中观察到这种现象。新兴的文化研究并不是要回到传统的文学社会学,即使认为它要回归文学社会学,那也是一种经过扬弃机械的反映论、克服简单化的阶级论、重新理解经济与文化、文学与文学批评政治性关系的文学社会学。

第二节 文化批评关键词

文化批评是一个具有比较宽泛的学术视野的批评方法,对于文学研究而言,文化批评的许多关键词借鉴了社会学、文化研究学者的界定,这些关键词所触及的宏大文化问题,则需要在具体的文学研究中见微知著,实现由文学到文化的跨界性阐释。[①]

一、文化霸权

"文化霸权"又称作"文化领导权""领导权",它是西方马克思主义学者,意大利无产阶级思想家、理论家安东尼奥·葛兰西提来出的一个重要的文化理论。

"文化霸权"是从希腊文中衍生出来,希腊文是"ege-mon",英语"hegemony"本义是指一个国家的领导人或统治者,但在传统上这个词主要用来表示国与国之间的政治关系,同中国古代政治思想中"霸"的概念有些类似,都含有以实力迫使别国臣服的意思。在现代社会指的是一个国家为了维护巩固自己的统治,需要在意识形态领域获得民众的支持,而这种支持是通过非强制性手段获得的,而不是强迫的手段。[②] 19世纪之后,"文化霸权"被广泛用来指一个国家对另一个国家的政治统治关系。葛兰西在《南方问题的一些情况》中,第一次明确使用了"文化霸权"这一概念。他认为"文化霸权"是社会上阶级间的支配关系,是一种思想文化、价值观念、精神、道德等方面的强权和殖民;并指出一个政权要取得统治力之前必须首先掌握文化领导权,在更广泛的领域,如思想、文化、教育、传媒、宗教、艺术等对人民大众进行控制、渗透;并进一步指出"文化霸权"具有其他霸权所不具备的自愿性特征,即是一种在人民"自愿认可"的基础上建立的统治方式,统治阶级不纯粹依靠暴力或者强制力等强制方式来统治人民,而是在文化、意识形态、精神上来进行合理化控制,让人们对其奉行的价值观、信仰、意识形态自觉认同,并把它当成一种自然而然的"常识"或"正常现实",以取得统治的"合法权",来达到统治的目的,这就是葛兰西所说的"文化霸权"。

"文化霸权"理论的产生有其独特的历史背景、哲学基础、理论渊源,其理论内涵

[①] 王先霈,胡亚敏.文学批评导引[M].北京:高等教育出版社,2014:233-246.汪民安.文化研究关键词[M].南京:江苏人民出版社,2007:342-351.张荣翼先生在《文学批评导引》一书的第九章"文化批评"中详细解析了文化工业、大众传媒、话语和文化霸权、大众文化、身体、图像等几个关键词。

[②] 陈燕谷.Hegemony(霸权、领导权)[J].读书,1995(2):116.

对世界产生了深远影响,在文学批评中也有重要意义。葛兰西文化霸权理论提出的历史背景是总结分析了当时意大利所处的国际、国内革命环境,第一次世界大战前后意大利自身境况,以及对俄国十月革命成功经验的思考,所提出的一种文化上的反思。实践哲学是葛兰西文化霸权理论的哲学基础,而理论渊源则有空想社会主义者及黑格尔关于阶级国家的思考,同时意大利本土政治思想家马基雅维利(国家学说、君主权利理论)、克罗齐[①](精神文化观)也对葛兰西产生深刻影响,他还吸收和借鉴了拉布里奥拉[②](意大利最早的马克思主义者之一)关于经济基础和上层建筑关系的论述并进行创新;更重要的是马克思的经典著作(《路易·波拿巴的雾月十八日》《法兰西阶级斗争》《哥达纲领批判》《法兰西内战》)及列宁无产阶级领导权思想,对葛兰西的文化霸权概念起到的影响最为直接。在葛兰西看来,文化霸权首要是一个争夺领导"权"的问题,市民社会(逻辑点)是夺取文化领导权的实施场所和主战场,有机知识分子[③]是文化霸权的组织、传播者、主体担当、夺取文化领导权的主力军,阵地战[④]是夺得文化领导权的主要实施获取方式。"世界的发展是不平衡的,特别是近代以来,西方国家得益于工业革命的强力推动,在很多领域都走在了世界各国的前列,这也导致了殖民主义在政治、军事、经济等领域的泛滥。那些走在世界前列的国家也自然而然地成为文化上的优胜者、引领者。在这样的历史语境中,落后于世界潮流的国家与民族常常处于'失语'状态,其文化、历史乃至身份都成为发达国家学者们话语建构的对象"[⑤]。有鉴于此,在实现中华民族伟大复兴历史时刻,葛兰西的文化霸权理论对我国牢牢掌握意识形态领导权、牢牢掌握文化领导权、坚守社会主义文化阵地,加强社会主义核心价值观构建仍然具有重要的理论和现实意义。

二、文化帝国主义

文化帝国主义(Cultural Imperialism)是文化研究领域的重要概念之一。文化帝国主义理论是对于西方发达国家凭借文化优势,通过文化输出(信仰、世界观、价值观、知识)大力拓展和占领世界文化市场,并利用先进的科学技术和发达的国民教育,对不发达和欠发达地区施行文化霸权和文化控制,企图将这种一国的文化优势变成世界性的文化优势,这就是文化帝国主义。

---

① 克罗齐(1866—1952),意大利著名文艺批评家、历史学家、哲学家。主要著作有《美学原理》《逻辑学》《历史学的理论和实际》《实践活动的哲学》等。

② 拉布里奥拉(1843—1904),意大利哲学家、政治家。意大利最早的马克思主义宣传者之一。主要著作有《论道德自由》《道德和宗教》《历史哲学问题》《唯物史观论丛》等。

③ 叶树明认为:"有机知识分子是指在理论与实践相统一之下,对实践活动进行的研究形成理论体系,同实践中的群众组成一个群体或国家的知识分子,因此可以看出,知识分子的作用不单单是分析社会分析时代,而是更好地与群众相结合,在群众中实践,体现出了知识分子的'群众性',依赖于群众,并指导着群众,因此与群众之间有着一定的辩证关系。"详参叶树明.葛兰西文化霸权的运作机制研究[D].合肥:安徽大学,2021:16-18.

④ 关于阵地战,林燕丽认为:"在葛兰西的论述中,我们可以分析出阵地战是指无产阶级在市民社会中对资产阶级意识形态进行潜移默化的渗透,一个一个攻破学校、工会等民间机构,从而最终攻破资产阶级的思想。而运动战指的是运用暴力手段夺取国家政权的手段。"详参林燕丽.葛兰西的文化霸权理论及其现实启示[D].沈阳:辽宁大学,2019:25-27.

⑤ 李春青."强制阐释"与理论的"有限合理性"[J].文学评论,2015(3):5.

文化帝国主义这个概念与前文提到讲述的葛兰西的文化霸权理论相似，把文化霸权从国内推广到国际社会就是文化帝国主义。所以，对文化帝国主义的研究可以从葛兰西（"霸权"理论）和法侬关于保守民族主义和帝国主义关系的论述算起，而在赛义德①《文化与帝国主义》（1993）则将文化和帝国主义直接联系了起来，这些都是文化帝国主义理论得以发展的重要理论资源。第一个系统阐述"文化帝国主义"这一概念的是美国传播学家赫伯特·席勒在其著名的《传播与文化支配》（1976）一书中，首次为"文化帝国主义"定义："当今文化帝国主义的概念最好描述为这样一个系列过程的总和：一个社会（特指第三世界国家）被卷入进现代世界体系中，其统治阶层被吸引、推动、强迫，有时甚至被贿赂，从而塑造出符合这个现代世界体系中符合统治中心的价值观和结构，以宣扬价值观和结构。"②席勒的研究最先始于对美国国内传播体系的不满与批判，进而扩展到全球传播中。他指出，在某个社会，尤其是第二次世界大战后新兴的民族国家，在步入现代世界系统过程中，虽然在政治上脱离西方的殖民统治，但在外部压力（如经济、文化）的作用下仍然严重依赖着少数发达的资本主义国家，尤其是在文化、教育、科学研究、传播等领域，西方几个主要的国家掌控了话语权，所以这些新兴民族国家被迫接受该世界系统中的核心势力的价值，并使社会制度与这个世界系统相适应的过程。

"我们现在正处于一个全球的等级网络之中，但是当下存在的空间中文化权力的不平等的事实如今却很少用'帝国主义'这样的词来描述。"③近年来，我国学者以西方左翼学者对文化帝国主义的批判反思为镜鉴，对文化帝国主义理论进展开大量研究，对维护我国社会主义意识形态安全，防范和抵御文化帝国主义的渗透，维护我国意识形态安全、文化安全和政权安全，做出了理论贡献。④但需要指出的是，今天"文化帝国主义"在新传播技术中借助新媒体的便利，以更加隐蔽的方式呈现⑤，这一点是需要引起广大文艺评论工作者重视的。

三、文化工业

文化工业是德国法兰克福学派的代表性学者西奥多·阿多诺和马克斯·霍克海默⑥提出的概念，这个概念是阿多诺的哲学理论的中心，它首次出现于阿多诺与霍克海默合著的《启蒙辩证法》（1947）中，一开始他们使用的是"大众文化"(massculture)一词，后又采用"文化工业"取代了"大众文化"概念，以此批判文化的技术操作和文化的消

---

① 爱德华·赛义德（1935— ），美国当代重要的批评理论家，后殖民批评理论代表人物。
② Herbert Schiller. Communication and Cultural domination [M]. New York: International Arts and Sciences Press, 1976：9.转引自潘慧琪."文化帝国主义"概念的历史探源[D].西安：陕西师范大学，2017：15.
③ 潘慧琪.不平等的世界传播结构："文化帝国主义"概念溯源[J].新闻界，2017（12）：16.
④ 向玉珍.国内文化帝国主义研究综述与展望[J]山西高等学校社会科学学报，2022（1）：58-65.
⑤ 耿羽，陈锋.文化帝国主义逻辑在美国动画电影中的视觉隐喻研究——以《机器人总动员》片尾设计为例[J].学术论丛，2021（2）：73-77.
⑥ 马克斯·霍克海默（1895—1973），德国第一位社会哲学教授，法兰克福学派的创始人。主要著作有《作为理论哲学与实践哲学之间链环的康德的判断力批判》《资产阶级历史哲学的开端》《黑格尔与形而上学问题》《朦胧——在德国的笔记》《真理问题》《启蒙的辩证法》（与阿多诺合著）等。

费主义倾向。

阿多诺"文化工业"理论深受马克斯·韦伯（经济社会学）及本雅明（大众文化）理论的影响，也与马克思主义关系密切。阿多诺敏锐地发现了商品形式已经渗透到文化领域，文化进入了大规模的生产，文化工业置身于资本主义的商业体系之中规模化生产，在绝大多数个体的日常生活中起到了强大的作用，"文化丧失了它的批判功能，它已经不能通过抵制形式理性即工具理性来彰显真理，而是日益堕落为商品法则的产物。"① 故此，阿多诺文化工业批判理论的批评对象是那些很大程度上决定消费性质，为大众消费而量身定做的按照计划而生产出来的文化产品。他对资本主义社会下大众文化的商品化、标准化、技术化持批判态度，他认为，"当今资本主义世界比地狱更坏，是一个普遍的社会压制的时代，社会强制地消除了人们的个体性与差别性，人从劳动到需求、享受乃至思维，都被现代工业文明整体划一化了，人被降低为单纯的原子，使人日趋非人化了。"② 而文化工业从上向下"有意识地结合其消费者"，使得"艺术作为一种消费品随着内在内容的改变致使其反抗和批判的因素逐渐消失。"③

当下，文化工业的发展迅猛、广泛，大众文化充斥整个社会。阿多诺的文化工业理论是文化研究、文化批评理论的重要资源，仍有重要意义，是反思现代文明的一面镜子。具体到文学批评，有研究者就指出："有了阿多诺对于文化工业的批评，我们就不难想象不但文学中的物的形象，就是文学自身其实也是一种商品。毕竟，文化工业的概念与我们所有进行的文学批评，就又更进了一步。……这种理论无疑可以作为一种尖锐而又彻底的武器。少了那些停留在文本本身的隔靴搔痒，往往可以达到一针见血的效果。"④

四、机械复制

机械复制这一概念由瓦尔特·本雅明提出。他有感于文化工业的大发展，认为技术是艺术问题的核心，诸如电影、照相、录音机等复制技术使艺术能够直接再现现实生活，同时，艺术品的可机械复制性带来了对艺术的极大挑战，艺术的原真性失灵，艺术品的社会功能也随之消失，借此进一步探讨了大众文化和传媒文化。1936年，他发表了关于艺术生产理论的论文《机械复制时代的艺术作品》，通过对机械复制的分析强调了艺术的物质性和技术性因素，把艺术评价的标准从道德与政治意义转移到了艺术制作和艺术接受上来。

在对艺术作品的接受过程中，人们表现出两种不同的态度：一种侧重于对复制性艺术品的膜拜，另一种侧重于艺术品的展示价值。艺术品从祭奠膜拜的功用中解放出来以后，获得更多展览的机会，各种复制技术极大地强化了艺术品的展示功能。例如，在照相摄影中，膜拜功能的最后一道防线就是人像。早期摄影是以人像为中心，然而，当人像在照相摄影中消失后，展示功能便超越了膜拜功能。由于艺术在机械复制时代

---

① 朱珊. "物"的三副面孔——器物理论与文学批评［D］. 天津：南开大学，2010：17.
② 朱立元. 当代西方文艺理论［M］. 上海：华东师范大学出版社，1997：211.
③ 蒋颖. 阿多尔诺的文化工业批判理论再研究［J］. 求实学刊，2015（1）：31.
④ 朱珊. "物"的三副面孔——器物理论与文学批评［D］. 天津：南开大学，2010：18.

失去了原有的膜拜基础，艺术所具有的审美自主性也随之消失，这使传统美学陷入了困境。

此外，电影大大扩大了人的活动范围和参与领域，带来了震撼效果，它不仅是集体活动的产物，而且能够造成群体接受。可以说，"电影开创了一种新的人类认识方式，导致了以主客体二元论为代表的认识论的终结，同时转变和重新结构了社会关系。电影在我们身上培养了一种社会自我意识，使我们从制度化的社会自我中解放了出来，并且进入一个能够自由创造新的混合体的自我形态之中"①。电影已然成为机械复制艺术最有力的载体。因此，机械复制艺术具有巨大的民主化潜能，使得艺术与技术结合更加紧密，可以并应该成为社会改造的特殊工具。

五、空间场域

场域或者简称为"场"（field），本是一个物理学概念，是指空间范围和围绕着的势力。在物理学中，物理场是物质存在的两种基本形态，一方面，物质存在在具体的势力（力）的范围区间中，具有场域性；另一方面，事物也有它具体的存在形态，即自我的确证性。比如，一块磁铁，在它的周围有一个密质的磁场，通过撒上的铁屑，我们可以清晰地看到磁场的运动轨迹。因此，场实质是一种力量的运动，而且场的作用是通过事物之间的交互作用来实现的，交互作用也就形成了场域。

场域是由不同位置之间形成的客观关系网络构成的开放性结构。不同权力或资本对应于一个位置，因此场域中的每一个位置意味着各个不同的资本或利益，意味着资本或权力在分配结构中的不同处境。差异性位置之间形成了对抗和竞争的客观关系，包括支配关系、屈从关系和对应关系等。场域是不同位置之间的关系网，每一位置受到其他位置的界定和影响；每一位置的变动、转换将影响到整个场域结构。布尔迪厄专门②考察了文学场，"文学场或艺术场是能够引起或规定最不计利害的'利益'的矛盾世界，在这些世界的逻辑中寻找艺术品存在的历史性和超历史性，就是把这部作品当成一个被他者纠缠和调控的有意图的符号，作品也是他者的征兆。"③

场在空间中有一个显著的特征，那就是空间共享。在同一个空间区域内，可以同时存在不同的子场，这些子场可以并行不悖，例如调频收音机，就是在一个空间内从若干个电磁场中选出来的可用性场。现代物理学理论中，也将场看作是空间区域内散布着的物理量，有时也指的是空间区域本身。总之，场域或场是包含着区域/空间，以及充满其间的势力（力）的总称④。从广义上来说，场的概念同样可以引入社会学、文学、历史学等人文社会科学研究之中。比如文学空间即可以看作是一个文学场，场域空间内有众多的子场，比如文学所涉及的文化、地理、历史、风俗自然等构成了子场（文化场、历史场、政治场等）和场内的势力，我们也可以在文学场中找到不同子场运行的轨迹。

---

① 汪民安.文化研究关键词［M］.南京：江苏人民出版社2007：125.
② 皮埃尔·布尔迪厄（1930—2002），当代法国最具国际性影响的思想大师之一，主要著作有《实践的逻辑》。
③ 布尔迪厄.艺术的法则——文学场的生成和结构［M］.刘晖，译.北京：中央编译出版社，2001：5.
④ 马正平.高等写作学引论［M］.北京：中国人民大学出版社，2002：110.

法国社会学家布迪厄的场域理论是比较有代表性的场域理论。他认为"场域是诸种客观力量被调整定型的一个体系（其方式很像磁场），是某种被赋予了特定引力的关系定型，这种引力被强加在所有进入该场域的客体和行动者身上。场域就好比一个棱镜，根据内在的结构反映外在的各种力量。"①

六、文化资本

"资本是一种铭写在客体或主体结构中的力量，它也是一条强调社会世界内在规律性的原则。"②布迪厄在场域理论中所探讨的"资本"概念显然不同于马克思等人在分析资本主义经济中的"资本"概念，他将资本的概念和伴随这一概念的积累物及其全部效应重新引入了社会诸场域（如权力场、文化场、文学艺术场、科学场等）的分析中，这种资本概念打破了传统狭隘的经济利益为原则的观念，把它引向了一个可以表现超功利性的领域，将利益交换的那种"掩护性"的外壳抛去，"文化资本"的概念也就浮现了出来。

文化资本有三种状态。具体状态：以精神和身体的持久形式；客观的形态，以文化商品的形式（图片、书籍、词典、工具、机器等），这些商品是理论留下的痕迹或理论的具体体现，或者是一些理论、问题的批判；体制状态，以一种客观化的形式，这一形式必须被区别对待，因为这种形式赋予了文化资本一种全是原始性的财产，而文化资本正是受到了这笔财产的庇护③。在特定的文化场中，文化资本具有人文化成的强大内力，"观乎人文，以化成天下"（《易·贲卦·象传》），这里的"人文"就是一种积聚的资本形态，这也正说明了文化资本对整个社会场域的形塑功能。

文化资本存在于地域性的社会场域中，在"通变"的文化策略下，资本完成继承和再生产。文化资本是"可以转化成习性的外部财富"④。它可以经由行动者的积极习得和参与，来集聚文化资本。对于文学作家来说，文化资本完成利润转换的有效形式是习性，习性可以参与到场域结构的内化之中，建构的过程也是一个文学作品从创作到消费接受的过程，通过文学的生产—传播—消费—接受的链条，文化资本完成了继承性和再造性的有效传递，其间流动的文化资本收益，远远超越了仅仅是经济资本交换的利益所得，由此带来的文化收益（如文化名片效应、作品带动地方旅游，带来影视、网络的收益）便是文化资本的外显。还有一部分文化资本是作为象征资本，积蓄成为获得更多文化利润的能力。象征资本是不同于经济资本的一种虚拟的资本形式⑤。我们可以从文学作品中人物的"善行"赢得"感激"，并产生教化功能这一事实中找到根据，它是可以积累的形式，不能用简单用物质来衡量，都可以在精神世界里得到合法性的认可。

不同的文化资本传递有不同的文化法则，它具有更大的隐蔽性，常常在历史的链条

---

① 布尔迪厄.实践与反思——反思社会学导引[M].李猛，李康，译.北京：中央编译出版社，1998：17.
② 布尔迪厄.文化资本与炼金术[M].包亚明，译.上海：上海人民出版社，1997：189.
③ 布尔迪厄.文化资本与炼金术[M].包亚明，译.上海：上海人民出版社，1997：192-193.
④ 布尔迪厄.文化资本与炼金术[M].包亚明，译.上海：上海人民出版社，1997：195.
⑤ 布尔迪厄.实践感[M].蒋梓骅，译.南京：译林出版社，2003：186.

上、作品的结构中、习性的外显中得以发挥作用。作家的创作除了自身先天性的气质禀赋之外，还与他们所掌握的不同形态的文化资本的多寡有重大关系。不可否认的是一个文学场内的作家（行动者），他一定是一个场域资本的积极吸收者和运作者[①]。

第三节　文化批评案例解析

文学作品也是一个内在自足的文化场，它蕴含着作家的文化立场和价值倾向。接下来我们将以论文《建构正义与良知的文化场——〈白鹿原〉的空间场域分析》为例[②]，运用文化场域理论，采用比较分析的方法，挖掘作品中所展示的社会空间。论文指出作品中隐含的民间世俗场、政治权力场和文化场三个场并置，场内场外上演着在风云激变时期文化的失范和重构，作家力挺文化场在社会转型期坚守的正义和良知立场，折射出作家对传统文化建构的希冀和展望。这种场域分析角度，将会使我们对文化资本的社会历史内涵有更多的认识和领悟。

《白鹿原》自从问世以来，其回归传统、反思历史的价值立场，得到了读者和评论界的广泛赞誉。回归文本，《白鹿原》俨然在向我们昭示一种社会结构，这个社会结构发端于中华大地，植根于历史文化，涵容着中国的传统命脉。这个社会结构潜没于嘈杂的人生事象，透过一个带有浓缩性的关中地域，展示出一个广阔而复杂的空间场域。

《白鹿原》中社会空间奇异而又拙朴，真实地再现了近现代城乡历史发展的轨迹，也折射出在历史重大转型期文化传统的失范和城乡人民精神空间重构的历史。钱穆先生提到中国文学时曾经指出："中国文学重在即事生感，即景生情，重在即由其个人生活之种种情感而反映出全时代与全人生。全时代之心情，全时代之歌哭，以及于全人生之想象与追求，则即由其一己之种种作品中透露呈现。"[③]正是因为文本中的小宇宙与现实作家生活的社会空间带有同源同构性，所以带来了我们探寻对这一文学场构建的深度思索。在此，运用文化场域理论可以帮助我们打破审视文本时与现实社会脱节的二元对立之弊端，更好地介入文本的内在机理，正如布迪厄所说："场的概念有助于超越内部阅读和外部分析之间的对立，丝毫不会丧失传统上被认为不可调和的两种方法的成果和要求。"[④]

文本向我们展示了一个内在自足的社会空间大场，其中白鹿原上以农耕文明起家、带有浓厚封建意识的仁义白鹿村为核心，凝聚成一个民间世俗场；而滋水县城和省城因为统治机关的驻扎，而集结成为一个强大的权力场；看似弱小，甚至悬置的白鹿书院，因为一位博古通今、料事如神、伸张正义的大儒朱先生的经营而集结成为世外桃源式的

[①] 苏喜庆.神圣的地域文化承续[M].北京：科学出版社，2016：22-23.
[②] 节选自苏喜庆.建构正义与良知的文化场——《白鹿原》的空间场域分析[J].当代文坛，2010（6）：91-94.
[③] 钱穆.中国文学论丛[M].北京：三联书店，2005：93.
[④] 布尔迪厄.艺术的法则——文学场的生成和建构[M].刘晖，译.北京：中央编译出版社，2001：432.

文化场。另外，还有一些带有浮游性的次场，像黑娃曾经带领的土匪场，鹿兆鹏带领的地下革命场，这些次场都由于受到强大权力场的吸引，并为获得入场权与权力场展开角逐，而来到权力场的中心，开启了颠覆权力场暴力专制统治的革命斗争。

社会空间不仅展示出相对确凿的横向生存空间，也牵连着纵向的历史空间，其中人的生存样态与时代、历史、地域架构成一幅"清明上河图"般的恢宏景观，而且通过带有区隔性的场域配置，折射出不同文化的内在意蕴，正如迈克·克朗所言："特定的空间和地理位置始终与文化的维持密切相关，这些文化内容不仅仅涉及表面的象征意义，而且包括人们的生活方式。"①空间提供的场所和物质环境成为构成特定场域文化的重要组成部分，下面我们就来具体分析一下三个场的特征。

民间世俗场，以传统世俗权力辐射的范围划定界域，辐射源来源于维系中华民族生生不息的宗族观念，这个场以"合礼（法）不合礼（法）"作为评判标准，并以宗祠这一实体建筑构筑起权力的象征属地。倘若族内遇有大事，在辐射区内的大小村落住户都会在族长的召集下来到此处，聆听宗族权威代表人的谆谆教诲，并且族长将宗族的权威以书面的形式镌刻下来，成为乡民恪守的清规戒律，宗祠也因此成为国家民族特征最本质的部分，孕育着社会关系和人文观念，成为民间特殊的人文地理景观，这一景观也被作为维护乡村保守观念的制胜法宝。仁义白鹿村为代表的民间世俗场，以白鹿两家的资本最为雄厚，而主宰了场中祭祀、庆典、惩戒、祈雨等族中大事的绝对支配权，并在日常生活中转化为强大的象征资本。象征资本是世代积累的结果，指示着作者不自觉地服从着经济和文化范式的制约，行为、伦理都可以在此找到理论的依托。白嘉轩恪守着世代的祖训，秉持着立身立家的纲纪。在传统中承继的祭祀仪式上，白氏家族显示了最浩大的世俗权威。白嘉轩身为族长，在祠堂这一象征着封建家长制的公共场所发号施令，惩戒田小娥的不轨，甚至连自己的亲生儿子孝文也不放过，用族长的身份巩固着自己家族独特的地位。鹿子霖虽然没有白氏的特权，却因为借助于场外权力场的力量，当上了第一保障所的乡约，享有为所欲为的特权，乃至霸占田小娥，逐走黑娃，都因其权威而掩盖得严严实实，在白鹿原上扮演着反面的奸邪力量。白鹿原全景展示了农耕文明笼罩下保守落后的农村风貌。

权力场是统治阶级活动的场域，操控着辖区内的宪政大权，以政府的法令作为核心权威的象征资本，以"合法（律）不合法（律）"作为价值评判的标准，在场域内实行着体制化的强力干预。权力场内的滋水县把持着县政大权，部署下辖的科层次序，"保障所""乡约"成为传达行政权力的基层统治机构，共同实施着暴力权威，征丁税，立保长，以强大的政治势力干预白鹿原，甚至在白鹿原上诱发了一次风云激变。惩治土匪，逮捕地下党，显示出区别于民间仁厚伦范的做派，省城也由于军阀混战，日寇侵略的发发可危，在权力场中逐渐转化为反动派和革命派较量的核心地带，成为砥砺鹿兆鹏、白灵、韩裁缝等革命志士的熔炉。权力场展示出专制文化统摄下的区别于农村的城市空间。权力场中的核心占位者与外围的占位者保持着对立的默契，出于安全需要的目的，适时地展开对次场的统治，甚至绞杀，因其规模和外在形式的强化，加剧了场的危

---

① 迈克·克朗.文化地理学［M］.杨淑华，宋慧敏，译.南京：南京大学出版社，2003：8.

机，最终激发起生产场的孕育、成长和成熟，合法性给予了权力者以政治权威，将本阶层的利益置于显要的位置。

　　文化场是一个独具特性的场域，它掌控着丰富的文化资本，拥有为时代书写的权利。文化场在场域中存活的策略，在于它具有一种自觉的自身反观性和社会反观性，往往能在潜隐的话语中透露出人生、社会的内在玄机。它与世俗权威亲和，但又不盲从，与政治权威保持距离，但又不置若罔闻，文化场内有自己的是非评判标准，它用内蕴批判性的文化话语，为自己的身份行为立法，用隐喻或转喻的形式，从话语的表象世界引向社会反思，用文化的软实力渗透到生活的方方面面乃至人的行为举止，并用性情的自我完善和行为的独特性为文化失范的社会做出表率。文化场寓存着正义与良知的基本范式，通过隐喻的倾向性折射爱憎褒贬。它拒斥权威，依靠自主性的力量来赢得自身精神建构的位置，并适时地对权力场做出干预。白鹿书院坐落于县城的西北方位白鹿原坡上，亦名"四吕庵"，作为文化场的核心，处在社会的夹缝当中，一侧是政府的权力场，另一侧是乡间的世俗场，而此时朱先生的书院如同一个悬置的裁判席。朱先生精研程朱见解独到，弘扬关学思想正宗，他以通透的历史观和仁者的操守，坚守着知识者的位置。他是以自主的身份出场的，"一身布衣，青衫青裤黑鞋布袜，皆出自贤妻的只手，棉花自纺自裁自缝，从头到脚不见一根洋缕一缕丝绸"，用自力更生的衣饰捍卫着知识分子的立身准则，并进而推广到他与众不同的行为法则上，他对白嘉轩种植罂粟嗤之以鼻，甚至躬身犁除；临危受任，智退乌鸦兵；倾囊出资，以史家之姿，写下传承史志。这个文化场的配置，俨然在人间划出了一块独具社会影响力的社会文化场，它在纷乱的矛盾、阶级冲突中明辨是非，凛然大义，从历史俯瞰的角度，对民间场和权力场的经营、分化、重组冷眼旁观。朱先生善于韬晦，而又能忠恕达人，传道授业，像一只白鹿精灵，展示着超越历史的风采。作者将白鹿书院为代表的文化场独立于矛盾冲突集中的权力场和民间世俗场之外，透射出正统文化的优越品性，也透露出了作者潜在的写作旨归，建构人文场域的规则，在社会空间中强化了知识者在场域中的价值和意义。

　　由此可见，文化场在文本空间结构的配置中处于悬置的状态，是一个与民间传统和政治权力保持联系却又坚守区隔的独立场域。它的立场在那个时代无疑带有先锋性，来自于另外两个场的对于权威和伦范的坚守都更加凸显了文化场的立身规则。文化场以特立独行的姿态权衡利弊，将潜在矛盾、斗争甚或决裂，进行巧妙的影射、讽刺和批驳，让二维的乡村和城市走向公正的评判场，从而将文本带向三维的立体展现空间，各个场位置的内在运动和外在运行都产生了连带的互动效果。

　　概言之，《白鹿原》的三场配置恰好对应了社会中的政治、经济、文化，此三极构成了社会的基本架构，也显现出作者的宏大历史性建构，史诗般的叙事风格，显示出深邃的社会内涵。在社会巨大的变革期，作家剔除阶级分析的立场，以全知的民间视角，审视着暴力权威的渗透和瓦解。

课后习题

一、经典阅读与仿写

论 文 化

[英]雷蒙·威廉斯[①]

文献意义上的文化分析是极为重要的，因为它能提供自己在其中得以表达的整个组织的详尽证据。我们不能说自己知道社会的某种特殊文化分析形式或某个特定时期，也不能说我们明白艺术和理论是怎么跟社会相联系的，因为在知道这一切之前，我们实在不能说已经了解社会。这是一个方法问题，之所以在此提及，是因为有许多历史实际上都是依据某种假设前提而书写的，它认为社会的基础——政治的、经济的、"社会的"各种安排——构成了现实的核心部分，艺术和理论随后可以当作边缘性的例证或是"关联"来引证。而当文学、艺术、科学和哲学都被认为是按照自身规律发展的，并且还勾勒出了所谓的"背景"（在通史中它是核心部分）的时候，这个次序在文学、艺术、科学和哲学的历史中就被干净利落地倒转过来了。在讲解的时候，选择某种活动作为重点，这显然是必要的，而暂时孤立地追踪某些特殊活动的发展线索，也完全是合情合理的。但只有等到能动的关系得以重建而且对所有活动都真的能做到一视同仁的时候，某种文化的历史——它是在这种个别工作的基础上慢慢建立起来的——才能得到书写。文化史必定大于个别历史的总和，因为这些个别历史之间的关系以及整个组织的特殊形式，才是文化史尤为关注的对象。所以，我更乐意把文化理论定义为对整体生活方式中各因素之间关系所做的研究。

对文化进行分析是试图去发现作为这些关系的综合体的组织的性质。在这个语境中分析某些特定的作品或制度，也就是要分析它们基本的组织类型，分析构成整体组织各个部分的这些作品或制度所体现的各种关系。在这种分析中，一个关键词是"模式"：任何一种有效的文化分析都以发现一些独具特征的模式为起点，而一般文化分析所关注的正是这些模式之间的关系，这些模式有时揭示了迄今仍被割裂开来思考的各种活动之间所存在着的意想不到的同一性和相似性，有时也暴露了某些意想不到的断裂。

只有在自己所处的时代和地方，我们才能期望对一般性组织获得实质性的认识。对其他地方和时代的生活，我们也能知道很多，但某些因素却永远都无法重新获得。即便是那些可以恢复的因素，也是通过抽象而重新获得的，指出这一点很重要。我们把每一种漫长的革命因素都当作一种沉淀物来认识，但在它那个时代的活生生的经验中，每种要素都是溶解的，是一个复杂整体的不可分割的部分。在研究过去任何一个时代的时候，最难以把握的，就是这种对于某个特定地方和时代的生活性质的感觉，正是凭借这样的感觉方式，各种特殊的活动才能和一种思考和生活的方式结成一体。我们可以在一

[①] 雷蒙·威廉斯（1921—1988），20世纪中叶英语世界最重要的马克思主义文化批评家，文化研究的重要奠基人之一。

定程度上修复某种特定的生活组织的轮廓，甚至还可以找回弗洛姆所说的"社会性格"或是本尼迪克特所说的"文化模式"。作为一种受到尊重的行为和态度系统，社会性格是正式或非正式地传授的，它既是一种理想也是一种模式。"文化模式"是对各种利益和活动所做的一种选择和构型，也是对它们的一种特殊评价，它在生产一种不同的组织和一种"生活方式"。然而即使是这些东西，在我们找回它们的时候，也通常是抽象的。我们也有可能获得对某种更内在的共同因素的感觉，它既不是社会性格也不是文化模式，而是这些品质或模式赖以存续的实际经验。这个说法蕴含着极其重要的意义，而我认为，事实上我们往往能在某一时期的艺术中最清楚地看到这种联系。当我们把这些东西拿来和同一时期的外部特征作比较并且允许存在个别的变异时，还是会发现仍然存在着某种我们无法轻易处置的重要的共同因素。我想，如果我们能够联想到对我们共享的生活方式所做的任何一种类似的分析，就能透彻地理解这一点了。因为在这里我们发现了一种特殊的生活感觉，一种无须表达的特殊的共同经验，正是通过它们，我们的生活方式的那些特征（它们可以通过外部分析来描述），才能以某种方式传承下来，并被赋予了一种独特的色彩。当我们注意到从来不会用"同一种语言"交谈的各代人之间的鲜明差异时，或是当我们从一个外来者那里读到对我们生活的描述时，或是当我们从一个虽然学会了我们的生活方式却不是在这种生活方式中被养育长大的人身上看到了言语和行为风格上的细微差异时，我们常常能强烈地意识到这一点。几乎任何一种形式的描述都显得过于粗糙，难以表达这种明显有区别的对于一种独特的本土生活方式的感觉。如果对我们所熟悉的生活方式尚且如此，那么当我们处在来访者、学习者或是来自不同时代的宾客的位置上时，就更是如此了。事实上，我们在研究以往任何一个时代的时候，都是处在这样的位置上。尽管它可能会变成琐碎的说明，但有着这样一种特征的事实却既不是琐碎的，也不是微不足道的，而是让人觉得非常重要。

（节选自雷蒙·威廉斯. 漫长的革命［M］. 倪伟, 译. 上海：上海人民出版社, 2012: 54-55.）

请阅读上述文字，体会威廉斯从文献角度论述文化的理论逻辑，学习其通过理论推理的方式辨析文化模式的逻辑思路。节选段落中的论述用语严谨，论证层层递进，观点明晰。请同学们根据所学的中外文学史知识，仿照该论文语言风格写一段不少于1000字的文化述评。

二、课后延伸阅读

1. 若丁·萨达. 文化研究介绍［M］. 乔治亚：乔治亚大学出版社, 2003.
2. 阿雷恩·鲍尔德温, 等. 文化研究导论［M］. 陶东风, 等译. 北京：高等教育出版, 2004.
3. 斯图尔特·霍尔. 表征［M］. 徐亮, 陆兴华, 译. 北京：商务印书馆, 2003.
4. 雷蒙德·威廉斯. 文化与社会［M］. 吴松江, 张文定, 译. 北京：北京大学出版社, 1991.
5. 罗钢, 刘象愚. 文化研究读本［M］. 北京：中国社会科学出版社, 2000.
6. 特瑞·伊格尔顿. 文化的观念［M］. 方杰, 译. 南京：南京大学出版社, 2003.

三、思考题

1. 概括说明文化批评的含义。
2. 简述文化批评的主要流派及其特征。
3. 结合某一部外国现代派文学作品,分析文化霸权在其中的表现。
4. 谈谈文化工业对文学影响的辩证认识。

三、思考题

1. 媒体视阈的文化批评的含义。
2. 简析文化批评与主要批评流派的关系。
3. 结合某一部中国现代文学作品，分析文化隐喻在其中的表现。
4. 简析文化批评视域下审美的建构方式。

下篇

文学评论应用类型与写作方法

第十二章
研究生入学考试评论写作指南

文学评论写作题目是中文类硕士研究生入学考试的一个重要题目，有时候作为"专业科目二"来单独设题，有时候作为专业课中的一个占分比例很高的综合写作大题出现，有时候作为复试环节中的"笔试专业课题目"出现。可以说，文学评论与写作是研究生考试题目中一个非常重要的考查学生专业素质和综合素养的方式。

研究生入学考试
评论写作指南

文学是一种运用语言塑造艺术形象以反映社会生活、表现作者思想情感的语言艺术。[①]文学作品是人类运用语言艺术进行审美创作的精神产品。文学评论是对文学问题与文学作品进行形象分析与理性思考的一种文体，也就是说，它是在文学阅读、体验的基础上，以文学理论为指导，运用文学批评方法对具体的文学现象、文学思潮、作家、作品等文学问题进行鉴赏、分析、批评与研究的一种精神活动。文学评论写作既要对其研究对象做出客观公允的评价，又要将这种评价以语言文字的形式传达出来。就当下硕士研究生入学考试而言，文学评论与写作是一种检验考生对于文学基本问题与知识的了解、文学理论与批评方法的掌握、对于文学现象与问题的认识、对于理论与实践结合的程度等方面的方式，目的是洞察考生的基本功底、思维意识与实践能力，是硕士研究生招生单位考察与遴选人才的较为理想的选择。本章拟从硕士研究生入学考试这个特定前提对文学评论写作题的特性、类型、方法与写作技巧及考查实践操作步骤等方面予以介绍。

---

① 钱仲联，等.中国文学大辞典［M］.上海：上海辞书出版社，2000：1895.

第一节　文学评论写作题的特性

从文学评论写作题的考试目标来看，文学评论考试是为招收攻读文艺学、中国古代文学、中国现当代文学、比较文学等专业的硕士学位研究生设置的具有选拔性质的考试科目。主要考查报考考生对基本的文学评论方法的掌握，以及综合运用所学古今中外文学理论，分析和评论文学作品内容深度和审美价值的能力，尤其注重检验考生的问题意识、创新思维、逻辑思路和语言表达等基本功和素质。从文学与文艺的关系看，文学评论是文艺评论的一个小小的分支，也是文艺学的范畴之一。文学评论具有以下特性。

一、科学性与逻辑性

文学评论对真理的揭示、对事物内在规律本质特征的阐发与分析具有科学性。它遵从中文学科的基本规律与内在本质，对文学现象与问题具有明察秋毫的判断力，可以对作家作品与文学创作进行准确认识与分析，做出实事求是，既不溢美，又不隐恶的审美评价。文学评论在对审美对象进行审美评价的过程中，从形象展示、语义分析，到审美判断、综合评价及语言表达都要有学理依据，从内容到结构布局都应有一定的逻辑层次，讲究一定的章法，具有严密的逻辑性。

二、社会性与艺术性

文学评论往往与评论者所处的时代、所持的标准及其社会现实和文学自身发展状况等有密切的关系。同样的作家、作品放在不同时期、不同区域、不同读者那里会得到不同的评价，具有特定的时代印迹与社会色彩，是特定时空背景下对社会现实的一种审美反映。文学评论总是站在一定意识形态立场上，或明或暗地传达出特定阶层、集团、个人或民族的情感、思想、意志或利益，是特定个人话语与社会发生关联的活动。文学评论又是一种艺术创造，具有鲜活性、形象性与审美性，它用准确、鲜明与生动的语言描绘出可以视听、触摸的艺术形象，以形象说辞达意，对评论对象充满感情，情理俱存，有感染力、说服力，又有独特见解和艺术风格，而非干巴巴、空泛的理论说教。

三、指导性与针对性

文学评论对于评论对象的认识和评价是透过现象直击本质的一种审美阐释，它扎根于文学现象、创作现场与文本之中，但又跳出文学自身，站在一个理论和视野的高处对其进行审视、洞察，得出具有一般意义上的洞见与认知，对社会现实、文学本身及广大读者的理解和认识等具有指导意义。文学评论的这种指导性不是脱离鲜活的、可感的审美对象与个体，不是笼统、泛泛而谈，而对于"评什么、为什么评、怎么去评"等问题，有着鲜明的针对性，绝不是"眉毛胡子一把抓"，盲目所指，不知所云。

第二节　文学评论写作题的类型

法国文学批评家蒂博代从读者、艺术家与作家等批评主体出发，把文学批评分为自发的批评、职业的批评和大师的批评。① 从不同的评论角度和立场出发，文学评论具有不同的类型。从文学评论文本所体现的评价取向来看，可以大致分为鉴赏型评论、认知型评论、批评型评论和功能型评论四种类型。

一、鉴赏型评论

鉴赏型评论类似于蒂博代所言的"自发的批评"和"有教养者的批评"。这类文学评论主题适合那些具有较高的文学兴趣、艺术修养和审美鉴赏水平与能力的考生，他们从自身的艺术兴趣和审美情趣出发，侧重挖掘与阐释文学文本中的人文思想、审美情调与文学韵味。这类评论不以特定的立场或理论为标准或参照，而是以个体的审美直觉为依凭，力求对文本的审美特征、艺术价值进行赏析，以艺术鉴赏为评论的初衷与最后的旨归。

二、认知型评论

认知型评论与蒂博代所谓的"职业的批评"相一致。考生们可以从学理或知识论的角度对文学现象、文学问题进行学理性或知识性的批评、解读，力图以自身特定的学术背景、职业知识与专业所长出发，在对研究对象的研究、分析中阐发一定的学理知识，提出并论证新的观点或建构新的理论。这类评论的特色是展现评论主体较强的思辨能力与审美洞察力，以学理辨析和知识生产为主要评论目的。

三、批评型评论

批评型评论不同于其他类型的评论之处在于它的评论对象是除其之外的评论文本，即对评论的评论。考生面对的不是鲜活的文学文本和生动的文学现场，而是"枯燥""乏味"的评论文本。这类评论通过对一系列评论文本的梳理、归纳与研究，寻求批评的规律、批评的方法、批评的模式、批评的标准，以及批评的审美特质②，并在此基础上，指出以往批评文本的偏失、错误，提出新的认知与洞见。它是对以往对文学文本批评的批评，不仅要对文学文本、文学现象熟稔，而且要对批评的理论、方法、知识谱系与阐释路径等知识形态熟悉，是一种无论对于主体还是文学客体都要求极高的评论类型。

四、功能型评论

功能型评论是从文学作为一种意识形态的功用角度出发，站在特定的价值立场上，以主流社会大众的主流价值观为判断文学问题的标准，对文学现象、文本进行解读与评

---

① 蒂博代.六说文学批评[M].赵坚,译.北京：生活·读书·新知三联书店,2002：46-47.
② 刘运好.文学鉴赏与批评论[M].合肥：安徽大学出版社,2002：374.

价。这类评论往往根据一定的道德意识、时代的主流倾向等文学自身之外的方面去衡量和评价文学现象与文本，侧重挖掘和阐释文学现象与文本中的积极的、充满正能量的思想内涵与价值意蕴。功能型评论重在通过评论弘扬文学的社会功用，追求文学的工具理性、现实意义。

第三节 文学评论写作题的应对策略

一、文学评论写作题的应对方法

方法，一般指运用特定的概念、定理，通过对对象做出判断、推理，从而得出结论、结果的操作系统或方式。于文学评论写作而言，其方法就是面对特定的文学现象和问题时，所运用的分析、评价的系统理论体系或方式。在实践过程中，由于评论对象的千差万别，没有统一的、放之四海而皆准的文学评论方法，真正的行之有效的文学评论方法总是要打破旧有的评论模式而与具体的、新异的评论对象结合起来，通过归纳、比较、演绎、综合等逻辑过程之后而做出客观、公正的审美评价与阐释判断。此处所言的文学评论写作的方法不专指诸如传记批评、形式主义批评、精神分析批评、解构主义批评等之类的文学批评理论与方法，而是从考场临场发挥的角度出发介绍一些文学评论写作过程中具体的操作方法。

（一）典型概括法

文学评论是一个由现象到本质的典型化的过程。这一过程中要运用到归纳和综合的逻辑方法。归纳是从个别上升到一般的逻辑过程，综合是把零散的、杂乱的要素、部分重新组合成统一整体的逻辑过程。在文学评论过程中，评论者需要对所占有的素材、资料进行初步的分类整理，找出它们之间的共性和差异，对其进行由点到面的归纳与分析，并在此基础上确定切入的视角和方向，运用归纳、综合等逻辑方法得出翔实可靠的结论。比如，在考试过程中，当面对一则材料或一个确定的话题时，我们首先要做的就是确定材料的主题或话题的核心内容，然后调动我们脑海中积累的与之相关或相反的素材，将它们放在一起进行比较与分析，理出它们之间的共同之处与差异之处，通过归纳、分析与综合等逻辑方法提炼出具有一般意义的观点或独特的视角，选择文体和语言风格进行文学鉴赏和评论。

（二）比较分析法

在考场写作中，除了归纳、综合逻辑方法外，比较分析也是常用的操作方法之一。当我们面对一个评论对象时，无论评论对象的文体、风格、内容及表现形式如何，它都存在一个与其他对象进行比较的可能与可行之处。面对烦冗复杂的文学现象，比较分析方法并没有特定的考察范围，只要能通过比较分析来凸显评论对象之间的相同或相异之处，都可以运用这种方法。此种方法主要是将不同的评论对象放置在一起进行比较，考察不同民族、地域、时代的文学作品或现象在主题、题材、文类、风格、艺术形式等诸多方面存在的类同与差异，从而阐释不同文本所体现出来的人类的一些普遍的共同属性，揭示不同文学样式在不同地域、时空与环境之中的不同发展规律与艺术特质。

（三）跨学科阐释法

与归纳、综合、比较分析等侧重于从文学对象内部进行评论的方法相比，跨学科阐释法立足于文学与其他相邻或交叉学科联系起来进行文学批评研究的操作方法。随着新学科的不断产生与研究领域的逐渐拓展，以跨学科为特征的边缘学科大量涌现，与文学艺术相关的学科有文艺美学、文艺心理学、文艺社会学、生态文艺学等，因此，以跨学科阐释法来进行文学艺术的批评研究具有重要的方法论意义。跨学科阐释法的优势在于为文学批评研究提供一个广阔的视野和迥异的视角，它从文学与其他学科的关系入手，借助哲学世界观和方法论的力量来审视文学现象、解读文学文本，用哲学思辨的方式对文学进行宏观的整体性把握，以洞察文学的本质与生成规律。比如，文艺心理学将文学艺术看成一种主观的心理活动，注重文学主体的审美经验与心灵体验的阐释和研究，在研究实践中侧重探讨创作主体的心理意向、作品中人物的思维活动与心理过程、读者的心理储备与阅读期待等，丰富与扩大了文学研究与批评的意义和视域。弗洛伊德的精神分析、拉康的镜像理论、阿恩海姆的格式塔心理学等都可以拿来考察文学艺术，为文学艺术研究领域的开拓提供了方法论武器，有助于思考文学本质，把握文学艺术的本体问题与规律。

文学艺术是一个复杂多维的统一整体，任何一种方法只提供了一种研究的视角，仅运用一种方法进行文学批评研究，通常只能触及文学艺术内蕴的某一层面，很难穷尽文学之精义。因而，面对任何一个文学对象，都需要在选用一种最佳方法的同时辅助以其他方法，使之相互补充，博采众长，扬长避短，综合地进行多方位、多角度、多层次的批评研究，才能适应不断发展变化的文学艺术之需要，推动文学意识批评方法体系的构建与完善。

二、文学评论写作题的应对技巧

（一）精心设置题目

题目是一篇文章的灵魂。题目是以最恰当、最简明，但能够正确、全面反映文章中最重要的特定内容的符合语法的词语组合，是一篇文章给出的涉及论文范围与水平的第一个重要信息。好的题目可以给人眼前一亮的感觉，瞬间吸引阅卷老师的目光，让他情不自禁地读下去。反之，会让人看到的第一眼就对整篇文章有一个低水平的判断，甚至没有去扫一眼正文的欲望。题目一定要能够概括你文章想表达的主要内容，让人一看就知道你下面想说什么，题目给出去，阅卷人自然就被你带入了一个心理预设，这个预设跟他心目中答案的匹配度高，那么自然容易引起他的好感。同时，文章的题目又是切入论题角度的鲜明体现。题目的设置体现文章切入研究的角度，它直接将思考的独特视角与核心内容呈现给阅卷老师，引起他的兴味与注意力。独特题目的选择，不仅显现出写作者的文学修养，也体现着写作者的视野与思辨能力，像文学作品中的悬念，可以引起读者的联想和兴趣，产生无穷的期待与想象。题目的设置要求准确得体、简短精练，必要时可以使用副标题，以凸显文章的视角、内容与范围。

（二）匠心营造结构

文学评论的写作是一个独具匠心的创造过程。考试作文最能体现考生的思维与写作能力。有的考生一旦思考成熟，文思泉涌，汩汩而来，一气呵成。但对于绝大多数考生而言，特别是缺乏文学评论写作经验的考生来说，精心构思文章的结构框架，编写细致的行文提纲，是一个必不可少的重要环节与步骤。文学评论文章的逻辑结构一般有两种：一是并列式结构；二是递进式结构。并列式结构是文学评论写作中常见的且极易掌握和操作的结构模式，它是围绕着文章的主题或论点，从不同侧面、不同层次和方向论述主题或论点，这些不同层次、不同侧面的分论点或话题构成逻辑上的并列关系，它们之间不分轻重，没有主次，相互支撑、互相关联共同指向论点或主题。递进式结构也围绕主题或中心论点建构文章的框架，但支撑或论证主题或中心论点的几个方面之间不是横向的、并列的逻辑关系，而是纵向的推进，它们之间是环环相扣、因因相承、层层递进的逻辑关系。文章的几个主要方面之间有着一脉相承的关系，每个部分之间是因果相连且循序深入的。递进式结构对于文学评论写作者的知识谱系、理论视野、逻辑思维、实践素养等方面要求较高，需要大量的积累与实践训练才可以有所突破与精进。

（三）及物性的语言表达

文学创作是语言的艺术，无论是作品的创作还是文学评论的写作都对语言要求很高。然而，文学作品创作与文学评论写作对于语言的要求和标准不尽一致。即使在文学批评写作中，文学评论与文学鉴赏对语言的要求也略有差异，文学鉴赏可以是感性的、奔放的，而评论则需要是理性的、内敛的。因此，文学评论的语言应具有学理性，要言之有理，论之有据，体现一定的逻辑性与条理性。文学评论写作需要紧密地围绕着一个中心展开，不能任意地随思维的流动而奔泻，它需要触及实质的语言表达。对于考试中的文学评论文章，语言表达甚至比文章的观点、视角和思维还要重要，因此，观点也好，视角也罢，都需要"及物"的语言表达和呈现出来，如果语言表达不能围绕着中心展开，即使文采斐然，也容易以给人一种雾里看花、不知所言之感。也就是说，文学评论写作中，语言可以不过分注重文采，但一定要言之有物，才可以准确、清晰地呈现文章的观点和内容。

第四节 文学评论写作题的复习步骤

一、做好素材与知识储备

文学评论的基础是阅读体验，只有深切地去体验和体会，才可以有深度的认知与表达。阅读是进行文学评论的基础和前提，大量的文学作品与理论书籍的阅读是写好文学评论的第一步。阅读是提高审美感知能力和提升理论认知水平的有效手段，也是文学评论必不可少的一种准备。刘勰认为："圆照之象，务先博观。"俞平伯在《〈人间词话〉序》中指出："做文艺批评，一在能体会，二在能超脱。"因而，无论"体会"还是"超脱"都需要以"博观"为前提和基础。对于文学评论写作者而言，只有在大量的阅读和学习中才可以储备丰富的素材与扎实的理论知识，在写作实践中无论是思想，还是视角，抑或是语言表达方能得心应手、信手拈来。

二、将知识积淀转化为实践能力

我们常说，好的评论文章是"写"出来的，而不是"想"出来的，"百思"不如"一练"。有了知识的积淀和阅读的积累，一定要进行大量的实践训练。对于研究生入学考试而言，文学评论题目的考察初衷是通过评论文章的写作洞察考生对基本知识的掌握、理论思维能力的水平及写作素养的高低。因而，反复的实践训练是提升写作素养和能力的必然之路。在文学评论实践操作中，要克服写作的惰性与期待的受挫，要不时地进行自我反思和与他人交流。文学评论写作本质上是文学创作，某种意义上讲，在实际写作中并不都是愉悦和欢快的，甚至有时是痛苦与煎熬的，而且每一次写作并不一定比上次有多大的进步，甚至长时间的坚持并不一定就有质的飞跃与提升，因而需要有"独上高楼，望尽天涯路"的毅力，又要有"衣带渐宽终不悔，为伊消得人憔悴"的恒心。同时，文学评论写作中需要不断进行自我评价与反思，时时总结，常常回望，不断超越，又需要积极主动地与他人交流。比如，新写出的文章多请老师和同学们观阅，聆听他们的意见和建议，不断修正，厚积薄发，稳步提升。

三、识记理论和名言警句

文学评论主要考查考生的文学审美感受力、发现和辨析问题的能力以及论文写作能力，要求考生立论有方法，说理有依据，论证有根基，能在规定的时间内对指定作品进行解读或评析。这就需要大家在复习过程中应多积累阅读经验（包括作品和相关评论），识记一定量的文学评论理论方法、关键词，熟记一些理论观点和评论家的名言警句。例如，考题要求我们运用精神分析学评论方法分析一部作品的时候，我们就需要熟记弗洛伊德的"潜意识理论""三重人格理论""梦的解析"、荣格的"集体无意识"理论、拉康的"镜像"理论等，还要能够灵活引用他们的一些理论观点和学术术语作为佐证。毕竟个人的认识和看法是相对单薄的，如果能够恰当地运用上评论家的观点和警句，就可以显著增强文章的说服力，提升评论的深度和内涵。文学评论同样需要博闻强识、博采众长、兼收并蓄，这也正是近年来文学评论写作题成为考查考生知识基础、专业素养与业务能力的主要方式的原因。

四、做好模拟实战练习

当有了知识储备、理论提升与实践训练之后，我们的写作水平与能力必将得到进一步的提高，但没有经历实战的演练，终究不知效果如何。这个时候，就需要找来研究生入学考试的真题进行实战练习了。每个学校研究生入学考试的试题各不相同，但也有很多共性，比如都注重实践能力的考察，并具有应试教育的特点，如此而言，实战练习就显得非常必要。因为,通过实战,可以使我们感受真题考察的着力点与要求,找到写作中存在的困难、不足,获得实战写作的经验与体会,有助于我们及时调整策略与思路,有效地提升文学评论写作的实践能力。在这一过程中,需要注意的是,务必严格按照真题考试的要求,在规定的时间内完成写作任务,且需要对每一次实战练习的习作进行客观、理性的评价与反思,逐步提高实践写作能力和水平。

第五节　文学评论考场实践操作策略

一、常见题型与案例

从考试的内容和范围来看,文学评论一般包括诗歌评论、小说评论、散文评论、戏剧评论、影视评论等。考题主要涉及所学或应该了解到的中外文学理论、文学作品,包括批评理论与方法、作品评论写作两部分。在研究生入学考试中,从出题形式来看,文学评论与写作常见的题型有以下三种题型。

【知识拓展】
评论的结构例析

(一)论述题

论述题类型要求考生针对批评理论与方法的综合性阐述。

南朝文论家刘勰在《文心雕龙》中曰:"文变染乎世情,兴废系乎时序。"意大利美学家维柯在《新科学》中也指出"社会征候"对于作家的重要作用,试结合所学知识和文学作品实例论述"作家与社会环境"的关系。

要求:字迹清晰,条理清楚,观点鲜明,字数1500字左右。

(二)作品评论写作题

作品评论写作题类型题目要求考生按照题目要求,选择合适的角度,评论给出或指定某一二篇作品或文学现象。要求:考生对某作品思想内涵、创作特征、写作笔法等方面进行评析、论述;或要求考生分析、论述某作品的文化意蕴、审美特征、文学性、艺术性等。考生在评论作品时要注意视角独特、广征博引、见解新颖、言之有物。

请阅读王蒙的微型小说《善狗与恶狗》,结合给定材料自选题目,写一篇文章。

要求:观点明确,立意新颖,体裁不限,字数1500字左右。

善狗与恶狗

保斯喂养着两只狗,分别叫作顾德和拜德。顾德性善,见了人就欢叫起舞,摇尾吐舌,令人愉快;拜德性恶,见了人就龇牙吠咬,咬住就不撒嘴,不在被咬者的骨头上留下清清楚楚的牙印决不罢休。保斯几次给拜德讲看清楚对象再咬的道理,拜德就是不听,它只知道咬,有咬无类。保斯发怒,将拜德关入后院,准备向动物保护协会申请特准:以人类公敌罪给拜德静脉注射空气,送它上天。

孰料那天晚上闹飞贼，顾德见贼人从房顶飞跃而下，道是贵客，便欢呼踊跃，跳蹦绕圈，发出呢喃声音，去舔贼人的皮鞋帮，被贼人飞起一脚踢到了狗鞭。顾德惨叫卧地，不能起立。贼人由于不熟悉地形，误开了后院关得严严的门。拜德一声狼嗥，狗毛耸立，不分青红皂白，见贼就咬，咬上就不撒嘴，咬倒了还在咬。一直咬到众家丁前来将贼抓获。

主人喜，决定每月给拜德额外奖赏牛肉20公斤，羊排骨20公斤，猪头肉20公斤，并在拜德脖子上系了一根红丝带。对顾德则十分失望，饥一顿饱一顿，有一搭没一搭，扔给它一点残渣剩饭，平常根本不用正眼看它。顾德由于被踢中了要害，从此无精打采，耷耳垂尾，偶尔叫几声，发怀善不遇的牢骚。

（三）辨析题

辨析题类型要求考生针对给定的学术观点和立场，做出辨析和评论，并阐释其中蕴含的文学理论问题。

鲁迅先生说："我们曾经在文艺批评史上见过没有一定圈子的批评家吗？都有的，或者是美的圈，或者是真实的圈，或者是前进的圈。""我们不能责备他有圈子，我们只能批评他圈子对不对。"（《批评家的批评家》）

这段文字说明了什么理论问题，"圈"需不需要？请结合具体文艺现象进行分析。

二、解题策略

（一）读题

研究生入学考试文学评论试题一般都是开放性的半命题作文，也就是给出材料或者观点，要求考生结合材料或观点，自行命题，进行作文。读题是文学评论考场实践操作的第一步。读题就是对给出的原文进行阅读，结合原文材料进行抽丝剥茧、去伪存真的过程。这个过程既要点面相连，又要深浅相依。此处所言的"点"是指原材料中的核心立意，"面"是与核心立意相关的原始素材、知识谱系与涉猎广度。所谓"深"就是对材料的理解要深一些，挖掘要透一些，这样才能有深广度，才可能产生真知灼见。阅读方法一般可以采用先"入乎其内"，再"出乎其外"的步骤，先通读一遍，再对具体细节进行精读，最后概括原文，探究原材料中的核心要义与重点内容。例如，我们在解读上述例一题时，立意就相对比较明确，就是辩证分析作家与环境的关系，当然这里的环境包含着时代、历史、人文等综合的历史语境和自然环境。例二题中的立意指向性就比较模糊，需要我们去从材料中细心挖掘。题目要求比较少，指向性关键在"立意"，因此，就可以抓住"善"和"恶"、狗之命运与主人态度形成的反差来探索这则故事所揭示出的问题实质，不妨从文学的字面意、譬喻义、寓言意的角度进行立意，也可以运用社会历史学批评、结构主义符号学等方法进行立意。总之，读题的目的是要获得完整的认识，对材料的思想倾向和艺术品性做出独特的理解与判断。

（二）破题

所谓"破题"，就是选择切入视角和确立评论主旨的过程。在考场上千万不能贪大求全，面面俱到。一旦题目定得过大或宽泛，重则无法驾驭，轻则流于肤浅，写不出新意与深度。反之，如果太小，又会在写作的过程中感到捉襟见肘、举步维艰。因而，在破题的过程中，要坚持不同体裁区别对待。体裁不同，确定评论中心的角度也应该不同。如：叙事文学的评论，评论的角度应该着眼于人物塑造、矛盾冲突等方面；抒情文学的评论，重点应该放到艺术境界、感情抒发等方面。同时，在破题的过程中，要尽可能挑选自己熟稔且可能会写出新意的文体与主题。比如，在"题型一"中题目给定的论述"作家与社会环境"，我们在破题的时候就可以首先摆出自己的辩证观点，那就是作家的成长离不开环境，受到环境的制约，同时又能改造环境。这样便可以从这样三个层面展开论证，举出古今中外文学中的著名作家，如李白、杜甫、鲁迅、刘勰、福楼拜、托尔斯泰、泰戈尔、马尔克斯等许多作家的实例进行佐证；也可以从理论的视角举出亚里士多德、黑格尔、海德格尔、福柯、巴尔扎克、德里达等理论家的观点进行理论论述。再如在题型三中，引用的是鲁迅先生的一句话，主要说明的是鲁迅先生认为文艺批评是可以有一定的圈子的，也就是可以有一定的批评流派或者评论团队，评判圈子的标准关键是要判断其存在的价值和立场是否具有先进性，这就涉及了文学批评的标准问题。通过这些逻辑推理，就可以把我们学习过的文学评论的标准问题、评论者的责任和素养、批评的社会历史价值、文学批评流派性等知识点联系起来，从而打开了写作思路。

评论必须从自己对材料的理解与体验出发，对于一篇作品，是分析人物形象，还是评论情节、结构，是观照思想意义，还是解析语言风格，都需要具有一定的洞察力。自己预先想好，后面在下笔时才会更流畅。

（三）行文

如果说读题是基础，破题是关键，那么行文是决胜的最后环节。无论对材料和原文的把握再精确与深刻，破题中的视角再敏锐与独到，若缺乏有效与言之有物的语言表达，所写出的文章也只是空中楼阁、可望而不可即式的呆板文字。因而，在行文过程中，时刻不要忘记文章的核心论点与切入视角，一切的论述都要围绕这个核心，进行言之有物的语言表达与有理有据的论证与阐释。文学评论行文的过程，实际上就是从内容、文体、情节、叙事、艺术手法等方面对文本中的人物形象、故事情节和语言运用等情况进行深入细致的具体分析。同时，文学评论行文中，还要有鲜明的时代意识与宏阔的历史视野，结合丰富的文学现象展开论述。在综合运用自己所掌握的文学理论、文学史、美学、修辞学及语言学等知识与理论对文本进行分析与阐释时，既要注重文本与当下丰富社会生活的内在联系，又要将文本置于历史的视野和话语谱系中进行观照，力求挖掘文本的真相和艺术真实，阐释文本的思想意蕴与美学价值。

第十三章
融媒体文学评论与写作

现代融媒体为文学驱动文化产业发展提供了广阔的市场前景，它以多元媒介的多层级跨界融合、集成发展的态势，导引着未来文学的发展。"融媒体实现了多媒体的有机集成，完全覆盖了图像、图形、文本、语言、音频等多种媒体信息，带来了网络媒体之间的全面互补，网络媒体自身的全面互融。"①新技术环境昭示着新的文学生态的生成，这促使我们在整个文学产业链上，关注文学要素的内在集成和外在转型，进一步考察融媒体技术与文学衍生链交互感通的新生态。

【知识拓展】
评论的创意写作

第一节 融媒体文学新业态

融媒体是基于多元媒体重组、融合、组接、构型而成的，集传播资源、用户市场和产业资源为一体的，深度链接的传播新业态。它不再是传统的"跨界"承载，而是多元媒体深度融合、渗透后的全新生存样态。

一、文学生产新业态

在进入数字化媒介时代后，文学数据流具有了超强的黏着能力。在生产性平台一端，数据流将一切知识信息、文本、声音、图像采录为数据流，经过数字化编码，传输向各种新旧媒介的客户端；在输出信息另一端，数据流所经之媒介，经由不同类型的数码流重新编码，生成可视、可感、可触、可闻、可体验的智能全息化图示。从整体流程

---

① 温怀疆，等.融媒体技术 [M].北京：清华大学出版社，2016：6.

来看，从数字化技术翻译到媒介化传播，再遥远的距离也可以在光纤传输中瞬息完成，这种从素材到图示的文学编程过程，便是媒介造像的过程。

文学的文字排列结构和意义单元，可以在计算机化空间中转化为融合"言（言语）、象（形象）、意（意蕴）"的直观图像。魏晋玄学家王弼所阐释的"言、象、意"之辩（《周易略例·明象》），已经在新媒体时代终结，取而代之的是："意出于象，言生于象。言以象著，象以意胜"的媒介造像新语体。基特勒就曾指出，过去被文字驯化的主体"只听信他们在纸上读到的文字"①，然而在新媒体时代，"光纤网络遍天下，人们将会沉溺于为各种媒介服务的信息渠道"②。由此，人类有可能变成被媒介文学造像视觉所驯化的产物。视觉造像成为新媒介生产和消费的主要形式，"音响和图像、声音和文本都被简化为表面效果，也就是用户所熟知的界面，感觉和各种官能都变为一切视觉盛宴"③。视觉功能被媒体强化到了新的高度，而触及心灵的文学精神符码则不得不面临着新的转型。

在过去，人类用文学语言可以轻松地描绘心灵深处复杂的图景，而其优越性正在信息技术时代受到多元媒介造像的冲击。神秘幻境、魑魅幽微、心灵暗示等，一切心灵幻象、想象的审美图示，正在被科技团队构造的审美媒介图像（或为动漫，或为真人秀，或为智能仿真景观）完美地呈现出来，文字的赋魅能力被媒介的读解编码和审美赋魅所取代。"所有文字的激情是诗人渴望描绘的、心灵深处的图景，媒介为它添上五颜六色及光影对比，使它像一道电流那样击中柔弱的读者。"④电力本身终止了一切，文字充盈的官能性和记忆幻术，在新媒体客户端成为稍纵即逝的数字化幻境，相反，人的幻觉力量，或者称之为富有主观能动性的想象能力，逐步钝化为视觉的直觉性满足。

同时，现代短视频、快闪等视听赝象，构造出更为多元的"文学魅影"。按照德波的观点，媒介造像呈现的是视觉景观的奇观大赏。不涉及深度，只注重娱乐、时尚、快捷的短视频，以及各种贴近感官欲望的图像信息，是迎合"景观化"社会消费快感的最直接形式。其中，短视频在意义上呈现出多元化的向度：一是直接与日常生活融合，衣食住行无所不包；二是填充时间缝隙，甚至导致对在场时间的直接性挤占；三是带来了网络空间的"平民化"立场，易于掀起视觉狂欢，"打赏""弹幕""互动留言"等，集社交、娱乐、鉴赏、商用于一身，构造出新的文学创意产业集群；四是视觉符号形成多向度的刺激，其中不乏对求知欲、认识论的干预，同时也在刺激消费者的消费欲望、身体欲望和视像快感。由此，视频游戏性充斥于现代移动生活空间，感性和理性进一步分野，感性冲动一步步被视觉符号刺激，激发出链接探问的动机，而真正的理性追问往往被抛之脑后。"快闪"构成了占据生活信息空间的主要"景观"。这些符号既具有强大的吸睛、吸金能力，也往往具有速朽的秉性。

从新媒体时代呈现的文学内容来看，新媒体文学具有更为宏观、广阔、包容的题材叙事内容选择。苦难叙事、女性叙事、身体叙事、灾难叙事、悬疑叙事、玄幻叙事等，

---

① 弗里德里西·基特勒.留声机 电影 打字机[M].邢春丽,译.上海：复旦大学出版社,2017：9.
② 弗里德里西·基特勒.留声机 电影 打字机[M].邢春丽,译.上海：复旦大学出版社,2017：1.
③ 弗里德里西·基特勒.留声机 电影 打字机[M].邢春丽,译.上海：复旦大学出版社,2017：2.
④ 弗里德里西·基特勒.留声机 电影 打字机[M].邢春丽,译.上海：复旦大学出版社,2017：11.

是整个媒介语境与栖居网络生态的交感运作，是赛博空间的虚拟仿象，也是产生文学网络的传播体。在网络化空间中，媒介时空是错乱的、颠倒的，甚至呈现为穿越的、科幻的"异托邦"世界。受到来自于新闻、纪录片、电视剧、广告、游戏、移动传媒等多元信息交叉共生的新媒体空间感应，文学语言必然要与感性直观欲望表达相接通，且适应这种共生性的空间生态。科幻、悬疑推理、仙侠奇幻题材等，能够最大限度地调动语言与这些直观图景的匹配、组接和构型，但传统文学中的神圣化、伦理性、社会责任感等价值功能，有可能被进一步弱化，追求祛魅、无深度、扁平化、碎片化、欲望化，甚至粗鄙化、即时性的语言得以泛滥。

二、文学传播的新业态

文学的跨媒介化传播，在信息时代已经成为一种常态，例如依靠声媒的文学新媒体传播，就有蜻蜓 FM、喜马拉雅 APP、天方听书网等；在影视传媒方面，电影、电视、网游、动漫、短视频等，它们都成为文学的新寄宿载体。文学的跨媒介化催生出了更多的跨界作家加盟新媒体创作，而且还有一些新媒体人成功转型为新式作家或网络写手，例如媒体人刘同凭借《谁的青春不迷茫》，成为知名作家；一些知名新闻工作者成为新势力作家，这意味着融媒体文学传播已经与各类媒体形成了共生共进的新关系。

在媒介传播中，文学语言从文字符号到数码符号，再到还原为声音、图像、虚拟现实的信息，其中的符号源代码是一个衡量标准，而其衍生出的信息符码则是不断衍生、再生产的变量。法国学者皮埃尔·吉罗将符号功能界定为："靠讯息来传播观念"[①]。文学讯息等符号，在融媒体中获得了多元的"变身术"，成为激活媒体客户端文字、声音、图像的潜在动力，并且弥合声像"空白"区的虚空，成为衍生意义、营造意境、制造"光晕"的拟像激活元素。

融媒体文学传输不同于传统文学传播中恪守的文学原则，尤其在媒介化时代，制造文学声音，产出文学热点，进行文学的重量级 IP 打造，同时又可以进行文本轻量化的改编，适应文学在融媒体客户端的多元性消费需求，进行对文本的声像化改造、转制、再生产和广告性包装，从而产出文学大 IP，并借助网络粉丝效应和视媒推广，衍生开发出更多"网红""热搜"或"爆款"的"文学+"新产品。从传播层面来看，读者受众的认可口碑，可以迅速转变为流量经济，可以更为迅捷地完成变现，产生直接经济效益。

进而言之，在融媒体传播主体性重构中，作家和读者的主体身份界限消失。由于"融媒体时代，遵循着'一个中心、两个基本点'，即以'数据库'为中心，以'用户'与'服务'为基本点"[②]。所有媒体的参与者，包括生产者（作者—服务方）和接收者（用户），都成为数据库的建设者。媒介赋予了所有进入媒介场的"人"新的仿真身份，除了后台的实名认证外，呈现在网络平台的交流者们，大多以拟像仿真人的身份，在屏幕上扮演着创作者、画师、导演或读者等新型的交互身份，他们可以在媒介平等、

[①] 皮埃尔·吉罗. 符号学概论 [M]. 怀宇, 译. 成都：四川人民出版社, 1988.
[②] 郭晶. 融媒体时代的纸媒创新：打通与共融是关键 [N]. 中国青年报, 2009-07-27.

多元、开放的平台上自由交流，也可以无障碍甚至口无遮拦、毫无禁忌地抒发创作感受、表达意念或者反馈想法，而读者也可以对作品进行无门槛的评头论足，甚至大胆地批判，又或者义愤填膺地愤然"退场"，于是，"粉丝"读者数量的增减，成为衡量文本价值量大小和吸引力的重要标志。而由互动效应产生的"共同参与性"文本，正在消泯作者与读者的主体身份。"在一个文学聊天室里或多用户网络平台上代表某个人的身份，是一件轻而易举的事情。计算机化空间的去中心力量，已经能使主体消失在数字化复制与数字化再现的'超现实'之中。"① 在新媒介虚拟空间中，"非中心""去身份"的批评家身份也被同时孕育出来，他们在计算机化世界里，可以用"昵称""匿名"身份畅所欲言，并可能激发起数码化文字的新式互动激情。他们是有别于学院派的新生文学批评势力，当然，他们能否成功驾驭"非主体身份"，开展学术性的批判，是在技术控制论视野里值得探讨的新课题。

三、文学消费新业态

在融媒体系统中，互动参与的创生性视野大为开拓。麦克卢汉指出："媒介是一种'使事情所以然'的动因，而不是'使人知其然'的动因。这些媒介的杂交和化合，提供了一个注意其结构成分和性质的特别有利的机会。"② 融媒体的核心便是融合，即从技术、组织层面上的整体架构，在内容、形式上融合创新，在制度、文化方面全面提升，从平面化到立体化传输全面升级。融媒体视域下的文学消费，注定是立体化的消费，并且会与生产和传播的关系链条全面对接打通。

【知识拓展】
影视评论

从新旧媒体的碰撞与区隔来看，学者王绯将媒体分成了五类：第一、二类媒体是笔、纸媒和印刷出版；第三类是电视，第四类是网络，第五类为手机。③ 五类媒介并非此消彼长，而是在相互砥砺、迭和中完成进化和改进。而在21世纪的第二个10年里，明显出现了这五类媒体融合趋向，并且传统媒体与新媒体主动对接，新媒体对传统媒体主动积极收编，形成了融媒体消费的新态势。网络空间中文学的游戏感、跳跃性和消费娱乐性，构成了媒介语境的外在氛围。而"跟进式小说""流量文本"成为被推送至前台，并成为与受众会面的主要方式。"口碑""点击量""收视率"等焦点话题，带有大众文化趋向，日益受到关注和追捧，流量经济形成了新的文学消费导向。而以手机为载体的"移动文学""有声阅读""快闪文学"，更加便携、快捷，且易于迎合多样化的目标读者群，成就了文学更为广阔的消费场域。

我们在融媒体客户端捕捉文学的魅影，变得更加便捷、高效。从文学消费形式来看，现代融媒体手段可以提供更为丰富的可选择性资源，并且在媒介的主动推送中，实现更为便捷的用户（接受者）匹配的效果。根据文学用户（接受者）的需求，主要是通过用户的搜索字节和点击量的大数据分析，适时推送符合用户品味的文学类型，从而实

---

① 斯泰西·吉利斯. 电脑化批评［M］.//阎嘉. 文学理论精粹读本［M］. 北京：中国人民大学出版社，2006：172.
② 马歇尔·麦克卢汉. 媒介即按摩［M］. 何道宽，译. 北京：机械工业出版社，2016：67.
③ 王绯. 21世纪新媒体与文学发展［M］. 北京：社会科学文献出版社，2012：36.

现"通过云计算等可以非常精准地实现对用户心声的近距离聆听"的效果。① 文学生产和消费的通道更加畅通无阻。消费者与生产方之间的交流，是基于融媒体文学平台上的在线互动关系，进行的自适应性变革。文艺鉴赏、批评乃至文学消费，均是在网络虚拟空间中的多向度衍生，文字数码化、音响化、视像化、虚拟现实化、人工智能化等现代数码技术性转化，综合构造出了文学在线信息充盈而又模块化、单元化组合的多元衍生视像。

四、文学接受新业态

现代化的大众读书平台，依托的是强大的文学信息供应链，同时，其海量信息具有极强的推广能力和网络内涵，能够激发读者兴趣，促进延伸阅读，获取精神感悟。在微视频网站，活跃的某些读书类账号就极具有现代媒介融合的特性，例如，某公众号，每天推出6分钟的读书短视频栏目，在限定的时间内推介一部经典文学作品，配上相关的音视频内容（有的是根据该作品改编的影视剧片段剪辑，有的则是主创人员根据文本涉及的社会背景、故事情节等相关内容，进行相关视频的有意嫁接或拼贴组合）。这种借助于短视频的文学传播新业态，既满足了部分受众快节奏生活、迅捷阅览的目的，而且在无形中起到了传递文学精品正能量、推介经典力作的导引性作用。

在日趋"短、微、精"的文学魅影——新媒体传播生态中，"融媒体+文学"的文学传输新模式，集成了超文本推介、内容梗概、微视频制作、作品快评、文本精华超链接等多项内容，形成了"短、平、快"的融媒体文学推广新路径。除此之外，还有部分网络作家，为了在新媒体平台推广自己的文学新作，采取网络读者见面会、做客综艺节目嘉宾等方式，扩大自己的媒体影响力，巩固自己的文学作品传播地位，适时"吸粉""吸睛"。最近，还有部分网络文学创作者，运用制作文本内容情景短剧的方式，在各大主流门户网站推送视频"快闪"广告，通过短视频制造阅读悬念，并且以"欲知后事如何，且点击/下载某某阅读"等导语，打造出文学作品从推广到延伸阅读的直通车道。

当然，现代媒介文学消费与接受的发展，不是纯然行走在大众娱乐化或者商业化的单行道上，相反，在高雅文学和通俗文学之间，存在着可以弥合两者区隔的强大流动型建构力量。"雅俗共赏"将会成为一种更具号召力，并刺激精品佳作出现的共识，作为一种有效的接受反应，现代媒介技术与文学场域的深层次变革是相辅相成的"生生之谓易"的潮流。显然，"变"是文学永恒存在的动力，媒介技术作为强势催化剂，在不断催发"信源"的变革、内爆和深度融合的同时，也更加灵动地行走在超越传统文学的发展之路上，而这不仅限于网络空间的写作、发布、交流、阅读、超链接，也是在黏合更多不同质的媒介。声音、图像、虚拟场景等，均建筑在人类的全新构想基础上，这些综合"内爆性"的媒介元素，创造出文学生产新生态。这些文学产品并不只是标榜这是后现代主义、后人类性发展的成果，而是有意地不断突破传统疆界，寻求新的生存和繁荣的路径，它们并不避讳分层，但也在有意地探寻沟通层级之间对话的多重可能。

---

① 吕尚彬.媒体融合的进化：从在线化到智能化［J］.学术前沿，2018（12）：50-59.

综上所述，在融媒体视域中，以前被压缩在印刷体里的文学文本，实现了跨媒介化的内爆，在融合多元媒体的多元化传播路径中，重新产生出唤醒文学场域的效力，召唤出新的文学性虚拟时空，唤醒声音、形象和情感、想象。不仅技术媒体可以融合，而且文学话语与媒体话语、文学符号和数码逻辑也在进行深度融合。正如大量网络文本文字量的几何级数增长，正在受到阅读量、点击量以及评论量的流量刺激一样，未来文学文本流量型的生产也将会是大势所趋。如果说传统纸媒是压缩型文化的表征，那么新媒体的持续发酵和再生产效应，则可能孕育出膨胀型的大文化载体。进而言之，文学主动介入融媒体现象，实际上是文学从生产到传播与消费的整个产业链条上的一次跨界性转型。在未来，构筑"文学＋融媒体"的可持续生态圈，形成文学资源库、媒体电商、文学版权开发、视像化改编、产业可持续发展的跨界运营网络，建构一个庞大的文学数据开发平台，推广人机交互协同、智能阅读甚至创作，实现融媒体化的文学生产、传播优化升级和数据赋能，这些将会构造出一个巨大的新型文化产业体系。

第二节 媒介新势力评论

融媒体视听文明，是在不同于口头文明和书写文明的现代技术时代，催生出来的文明形态，是一种依赖视像、音效构造的媒介化艺术文明，这种文学视听方式必然需要一种全新的文化视野来接纳。

一、文学生产性评论

从融媒体意义上，文学生产成为一种综合性的文化生产。流行艺术吸收高雅艺术的模式变得稀松平常，同时，高雅艺术也在探索流行艺术元素并积极地借鉴吸收，两者"互鉴""互育"成为推动文学（或广义地称为文化）的形式之发展的重要动力。而在评论界，对于网络文学认同的同时，评论者也提出了更高的要求[①]，这些要求实际上仍然是以主流或者严肃文学为参照物进行的有意导引。在网络文学的整体上升阶段，网文的风格特征，既带有网生代文学固有的快餐化、娱乐化、互动参与、超链接性、对话性，同时也带有自身成长中不断蜕变的风格。

追踪近年来的网络文学创作，不难发现，网络文学对严肃文学的借鉴，往往又回到了文学的最初形态，即积极地借鉴和吸收中国古典小说中的风格和叙事特征，尤其在意境、意蕴、人物形塑等方面的模仿，也带来了"古风""雅韵"的审美风尚。如果拿网络文学与中国古典小说的创作做以比较，不难发现，古典文本与新媒体文本具有惊人的相似之处。这里我们特别要指出的是"表演性"，其在古典小说创作话本和现场演绎说唱中，带有声情并茂的表演色彩；而在融媒体虚拟网络空间中，网文读者同样看重表演性的直接刺激，只是这种网络上的表演性往往被转化为声音、图片、视频、闪图又或者超链接。当然在网络文本创作中，作者在互动评论区随机抒发的闲言碎语、创作心得、

---

① 欧阳友权.建立网络文学评价标准和必要与可能[J].学术研究，2019（4）：171-176.

人生感怀，也可以看作是"网络说唱者"插科打诨、激发"打赏"的网络表演。很多网文作品，例如当年明月的《明朝那些事儿》、燕垒生的《天行健》、凤歌的《昆仑》、酒徒的《隋唐三部曲》等，更是把致敬古代通俗演义小说作为网文创作的缘起。此外，文学的网络空间是共享的文化资源，因此融媒体网络也不再仅仅是网络的专利，而是一个强大的生产性场域。古今中外的文学经典，相对具有更高的精神价值含量和文化深层次容量，因此，开发经典作品的融媒体传播之路，成为未来充实和醇化文学空间的重要方向。

二、文学传播性评论

当我们把一个文学段落从印刷、手抄传播语境转移到虚拟网络融媒体语境，很多技术性营造拟像的手段，被轻而易举地引用为现代修辞艺术。让古老的文本适应新时代主题的需要成为潜意识传播趋向，诸如神话、穿越、玄幻、仙侠等题材，正是在新媒介的包装效果下，完成了对传统文化中道统、孝悌、智慧、忠义等经典元素的现代媒介转换。其中，由经典元素汇聚的"数据库"，构成了聚合传统元素、现代视听、参与和体验文化的定量；而变量来自于现代社会诸如家庭伦理、职场科层或者审美意识等世俗文化力量的变迁，它们给经典元素发酵增添了新的演绎、发酵的新鲜内容和热点话题，并把这些传统经典话题元素以媒介新形式置于一个更为广阔的传播平台。

传统叙事中插叙、闪回或视角的转换，正一步步地唤醒沉潜在中国经典文本中的本土优秀叙事元素，"在这些文本中，电脑所起的作用很典型的是：对各种传统文学元素加以文字化和更新"[①]。强烈的虚拟现实与传统古典文学作品的交互感应，营造出独具中国话语特色的网络文本。当叙事话语的控制权落在现代媒体文学创作者的手上时，更为强大的信息超链接和网络穿越能力，使网络文学文本获得了原创文本与再生产领域的交感呼应，诸如与影视、游戏、动漫、融媒体出版物市场的强烈对话性，并产生出强大的文艺生产效率，例如穿越剧系列，叙说在虚拟时空的来往穿梭，其与现实之间的同构关系，也隐喻着现代网络社交隐身、匿名、化名后的超时空——网际之恋。网络文学对技术元素的强势收编、自由组合、拼贴，甚至吸纳游戏、戏谑和非主流、大众化的叙事话语更新，使网络文学同时带有赓续、解构、建构文化遗产的后人类化特征。

在媒介艺术如火如荼的发展中，诸如文学、音乐、舞蹈、绘画、书法，乃至民间文艺、剧场演出、会展等艺术门类、风格的界限区隔已不再那么明显，甚至主动破除壁垒，加速互渗、互动，加速大众文化传播。美国学者布莱恩·麦克黑尔指出："高雅艺术现在比以往任何时候都更快地吸收流行艺术的模式（反过来也一样），而这会进一步造成高雅艺术和通俗艺术之间更加密切的相互影响、更加紧密的环形反馈结果。"[②]这可以使传统文学更好地吸收媒介效应，获得生命力和艺术魅力，获得网络化认同，可以被称为一种新的文学赋魅的趋势。

[①] 布莱恩·麦克黑尔.后"电脑化"的"现代"朋克主义[M].//阎嘉.文学理论精粹读本[M].北京：中国人民大学出版社，2006：187.

[②] 布莱恩·麦克黑尔.后"电脑化"的"现代"朋克主义[M].//阎嘉.文学理论精粹读本[M].北京：中国人民大学出版社，2006：178.

三、文学消费性评论

在这种媒介新语境下成长起来的文学消费者，他们消费文学、感知文字的方式，集合了传统精英阅读、快餐阅读和流行文化，以及视听转译等影像互文的新式阅读等形式。

从20世纪90年代后期至今，影视与互联网延伸向大众日常生活，移动电子设备带来了即时阅读和视听综合的多重可能。视听文明延伸的不仅是人们对于文学的感知，而且在更深层次上营构着人类的认知心理、时空观念和体验的边界。传统的文字修辞手段，例如比喻、象征、夸张等，都可以在"在线试听"传媒中完美呈现，如果说杜威的预言"技术对理性的削减、对深度的瓦解"，带有某种先见之明的话，麦克卢汉认为媒介技术完成了对人的敏感度的"按摩"和"截除"，则更具有现实警戒意义。尼尔·波兹曼对奉行新媒体导致人类娱乐至死的主张，昭示着一种对技术反动的危机预感，也是技术时代到来时应有的条件反射———一种人类出于本能保护的自觉反应。但是，无论如何，技术变革依然是时代进步的主导方向，所有的警觉只是让技术变得更加富有人性化意识和理想化色彩。

伪语境消费成为融媒体文学消费的一种时尚。尼尔·波兹曼认为"伪语境"是由技术媒介、图像和声音营造的缺乏关联和想象的语境，"伪语境的作用是为了让脱离生活、毫无关联的信息获得一种表面的用处。但伪语境所能提供的不是行动，或者解决问题的方法或变化。"[①]原因在于这种图像和语言出现的方式是漫无目的的游戏般（躲猫猫）似的忽隐忽现，"这种唯一的用处就是它的娱乐功能。伪语境是丧失活力之后的文化的最后避难所。"[②]现实新媒介信息冗余、过剩的症结，不是在于媒介的海量推送，因为信息供应商初衷是为了满足网络上各种有目的的需求；而问题症结在于接受方不一定是真正的需求者，大部分消费者是在"伪语境"中成长起来的被动信息"照面"人。他们从未考虑过这一信息与增长个人知识与未来打算之间有哪些联系。这种信息的不对称感加剧了碎片化伪信息的横行，导致了消费方的融媒体信息拥塞症。

四、文学接受性评论

从接受层面来看，媒介技术催生出"外加速"的信息多元化效果，而对人工智能伦理的反思是从克制心意一路进行的"内加速"适应。所谓外加速，顾名思义，是对外在世界、宇宙空间乃至虚拟现实的赛博空间的迅速反应和积极作为。而"内加速"是人在信息化飞速发展时代的超常规媒介想象力，它涉足的是个人的自适应想象，积极主动地对集体无意识潜能的激发和变革。传统的巫术、神话、魔幻、仙侠、传奇等，可以说是人类在自适应时代中贯通古今的想象力的呈现。它借助的是对原始先民开拓的神话想象、巫术仪式和宗教故事文本的再创造。而现代媒介想象借助于多元视听融合的幻景，在加速的心灵悸动中感受技术带来的精神震颤和心灵撼动。

[①] 尼尔·波兹曼.娱乐至死[M].章艳,译.桂林：广西师范大学出版社,2009：69.
[②] 尼尔·波兹曼.娱乐至死[M].章艳,译.桂林：广西师范大学出版社,2009：70.

文学的接受效果也正在变得"可疑"。面对日益繁纷多元的视听信息冲击,"收视反听"(陆机《文赋》)已经成为如今很多人难以企及的奢望。视听媒介对人感知的全方位入侵、沉浸乃至驯化,将会最终导致"五色令人目盲,五音令人耳聋"(老子《道德经·第十二章》),时间就此被媒介化时空异化,理性深度就此瓦解。在跨媒介的传播中,文学也可能深陷异化的泥潭,以热点话题为卖点,以"尺度大开"为噱头,以戏里戏外、书里书外、剧里剧外的明星瓜葛制造"热搜"焦点,这成为文学媒介化改编中积极寻求文化产业化市场运作的重要方式。文本的审美价值被商业逻辑和消费利益所挤占,一时"谬赞""激赏"或"拍砖""吐槽""棒杀",充斥于媒体话语空间,超出了文本自身的价值内涵,衍生成为狂欢化的阐释空间,随之,媒体场域中的互动批评也带有了明显的网络娱乐消费性特征。

第三节 网络文学社区评论

网络文学社区评论是依托网络文学新媒体平台,形成的在线交流式互动评论。它往往带有社群性、即时性、参与性的特点。在网络评论社区聚集了作者和来自不同层面的读者群体,大家各抒己见、交流心得,更为重要的是不乏一些深度评论文章,对于客观评析、阐释作品,帮助激励作家和网络写手创作热情,改进创作技法起着重要作用,有不少热心的评论员还对故事情节提供建设性意见,使正在生成的作品具有了集体创作、接龙创作的契机。

网络文艺批评具有开放性、跳跃式的特点,它用非线性的评论形态代替了传统的线性叙事,更多的超文本评论形态促生出来,链接有超链接、声音、图像、动图等的评论,使评论文本成为多种"语—图"符号交融的场所,去中心化、去层级化的公众娱乐化评论更容易走近普通受众。

网络社区评论仍然属于一种碎片化评论模式,评论内容杂乱无章,良莠不齐,既有灵活、丰富性的优点,也有无序甚至缺乏严谨推理的缺陷,因此作为文学评论初学者而言,可以通过参与网络文学社区评论,积累文学评论素材,提高分析作品的敏锐度和洞察力,锻炼自己的语言组织能力,分享自己的阅读体验,引领社区评论正确的舆论导向,同时也应注意提高鉴别能力,辨明是非。

网络社区评论应该把握几个基本方向:第一,要有精品意识,尤其是在主题性评论参与方面,要做到不缺位、有分量;第二,评论者要有新锐观点首发意识,在评论的立场和论证方面,做到不落俗套,不落窠臼,注重在选题立意、语言体式、思路方法和写作技巧上综合提升,全面把控;第三,要有一定的竞争意识,多收集网络社区评论征文信息和评论性竞赛单元,不断提升写作和参与网络评论的信心。

在网络社区评论中,青年人要牢固树立马克思主义文艺批评的基本观点,坚持正确的文艺评论立场和导向,努力发掘优秀网络文学作品,推陈出新,促进文学作品高质量、高水平产出。

作为网络社区评论的平台运营商也需要加强顶层设计，加强网评人才储备，多发布和推送、置顶高质量的原创评论稿件，创造良好的网络社区评论氛围，通过网站微博、微信公众号、各种手机客户端，发布具有新时代引领性的网评精品佳作，吸引"粉丝"多元参与，利用好有深度、有温度的评论语言，提升自身的文化影响力、品牌传播力和社会公信力。